U0137665

谨以此书献给我父亲陈怀瑾教授
——我心目中科学家的典范！

早期中国研究丛书

从礼仪化到世俗化

《诗经》的形成

陈致 著

吴仰湘 黄梓勇 许景昭 译

上海古籍出版社

丛 书 序

　　"早期中国"是西方汉学(Sinology)研究长期形成的一个学术范畴,指汉代灭亡之前(公元 220 年)的中国研究,或是佛教传入之前的中国研究,此一时期的研究资料和研究方法都自成体系。以吉德炜(David Keightley)教授于 1975 年创办 *Early China* 杂志为标志,"早期中国"这个学术范畴基本确定。哥伦比亚大学近年设置的一个常年汉学讲座也以"早期中国"命名。

　　"早期中国"不仅是西方汉学研究长期实践中形成的一种实用分类,而且是探求中国传统文化之源的重要的实质性概念。

　　从最初的聚落发展到广大地域内的统一的中央集权专制主义的秦帝国建立,并且在汉代走上农业文明之路、确立起帝国社会的价值观体系、完善科层选拔官僚制度及其考核标准,早期中国经历了从文明起源到文化初步成型的成长过程,这个过程实际上也就是中华民族的形成过程。可以说,早期中国不仅奠定了中华文明的基础,也孕育、塑造了此后长期延续的传统中国文化的基本性格:编户齐民自给自足的小农经济长期稳定维系;商人的社会地位始终低下;北方游牧民族入主中原基本都被汉化,帝国疆域的扩张主要不是军事征服而是文化同化的结果;各种宗教基本不影响政治,世俗的伦理道德教化远胜超验的宗教情感;儒家思想主导的价值观体系以及由此造就并共同作用的强大的官僚制度成为传统中国社会的决定性力量，等等。追源这类基本性格形成伊始的历史选择形态（动因与轨迹），对于重新审视与厘清中华文明的发生发展历程，乃至重新建构现代中国的价值观体系，无疑具有至关重要的作用。

早期中国研究不仅是西方汉学界的研究重心，长期以来，也是中国学术研究中取得巨大进展的重要方面。早期中国研究在中西学术交流的大背景下，形成了独特的研究风格和研究方法。这就是：扩充研究资料、丰富研究工具、创新研究技术，多学科协同不断探索新问题。

1916 年，王国维以甲骨卜辞中所见殷代先公先王的名称、世系与《史记·殷本纪》所记殷代先公先王的名称、世系一一对照，发现《殷本纪》所记殷代先公先王之名，绝大部分出现在卜辞中。王国维把这种用"纸上材料"和"地下新材料"互证的研究方法称为"二重证据法"："吾辈生于今日，幸于纸上之材料外更得地下之新材料。由此种材料，我辈固得据以补正纸上之材料，亦得证明古书之某部分全为实录，即百家不雅驯之言亦不无表示一面之事实。此二重证据法惟在今日始得为之。"

出土文献资料在现代的早期中国研究中显示出越益重要的作用。殷墟甲骨 100 年来约出土 15 万片，其中考古发掘出土的刻辞甲骨有 34844 片。青铜器铭文，1937 年罗振玉编《三代吉金文存》，著录金文总数 4831 件，其中绝大部分为传世器。《殷周金文集成》著录资料到 1988 年止，共著录了金文 11983 件。此后到 2000 年，又有约 1350 件铭文出土发表。最近二三十年，简帛文献资料如银雀山简、马王堆帛书、定州简、阜阳简、郭店简、上博简等都以包含大量古书而深受关注。

严格地说，王国维所说的地下材料，殷墟甲骨、商周金文都还是文字资料,这些发现当时还不是考古发掘的结果,研究也不是从考古学的角度去研究。真正的考古学提供的是另外一种证据。傅斯年提倡"重建"古史,他主张结合文献考证与文物考证,扩充研究"材料"、革新研究"工具"。1928年,傅斯年创立中央研究院历史语言研究所,并立刻开始发掘殷墟。傅斯年在申请发掘殷墟的报告中说:"此次初步试探,指示吾人向何处工作,及地下所含无限知识,实不在文字也。"从1928年10月开始一直到1937年夏,中央研究院历史语言研究所在殷墟共进行了15次发掘,发掘地点共11处,总面积46000余平方米,这15次发掘收获巨大:在小屯北地发掘了53座宫殿基址。在宫殿基址附近还发现了大量甲骨。在小屯村北约1公里处的武官村、侯家庄北地发现了商代王陵区,发掘了10座大墓及一千多座祭祀坑。在小屯村东南约1公里处的高楼庄后岗,发掘出了叠压的仰韶、龙山和殷三种文化层关系,解决了华北地区这三种古文化的相对年代。在后岗还发掘了殷代大墓。在殷墟其他地区,如大司空村等地还发掘了一批殷代墓葬。殷墟王陵的科学发掘举世震惊。中国考古学也从开创之初就确立了鲜明的为历史的特色和风格。为历史的中国考古学根植于这块土地上悠久传承的丰富文化和历史知识的积淀,强烈的活的民族情感和民族精神始终支撑着中国考古学家的工作。近50年来,中国考古学取得了无比巨大的成就,无论是新石器时代城址还是商周墓葬的发掘,都是早期中国文明具体直观的展示。

　　不同来源的资料相互检核,不同属性的资料相互印证,提供我们关于早期中国更加确切更加丰富的信息,能够不断地解决旧问题提出新问题,又因为不断提出的新问题而探寻无限更多的资料,而使我们对早期中国的认识不断深入愈益全面。开放的多学科协同的综合研究使早期中国研究取得了辉煌的成绩。对其他历史研究和学术研究来说,早期中国研究的这种研究风格和研究方法或许也有其可资借鉴的意义。

王国维、傅斯年等人是近现代西方科学思想和知识的接受者、传播者,他们的古史研究是现代化的科学研究,他们开创了中国历史学和中国学术的新时代。现代中国学术的进步始终是与西方学术界新观念、新技术、新方法的传播紧密相连的。西方早期中国研究中一些重要的研究课题、重要的研究方法,比如文明起源研究、官僚制度研究、文本批评研究等等,启发带动着中国同行的研究。事实上,开放的现代学术研究也就是在不同文化知识背景学者的不断交流、对话中进步。我们举最近的一例。夏商周断代工程断代的一个重要基准点是确认周懿王元年为公元前 899 年,这是用现代天文学研究解释《竹书纪年》"天再旦于郑"天象资料的一项成果。这项成果的发明权归属韩国学者,在断代工程之前西方学界已确认了这个结论。将"天再旦"解释成日出前发生的一次日全食形成的现象的假说是中国学者刘朝阳在 1944 年提出的,他和随后的董作宾先生分别推算这是公元前 926 年 3 月 21 日或公元前 966 年 5 月 12 日的日食。1975 年韩国学者方善柱据此假说并参考 Oppolzer 的《日月食典》,首次论证"天再旦"记录的是公元前 899 年 4 月 21 日的日环食(《大陆杂志》51 卷第 1 期)。此后,1988 年美籍学者彭瓞钧、邱锦程、周鸿翔不仅也认定"天再旦"所记是公元前 899 年的日环食,并对此次日食在"郑"(今陕西省华县,$\lambda = 109.8°E, \varphi = 34.5°N$)引起"天再旦"现象必须满足的天文条件,第一次做了详尽理论分析和计算,并假设食甚发生在日出之时,计算得出了表示地球自转变化的相应的 ΔT 为 (5.8 ± 0.15)h,将"天再旦"的研究又向前推进了一步。夏商周断代工程再次确认了"天再旦"这一成果,并为此于 1997 年 3 月 9 日在新疆北部布网实地观测验证。

本丛书不仅是介绍西方学者一些具体的早期中国研究的成

果,引进一些新的概念、技术、思想、方法,而且更希望搭建一个开放性的不断探索前沿课题的学术交流对话的平台。这就算是我们寄望于《早期中国研究》丛书的又一个意义。

只有孤寂的求真之路才通往独立精神、自由思想之境。值此焦躁不安的文化等待时刻,愿《早期中国研究》丛书能够坚定地走出自己的路。我们欢迎所有建立在丰富材料缜密分析基础上、富有独立思考探索成果的早期中国研究著作。

著述和出版是长久的事业,我们只要求自己尽力做得更好一些。希望大家来襄助。

朱渊清

2006/12/2

写于学无知室

序

2008年初春，我应邀访问香港浸会大学，得与陈致先生晤见，承赠示其英文大著 *From Ritualization to Secularization: The Shaping of the Book of Songs*（列入《华裔学志丛书》，2007年），捧读之下，对其思维之缜密，见解之新颖，论证之精细，殊感钦佩，认为是不多得的好书。近日获知该书已译成中文，并经他自己充实修订，即以《从礼仪化到世俗化：〈诗经〉的形成》为题付梓，嘱我写几句话，自然高兴有这一附骥的机会。

我特别想向读者推荐陈致先生这部书第一章中论述研究方法的部分。众所周知，历代研究《诗经》的学者多不胜数，有关著作汗牛充栋，要想突过前人，另辟蹊径，真是谈何容易。陈致先生这部书的独到之处，正在于他所说"综合多元视角的研究方法"。"《诗经》一直得到不同学科的专业人员的研究。文学专业的学者努力探讨其美学价值及其在中国文学史上对抒情传统的影响。考古学家和历史学家将其作为一项主要史料，来重建古代中国的历史细节。古典学者和古文字学家主要致力于《诗经》文本的语源学和语言学研究，而历史语言学家则从音韵和句法方面对其展开研究。"（页9）应该说，将这些学科的成果综合起来，已经有不少作品尝试过，陈致先生则匠心独运，其所"采用的多学科研究方法，是将音乐考古学与传统的古文字学、训诂学和文献学结合在一起"(页9)。把音乐考古学放在中心位置,加以强调,使陈致先生这部书新义纷呈。

《从礼仪化到世俗化:〈诗经〉的形成》一书最重要的贡献之一,我认为是论述了诗与礼乐制度之间的密切联系,从而进一步阐明作为中国古代传统文化核心的诗书礼乐之教的整体性质。由这一点出发,又牵涉到学术界长期关注的一系列问题。

《论语·为政篇》载孔子说:"殷因于夏礼,所损益可知也;周因于殷礼,所损益可知也。"夏商周三代礼乐制度的因革损益,是研究中国历史文化至关重要的问题。有关学说影响最大的,是王国维先生的名文《殷周制度论》。王文开篇就讲:"中国政治与文化之变革,莫剧于殷周之际。""殷周间之大变革,自其表言之,不过一姓一家之兴亡与都邑之移转;自其里言之,则旧制度废而新制度兴,旧文化废而新文化兴。又自其表言之,则古圣人之所以取天下及其所以守之者,若无以异于后世之帝王;而自其里言之,则其制度文物与其立制之本意,乃出于万世治安之大计,其心术与规摹迥非后世帝王所能梦见也。"殷周礼乐制度的关系由于近代种种考古学及古文字学的发现和研究,已逐渐显露于世,王国维先生提出的观点有了得到证验的可能。

事实上,中外许多学者都一直究心于这个问题。例如我还记得,1987年初,我和裘锡圭先生应邀参加由日本《读卖新闻》与东方书店在东京举办的"中国古文字与殷周文化"公开讨论会。出席的日本学者,有樋口隆康、伊藤道治和松丸道雄三位先生。会上集中论议一个问题,便是殷周文化的关系。据我的体会,当时日方三位先生的论点都是类似上引王国维先生的。

对殷周礼乐制度因革关系的看法,又联系到学术文化史的一个长久争论的问题,即周公的"制礼作乐"。王国维《殷周制度论》

在反复申论之后，就归结到："欲知周公之圣与周之所以王，必于是观之矣。"如果考虑到周公在历史文化中的地位如何，还关系着儒学的起源问题，以及经学史上今古文经学的区分问题，"制礼作乐"问题的重要不难想见。

陈致先生这部书在有关问题上提出好多值得大家仔细思考的新见解。如书的第六章结论所言："从周文王到周公，周朝的知识分子便称呼他们的文化为'夏'，这是为了建立其历史的正统性及族群的优越性……当周朝成功推翻商朝后，并没有完全接受殷商优越的音乐文化，反而是摒弃了某些元素，并且不允许继续保存下去。因此，当周公着手设立周朝的礼乐时，便创制了《大武》，并修改了《大夏》，以符合周朝举行盛大的典礼。周公用了六代的音乐传统创制周朝的礼乐，不难反映出他有意利用古代传统的威望来加强周朝的正统性。"（页317）这里陈致先生是把王国维的观点引申而且深化了，由之扩充视野，环绕着《诗经》的形成，论说了周代礼乐制度兴衰的大势。

因此，我觉得有兴趣研究中国古代历史文化的读者，都会从这部书得益。

李学勤

2009 年 11 月 20 日

于北京清华园

中文版序

　　上学的时候,读文学史方面的书,一说到《诗经》,总是会看到鲁迅《门外文谈》里的一段话:

　　　　文学的存在条件首先要会写字,那么,不识字的文盲群里,当然不会有文学家的了。然而作家却有的。你们不要太早的笑我,我还有话说。我想,人类是在未有文字之前,就有了创作的,可惜没有人记下,也没有法子记下。我们的祖先的原始人,原是连话也不会说的,为了共同劳作,必需发表意见,才渐渐的练出复杂的声音来,假如那时大家抬木头,都觉得吃力了,却想不到发表,其中有一个叫道"杭育杭育",那么,这就是创作;大家也要佩服,应用的,这就等于出版;倘若用什么记号留存了下来,这就是文学;他当然就是作家,也是文学家,是"杭育杭育派"。不要笑,这作品确也幼稚得很,但古人不及今人的地方是很多的,这正是其一。就是周朝的什么"关关雎鸠,在河之洲,窈窕淑女,君子好逑"罢,它是《诗经》里的头一篇,所以吓得我们只好磕头佩服,假如先前未曾有过这样的一篇诗,现在的新诗人用这意思做一首白话诗,到无论什么副刊上去投稿试试罢,我看十分之九是要被编辑者塞进字纸篓去的。"漂亮的好小姐呀,是少爷的好一对儿!"什么话呢? 就是

《诗经》的《国风》里的东西，好许多也是不识字的无名氏作品，因为比较的优秀，大家口口相传的。王官们检出它可作行政上参考的记录了下来，此外消灭的正不知有多少。

鲁迅的这段话，相信读者应该都不会陌生，我们的教材里一般都会引到。这段话看似寻常，但对我们的影响太深远了。以至后来在我们的文学史研究中形成了两个根深蒂固的观念：一是诗歌起源于劳动号子，最初都是民歌；二是《诗经》中《国风》部分绝大多数也都是民歌，而且因为《诗经》是我国最早的诗歌总集，所以其中保留了我国古代最古老的民歌。在鲁迅看来，《诗经》的头一篇，《周南·关雎》最初也是民歌，经过王官们加工以后，才变成现在看到的样子。

后来，我读商周史，读三礼，读王国维先生的文章，看到《周南》中包括《关雎》在内的一些诗，以及《召南》中的一些诗，多用之于周代礼乐。就拿《周南·关雎》这一篇来说吧，明摆着说的是说"小姐"是"少爷"的好一对儿，一会儿"钟鼓乐之"，一会儿又"琴瑟友之"，用的都是贵重的乐器，如果说它是民歌改编的，总觉得于情理不合。再后来，又读到朱东润和屈万里两先生的文章，再通读一遍《国风》和《小雅》，始信《国风》部分应该绝大多数都不是民歌，而《小雅》部分可以说几乎没有民歌。再回想鲁迅所说的话，才知道他老先生不是在做研究，而是在写杂文。写杂文随意挥洒，本来就不必负什么责任。要是鲁迅先生知道后人把他的每句话都当真，都奉为科条，恐怕说话写文章也会更谨慎一些的。

由此，我对《诗经》的来源问题越来越感兴趣。我们都知道，《诗经》由"南"、"风"、"雅"、"颂"四部分所组成。然而这个分类到底根据什么原则？"南"、"风"、"雅"、"颂"四类最初指的究竟是什么？自古以来，《诗经》学者们均尝试对这一问题作出不同的解释，然迄今仍众说纷纭，莫衷一是。《史记·孔子世家》说："三百五篇，孔子皆弦歌之，以求合韶、武、雅、颂之音。"《墨子·公孟篇》的作者生活的时代应该比孔子稍后数十年，其中也提到："诵诗三百，弦诗三百，歌诗三百，舞诗三百。"由此看来，三百五篇皆能被诸弦颂歌舞。而这种弦颂歌舞，并非民歌式地传唱下来的。

1993 年在威斯康辛大学东亚系攻读博士，首先对《诗经》中的"二南"部分产生兴趣，从种种方面来看，比如说，诗中提到的乐器的使用，诗中描述的贵族生活，以及"二南"在周代礼乐中的应用等等，在在表明"二南"里面的诗歌绝大部分都是贵族文人的作品，源于贵族的生活。

在此基础上，我进一步追本溯源，提出"南"字字义本为初生之竹，字形又像竹节，最初为竹木制的容器和打击乐器，后来又为南方乐钟的代称，进而代表具有南方色彩的音乐体式；"风"最初为普通管弦乐器的代称，后来成为具有地方色彩的音乐的代称；"颂"源自商代的乐钟"庸"，是殷商贵族用于祭祀、飨宴以至军旅所用之器。受裘锡圭、王维堤两先生文章的启发，我从甲骨文资料来考察，发现"庸"与其他乐器以及不同的舞蹈等可以相伴进行，故在商代中晚期应该亦指一种音乐、舞蹈、乐歌相伴进行的用于祭祀的乐舞形式。此外我认为由"庸"与"颂"的字源来看，此庸奏乐舞后来又经过周人的继承与改造，演变为《诗经》中的三颂。而"雅"即"夏"，是周人在与其宗主国"大邑商"相对抗的过程中营造出来的文化概念。为证明自身的合法性与正统性，周人每称自己是"夏"人，是夏的后代或者前朝夏的臣民，这与后世易代之际，新朝与旧朝争正统如出一辙。从商周嬗代之际到西周末，周人总是称自己的文化为"夏"为"雅"，其所指主要是源自关中地区以宗周为中心的语言、文化、典章和制度。周人的音乐文化及乐器等也称作"夏"和"雅"。《诗经·小雅·鼓钟》中的"以雅以南"，在春秋时期背山顶编钟铭文中曰"以夏以南"，其"雅"和"夏"所指称的是源自关中地区的甬钟或钮钟,为周代贵族所专用。由此可见,《诗经》的编者在分类编排时,除了根据不同的音乐体式,同时也考虑了地域的因素。我认为这些乐式其实源于不同的乐器。这样看来宋代学者如郑樵、王质、程大昌等提出的乐式分类理论,是可取的。

在本书中,我提出一个理论,即所谓"雅"、"颂"的区分,反映出了商周之际的政权嬗变是如何促使商、周两民族的在文化上交织、融合、发展的复杂过程。我认为,商、周的音乐文化存在着鲜明的地方性和民族性差异。大体而言,商的音乐文化(以"颂"为代表)原本较周的(以"雅乐"为代表)为高,然而周人武力征服殷商以后,其音乐文化并非简单地直线发展,相反的是在两种文化交织整合的过程当中,呈现出阶段性的倒退。简单来说,就整体的音乐水平而言,无论是乐器的使用、乐制乐式、对乐理乐律的认识等方面,周人的雅乐都未能在短时间内超越殷人,而周人要标榜自己的独立性及正统性,因而在西周前半段逐渐形成自己的礼乐制度,在乐器、礼乐及演奏形式等多方面加以规范,这实际上又阻滞了商代原有的音乐文化的自然发展的过程,特别在中原地区殷商王朝直接统治的区域,因此形成了中国音乐文化发展上的"短暂性"迟滞和倒退。

我认为从商末到春秋晚期,雅乐实际上经历了三次变化,我称之为"雅乐三变"。第一次是在武王灭商前后,周人开始受到殷商音乐文化的影响。然而在此过程中两个民族的音乐文化经历了交流、冲突、抵制及融合,形成的时间比较长。就关中地区而言,周人一方面学习商人的音乐文化,另一面又加以改造,力图创新,以标榜其自身的独立性。关中地区西周前半段乐钟的形制、组合方式,以及其他乐器的使用等在在体现了其以学习继承商人为主的特性,与此同时,又逐渐创制了自己的乐器(如甬钟等),也形成了自己的乐器组合方式,及音乐作品和体式(如大、小雅);而与此同时,中原地区的音乐发展又出现了迟滞的现象,商人原有的庸在进入新朝以后突然销声匿迹,其他乐器的发现亦屈指可数,这很有可能是周人在灭商以后所制定的礼制等政策规范所造成的,从考古发现的音乐文物来看,晚商高度发达的音乐文化的发展出现了间歇性的衰退现象。

西周中期,周人创制的甬钟和钮钟开始广泛使用,编钟和编磬的组合方式和规模又侈增。西周礼乐中最重要的乐器编甬钟,在西周穆王(前976—前922)时期以后才出现了《周礼》中所描述八件一组、与编磬和镈共同使用的范式。从考古数据来看,西周典章文物的成形,如《周礼》所描述的鼎簋制度、乐悬制度等殆经数世到穆王(前976—前922)、恭王(前922—前900)时期,始具雏型。就乐器而论,西周晚期以前,礼乐中最重要的乐钟——甬钟,还是延袭商代的三件一组的规制。穆王(前976—前922)以后礼器乐器的组合特别是鼎簋钟等开始定型并呈等级序列,差近三礼所述。西周乐钟虽然有双音的特性,但是真正用正侧鼓双音构成四声音阶的旋律效果,也是在西周孝王(前891—前886)时期的钟出现以后。至宣王时期,从虢季编钟和晋侯稣编钟来看,中原地区的诸侯国也开始突破了西周礼制的规范,向僭侈的方向发展。

第二次变化出现在平王东迁以后,此时"夏"与"雅"的概念已由周王畿一带扩展至中原地区,雅乐与诸夏音乐的相互影响,熔燽出新的雅乐体制,无论是内容、乐制或乐器均趋向多元化,并从礼仪化转向世俗化。

第三次变化是在春秋中晚期,随着周室的衰微,晚商的余韵、各诸侯国的民间世俗之乐以及四夷之乐渐渐取代"雅"乐,形成了所谓的"新声"。我认为这种新声其实并不新,因为它实际上是部分晚商音乐文化的再现。

回顾一下商周时代雅乐的源起和流变过程,我们会发现,历史走过了一个不小的圆圈。从商末到春秋战国之际，本应该直线发展的商周音乐文化，却因雅乐的出现而暂时迟滞和倒退，最后以新声的出现才回复和超过原有的水平。这种异乎寻常的现象是由两个处在不同发展水平的民族音乐文化由接触到冲撞、由冲撞到融合而造成的。这两种文化接触与融合归一，由于音乐以外的原因，诸如政治需要、民族心理、文化传统等多方面的外在因素，使周民族在接受殷商音乐文化上经历了一个漫长曲折的过程，而两个民族的文代变迁，及其对外来文化的接受模式也各异其趣。商周音乐文化的这种交融过程，有些像民族音乐学上所称的"隔离化"（compartmentalization）的过程。

　　如果从这个角度来理解《诗经》中的各部分及各部分的来源，我们可以看到一幅更为清晰的文化图像。比如《诗经》中最早的一部分《周颂》中的诗篇，肯定是周代王室和宗庙演奏的礼乐作品。但它同时也是周人最早从商人那里学来的音乐作品。从《诗经》三颂中看到的乐器名称，说明在商、周易代的文化冲突之后，周朝统治者承继了殷人的乐器、乐式和乐制。我在本书中指出：

　　　　僻处西陲的"小邦周"作为商的属国，虽然在军事崛起之后，东向战胜了曾经是宗主的"大邑商"，但是在文化上尚处于弱势。所以周人对商的态度是一方面学习、吸收其文化，另一方面又要加以限制和改造。限制是出于畏惧，改造是为标榜自身的文明程度。正是在这样一种心态下，商代祭祀中所用的庸奏、庸舞和万舞，才被吸纳和改造成周人的礼乐，并加以重新命名，这也许就是所谓"周颂"的由来。

　　"颂"本原于"庸"，这一音乐体式本身最初就是商人的创制，但入周以后，又被重新包装、改造和定名，《诗经》中的"鲁颂"和"商颂"一样，也是殷人这种音乐文化的在殷商遗民聚居地区和邦国在周代的延续。而《诗经》中的"大雅"和"小雅"则源自周人在宗周地区发展出来的音乐文化,周人的"雅"和"夏"的观念最初只与以宗周为中心的周人的文化相联系,因此源自宗周的音乐创作,不论其内容和主题为何,周人亦将之收集在一起,并视之为"雅"。周贵族在典礼祭祀宴飨中常用的《大雅》《小雅》诗篇因此主要是西周时期的作品。我认为商周的音乐文化接触导致了两种不同的转化方向。一方面,在周室直接管辖之周原地区,雅乐出现,并逐渐发展起来,且渐渐得以系统化。然而这个制度化的过程是相当漫长的,实际上经过了至少两个世纪左右才接近后来周代礼书所描述的样貌。另一方面,以往殷商所直接统治的中原地区,周人的雅乐实未能在这广阔的领土中传播和实行,而殷商旧乐又因种种规范和限制而受到阻滞,这种情况亦一直持续到西周晚期。

　　从平王东迁,东周王朝定都雒邑以后,周人"雅"与"夏"的观念也随着王室的东迁而与中原文化相系联。周代文献中的"中夏"、"诸夏"等观念就是在这个时期形成的,但周人标准的音乐文化,即所谓"雅乐",自然地涵盖了中原地区中夏诸国的音乐。所以二南与十三国风,也被周代乐官采入到《诗三百》之中。需要说明的是,"二南"与"十三国风"中的诗歌,到了春秋中晚期僭侈之风肆行,旧传统中,与雅乐相对立的俗乐、四夷之乐等也都纷纷进入各诸侯国的庙堂,以及贵族士大夫的种种活动和场面之中,"夷俗邪音"之乱雅,已为大势所趋,不可逆转。其后又经战国秦汉数百年之战乱流离,以《诗三百》所代表的周人的雅乐传统,终至诗乐分离,诗义消亡。汉初,即使是世世为大乐官的制氏也"但能纪其铿锵鼓舞,而不能言其义"。

　　以上是这本书的基本观点。本书的初稿是我 1999 年提交给威斯康辛大学东亚系的博士论文,原题为"From Ritualization to Secularization：The Shaping of the *Book of Songs*"。论文的撰写从 1994 年就已经开始了,其中很多想法是在撰写论文的五年时间中逐渐形成的。

博士论文的英文修订版于 2007 年在德国圣奥古斯汀的华裔学志和 Routledge 出版社出版,中文版由吴仰湘、许景昭、黄梓勇翻成中文。中文稿的出版距离我的英文初稿已相去有十余年了。其间人不惜力,地不藏金,学术的发展正如我国经济的发展一样以令人瞠目的速度,让人目不暇给。在商周古史、文字学和考古学的领域尤为如此。所以中文稿译完之后,我又作了不少的修订和增补。书中的有些思想在我其他的论文中亦有所阐述,如《说南:再论〈诗经〉的分类》(台湾《"中研院"中国文哲研究集刊》,1998 年第 12 卷)、《说夏与雅:宗周礼乐形成与变迁的民族音乐学考察》(台湾《"中研院"中国文哲研究集刊》,2001 年第 19 卷)、《二南:南方的乐钟与雅音》(北大《国学研究》,第 13 卷,2004 年)及《万舞与庸奏:商代祭祀乐舞与〈诗经〉中的颂》(上海古籍《中华文史论丛》,2008 年第 4 期),但整体的思想和论述则见于本书。有趣的是,我提出的这些看法,在国内学术界,有些学者极表赞同,以至于从几年前开始,即撰写多篇文章持续不断、连篇累牍地阐述我的观点:如中国社会科学院的王秀臣在其《周代礼制的嬗变与雅乐内涵的变化》(《社会科学辑刊》,2005 年第 4 期)、《周代雅乐的时空意义考察》(《齐鲁学刊》,2006 年第 6 期)、《夏、商文化与"雅乐"制度的滥觞》(《东北师大学报(哲学社会科学版)》,2007 年第 2 期),及其专著《三礼用诗考论》的一些章节,不断地变换文字和角度陈述我在《说夏与雅:宗周礼乐形成与变迁的民族音乐学考察》的观点。这使我想起台湾诗人罗青的一首诗,叫"吃西瓜的六种方法",香港的宴席上叫作"一鱼三吃"。我已枯鱼入肆,而彼则食髓知味,欲罢不能。无可奈何之下,只能觉得倍感荣幸。

本书出版,首先要感谢我友湖南大学岳麓书院的吴仰湘教授、我的博士生香港珠海书院中文系助理教授许景昭博士和浸大中文系的黄梓勇先生，他们三位花了大量时间将原书翻译成中文。李学勤先生在诸事纷繁、万分忙碌的情况下，还抽出时间为本书撰写了序言，令我十分感动。朱渊清教授，邀我共同策划上海古籍的《早期中国研究》丛书，并将本书稿纳入这一丛书中。此外，又蒙朱教授缪赏，还为我的英文书撰写了书评。上海古籍出版社赵昌平总编审读了与本稿相关的一篇文章《万舞与庸奏：商代祭祀乐舞与〈诗经〉中的颂》(《中华文史论丛》2008年第4期，页23—47)，并提出了诸多宝贵意见，古籍社的童力军先生大力促成本稿的出版，责任编辑徐衍女士认真细致地审读拙稿，并提出了修改意见。本书的出版同时也得到香港浸会大学文学院及浸大中文系同仁的大力支持。总之，要感谢的人还有很多，在此无法一一道来。当然，书中的错误和不足之处，概由本人负责。

陈致
2009 年 11 月 7 日
于香港浸会大学中文系

本书问梓之际，父亲被发现身患淋巴瘤。母亲正全身心地照料父亲，奔走于北京各医院之间，寻求医治的良方。父亲平生谦冲自守，清素自持，为我国的航天事业作出了重要的贡献，但从不自伐其功。2003 年，香港浸会大学理学院邀请父亲做了一个报告，报告中无一言及自己。当发现身患肿瘤时，父亲以异乎常人的坦然和理智，向医生报告病情，分析病情，做治疗笔记，以乐观的态度积极配合医治。这些不仅令亲朋好友钦佩，也让航天中心医院及中国肿瘤医院的医护人员赞叹不已。

谨以此书献给我父亲陈怀瑾教授：我心目中学者的典范！

目　录

序　　　　　　　　　　　　　　　　　　李学勤　001
中文版序　　　　　　　　　　　　　　　　　　001

第一章　研究现状与研究方法　　　　　　　　　001
　一、关于《诗经》的文本　　　　　　　　　　001
　二、研究中的问题　　　　　　　　　　　　　005
　三、综合多元视角的研究方法　　　　　　　　009
　　（一）古文字与语言学的分析　　　　　　　009
　　（二）从音乐考古学与民族音乐学的　　　　015
　　　　　角度研究《诗经》

第二章　庸、颂、讼（诵）：商代祭祀的乐器、　019
　　　　乐调和礼辞
　一、商周文化的对抗与传承　　　　　　　　　019
　二、殷商文化的优越性及其在周代的延续　　　025
　三、从考古发现的乐器来看晚商和先周的　　　027
　　　音乐文化异同
　四、商代祭祀乐舞与周初雅乐之关系　　　　　037
　　（一）对"颂"的传统解释：从古文字学　　　037
　　　　　角度分析其合理性
　　（二）"庸"的字源学探讨及其与"颂"在　　053
　　　　　古音义上的关系
　　（三）祭祖活动中的商代祭祀乐舞：以　　　060

考古及文字资料为依据

075　（四）商代祭祀乐舞的重构

087　（五）祭祀仪式中的祝词：诵（讼）

089　（六）商代祭祀乐舞的名称及其在周代的
变体

097　五、由神性向功利性的转换：商周之际祭祀
乐舞的仪式化

100　第三章　雅乐的标准化

103　一、周人对夏人的认同

110　二、"夏"与"雅"的字源关系

115　三、夏乐：最初的雅乐

116　（一）"夏"与"大夏"

121　（二）舞夏、夏舞、㠱和㠱

123　（三）夏篇或夏龠

124　（四）九夏——夏乐舞之九个分节

125　（五）伴随夏朝乐舞的初民乐器

129　四、雅乐的构成形式

129　（一）音乐的象征作用及夏乐之成为礼文

135　（二）雅乐各部分的内容和作用及其
与《诗经》篇章之关系

168　（三）从传世文献资料看雅乐中伴奏的乐器

从礼仪化到世俗化：《诗经》的形成

五、从考古资料看商周乐器的类型异同　171

六、涵化后商周音乐有等差的融合:《诗经》　192
　　中大小《雅》的来源

第四章　古文字中的"南"及《诗经》中的"二南"　196

一、《诗经》中的"南"　196

二、关于"二南"名称的来源　199

　　(一)"南"作为方位词　199

　　(二)"南"为诗之一体　201

　　(三)"南"为音乐之一体　202

　　(四)"南"作为王朝卿士之称以及职贡之名　204

三、"南"字之字源　205

　　(一)南:一种容器或一种乐器　205

　　(二)"南"为初生之竹:关于"南"字　207
　　　　字源之假说

　　(三)"南"与"镈":江苏丹徒背山顶　216
　　　　编钟铭文新释

　　(四)商周乐钟的类型及其演变　224

　　(五)"南"作为南方的打击乐器　230

四、"周南"与"召南"　234

　　(一)周公所封与召公所封　234

　　(二)二南地域问题　236

　　(三)关于南国之疆域　239

245　　　　　（四）从二南诗来看二南地域

248　　　　　（五）从二南诗来看二南时代

251　　　　　（六）南方的雅音

255　　　**五、二南诗乐之分离**

260　**第五章　"雅"的地方化：商代雅乐的复兴**

260　　　**一、宗周的陨灭，诸夏观念的出现，及雅乐
　　　　　在地方上的扩散**

260　　　　　（一）夷夏观念于两周之际的嬗变

269　　　　　（二）春秋时期的雅乐观念

274　　　**二、"风"字古义及其在《诗经·国风》中的涵义**

274　　　　　（一）风：春秋时期歌诗之名

279　　　　　（二）瞽：周廷的乐师

285　　　　　（三）瞽为《诗》的编辑

288　　　**三、《国风》出自民间说**

302　　　**四、商音的化石化与风诗的流播**

302　　　　　（一）邶鄘卫之诗

309　　　　　（二）殷商音乐的化石化

311　　　　　（三）郑卫之音：殷商旧乐的再现

317　**第六章　未能作结的结论**

330　参考文献

图表目次

表 1：殷墟时期商朝辖境内的乐器遗存　　　　　　032

表 2：三颂所见祖先祭祀的内容　　　　　　　　　044

表 3：《那》诗所见商代祭乐演出的次第　　　　　084

表 4：文字关系及其首次出现在铭刻资料　　　　089
　　　和现存文献中的情况

表 5："庸"、"颂"、"诵"的初始意义及其　　　　092
　　　分层、扩散与转化

表 6：天子、诸侯、大夫、士用乐表　　　　　　133

表 7：天子、鲁公用乐表　　　　　　　　　　　135

表 8：三礼中"金奏"的作用及规制　　　　　　136

表 9：三礼中的"管"与"小舞"　　　　　　　　147

表 10：三礼中"笙"乐之使用　　　　　　　　　151

表 11：三礼中所见之"间歌"　　　　　　　　　153

表 12：三礼中所见之"合乐"　　　　　　　　　156

表 13：三礼及其他先秦文献所见礼乐　　　　　158
　　　所使用之大舞

表 14：《大武》六成所用诗歌异说　　　　　　　164

表 15：《诗经》各部分提到的乐器　　　　　　　170

表 16：天子、诸侯、大夫、士之乐制等次　172

表 17：殷墟时期与西周时期铜钟的类型分布　174

表 18：殷墟时期与西周时期石磬的类型分布　183

表 19：殷墟时期与西周时期埙的类型分布　189

表 20：春秋时代卿士大夫所引用的二南诗　249

表 21：二南诗中所见作者身份表　251

表 22：《诗经》首五风之诗歌的内容和性质　291

表 23：不同文献上的"三监"异说　304

表 24：《邶风》、《鄘风》、《卫风》所出现的地名　307

图 1：河南辉县琉璃阁 3 件埙器影　035

图 2：安阳殷墟小屯妇好墓出土陶埙　036

图 3：宝鸡竹园沟出土庸　036

图 4：蔡侯盘铭文　039

图 5：杕氏壶铭文　040

图 6：中山王礜鼎铭文　055

图 7：舒螽壶铭文　055

图 8：戍伶方彝铭文　072

图 9：史密簋铭文　109

图 10：墙盘铭文　117

图 11：秦公镈（秦铭勋钟、盄和钟、秦公钟）铭文　118

图 12：匡卣铭文　150

图 13：石鼓文"汧殹"　155

图 14：嘉宾钟铭文　167

图 15：亚弓庸　180

图 16：中庸　180

图 17：温县小南张商庸　181

图18:陕西竹园沟甬钟　181

图19:陕西茹家庄甬钟　182

图20:湖南衡阳所发现的镈　182

图21:陕西武官村特磬　187

图22:陕西扶风召陈村乙区三件编磬　188
　　　及扶风云塘特磬

图23:河南安阳小屯妇好墓出土的埙　191

图24:河南辉县琉璃阁三件埙　192

图25:遱邝编钟铭文　218

图26:师酉簋铭文　266

图27:訇簋(询簋)铭文　267

本书所引书刊英文简称表

Acta Orientalia	*AO*
American Anthropologist	*AA*
American Scientist	*AS*
Asian Music	*AM*
Bulletin of the British Association for Chinese Studies	*BBACS*
Bulletin of the Institute of Chinese Literature and Philosophy, Academia Sinica"中央研究院"中国文哲研究集刊	*BICLP*
Bulletin of the Institute of History and Philology, Academia Sinica"中央研究院"历史语言研究所集刊	*BIHP*
Bulletin of the Museum of Far Eastern Antiquities	*BMFEA*
Chiang-Han k'ao-ku 江汉考古	*CHKK*
Chiao-hsiang 交响	*CH*
Chin-nü-ta hsüeh-k'an 金女大学刊	*CNTHK*
Chinese Music	*CM*
Ch'ing-hua hsüeh-pao 清华学报	*CHHP*
Chu-tzu chi-ch'eng 诸子集成	*CTCC*
Chung-ho yüeh-k'an 中和月刊	*CHYK*

Chung-hua wen-shih lun-ts'ung 中华文史论丛	CHWSLT
Chung-kuo hsüeh-pao 中国学报	CKHP
Chung-kuo shih lun-ts'ung 中国史论丛	CKSLT
Chung-kuo shih yen-chiu 中国史研究	CKSYC
Chung-kuo yin-yüeh 中国音乐	CKYY
Chung-kuo yin-yüeh hsüeh 中国音乐学	CKYYH
Chung-kuo yü-wen hsüeh 中国语文学	CKYWH
Chung-yang yin-yüeh hsüeh-yüan hsüeh-pao 中央音乐学院学报	CYYYHYHP
Chung-yüan wen-wu 中原文物	CYWW
Early China	EC
Ethnomusicology	ETH
Fu-tan Ta-hsüeh hsüeh-pao 复旦大学学报	FTTHHP
Harvard Journal of Asiatic Studies	HJAS
History of Religions	HR
Jen-wen Chung-kuo 人文中国	JWCK
Journal of the American Oriental Society	JAOS
Kiangsi wen-wu 江西文物	KSWW
K'ai-feng Shih-fan Hsüeh-yüan hsüeh-pao 开封师范学院学报	KFSFHYHP
K'ao-ku 考古	KK
K'ao-ku hsüeh-pao 考古学报	KKHP
K'ao-ku yü wen-wu 考古与文物	KKYWW
Ku Han-yü yen-chiu 古汉语研究	KHYYC
Ku wen-tzu yen-chiu 古文字研究	KWTYC
Ku-kung po-wu-yüan yüan-k'an 故宫博物院院刊	KKPWYYK
Ku-shih pien 古史辨	KSP

Kuo-hsüeh chi-k'an 国学季刊	KHCK
Kuo-hsüeh yüeh-pao hui-k'an 国学月报汇刊	KHYPHK
K'ung-Meng hsüeh-pao 孔孟学报	KMHP
Li-shih yen-chiu 历史研究	LSYC
Monumenta Serica	MS
Musica Asiatica	MA
Musical Quarterly	MQ
Oriental Art	OA
Papers on Far Eastern History	PFEH
Pei-ching ta-hsüeh hsüeh-pao 北京大学学报	PCTHHP
Sheng-hsüeh hsüeh-pao 声学学报	SHHP
Shanghai ta-hsüeh hsüeh-pao 上海大学学报	SHTHHP
Ssu-pu pei-yao 四部备要	SPPY
Ssu-pu ts'ung-k'an 四部丛刊	SPTK
T'ai-Ta li-shih hsüeh-pao 台大历史学报	TTLSHP
T'oung pao 通报	TP
Ts'ung-shu chi-ch'eng 丛书集成	TSCC
Tung-hai hsüeh-pao 东海学报	THHP
Wen-po 文博	WP
Wen-shih 文史	WS
Wen-wu 文物	WW
Wen-wu ch'un-ch'iu 文物春秋	WWCC
Wen-wu t'ien-ti 文物天地	WWTT
Wen-yüan-ko pen Ssu-k'u ch'üan-shu 文渊阁本四库全书	SKCS
Yen-ching hsüeh-pao 燕京学报	YCHP
Yin-yüeh yi-shu 音乐艺术	YYIS

Yin-yüeh yen-chiu 音乐研究	*YYYCH*
Yin-yüen yü wen-wu 音乐与文物	*YYYWW*
Yu-shih yüeh-k'an 幼狮月刊	*YSYK*
Yü kung 禹贡	*YK*
Yü-yen yen-chiu 语言研究	*YYYC*
Yüeh-ch'i 乐器	*YC*

第一章
研究现状与研究方法

一、关于《诗经》的文本

传世的《诗经》的文本被分成《风》(或称《国风》)、《雅》和《颂》三大部分。①第一部分《风》又由十五个小部分组成,依国名或地名加

① 汉时,因所用文本和解说不同,《诗经》有齐、鲁、韩、毛等四家。前三家的文本,后来称作"今文"(即汉时流行的隶书),在文帝(前 179—前 157 在位)和景帝(前 157—前 141 在位)时先后被立于学官,成为官方本子,而向来被视作古文(先秦文字)代表的《毛诗》,至汉平帝(公元 1—6 年在位)时始被立于学官。当代有些汉学家认为,这两派解说《诗经》的差异在汉代时并不重要。见 Michael Nylan(戴梅可),"The Chin Wen/Ku Wen Controversy in Han Times"(《汉代的今古文之争》),TP(《通报》)80 (1994):83—145。《毛诗》之得名,来自解《诗》的大毛公(即毛亨)和小毛公(即毛苌)。见王国维《观堂集林》,北京:中华书局,1959 年,页 1125—1129。郑玄(127—200)在其对《诗经》的重要笺注中采用毛氏版本,《毛诗》的重要性从此大大超过三家,并成为唯一现存的汉代《诗经》文本。见 Steven Van Zoeren(范佐仁),Poetry and Personality: Reading, Exegesis, and Hermeneutics in Traditional China(《诗与个性:传统中国中的阅读、注解与诠释》),Stanford University Press,1991 年,页 83—94;Michael Loewe(鲁惟一),Early Chinese Texts: A Bibliographical Guide(《中国古代籍导读》),Berkeley:Institute of East Asian Studies, University of California;Society for the Study of Early China,1993 年,页 415—423。

以编排,诸如《周南》、《召南》、《邶风》、《鄘风》、《卫风》等。①第二部分《雅》分成《大雅》和《小雅》。第三部分《颂》包括《周颂》、《鲁颂》和《商颂》。这种划分可能早在春秋时期已经存在。中国最早的史书之一、成书于公元前 4 世纪的《左传》,②在襄公二十九年(前544)记载吴王余祭(前 547—前 531 在位)派公子季札聘鲁:

> (季札)请观于周乐。使工为之歌《周南》、《召南》,曰:"美哉! 始基之矣,犹未也,然勤而不怨矣。"为之歌《邶》、《鄘》、《卫》,曰:"美哉,渊乎! 忧而不困者也。吾闻卫康叔、武公之德如是,是其《卫风》乎!"为之歌《王》,曰:"美哉! 思而不惧,其周之东乎!"③为之歌《郑》,曰:"美哉! 其细已甚,民弗堪也,是其先亡乎!"④为之歌《齐》,曰:"美哉,泱泱乎! 大风也哉! 表东海者,其太公乎!"⑤国未可量也。"为之歌《豳》,曰:"美哉,荡乎! 乐而不淫,其周公之东乎!"⑥为之歌《秦》,曰:"此之谓

---

①　在上博竹简中,"国风"写作"邦风"(见马承源《上海博物馆藏战国楚竹书(一)》,上海古籍出版社,2001 年,页 129)。"邦风"显然为《诗经》"风"之初名,学者们认为用"国"代替"邦",是避西汉第一个皇帝刘邦之讳。

②　杨伯峻认定《左传》成书于公元前 403 至公元前 389 年之间。见杨伯峻《春秋左传注》,北京:中华书局,1981 年,页 34—41。

③　周平王(前 770—前 720 在位)时,周的都城东迁至雒邑(或作洛邑,在今河南洛阳)。见《史记》,卷四,页 149;谭其骧《中国历史地图集》,上海:地图出版社,1982 年,第一册,页 19。

④　郑于公元前 375 年被韩所灭。见司马迁《史记》,卷十五,页 716。

⑤　见《史记·齐太公世家》,卷三十二,页 1477—1481。

⑥　周成王(前 1042—前 1006 在位)七年,周公修建洛邑。见杨宽《西周史》,上海:上海人民出版社,1999 年,页 168—169;《史记》,卷三十三,页 1518—1519。夏含夷(Edward L. Shaugnessy)认为周公在摄位七年后在东方退位,居于鲁国丰地,直到四年后死去(Shaugnessy,"The Duke of Zhou's Retirement in the East and the Beginnings of the Minister-Monarch Debate in Chinese Political Philosophy,"*EC*18:41—72;中文版见夏含夷《周公居东新说——兼论〈召诰〉〈君奭〉著作背景和意旨》,收入陕西历史博物馆编《西周史论文集》,西安:陕西人民教育出版社,1993 年,(转下页注)

夏声。① 夫能夏则大，大之至也，其周之旧乎！"为之歌《魏》，曰："美哉，沨沨乎！大而婉，险而易行，以德辅此，则明主也。"为之歌《唐》，曰："思深哉！其有陶唐氏之遗民乎！② 不然，何忧之远也？非令德之后，谁能若是？"为之歌《陈》，曰："国无主，其能久乎！"自《郐》以下，无讥焉。③

在接下来的评议中，公子季札对这些似从未见于吴国的"周乐"发出感叹。他深为《诗经》各篇所动。从季札称美《诗经》各篇之词可见，《诗经》在当时已早有分类，且其次第与现存《毛诗》各部分次序大致相同。由此可知春秋晚期鲁国宫廷所奏诗篇的次序，也与《毛诗》大抵一致。④ 除了《国风》诸诗，鲁国乐工还为季札歌《雅》与《颂》，如《左传》襄公二十九年所载：

为之歌《小雅》，曰："美哉！思而不贰，怨而不言，其周德之衰乎？犹有先王之遗民焉。"为之歌《大雅》，曰："广哉，熙

（接上页注）页 872—887）。关于西周的年代，笔者采用大多数学者如周法高、倪德卫（David Nivison）、赵光贤和夏含夷的分期意见。见 Shaughnessy（夏含夷），*Sources of Western Zhou History*（《西周史料》），Berkeley-Los Angeles：University of California Press，1991 年，页 217—287；朱凤瀚、张荣明编：《西周诸王年代研究》，贵阳：贵州人民出版社，1998 年，页 171—177、380—387、311—318、268—292。

① "夏"可能有多种含义。郑玄在《礼记》注文中，谓"夏，大也"，可见他将此解为"夏禹之乐可赞尧、舜之大德"（杨家骆《礼记注释及补正》，1978 年，卷 38，页 6 下）。根据裴骃（卒于 438 年）的《史记集解》，杜预（222—284）认为此处之"夏"是指"诸夏"，即中原（见《史记》，卷三十一，页 1454）。笔者认为此"夏"作为地名，实指西周统治的中心地域，详见第三章和第五章。

② 帝尧亦称陶唐氏，见《尚书正义》卷一之一、《十三经注疏》本，页 113 下，伪孔安国（约前 2 世纪）传云："唐，帝尧也。姓伊耆氏。尧初为唐侯，后为天子，都陶，故号陶唐氏。"又见《史记》，卷一，页 45。

③ 杨伯峻《春秋左传注》，页 1161—1165。

④ 《毛诗》中唯一不同的是：《豳风》居《风》诗之末，而《秦风》次于《唐风》。另外在今本《毛诗》中，《邶风》之后尚有《曹风》。

熙乎！曲而有直体，其文王之德乎?"为之歌《颂》，曰:"至矣
哉！直而不倨，曲而不屈，迩而不偪，远而不携，迁而不淫，复
而不厌，哀而不愁，乐而不荒，用而不匮，广而不宣，施而不费，
取而不贪，处而不底，行而不流。五声和，[①]八风平，[②]节有度，
守有序，盛德之所同也。"[③]

季札观乐之事，亦载于司马迁(前 145—约前 86)之《史记》。[④]上述
两处材料说明，《诗经》所分部类之命名及其次序之排列，早在汉代
《诗经》立于学官之前早已形成。然而，《诗经》何以如此分类？又

---

① 在中国古代音乐理论中，五声指宫、商、角、徵、羽。五声之名并称，最早见
于《尚书》伪孔传(《尚书正义》卷三，页十九，《十三经注疏》本，页 131 下)、《管子》、
《世本》(茆泮林辑本，4.7，见秦嘉谟等辑:《世本八种》，上海:商务印书馆，1957 年)
诸书，《管子》中作宫商羽徵角(《管子》卷二十三，页 6 下，景印《文渊阁四库全书》
本)。

② 在古代中国，来自八方之风称为"八风"。关于"八风"，至少有三种名称。《吕
氏春秋》卷 13，页 3 上(《四部备要》本)载其名为:东北炎风、东方滔风、东南熏风、南方
巨风、西南凄风、西方飂风、西北厉风、北方寒风。据《淮南子》卷 4，页 2 上(《四部备要》
本)，来自东方称条风，来自东南称景风，来自西南称凉风，来自西北称丽风。《说文解
字》(许慎《说文解字》，北京:中华书局，1963 年，页 284)载其名为明庶风(来自东方)、
清明风(来自东南方)、景风(来自南方)、凉风(来自西南方)、阊阖风(来自西方)、不周
风(来自西北方)、广莫风(来自北方)、融风(来自东北方)。在先秦文献中，"八风"通常
与音乐相关。《左传》隐公五年中有一段文字，描述了自然界八风与音乐表演八风之间
的关系。王引之(1766—1834)称"八风"与所谓"八音"乃八种乐式之异名。见王叔岷
《史记斠证》，台北:"中央研究院"历史语言研究所，1982 年，卷 31，页 1272;又见
De Woskin(杜志豪)，*A Song for One or Two*:*Music and the Concept of Art in
Early China*(《早期中国的音乐及艺术观》)，Ann Arbor:University of Michigan，Cen-
ter for Chinese Studies，1982 年，页 23。对来自四个方向的四风之名的最早记载，见
于甲骨文。有些学者认为，商人祭祀四方、四风，四风之名即代表四方之神。见胡厚宣
《甲骨文四方风名考》，《责善半月刊》第二卷第十九期，1941 年;《甲骨文四方风名考
证》，《甲骨学商史论丛》第一卷，济南:齐鲁大学，1944 年，页 265—276;《释殷代求年于
四方和四方风的祭祀》，《复旦大学学报》，1956 第 1 期，页 49—86;冯时《殷卜辞四方风
研究》，《考古学报》，1994 年第 2 期，页 131—154。

③ 杨伯峻《春秋左传注》，页 1164—1165。

④ 《史记》，卷 31，页 1452—1453。

如何命名？风、雅、颂、南之名，最初所指为何？这些问题长期以来让学者们困惑不已。

二、研究中的问题

着重从政治角度解说诗篇的《毛诗》一派的学者，如郑玄（127—200）、孔颖达（574—648），对《诗经》各类名称所作的解释，实在难以让人信服。基于将诗篇的政治主题作为分类的标准，《诗经》的传统注解者将"风"读如"讽"，意指这些诗歌是用作教诲的政治工具；将"雅"解作"正"，谓其与王政之施行相关；又将"颂"视作称誉君王美德的赞美之诗。①虽然诗篇的内容与《诗经》的分类有关，但《诗经》的分类与《诗经》各篇的主旨并不符合。婚恋乃至"淫奔"之诗，显然会偏离至其他主题。个人对战争、贵族和赋税的抱怨，也与道德教化毫不相干。更重要的是，这些诗篇散见于《诗经》各部分，并非整齐划一地出现在某一类中。因此，《风》、《雅》、《颂》中大部分诗篇错综复杂的主旨，使政治性的解说无法适用，而需要作多样化的解读。

除了这种政治解读，自汉迄今的学者还提出过许多不同的解说，其中一些将在本书其他章节加以讨论。在这些多种多样的解读中，不乏有趣的考察和有益的研究，但《诗经》的分类问题却也变得更加扑朔迷离。

笔者以为，这应归咎于中国早期诗歌、音乐，尤其《诗经》研究方法上的陈陈相因。这其中首先就是对《诗经》作平面式的处理（planimetric treatment），以为《诗经》中的三百余篇诗歌是同一时

---

① 见郑玄笺，孔颖达疏《毛诗正义序》（《十三经注疏》本），北京：中华书局，1979年，页269—273。

代作品的汇集。却不顾这样一个事实,即这些诗篇的创作与收集,始自公元前11世纪早期,其间经历过商周易代,直到公元前6世纪,其时季札观乐于鲁,孔子也声称读过当时通行的《诗经》。①"平面式"的研究是指我们在观测事物的时候,从时间上截取一个横断面来看,这相对于复杂而科学的立体式的观察来说,容易把事情简单化,忽略其在时间链中发展变化的情况。

　　这种错误常见于某些学术研究尤其是语言学研究之中。许多历史语言学者往往主要取材于《诗经》,以重建先秦语言的一般规律、句法特征与音韵体系。②这样做必须将其理论建立在这样一个假设之上,即《诗经》实由孔子与/或其同时代之人重新写定和编辑。可是我们知道先秦语言并非一成不变,而是随着时代不断变

---

　　①　虽然较早的一些文献,如司马迁的《史记》和王充(27—100?)的《论衡》,都记载孔子将三千多篇诗删为三百余篇,但此说从未为后来的《诗经》学者完全认同(见黄晖注,刘盼遂集解:《论衡校释》,北京:中华书局,1990年,卷二十八,页1129)。相反,自孔颖达以来的中国古代学者,一直怀疑司马迁和王充的记述。当代许多《诗经》学者同样持怀疑态度。然而,从《论语》又显然可知孔子见过一部有此三百余篇诗歌的集子。在《论语》中,孔子提到:"《诗》三百,一言以蔽之,曰:思无邪。"(参见Legge[理雅各],*The Chinese Classics*[《中国经典》],Hong Kong University,1960年,第二册,页146)。孔子也曾建议弟子除掌握三百诗篇外,还须知道如何将其在相应的政治场合适当地使用(见Legge[理雅各],*The Chinese Classics*,第一册,页265;另见Loewe,(鲁惟一)*Early Chinese Texts:A Bibliographical Guide*,页415)。

　　②　许多对《诗经》作语言学研究的学者,尽管知道诗篇的局限,但仍倾向于对其作平面式考察,可能是想让研究工作不过于复杂。这其中包括王力《诗经韵读》,上海古籍出版社,1980年)和向熹《诗经语言研究》,成都:四川人民出版社,1987年)。至于另外一些语言学家,或许并不十分清楚诗篇中存在时、空变化(如许绍早《诗经时代的声调》,《语言研究》,1994年第26期,页94—107;Axel Schuessler[舒斯勒],*A Dictionary of Early Zhou Chinese*[《早期中国古文字典》],Honolulu:University of Hawaii Press,1987年),竟将三百余篇诗歌全部视为周代早期流传下来的文献资料。不过,也有部分学者以诗篇作为语言材料时,因其源自不同时代而有所区别,金颖若就试图考察那些分属于周代早期和春秋早期的诗篇的不同音韵体系(金颖若《诗经韵系的时代分野》,《古汉语研究》,1993年第4期,页53—55),但这种两段式的考察,未对这些诗篇语言的时代变化作深入研究。

化。虽然许多语言学家假定周代有一种标准语言，可是从现存的先秦文献中，我们能清楚地看出较早时期的文本（如《尚书》、《诗经》、《逸周书》中较早时期的一些篇章①）与其他相对较晚时期的文本（如《论语》、《左传》、《国语》和《诗经》中可以确定为春秋时期的诗篇）在修辞方面的诸多变化。包括《诗经》在内的现存经典，虽然保存有某些时代稍后的音韵和语言元素，但已与其滥觞之时有异，②从而展现出时代变化的痕迹。因此，在《诗经》研究中采取平面式的研究方法，或者以《诗经》为主要材料对古代文字学和音韵学作平面式研究，显然都犯了未顾及时代差异的错误。

与平面式研究形成对比的是，有些学者采用单线式的方法（linear treatment），这在商、周音乐史的研究中频频可见。对中国音乐史的现代研究始自 20 世纪早期，以叶伯和的《中国音乐史》为代表，该书初版于 1922 年。③此后数十年间，出版了几十种以各种语言撰写的中国音乐史著作。④音乐学家周敏曾著文对中国音乐史研究中不同的分期方法和理论模式作了总结。依照周

---

① 学界一般同意今本《尚书》中以下篇章作于西周早期，即《康诰》、《酒诰》、《洛诰》、《君奭》、《立政》、《梓材》、《无逸》、《多士》、《多方》、《康王之诰》、《召诰》、《大诰》（见陈梦家《尚书通论》，北京：中华书局，1985 年，页 112；亦可见刘起釪《尚书学史》，北京：中华书局，1989 年，页 429—514）。在今本《逸周书》71 篇中，现代学者认为有 7 篇作于西周时期，即《克殷》、《度邑》、《世俘》、《商誓》、《作雒》、《皇门》、《祭公》（见刘起釪《尚书学史》，页 93—97）。

② William H. Baxter（白一平）指出，过去重建起来的古汉语音韵学，因为依赖《诗经》文本作为资料，已使周韵与汉韵混而为一。《诗经》文本实际上受到后《诗经》时代音韵的影响。见 Baxter（白一平），"Zhou and Han Phonology in the *Shijing*"（《诗经中的周汉音韵》），in *Studies in the Historical Phonology of Asian Languages*，Amsterdam/Philadelphia：John Benjamins，Eds. by William G. Boltz and Michael C. Shapiro，1991 年，页 1—34。

③ 叶伯和《中国音乐史》，上海：商务印书馆，1922 年。

④ 兹举一些主要著述：郑觐文《中国音乐史》，上海：大同乐会，1928 年；沈知白《中国音乐史纲要》，上海：上海文艺出版社，1982 年；王光祈《中国音乐史》，香港：中华书局，1989 年；孙继南、周柱铨《中国古代音乐通史简编》，济南：山东教育出（转下页注）

氏评述,有关中国音乐史研究的几十本著作中,大体上有两种分期法,即自律和他律。① 所谓"自律"模式,是指音乐史专家对音乐的演变历程进行分期时,根据的是音乐自身的某些方面如审美、体裁、形式、符号、心理和概念的延续与变异。"他律"模式则更多的是将音乐视作一种社会行为与文化现象,其中的典型是按朝代来处理音乐史。过去数十年间的大部分著作,对商、周音乐史都是采取朝代分期法,认为音乐是依朝代顺序平稳地演进。

采用人类学的术语,朝代处理法可视为社会进化论的另一种形式。这种进化的观点,肯定有助于早期和当代的研究者描绘人类脱离野蛮后其文化在不同发展阶段的某些面向。然而,用这种方法研究商、周音乐,虽强调了文化的时代发展和变化,一定程度上却忽视了人类文化在一个时期内不同地域间的多样性。

将《诗经》作为主要的研究对象,就有必要避免因强调一种研究模式而牺牲其他研究方法。大体而言,笔者认为这部经书中的三百余篇诗歌,是由不同地区的不同族群经历不同的时期结集而

<hr>

(接上页注)版社,1991年;萧兴华《中国音乐史》,台北:文津出版社,1995年。其中最重要者为杨荫浏1952年出版的著作《中国音乐史纲》(上海:万叶书店,1952年),作者后来增入更多的材料,以《中国古代音乐史稿》(北京:人民音乐出版社,1964年、1966年、1981年;台北:丹青图书公司,1986年)的书名重版。其他著述虽采用了朝代分期之外的一些分期方法,但与社会进化理论差异不大,如廖辅叔《中国古代音乐史》(北京:人民音乐出版社,1964年)使用马克思主义社会形态理论研究中国音乐史。李纯一是当代中国最为杰出的音乐考古学家之一,在他出版的两本音乐史著作中,《中国古代音乐史稿》(北京:音乐出版社,1958年)采用朝代分期法;而其著名的《先秦音乐史》(北京:人民音乐出版社,1995年)把先秦时期音乐的演进历程,依时代分为五个部分:远古与夏代的音乐、商代的音乐、西周的音乐、春秋时期的音乐和战国时期的音乐。

① 周敏《中国古代音乐史分期问题评述》,《中国音乐》,1991年第41期,页15—18。

成。儒家将这些诗篇尊奉为经,①虽然使这些远古声音的来源与谱系变得有点模糊,却也使这一批早期诗歌作为一个整体得以保存下来。不过,要充分理解这些作品的复杂多样,就有必要综合运用各种各样的研究方法。

三、综合多元视角的研究方法

《诗经》一直得到不同学科的专业人员的研究。文学专业的学者努力探讨其美学价值及其在中国文学史上对抒情传统的影响。考古学家和历史学家将其作为一项主要史料,来重建古代中国的历史细节。古典学者和古文字学家主要致力于《诗经》文本的语源学和语言学研究,而历史语言学家则从音韵和句法方面对其展开研究。

然而,过去二十年来与先秦相关各领域的新的考古资料和学术发现,却给《诗经》研究带来了新的光明,也使得综合此前所有方法开展跨学科研究成为必要。对整个《诗经》作如此研究会写出煌煌巨册,并非本书力所能及。不过,为了探寻《诗经》分类及其命名的渊源,笔者将采用的多学科研究方法,是将音乐考古学与传统的古文字学、训诂学和文献学结合在一起。笔者希望这一方法能具体说明跨学科研究方法对于《诗经》分类问题的潜在效力。由于资料有限,笔者所能做的最多是提出问题,并给予可能的解答。

(一) 古文字与语言学的分析

笔者采用的方法,包括对《诗经》各类名称"南"、"风"、"雅"、

---

① 这里说《诗经》成为儒家的"经",并不是说这部由三百篇诗歌编成的诗集,必定是由孔子本人或儒家学者编定。不过,毫无疑问的是,假若未经孔子和自周至汉多位儒家学者之手,这部诗歌总集可能不会留存至今。

"颂"等难字作古文字和语言学的分析,以探寻出它们的最初涵义。对这些汉字的基本特征、构造原理、语义形成、字形演变和语音发展作综合考察,也将揭示出先祖们的知识、信仰和思想,因为他们就是用这些文字来表达思想的。通过语义增生和词汇扩散,一个单字可以表达出多种意思。从这个意义上可以说,一个字本身就是一个布满复杂密码的思想世界。而对一个字的形体演变、语音发展和语义形成加以解说,就如同一种探索和发现,或者更恰当地说,是对"远古心智"变迁历程的重新发现。文字语义功能的缓慢演进,具体说明了古人指事明义时的观念发展。基于对古代汉语与思想的这一理解,笔者自 1994 年以来就基于汉字分析进行了相关研究方法的探索。本书即利用这一方法,来考察"颂"、"雅"、"南"、"风"等是如何演变成为《诗经》的各类名称,并努力恢复其初始意义。

这样做之所以成为可能,是由于以下两点:首先,有丰富、系统的古文字资料;其次,现存文献与传世及考古资料密切相关。这些资料包括:

1. 甲骨卜辞

笔者所受虽然主要是经学方面的训练,可是研究中亦利用了诸多现当代甲骨学研究成果,并参考了近来的一些甲骨文资料,诸如《甲骨文合集》(此后简称《合集》)、①《小屯南地甲骨》(此后简称《屯南》)、②《英国所藏甲骨集》(此后简称《英藏》)、③《东京大学东

---

① 中国社会科学院历史研究所编《甲骨文合集》,北京:中华书局,1978—1983年。

② 中国社会科学院考古研究所编《小屯南地甲骨》,北京:中华书局,1980 年,1983 年再版。

③ 李学勤、齐文心、艾兰(Sarah Allan)合编《英国所藏甲骨集》,北京:中华书局,1992 年。

洋文化研究所藏甲骨文字》、《怀特氏等收藏甲骨集》(此后简称《怀特》)。① 在这些甲骨文资料中,《合集》对本项研究最为重要,因为它对所收龟甲和兽骨已加以分期,并根据卜辞的内容和主题全部作了整理。本书写作中常用的另外两种参考书,一是姚孝遂、肖丁所编《殷墟甲骨刻辞摹释总集》(此后简称《摹释》),二是姚孝遂、肖丁所编《殷墟甲骨刻辞类纂》(此后简称《类纂》)。这两种著作提供了前述五种资料集所收甲骨卜辞的原文摹写,并以楷书逐条对释。《总集》依其最初出版顺序排列拓本,是第一部比较全面的甲骨卜辞摹释的工具书。《类纂》则以字词为线索分类编纂卜辞辞条,并相应提供了《总集》所收字、词、句的最初形式及隶定体。本书第二章和第四章使用的主要资料,即出自上述各种著作和笔者所得其他各种著作或资料集。

2. 青铜器铭文

根据几代古文字学家发明的各种标准,刻有铭文的青铜器大多可以被相对准确地判定时代。② 从郭沫若的开拓之作《两周金文辞大系图录考释》,③ 到陈梦家的《西周铜器断代》④ 和白川静的《金文通释》,⑤ 学界对已出大部分有铭青铜器,都有相对可靠的断代。

① Chin-hsiung Hsü(许进雄), ed. *Oracle Bones from the White and Other Collections*(《怀特氏等收藏甲骨集》), Toronto, Ont.: Royal Ontario Museum, 1979 年。

② 夏含夷认为,"给青铜器断代,可经由三条途径:其一,根据器物上提及而在历史记载中证明为同一的事件或人名;其二,利用艺术史的相关因素,如器物之形制、纹饰或书法方面的特性;其三,依据常见于器物的历法标记"。见 Edward Shaughnessy (夏含夷), *Sources of Western Zhou History*, 页 106—107。朱凤瀚《古代中国青铜器》(天津:南开大学出版社,1995 年,页 749—753)对青铜器的断代依据作了更详尽的讨论。

③ 郭沫若是书初版于东京文求堂书店(1933 年),北京科学出版社 1958 年再版。

④ 陈梦家《西周铜器断代》,见王梦旦编《金文论文选》,香港:诸大书店,1968 年。

⑤ 白川静《金文通释》,见《白鹤美术馆志》,神户:白鹤美术馆,1962—1984 年。

十八卷本的《殷周金文集成》内容详尽,并多标有明确的器物时代,为研读者提供了必不可少的研究资料,笔者都有所参考。至于1988年以后发掘的青铜器,笔者参考了单篇的考古发掘报告,它们大多刊载于中国的考古专业杂志。^①在考古报告中,这些青铜器铭文既有原文图样,又有考古学者的释文可参考。对这些铭文依时代顺序加以考察,可以进而直接探索古代人的思想与其观念的演变。最近几十年来,考古学家也撰写了许多这方面的有价值的著作,其中包括依地区差异归类的青铜器的汇集之作和研究论著。所有这些研究进展,使得进一步考察周人的语言、文化和观念成为可能。

3. 其他刻画及书写文字资料

刻画在其他物质上的文字,包括刻在石质材料上的,如石鼓文、诅楚文^②,和刻写在木册、竹简、陶器和丝帛等材料上的文字。与全属宗教或礼仪性的青铜器铭文不同,^③这些资料在内容上多种多样,有文学作品,也有关于哲学、法律、政治和历史题材的文

---

① 刘雨、卢岩编《近出殷周金文集录》,收录1988至1999年间所出青铜器之铭文,由中华书局出版。见刘雨、卢岩编《近出殷周金文集录》,北京:中华书局,2002年。

② 石鼓文是刻在十件石鼓上的四言诗句,始自春秋时期的秦国,唐时重现于世,引起许多诗人和学者的关注、赞美,其中韩愈(768—824)就写了一首名诗《石鼓歌》。这些石鼓现藏于北京故宫。诅楚文是宋朝时发现的刻在三块石头上的文字,秦惠文王(前337—前311在位)于公元前313年下令刻写了这些诅咒楚怀王(前328—前299在位)的文字,仅有拓本存留至今。见 Li Hsüeh-ch'in(李学勤),*Eastern Chou and Qin Civilization*,New Haven:Yale University Press,Transl. by K. C. Chang,1985年,页237—239。对石鼓文的全面研究,见马衡《石鼓为秦刻石考》,台北:艺文印书馆,1974年;张光远《先秦石鼓存诗考》,台北:华冈出版社,1966年;英文本见 Gilbert L. Mattos(马几道),*The Stone Drums of Ch'in*(《秦石鼓文》),Sankt Augustin-Nettetal:Monumenta Serica Institute,1988年。

③ 罗泰(Lothar Von Falkenhausen)已指出西周青铜铭文的宗教本质,不过是否"这些铭文指定的接受者为祖先的在天之灵",仍然有待讨论。见 Von Falkenhausen,"Issues in Western Zhou Studies"(《西周研究中的问题》),*EC*18(1993),页147。

献。这些文献多数已由考古学家提供了相对准确的时代。特别是上海博物馆收藏的一批战国竹简,收有儒家学派的一些早期文献,其中《孔子诗论》和《缁衣》篇大量称引与汉代所传《诗经》版本不同的诗句。且在上博简中,作为《诗经》类名的"颂"字写作"讼","雅"字写作"夏",①而在 1994 年发现的郭店竹简中,"雅"字也写作"夏"。②这些新近发现的证据,进一步证实了笔者关于"雅"、"夏"观念及其与《诗经》编纂以"雅"、"颂"作为类名的意见。③

4. 传世文献

基于前人对传世文献的性质、作者、时代及其流传的学术研究成果,本书认为它们是各个时代的可信资料。笔者将传世文献如儒家经书、早期哲学著作、历史记载和法律文书,都视作重要的文本资料。不过,所有这些经过辗转流传的文献,在基于时代顺序对古代著作和观念的任何分析中,都不能一味信赖,因为它们的创作和流传都有纷繁复杂的背景和过程。

因此,在本项研究中,具体的文献和资料在运用中仍需作甄别和论证。首先,经典文献、先秦子书、各国史记和法律文献虽然有一部分从未间断,以书写的文本形式幸免于秦烬,而得以流传;但与此同时,很多文献或者说大部分文献都经过了不同程度的重新编定。或者是辗转誊录,或者是口耳相传。因此,这些著述的原本和传本可能有些已经不合初义,或者后来有所附益,即使那些当代

---

①　马承源主编《上海博物馆藏战国楚竹书(一)》,上海:上海古籍出版社,2001年,页 14,《孔子诗论》第 2 简;页 48,《缁衣》第 4 简。

②　荆门市博物馆编《郭店楚墓竹简》,北京:文物出版社,1997 年,页 17,第 129、132 号图片 7 号简"缁衣"。

③　陈致《说夏与雅:宗周礼乐形成与变迁的民族音乐学考察》,《"中研院"中国文哲研究集刊》,第 19 期(2001 年 9 月),页 1—53。

学者认为可以信以为时间较早的文献,也不能避免上述情况的发生。例如,《尚书》中某些可以确定为西周早期的篇章,就可能有不被研究者注意的文字篡改、语音转借和内容蜕变。所以,我们有必要对这些文献资料加以分析,审慎地使用。

其次,所有这些文本材料(尤其是哲学著作)所保存的历史资料,已与后来的增益混而为一。要从传奇性的叙述、后来者的编纂和篡改中筛选出某些事实,并非易事。本书会对这些文本资料中的历史陈述细加审读,并与铭文、考古等资料进行对检,通常是将其作为补充性的论据使用,绝非一味依赖。

另一方面,如果基于时代顺序来研究字词与思想,这些文献本身又是可靠的资料。与每一种文本俱生的任何文字和观念,就其创作时代而言都是真实可信的。此外,多数文本和观念尽管意蕴复杂,必定都有一段研究者可以梳理出来的历史。因此,研究因时代所致的变化,可以经由剖析字义的复杂性结构而获知。

第三,本书还涉及到古代文化典章制度的历史体系的重建问题。笔者在方法上结合了考古重建与文献重建。这两者单独而言都有其不足。传世文献将礼书描述的周代制度的创建与发展,归于周初开国时代的先驱们。学者们特别是东西方经过考古学训练的学者,一再指出这些制度的形成是周朝几代精英人物努力的结果。郭宝钧、[1]杨向奎[2]和白川静[3]已一致认定周代礼制的形成是在穆王(前956—前918在位)统治期间。罗森(Jessica Rawson)也

① 郭宝钧《商周铜器群综合研究》,北京:文物出版社,1981年。
② 杨向奎《宗周社会与礼乐文明》,北京:人民出版社,1992年。
③ 白川静《金文通释》,卷43,页217。根据白川静的研究,周代的礼仪和制度奠基于昭王和穆王统治时期。从青铜铭文、青铜器的形制和材质来看,饮酒、宴飨、射御的仪式、规则具备三礼所述的成熟形态,都可想而知。见白川静著,温天河、蔡哲茂译《金文的世界》,台北:联经出版事业公司,1989年,页73—88。

指出,周代青铜器在体制和审美方面的革命性转变,出现在西周开始进入晚期之时。[①]她也注意到,这一时期"青铜礼器群的中心位置,现在已被盛放食物的器皿特别是鼎和簋所占据,这些器皿是按照等级铸造"[②]等等。鼎、簋的等级化限制,是《周礼》所载周代礼制的一部分。综观文献资料和考古调查报告,周代礼仪和制度的成熟不仅见于礼器的使用,而且也表现在今人所看到的西周晚期开始时的乐器的制作、材质、形制和纹饰上。

(二) 从音乐考古学与民族音乐学的角度研究《诗经》

经过对《诗经》各部类名称的重新考察,笔者以为宋代学者郑樵(1104—1162)、王质(1135—1189)、程大昌(1123—1195)提出的"乐式论"对这些命名的解释言之成理。然而,无论这些宋代学者抑或其说的后来支持者,都没有对这些不同乐式的起源及其初期形式提供更多的细节。中国文学史和音乐史专业的现代学者,同样未对这个问题有所解说。事实上,"乐式论"自宋代以来一直潜而不彰,进一步从音乐方面对这三百余篇诗歌加以探讨的并不多见,尽管后来有学者注意到了这一缺失。

从音乐考古学的研究视野对先秦音乐和乐器史作一考察,可知《诗经》各个部类的名称,很有可能代表着不同文化起源的乐式(musical styles of different cultural origins)。这些名称也有可

① Rawson(罗森),"Western Zhou Ritual Bronzes from the Arthur M. Sackler Collections"(《赛克勒博物馆所藏西周青铜礼器》),in *Ancient Chinese Bronzes from the Arthur M. Sackler Collections*(《赛克勒博物馆所藏古代中国青铜器》),Vol. 2,Cambridge:Harvard University Press,1990 年,页 99。

② Lothar Von Falkenhausen(罗泰),"Issues in Western Zhou Studies",页 205。

能是原本用于指称各类乐器的文化遗物。即在安阳文化之前，"南"可能指流行于中国南方长江流域的镈和句鑃；"风"指管乐器，周代时也用来通称那些不限于礼仪场合的乐器，即大多数弦乐器、管乐器和某些轻型打击乐器；"雅"指甬钟(顶部有柄的槌击乐钟)，西周时期流行于周人统治的中心地区；"颂"或"庸"描绘的是一种限于商代贵族使用的早期槌击乐钟。《诗经》的编纂者在编排其中的诗歌时，似乎根据各篇诗歌的伴奏乐器，对不同乐式的诗歌作了分类。此外，古文字学研究表明，这些命名也考虑过地域(更确切地说是族群)的因素。换言之，"风"、"雅"、"颂"、"南"包含着与不同民族或部落群体的文化联系(cultural associations)。

　　同样，因受音乐史的激发以及阅读民族音乐学研究成果的启示，笔者想采用民族音乐学的方法对《诗经》展开研究，而不着重在对其作文献学和文学史研究者经常所作的诗歌式的研究，过去几十年来在论争中诞生的民族音乐学，其定义纷纭多样，有鉴于此，本书采用梅里亚姆(Alan P. Merriam)的一个简单说法，将民族音乐学定义为"研究文化中的音乐"(the study of music in culture)。①若加以引申，则可以说音乐是人类社会结构中一个具备文化特征的基本元素。换言之，民族音乐学不仅研究音乐本身，还要从整体上研究音乐在其中得以形成的某一特定社会(deal with a world view of a specific society)的世界观。因此，民族音乐学既有音乐学的考察，也有民族学的关注，因为后者研究的正是不同种族和人群在形态和文化上的特征与传承。民族音乐学的终极目标是研究音乐现象，因而成为音乐学的一个分支学科。不过，音乐

---

① Merriam, *The Anthropology of Music*(《音乐人类学》), Evanston: Northwestern University Press, 1964年，页7。民族音乐学研究当然非笔者力所能及，因此笔者借用民族音乐学家的一些概念来开展研究。

学和民族音乐学有不同的侧重点。音乐学集中于讨论音乐自身的声音、器具、行为、观念和性质，而民族音乐学则注重更宽广的文化背景，包括政治、思想与制度方面的各种因素。然而，与大多数民族音乐学家的工作（主要针对活生生的音乐和音乐人开展田野调查和研究）不同，本书试图将民族音乐学的关注与对《诗经》——成书于商、周的音乐经典——形成的研究合而为一。

根据民族音乐学的研究，《诗经》是一部音乐作品集，收集了一段时期内出自不同文化的文学和音乐创作。作为春秋和战国时期标准音乐作品和经典文献的代表，这三百余篇诗歌的结集，经历了一个比通常想像更为复杂的过程。但由于某种原因，《诗经》形成的这复杂一面，一直没有得到充分的探究。笔者想对《诗经》作一番民族音乐学的研究，提出这样一个假设，即作为标准的音乐和文学作品传给后代的《诗经》，最初是经历了一个从礼仪化到世俗化、从标准化到地方化的过程，才得以将不同的文化遗产融为一体。

本书依循宋代学者《诗经》研究的"乐式论"，并加以扩充。笔者并不将这些诗歌视为同时存在于《诗经》编纂之时的不同乐歌，而认为从跨文化的视野来看，这些不同的乐式得以形成，经历了一个漫长的不同种族尤其是商、周民族之间演进和交流的过程。更确切地说，现存《毛诗》文本所见《诗经》各个部类的划分和命名，源自各个种族、地域所代表的不同文化。而且，这些文化差异有一个长时期的变化，始自周朝建国之前（或晚商），其时雅乐文化从商人和周人的文化或政治角逐中产生，后经由周朝贵族标准化，直到春秋中、晚期雅乐文化广泛流布于中原各属国，从王宫、朝廷、宗庙降而及于众多的公、侯、伯、子、男国，从而进一步地方化和世俗化。不过，雅乐文化从标准化到地方化的蜕变，以及颂文化从用于宗教礼仪到流入凡俗世界，带来了商代音乐的复兴，并由此致使当时的音乐文化发展到上古音乐文化的巅峰（a high point of excellence in musical culture at this time in early musical history)。

　　《诗经》的作品最初很多是与源于彼岸世界的宗教活动有关，在诗、乐、舞三位一体的仪式化活动中，诗歌本身在统治阶级上层中逐渐标准化。然而，随着时间的流逝、社会的发展，标准化的礼乐活动在各阶层贵族的实际运用中逐渐变形、分散、离散，最终在此岸世界变得地方化和世俗化。周人的雅乐正是这样经历了几个阶段的演变，从而吸收了不同地区不同族群的音乐文化内容。所有这些历时和共时的变化，在《诗经》中都有具体的表现。在商、周易代之际，周人把自己视作夏人的后代，并由此在与商帝国的竞争中宣示他们的合法性。从与商民族的最初对抗，到牢牢控制住原来的商王国统治区域，周人从商文化中也吸取了大量音乐文化因素。但同时为了表明自己的独立性，周人在文化上也不甘于附庸地位，所以周人在学习商人音乐文化的同时也必须舍弃一些东西。在接下来的各章中，我们将对从商、周文化接触中产生的所谓雅乐的形成与转变作专门的探讨。

第二章

庸、颂、讼(诵)：商代祭祀的乐器、乐调和礼辞

一、商周文化的对抗与传承

商、周在政权更替之前的接触，已经从大量文献和考古资料中得到证实。考古材料证明商、周之间有着错综复杂的关系，这是许倬云(Cho-yun Hsu)和林嘉琳(Katherine M. Linduff)的结论。在西周境内(即关中以镐京为中心的地域)发现的一些青铜器，显示出与商代同类青铜器惊人的相似，而另外一些虽在形制、技术上受到商代的影响(即属于商、周混合型)，却仍然呈现出不同的风格，还有一些则与商代青铜器差异极大，可能属于周人自己的创制。[①]当代学者邹衡对先周青铜器和陶器的研究表明，先周的青铜器越是接近武王灭商时期，越呈现出自己的个性，逐渐发展出具有自身风格的青铜文化。而其陶器的发展则表现出更多的与其他地

---

① Cho-yun Hsu(许倬云)and Katherine M. Linduff(林嘉琳)，*Western Chou Civilization*(《西周文明》)，New Haven-London：Yale University Press，1988 年，页 41。

区之间的多向联系,到商周之际,才更多地混合着商的式样。①这一研究表明,在商、周这两个差异甚大的民族之间,有一个日益增强的相互渗透的过程。从青铜的铸造技术可以断定,周人首先学会了吸纳殷商文化(就用料而言,它更为先进),然后加以改变,使之可以体现不同的风格,周人似乎想通过试验、创造来表现自己,以追求其民族文化的独立个性。正如许多学者的研究所示,周人对殷人的态度,是在保留自身传统与接受殷商文化的渗入之间摇摆不定,这可能是由于周人既臣属于商,而其势力又以宗周为中心迅速扩张的矛盾所致。②

在物质文化之外一个更大的范围内,这一时期周人在制度上

---

① 邹衡《夏商周考古学论文集》,北京:文物出版社,1980 年,页 309—333;Hsu and Linduff,*Western Chou Civilization*,页 42—43。

② 常见于周代早期甲骨和其他传世文献资料的"宗周"一词,一般认为是指周人的早期都城(见 Shaughnessy,*Sources of Western Zhou History*,页 265)。在与"成周"(指成王统治时期在今洛阳某地修建的都城)对比时,通常要提到"宗周"(见 Creel[顾立雅],*The Origins of Statecraft in China*,University of Chicago Press,1970 年,页 364 及注 169)。陈梦家提出一种不同的意见,认为"宗周"最初是指岐周(大约位于今陕西岐山县东北 15 公里处,见谭其骧《中国历史地图集》,第一册,页 13),是先周时期周人在渭水流域的古都(陈梦家《西周铜器断代》,页 139—141)。然而,《诗经·正月》中有一句"赫赫宗周,褒姒灭之"(《毛诗》192),却清楚地指出"宗周"为西周都城。高本汉(Bernhard Karlgren)在其《诗经注解》一书中翻译《雨无正》(《毛诗》194)时,将"周宗既灭,靡所止戾"的"周宗"视作指西周都城"宗周"的另一种写法(Karlgren[高本汉],*Glosses on the Book of Odes*,Stockholm:Museum of Far Eastern Antiquities,页 96)。唐兰认为"宗周"仅指镐京(谭其骧将其定在今西安以西 15 公里处,见谭其骧《中国历史地图集》,第一册,页 17),命名于成王统治时期(唐兰《何尊铭文解释》,《文物》,1976 年第 236 期,页 60—63)。商周历史学家将"宗周"读作"周宗",以为无论何时都指周人统治的中心所在地。笔者采纳陈梦家和唐兰对"宗周"的认定,以为它既指岐周,也指镐京。在营建成周之前,"宗周"常指祖庙所在的岐周旧都;成王修建成周以后,它指镐京甚且丰。这一认定可由这样的事实证明,即大多数带有"宗周"铭文的青铜器,如史颂鼎、史颂簋、克鼎、盂鼎、班簋、叔卣、作册夨卣、麦尊等,都是发掘于今天的陕西省,这里正是先周和西周的中心地区,其他有"宗周"铭文的青铜器,如匽侯诸器,所指也是王朝之中心,其时代也是属于西周时期。

的变化也显示出周人对殷商的这种复杂关系。早在 1920 年代,王国维就在其名作《殷周制度论》中,论及商、周文化在制度方面的诸多差异。他认为这个新王朝的制度变革,开始于周代早期,特别是受到周公的积极推动。根据王氏的研究,主要的革新包括建立王位继承规则,对已故国君的子嗣区别嫡庶,从而有别于殷商"以弟及为主、以子继辅之"的继统法,并改进丧葬和祭祀,将男子和妇女分作不同的层次并给予不同的待遇。①商、周这些制度上的差异,尽管与王氏的描述可能不完全一致,②但都可以从文献资料和铭文记述中得到部分的证明。

问题在于,周公在获得对西周政权的实际掌控,③以及南征平服殷商遗民之后,他所实施的这些制度革新到了何等程度? 自王国维以来,不少学者已经指出,在周公南征之前,商、周是两个同时并存的民族,大概是在同一时候从原始共同体发展成为两个大国。周人物质和文化上的特征,也有考古发现和铭文记载可以证明,而这些地区性的特征保持了相当长的时间,可能一直要持续到公元前 9 世纪早期。

以陶器为例。饭岛武次在许多论著中,对关中地区和以今洛阳为中心的中原地区发掘出来的陶器风格都作了仔细考察,他得出的结论是:在关中地区出土的西周陶器,继承了先周时期的风

---

①　王国维《观堂集林》,北京:中华书局,1959 年,卷十,页 451—480。

②　很多学者已经指出王国维开拓性研究中的不准确性。见朱凤瀚、徐勇合编《先秦史研究概要》,天津:天津教育出版社,1996 年,页 101。

③　周公在其兄长、西周开国之君武王去世之后摄政称王的史料记载,见《荀子·儒效篇》(王先谦《荀子集解》,《诸子集成》,上海:上海书店,1986 年,页 115)和《韩非子·难二》(王先慎《韩非子集解》,《诸子集成》,上海:上海书店,1986 年,页 277)。可是,文献资料中也存在着矛盾,另一种意见认为周公仅是摄政而未称王,因为武王之子成王过于年幼,不能施政。赞成后一种意见的王国维进而提出,将王位传给已故国君的儿子而不是传给其族人的原则,正是由将王位让给侄子(即成王)的周公最先建立起来。关于这一问题的更多讨论,可参见刘起釪《古史续辨》(北京:中国社会科学出版社,1991 年)页 342—357。

格,而在洛阳地区出土的陶器,则保留着与商代陶器的连续性。①

　　另一方面,西周青铜器却表现出一种异于陶器的分布形态。与陶器不同,先周青铜器基本上是处于殷商的影响之下,当然也不排除某些地区性特征。②李学勤在其《西周时期的诸侯国青铜器》一文中,考察了属于西周时期一些诸侯国(包括地处中原的诸侯国)的青铜器,结论是:在西周前半期,这些青铜器普遍延续着晚商的风格,至于其形制、式样和技艺方面某些微不足道的变化,仅可见于西周中、晚期。③同时,这些诸侯国的青铜器还在形制和式样上,与那些发现于周原、④属于西周王室的青铜器表现出某些惊人的相似,说明它们有可能是颁赐给这些诸侯国君的青铜礼器,或者是诸侯国君仿效周王室的青铜器而铸造的,以便供奉王室。西周的青铜业实质上是商代青铜业的延续,依然处于专属贵族特权的范围之内,而且不管其来源如何,都有着相同的特征。

---

　　①　饭岛武次《洛陽附近出土西周土器の編年研究》,《東京大学文学部考古学研究室紀要》11,1992 年,页 81—108;饭岛武次著,徐天进、苏哲译《先周文化陶器的研究:试论周原出土陶器的性质》,载北京大学考古学系编《考古学论集》,北京:文物出版社,1992 年,页 229—255;《西周時代の關中と中原の土器》,《日本中国考古学会会報》3,1993 年,页 47—59。

　　②　例如,1972 年在岐山(以先周遗址之一为人所知)的京当,发掘出五件青铜鬲、斝、爵、觚和戈,就说明周人吸取了殷墟早期所见商代青铜铸造技术和风格上的某些特征。见李学勤《新出青铜器研究》,北京:文物出版社,1990 年,页 27—29。

　　③　李学勤提到的青铜器属于卫(河南浚县)、鲁(山东曲阜)、燕(北京琉璃河)、滕(山东滕县)、密(甘肃灵台)、軏(河北元氏县)等国。见李学勤《新出青铜器研究》,页 30—39。

　　④　周原是位于关中平原西部的一块高地,大致为今陕西省凤翔县、岐山县、扶风县、武功县,以及宝鸡县、眉县、乾县的小部分,东西长达 70 多公里,南北宽约 20 公里。从 1950 年代以来,考古学家已经在周原发现了不少遗址,以及大量属于周人的青铜器与陶器。在这些遗址中,考古学家已经确定位于岐山县贺家村、扶风县刘家村和北吕村、长安县沣西、凤翔县西村、长武县碾子坡和武功县郑家坡的坟墓,属于先周的遗迹,古公亶父所建都城岐邑的位置也被确定。在商、周易代之后,直到西周灭亡,周原一直是周王朝统治的中心区域。这样说有事实的证明,即从汉朝到现代,在这一地区出土的西周青铜器超过了一千件。见陈全方《周原与周文化》,上海:上海人民出版社,页 5—36;张之恒、周裕兴《夏商周考古》,南京大学出版社,1995 年,页 191—197。

　　周人对殷人的军事征服,带来了这两个民族文化上的接触和交融。正如一些先秦资料所记载,在周人这一方,当然会有某些新的文化策略和制度变革。不过,考古方面的发现表明,这种变化和革新事实上远不如过去所认为的那样重要。

　　这两个王朝文化上的某些差异,可能要提早到商、周易代之时。以周原所见用于卜筮的龟甲和卜骨为例,它们与那些属于周人征服之前的商代卜筮用的龟甲、卜骨有着明显的差异。他们在龟甲、卜骨上钻孔的方式及其体现的预言都大有变化。[①]这些龟甲、卜骨上保存的卜筮记录的次序和内容也是如此。一条典型的商代甲骨记录,会由序辞、命辞、卜兆计数辞或序数、兆语、占辞和验辞组成,其中序辞、命辞、占辞和验辞都是必不可少的。[②]周原的甲骨记录却简略得多,多由序辞和占辞组成,往往没有验辞。

　　周原的甲骨文字,也记录着朝代更替后周人在制度方面的某些特征,这些特征与商朝截然相异。萧良琼指出,周原甲骨资料中有一种与殷墟不同的月相划分。西周甲骨上显现的分期规则,就出现在好几块可以确定为文王晚期的周原甲骨上[③]。

---

　　① 参见萧良琼《周原卜辞和殷墟卜辞之异同初探》,见胡厚宣编《甲骨文与殷商史》,上海:上海古籍出版社,1983 年,页 261—284。

　　② Keightley(吉德炜),*Sources of Shang History:The Oracle-bone Inscriptions of Bronze Age China*,Berkeley:University of California Press,1978 年,页 28—44。

　　③ 部分周原甲骨内容如下:

　　　　H11:2　自三月,至於三月月望 // H11:13　卜貞既魏(魄) // H11:54 休(沈)既吉 // H11:42　灑(洗一鲜)既吉,兹用 // H 11:55　隹十月 既死□亡咎。徐锡台《周原甲骨文综述》,西安:三秦出版社,1987 年,页 164—167)将上述甲骨的时间定为周文王晚年。所谓"初吉"、"既生霸(魄)"、"既望"和"既死霸(魄)"的表达,是青铜铭文中常见的对一个月内日期的表示,最早由王国维(《观堂集林》,页 9—26)以"四分月相"说作了论述。王氏之说虽有可以争论之处,但他关于将一个月划成四期的时间表示法是由周朝首创的意见,已经主导了现代学者的看法。不过,从这些周原的甲骨文字来看,周人的这一创造应提早到商、周易代之时。换言之,周人在接受殷人的干支法之外,还有自己惯用的日期计算方法,并且最迟在周文王时就有了这种方法。

　　根据周原所见甲骨的内容,可以判断它们的时间在周文王
(? —前 1045 在位)到周穆王(前 956—前 918 在位)统治时期。[①]
从殷商晚期到西周中期,周人的卜筮文化没有发生实质性的变化。

　　许多研究中国古代历史的学者已经注意到,商、周的朝代更替
在事实上不会导致周人对被征服者的政权和制度作彻底的改组。
作为征服者,采取某种与殷商文化遗产保持连续性的政策,较之激
烈的变革要更为明智。许倬云和林嘉琳就指出:

> (西周早期)这个政权在结构上,由周人(包括姜姓)、殷人
> 和土著人联合组成。新政权的运行原则就是合作。

> 　　这一制度的主要创始人是周王室成员及其最密切的盟
> 友。他们支配着这个由三方势力组成的联合体。作为侵入中
> 原的外来者,他们通过吸收地方领袖进入权力阶层,重建了地
> 方权力结构。如此一来,他们就将被征服者变成联合国家的
> 成员而为之服务,并因此效忠于这个国家和这个新王朝。正
> 如 Eberhard 所示,新的统治阶级被加入到当地原有的社会秩
> 序之中,从而形成一个多层次的封国权力结构。[②]

周原出土的文物表明,周朝初期那些在过去一直被神话般地归于
周公的革新,是儒家学者事后的想像,属于他们神化周公的一部
分。对周朝物质文化的考古调查,包括作类型学上的分析和对青
铜器、陶器的演变加以分析,强有力地说明当初的某些制度革新仅
实施于周人直接统治的地区,即以周原和丰镐为中心的地区。至
于在这个帝国的其他地区,尤其是在中原的诸侯国里,商、周文化
的接触和冲突,导致了不同文化要素多层次或者说分层次的融汇。

---

①　陈全方《周原与周文化》,页 152—153。

②　见 Eberhard,"Kultur und Siedlung der Randvölker Chinas",Suppl. *TP*(《通报》)36(1965):24—30;Hsu and Linduff,*Western Chou Civilization*,页 152。

一方面,殷商文化(包括物质和制度的文化)继续支配着或流行于中原地区;另一方面,周文化中的重要部分特别是其新定的礼仪,被强加于周人已经征服的地区。这就是许倬云和林嘉琳所说的周代"文化二元论"(cultural dualism)。所谓的"雅"乐,或更确切地说"夏"乐,在周代前期一开始就有这样一个名称,笔者以为大概是这两个民族文化冲突的一个产物,殷人的音乐遗产有很多就是在这一文化冲突中被合并了进去。由于夏乐是形成于周王朝的心脏地带,这种礼乐在中原和周朝其他地区的实际推行情况,仍然令人难于把握。非常有可能的是,这些地区的音乐文化在西周早期走上了两条不同的转变道路:在关中地区,即周朝的中心地带,周人的音乐保持着原初的结构;而在原为商朝领土的中原地区,呈现出来的情形却是一例典型的文化隔离(cultural compartmentalization)现象,也就是说,在部分或表面上接受了被强加来的周人文化的同时,地区性的音乐传统被保留了下来。

二、殷商文化的优越性及其在周代的延续

作为一个与周人同时存在的民族,殷人即使在失去政权以后,它的文化仍发展到一个远远高于周人的水准。有历史记载显示,殷人甚至在被周人征服以后,仍然蔑视他们的征服者,以为他们粗野、没有文化。[①]殷人对其西部地区的敌手表现出来的傲慢和优越感,有着各种各样的文化根源,考古调查以及文献和文字学的研究对此都有所反映。

当代有些学者强调商、周文化有着同样的特征,这是由于他们一致假定商、周形成了一个文化整体。他们通过以朝代为区分标

---

① 见《尚书·大诰》,英文见 Creel, *The Origins of Statecraft in China*, 页 60。

准对这两种文化作历时性比较,来证明这种同一性和连续性。然而,即使把商、周放在同一时段加以考察,这两个民族在物质文化方面的差异,也是非常明显的。

考古资料揭示出殷人在青铜艺术和冶炼技术方面的先进程度。在铜器时代的中国,青铜主要用来制作两类器具——礼器和武器,因此它们与祭祀和战争关系密切,而祭祀和战争是最为重要的两件国家大事,[①]所谓"国之大事,惟祀与戎"。值得一提的是,周人建国之前的冶炼技术仍然不太为人所知,因为一直没有什么引人瞩目的考古发现。而在商朝统治的地区,考古学家最近几十年来已经发现了不少冶炼遗址。这些遗址分布在商朝都城的周围,如洛阳东部的泰山庙、郑州的紫荆山、偃师的二里头第三期、郑州的南关外、安阳的苗圃和孝民屯。[②]可以认为,在军事征服殷人之前,周人自己并没有发达的冶炼技术。先周的青铜器在很多方面与商代的青铜器相似。有些学者怀疑它们实际上是殷人的青铜器,在周人灭商之后被运到了周人的统治区。[③]考古学家在先周的居留地宝鸡的斗鸡台发现了一批青铜器,上面有三种不同的氏族标记;又在今陕西灵台县白草坡发现了另外一批 23 件青铜器,上面有九种不同的氏族符号。这些不同的氏族标记表明它们应该各有来历,不过都是来自周原。它们有着明显的商代纹饰和样式,说明它们出自于商朝晚期的模型。研究者因此认为,在建国之前的周人统治区,没有任何大规模的青铜冶炼场。周人完全掌握殷人

---

① Kwang-chih Chang(张光直),*The Archaeology of Ancient China*(《古代中国考古》),New Haven:Yale University Press,1986 年,页 365。

② 马承源《中国青铜器》,上海:上海古籍出版社,1988 年,页 516—518。

③ 周人建国之前的青铜器,包括 1972 年在陕西岐山的京当发现的五件青铜器(李学勤《新出青铜器研究》,页 29)。

的青铜冶炼技术,是在征服、占有商朝的领土以后,因为他们由此俘获了商朝的冶炼工人、工匠和奴隶。[①]所以,除了他们精心制作的铭文,周人早期的青铜器基本上承继了商代晚期的风格,沿袭着他们的先驱者殷人的图案和式样。

就音乐而言,音乐考古学方面的资料显示,这两个大国的音乐发展明显地不平衡。在最近几十年里,许多重要的著作和大量的原始发掘报告给我们提供了殷商时期中国(包括位于中原的核心地带与周边地区)在音乐、乐器和声学方面的知识,它们在很多方面都与随后的周朝的情形有所不同。不过,在这些论著中,着力对同一时代各个地区的音乐发展状况和文化进行比较研究的却极为少见。[②]

三、从考古发现的乐器来看晚商和先周的音乐文化异同

由于资料不足,商朝和先周音乐的实际状况还难以为人所知。不过,也有三种可以利用的资料,能让我们从三个不同的角度,对商代辉煌文化的难解之谜作一些考察。这三类资料是:其一,保存在兽骨和铸刻在青铜器上的文字记载;其二,音乐考古发现的各种乐器;其三,某些可信的周代文献。

殷墟甲骨文中保存着大量有关商朝音乐活动和乐器的记载。研究者们也已经注意到,甲骨文所涉及的范围、所能起的作用都很有限。李纯一就提出以甲骨文作研究资料的四点保留意见:"(1)它

[①]　马承源《中国青铜器》,页 428—429。

[②]　已经出版有多本对商代同一时期不同地域的文化进行比较研究的成功之作,宋新潮的著作《殷商文化区域研究》(西安:陕西人民出版社,1991 年)即其代表。可是,这些著作中还没有一本把焦点放在音乐上。

们仅仅涉及王室的文化生活；(2)它们覆盖的时间只有 200 年左右；(3)它们过于简洁；(4)它们仍未得到准确的解读。"①吉德炜进而指出，甲骨文仅仅反映了殷人宗教活动中一个极其微小的部分。②不过，甲骨文资料所涉的有限内容已经能够展现商代乐器的丰富多样和音乐活动的频繁进行。

例如，甲骨文中的"夆"字，通常用作动词，表示如下两种意思：第一，它是"�"(祈)字的省略形式，意为在各种祭祀中祈求，如"夆雨"(祈求降雨)和"夆年"(祈求丰年)。有时它也被用作"奉"，表示在祭祀中向神灵奉献各种物品。第二，它是"灷"(奏)的省略形式，意指演奏(乐器)或演出(舞蹈或乐曲)。下引甲骨文即指演奏乐器"丝(兹)"(弦乐器)③和"玉"(编磬)：

《合集》06653：

甲 午 卜 㱿 貞 王 夆 兹 玉 成 弗 左 二

《合集》14311：

丁 巳 卜 宕 貞 夆 兹 于〔東〕一 小 告 二 三 四 五

《合集》06016：

①　见 Pratt，"The Evidence for Music in the Shang Dynasty：A Reappraisal"（《重新评量商代音乐的证据》），*BBACS* 9(1986)，页 26，注 20。

②　Keightly，*Sources of Shang History：The Oracle-bone Inscriptions of Bronze Age China*，页 135—137。

③　古文字学家对"𢆶"作了释读，以为相当于今天的"兹"，亦是𢆶的异体。可是，一些甲骨文材料却清楚地显示，有些时候它应表示某种乐器名(《合集》6653、16017、18899)。《合集》14311"夆兹于〔東〕"同样释作"奏兹于东"即贞人宾卜问是否使用弦乐器。由此，笔者认为𢆶是两个现代汉字"兹"和"丝"的最初写法，前者为代词，意为"此"，或者作副词，表示"因此"，而后者从它出现在先秦文献资料中的语境来看，要么指某种弦乐器，要么是弦乐器的通称。

戊　戌　卜　争　贞　王　归　奏　玉　其　伐　一

《合集》16086：

…… 牵 玉 …… 五 〔六〕七 八

"牵"(卒)字是个动词，与"奏"字相似，意为演奏。《合集》05871"贞其卒万"(贞其卒万)是说表演了万舞。

就乐器名称而言，甲骨文中提及的在二十个以上，其中"庸"(庸，一种钟)、[1]"豐"(豐，一种大鼓)、[2]"壴"(壴，一种鼓)、"鼓"(鼓，一种鼓)、[3]"庚"(庚，一种响鼓或一种钟铃类乐器)、[4]"品"或"品"(品，埙)、[5]"熹"(熹，一种鼓)、[6]"龠"(龠，一种笙)、[7]"龢"(龢，一种笙)、

---

① 裘锡圭《甲骨文中的几种乐器名称——释庸豐鞀》，《中华文史论丛》，1980 年总第 14 辑，页 67—79。

② 见裘锡圭《甲骨文中的几种乐器名称——释庸豐鞀》，页 70—73；Kin-woon Tong(唐健垣)，"The Shang Musical Instruments"(《商代乐器》)，AM14.2(1983)，页 126—129。

③ 唐健垣(Kin-woon Tong)认为"壴"是对一种两头、低架圆鼓的描绘。见 Kin-woon Tong(唐健垣)，"The Shang Musical Instruments"(《商代乐器》)，AM14.2(1983)，页 115—118。

④ Kin-woon Tong(唐健垣)，"The Shang Musical Instruments"(《商代乐器》)，AM14.2(1983)，页 115；页 130—134。

⑤ 唐健垣认为这个"品"意指埙上的三个洞，因此将其等同于埙。见 Kin-woon Tong(唐健垣)，"The Shang Musical Instruments"(《商代乐器》)，AM14.2(1983)，页 163—166。

⑥ 唐健垣推测这是另外一种两头、低架的圆鼓。见 Kin-woon Tong(唐健垣)，"The Shang Musical Instruments"(《商代乐器》)，AM14.2(1983)，页 124—126。

⑦ 该字有"龠"、"龢"、"龠"三体，是笙的象形字，常在"彡"祭中演奏。见《合集》3241、22730、22762、22855、24883、25749、25750、25752、25753、25754、25755、25756、25757、25758、25759、25760、25761、27178 和《怀特氏所藏甲骨》(许进雄，多伦多 1979 年)1051。该字也写作"龢"(《合集》4720、6453、18690)。

"𠳐"(言,一种笛)、①"�"(凡、同或用,一种打击乐器)、②"丰"或"半"（玉,一种玉制乐器)、③"𠂤"(中,一种钟)、④"ﻼﻼ"(丝,弦乐器)和"殸"或"𡔷"(磬),在商王和贵族的祭祀及其他宗教活动中就经常被提到⑤。另外,还有一些不可识别或不能肯定的乐器名称,如"𨑨"(紲)⑥、

---

　　① 郭沫若在其《甲骨文字研究》中将"龢"释作笙的象形字,认为"言"指一种大而直的笛子。这一释读已被普遍接受。对"龢"字的释读可从甲骨文语境中得到证明(《合集》1240、30693),但关于"言"字,在铭文资料中迄未发现一种作为乐器使用的情形。郭氏的释读见《甲骨文字研究》中的《释龢言》,见《郭沫若全集·考古编》第一卷,页 93—106。唐健垣认为这个"𠳐"是甲骨文"设"(指商代一种乐钟)的偏旁("The Shang Musical Instruments"(《商代乐器》),AM14.2〔1983〕,页131—135)。

　　② 《合集》3256 载有"王作凡(用)奏",表明其为一种乐器。

　　③ 《合集》6016、6653、16086 有"玉"作为一种乐器被演奏的记载,则这个"玉"很可能是磬的另一种称呼。

　　④ Chin-hsiung Hsü(许进雄),ed.,*The Menzies Collection of Shang Dynasty Oracle Bones*(《加拿大皇家安大略博物馆藏明义士旧藏甲骨文字》),Toronto:Royal Ontario Museum,1972—1977 年,页 37。见裘锡圭:《甲骨文中的几种乐器名称——释庸豐鞀》,页 69。《合集》05861"𠂤"(奏钟或击钟)证明"𠂤"是一种乐器,很可能是一种类似或等同于钟的打击乐器。

　　⑤ 中国社会科学院考古学研究所编《甲骨文编》,香港:中华书局,1978 年,页385—386。

　　⑥ 从《合集》16026、20624 所载铭文的语境看,该字应为一种乐器名称。

《合集》16026:

丙	朿	𨑨	一	二	三	三

| 贞 | 奉 | 紲 | 一 | 二 | 三 | 四 |

又《合集》20624:

| □ | 丙 | 卜 | 大 | 𠭤 | 𨑨 | 业 |

| □ | 辰 | 卜 | 王 | 聅 | 紲 | 业 |

另可参见 Kin-woon Tong 唐健垣,"The Shang Musical Instruments"(《商代乐器》),*AM* 15.2(1984),页 74—76。他认为该字在甲骨文中不仅指乐器,也指乐师的官职,诸如"紲史"(《合集》20088、20091、20092)、"多紲"(《合集》880、6524、6771、9472)、"上紲"(《合集》6819、8084)和"三紲"(《合集》4551)等等。

"屮"(戚)、①"嘼"(鞉)、②"龠"(竽)③和"㕡".④说到乐器名称,所谓的"八音"(八种声音或八类乐器),⑤似乎早在殷墟时期就走上了历史的舞台,比起这些名称第一次出现在周代文献中,时间上要大大提前。

　　在《诗经》的三颂中,保存有大量的乐器名称,《周颂·有瞽》(《毛诗》280)和《商颂·那》(《毛诗》301)尤多。约作于西周早期的《有瞽》,就有使用诸如应(一种小鼓)、田(一种大鼓)、县鼓(悬鼓)、鞉、柷、敔(或圉)、箫、管等乐器的记载。可能是后人仿作用来颂扬殷人先祖的《那》,也有使用鞉、鼓、管、磬、庸等乐器的记载。《周颂》中的诗篇,肯定是周代王宫和宗庙演奏的礼乐作品。不过,从《诗

---

　　①　"戚"常和其他一些乐器名如"庸"(《屯南》1501、4554)和"丝"(《屯南》2194、3572)一起被提及,而"奏戚"(《合集》31036"于丁亥奉 戚 不雨")或"戚奏"(《合集》31027"重戚奏")连用同样表明它可能是一种乐器,有时用于祈雨(《合集》31036)。可是,周代文献却表明它是一种斧子的名称,经常作为一种舞具,用于战争一类的乐舞。《屯南》2194 云"重兹戈用"、"重兹戚用",则戚与戈相类,皆商代武舞中舞具也。

　　②　裘锡圭(《甲骨文中的几种乐器名称——释庸豐鞀》,页 74—75)将这个字释作"鞉"字异体,指一种裹有兽皮的大鼓。又见 Kin-woon Tong(唐健垣),"The Shang Musical Instruments"(《商代乐器》),AM14.2(1983),页 115、131。

　　③　郭沫若认为该甲骨文字形下部代表竽的声腔葫芦,上部则为编在一起的乐管。裘锡圭引郭沫若之说,提出金文中的"㝬"字可能即此字的简化。李纯一则对这一假说提出质疑,但未说明其字究竟何指。参见裘锡圭《甲骨文中的几种乐器名称——释庸豐鞀》,页 75—76;Kin-woon Tong(唐健垣),"The Shang Musical Instruments"(《商代乐器》),AM14.2(1983),页 126—129;李纯一《中国上古出土乐器综论》,北京:文物出版社,1996 年,页 412。

　　④　裘锡圭(《甲骨文中的几种乐器名称——释庸豐鞀》,页 70—71)提出三例来证明该字是一种未为人知的乐器名。

　　⑤　"八音"一词指八种声音或八类乐器,最早见于《尚书·舜典》。《周礼》将这八种声音指为金、石、丝、竹、匏、土、革和木。见 DeWoskin,*A Song for One or Two*:*Music and the Concept of Art in Early China*,页 52。在古代中国人的观念里,这八种声音或乐器对应着八风、八方等等事物,英文翻译的《周礼》中的相关资料见 Kaufmann(考夫曼),*Musical References in the Chinese Classics*(《中国经典中的音乐资料》),Detroit:Information Coordinators,1976 年,页 156—157。

经》三颂中看到的乐器名称,仅说明在商、周易代的文化冲突之后,周朝统治者承继了殷人的乐器,因为那些并非周人原来所有的乐器。

关于建国之前的周人,留给我们的铭刻文字和文献资料很少。周原所见先周甲骨文字和青铜器铭文,对于周人曾经有过的宗教和世俗活动仅仅反映了很小的一部分,让我们对西周贵族在建国之前的音乐活动和乐器几乎一无所知。西周早期一些比较可靠的文献资料,如《诗经》中的某些诗篇和今本《尚书》、《逸周书》中的某些篇章,对周人灭商之前的音乐发展状况同样没有提供多少可信的记述。音乐考古学方面的乐器发现,似乎提供了唯一可以让人一窥商周之际两个地区乐器情况的可能。

较之商朝辖境内相对丰富的考古发现,迄今为止发掘出来的先周乐器少之又少。今人所知这两个政权音乐状况的畸多畸少,从下表中可以得到很好的说明。

表 1: 殷墟时期商朝辖境内的乐器遗存

安阳附近所见商代中晚期乐器	
青铜钟	1)三件编庸:高 20.8 厘米(柄 6.1 厘米 ＋钟体 14.7 厘米)①,18 厘米,13.9 厘米,大回字型纹。殷墟文化第三期。 2) 三件编庸:高 17.5 厘米(5.7＋11.8),14.8 厘米(5.3＋9.5),12.2 厘米(4.7＋7.5),羊角型纹。殷墟大司空村东南 663 号墓,殷墟文化第二期,1983 年发掘。。 3) 三件编庸:高 20.3 厘米(7＋13.3),17.5 厘米(5.8＋11.7),14 厘米(5＋9),水牛角型纹。殷墟西区 699 号墓,殷墟文化第四期,1974 年发掘。 4) 三件编庸:高 22.8 厘米(8.5＋14.3),20.5 厘米(7.1＋13),17.2 厘米(7＋10.1),大回字型纹。殷墟大司空村 51 号墓,晚商,1958 年发掘。

---

① 　本栏括号中所注同类数字皆为柄高＋钟体高,以下不再一一标明。

(续表)

	安阳附近所见商代中晚期乐器
青铜钟	5) 五件编庸:高 14.4 厘米(5.7+8.7),11.5 厘米(4.3+7.2),11.7 厘米(4.8+6.9),9.8 厘米(3.6+6.2),7.7 厘米(3.4+4.3),大回字型纹。殷墟小屯村妇好墓,殷墟文化第二期,1976 年发掘。 6) 三件编庸:高 13—18 厘米,饕餮纹,中空柄。殷墟大司空村 312 号墓,晚商,1953 年发掘。 7) 三件编庸:安阳薛庄 8 号墓,晚商,1957 年发掘。 8) 三件编庸:殷墟西区 765 号墓,晚商,1974 年发掘。 9) 三或四件编庸:殷墟西北岗 1083 号墓,晚商,1987 年发掘。 10) 三件编庸:①高 18.4 厘米,13.7 厘米,11.9 厘米,饕餮纹饰,中空柄,安阳戚家庄 269 号墓,晚商,1991 年发掘。 11) 三件编庸:安阳郭家庄 260 号墓,晚商,1991 年发掘。 12) 三件编庸:温县小南张商代墓,晚商,1975 年发掘。 13) 一件庸:大回字型纹,殷墟文化第二期,载黄濬《尊古斋所见吉金图》(北京:尊古斋,1936 年)。 14) 一组编庸中的第一件:大回字型纹,殷墟文化第一期,载商承祚《十二家吉金图录》(南京:金陵大学中国文化研究所,1935 年)。
磬	1) 单磬:砂岩,高 34 厘米,长 76 厘米,经过砂质石料打磨。殷墟西区商代贵族墓,殷墟文化第四期,1974 年发掘。 2) 单磬:石灰岩,高 6.8—8 厘米,长 25.6 厘米,矩形,股端弧曲较宽,鼓端平直较窄,经过磨雕,两面刻有细阴线鸥鸮纹。殷墟小屯村妇好墓,殷墟文化第二期,1976 年发掘。 3) 单磬:青灰色碳酸盐岩磨制,高 44 厘米,长 8.5—12 厘米,厚 2.4—3.2 厘米,圭形,上端较窄,下端较宽,局部风化,近股端正中处对钻一悬孔。殷墟小屯村妇好墓,殷墟文化第二期,1976 年出土。 4) 单磬:深灰色石灰岩磨雕而成,高 28 厘米,长 88.3 厘米,厚 2.5—4.6 厘米,经过磨刻,两面雕有双细阴线龙纹,顶部对钻一悬孔。殷墟小屯村北洹水南岸王宫遗址,殷墟文化后期,1973 年出土。

---

　　① 陈梦家(《殷代铜器》,《考古学报》,1954 年第 7 期,页 28)认为是一套三件编钟,郭宝钧(《商周铜器群综合研究》,北京:文物出版社,1981 年,页 24)认为是一套四件编钟。

（续表）

	安阳附近所见商代中晚期乐器
磬	5) 单磬:白面带青大理石磨雕而成,高 42 厘米,长 84 厘米,厚 2.5 厘米,一面雕有双阴线张口伏虎,股上部钻一悬孔,殷墟武官村一号商王妃墓,殷墟文化第二期,1950 年出土。 6) 单磬:深灰色细质石灰岩琢磨而成,高 35 厘米,长 59 厘米,厚 2.4—4.2 厘米,有木质悬架。殷墟侯家庄西北岗王室墓西墓道,殷墟文化第三期,1935 年出土。 7) 三件编磬:石灰岩,42 厘米(高)×97 厘米(长)×4 厘米(厚),32 厘米(高)×51.5 厘米(长)×4 厘米(厚),30 厘米(高)×47 厘米(长)×4.2 厘米(厚),股、鼓明显分开。殷墟小屯村妇好墓,殷墟文化第二期,1976 年出土。 8) 五件编磬:灰白色及青灰色石灰岩打磨而成,36 厘米(高)×67.4 厘米(长)×4 厘米(厚),27.4 厘米(高)×53 厘米(长)×2.5—3 厘米(厚),32.6 厘米(高)×60 厘米(长)×2.4—3 厘米(厚),33 厘米(高)×62 厘米(长)×2.9—4 厘米(厚),26.3 厘米(高)×60.5 厘米(长)×2.6—4 厘米(厚),型式各不相同,有动物图案。殷墟西区 93 号墓,殷墟文化第四期,1972 年出土。 9) 三件编磬:黑色沉积岩磨制,12 厘米(高)×40 厘米(长)×2.4—3.1 厘米(厚),11.7 厘米(高)×36.7 厘米(长)×2.5—2.8 厘米(厚),11.2 厘米(高)×37.8 厘米(长)×2—2.3 厘米(厚),三石在近鼓上缘及悬孔处有铭,分别为"永[攺](启)""夭余""永余"。晚商,现藏于北京故宫博物院。
埙	1) 埙:泥质黄陶,手制,1 个指孔,3.44 厘米(高)×2.8—3.1 厘米(腹径)。发现于郑州市铭功路,二里岗期中商制品,1955 年出土。 2) 埙:泥质灰陶,仅剩前部,倒"品"字形 3 指孔,8.4 厘米(高)×4.6—6.2 厘米(腹径),发现于郑州市二里冈,中商,1950 年出土。 3) 3 件埙:一大二小。泥质黑陶,前部有 3 个指孔,背部有 2 个指孔,顶端有圆形吹孔。4.3 厘米(高)×3.1 厘米(腹径),4.3 厘米(高)×3.1 厘米(腹径),7.3 厘米(高)×5.1 厘米(腹径)。发现于河南辉县琉璃阁,殷墟文化第二期,1950 年出土(图 1)。 4) 3 件埙:灰陶,捏制,前部有 3 个指孔,背部有 2 个指孔,9 厘米(高)×2.7 厘米(底径),9.2 厘米(高)×2.8 厘米(底径),5.2 厘米(高)×1.6 厘米(底径)。发现于安阳小屯妇好墓,殷墟文化第二期,1976 年发掘(图 2)。

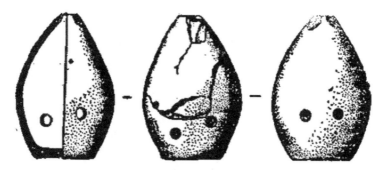

图 1：河南辉县琉璃阁 3 件埙器影

（此剖面图取自李纯一《中国上古出土乐器综论》，页 399）

在属于晚商时期的周原及其周围的先周遗址中，仅出土两件可能与周人有关的乐器：

（1）庸：BZM13：9，高 19.7 厘米（柄 8 厘米 ＋钟体 11.7 厘米），呈现出商代风格，有动物图案。发现于陕西宝鸡竹园沟，在时代上属于晚商或早周[①]（图 3）。

（2）磬：石灰岩，高 28 厘米，长 71 厘米，厚 6—10 厘米，经过粗糙打磨。发现于陕西蓝田怀真坊。[②]

在竹园沟发现的庸和在怀真坊发现的单磬，仅仅表示它们有可能是先周乐器的遗留。有学者怀疑这件庸是成王（前 1042/35—前 1006）、康王（前 1005/3—前 978）时期的作品，而怀真坊所出之磬实际上属于商朝在陕西的一个附庸国。换言之，迄今为止音乐考古学家事实上并没有发现多少与先周音乐有关的东西。

---

① 考古学家一般将此单件庸钟的年代定于西周早期，见宝鸡市博物馆《宝鸡强国墓地》，北京：文物出版社，1988 年，页 49—50。方建军（《陕西出土之音乐文物》，西安：陕西师范大学出版社，1991 年，页 5—7）怀疑它是晚商时期的作品。

② 见方建军《陕西出土之音乐文物》，页 5—7；李纯一《中国上古出土乐器综论》，北京：文物出版社，1996 年，页 41。方建军将其年代定于殷墟第一期。

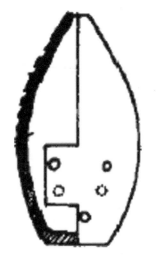

图 2：安阳殷墟小屯
妇好墓出土陶埙
（此剖面图取自李纯一《中国
上古出土乐器综论》，页 399）

图 3：宝鸡竹园沟出土庸

　　当然，缺乏音乐考古方面的发现，并不能排除周人在建国之前有过音乐活动。但是，这的确反映了原始时期的周人物质生产的贫乏和乐器使用方面的情况。显然，在音乐文化方面，周人要远远落后于他们在东方的同伴与对手。

　　由于人们习惯于对这两个政权依朝代先后作比较研究，所以上文清楚显示出来的商、周音乐发展的不平衡性，就未曾受到足够的注意。这种陈陈相因的做法，让研究者对这两个不同地域的文化经常只作历时性的比较。在西周前半期，音乐发生过一次转型，它是在文化交融的背景下，遵循民族音乐学家界定的"融合"模式进行的。周人灭商后，先大量吸收殷人的音乐和乐器，然后逐渐建立起新的价值观，从而改变了原有音乐形式的文化意义（参见第三章）。商、周音乐在周朝统治下的中原地区的融合，具体而生动地展示出殷商音乐价值观为适应周朝统治需要而走向世俗化的过程。作为商朝祭祀乐舞典型的颂乐，就在这一过程中通过分层式融合（hierarchical stratification）进入到周人新创的一套礼乐之中。

四、商代祭祀乐舞与周初雅乐之关系

(一) 对"颂"的传统解释：从古文字学角度分析其合理性

人们通常认为，《诗经》的最后一个部分称"颂"，是源自于"容"字。此说最早由阮元（1764—1849）系统地提出，进而由魏源（1794—1857）作了详细论述。阮元以为，所谓的"容"，是指伴随诗乐表演的"舞容"。①阮元的说法实际上来自许慎《说文解字》对"颂"字的解说。许慎说："颂，皃也。从页，公声。頌，籀文。"②阮元因此推断，三颂之诗原是伴舞而唱的乐歌，《诗经》余下的诗篇则是徒歌，或是其他一些有乐无舞的歌词。由于缺乏充分的证据，这种意见只能是一种推测，尤其是考虑到《墨子·公孟章》中有一段文字，证明舞蹈表演与三百篇诗歌的吟唱是合在一起进行的。③

---

① 阮元《揅经室集》，台北：世界书局，1961 年，页 15—18。

② 许慎《说文解字》，北京：中华书局，1963 年，页 181。籀文是由史籀确立的一种标准字体，据汉代一些文献记载（见许慎《说文解字》，页 314；班固《汉书》卷三十，页 1719），史籀是周宣王（前 827—前 781 年在位）时服务于朝廷的一位重要抄字员。王国维对史籀其人与其确立的汉字的实际存在提出怀疑（见王国维《史籀篇证序》，《观堂集林》，页 251—257）。但当代文字学家刘启益在西周晚期的青铜器趞鼎上发现"史留"之名，并将其释作史籀。见何清谷：《西周籀文与秦文字》，陕西历史博物馆编《西周史论文集》，西安：陕西人民教育出版社，1993 年，页 1173—1186。

③ 在《墨子》的《公孟章》中，有一句"舞诗三百"，说明三百余篇诗可以伴随舞蹈一起表演。见孙诒让《墨子閒诂》，《诸子集成》（上海书店 1986 年版）卷十二，页 275。

　　"颂"的原初字义,还有待于根据它在铭刻资料中的字形和使用情况,从语源学上加以考察。我们还无法确定"颂"在甲骨文中的字形,因此只能把青铜铭文视作唯一的资料。"颂"字除作为人名大量出现在"颂壶"、"颂簋"、"颂鼎"和"史颂盘"、"史颂簋"、"史颂鼎"以外,它在青铜铭文的出现还有以下几种情形:

　　1. 蔡侯盘①

　　　　霝②颂③韻④商,康託⑤穆好

　　大意谓:美妙的颂(一种音乐体式)在商这一音调上产生出和谐悦人的声音。

　　蔡侯盘与《集成》6010所著录之蔡侯尊铭文相同,都是春秋晚期蔡昭侯之器。余按,郭沫若云"霝颂"当为"灵颂",实际上是有一定道理的。《汉书·艺文志》所记周代之歌诗中有《送迎灵颂歌诗》三篇,在诸神歌诗二篇之后,周歌诗三篇之前。其内容虽不可考,但显然是与周礼乐一脉相承的送迎神灵的祭祀歌。所谓"韵商",余以为较《集成》释文所云"託商"为佳,"託商"云

---

　　① 1955年出土于安徽寿县,又名蔡侯龖盘,这件青铜器经鉴别,属于蔡昭公申(前518—前491在位),时间在公元前6世纪晚期到公元前5世纪早期。见白川静《金文通释》,卷37,页292—297。

　　② "霝"字是"令"字的假借,意指"美"、"好"。在青铜铭文中,"霝"常用于"霝(令)德"、"霝(令)冬(终)",给我们的理解提供了有力的证据。郭沫若将"霝"读作"灵",虽然有道理,但郭氏进一步认为"霝"和"灵"意为"虚空",则十分牵强,难以取信。见白川静《金文通释》,卷37,页296。

　　③ 郭沫若将这个字读作"夏",并将这句话读作"霝夏韶商"(轻视夏朝,超越商朝)。语涉不经。见白川静《金文通释》,卷37,页296。

　　④ 徐中舒将这个字读作"托",并将这句铭文释作"霝颂託商,康託穆好"(见徐中舒《殷周金文集录》,成都:四川辞书出版社,1986年,页458)。这个未能识别的字有两种可能,一以"𧩙"(言)作偏旁,一以"𤬜"(音)作偏旁。

　　⑤ 白川静将该字释为"虎",与铭文拓本所见字形极不相符。这有可能是其书印制中的一个错误。

云,颇不辞。我以为仍当读为"韵商"。《尹文子·大道上》"我爱白而憎黑,韵商而舍徵",故"霝颂韵商"即以此祭神之乐,入之商音。

图4:蔡侯盘铭文

(《集成》10171)

2. 杕氏壶

自颂既好,多寡不訏①

———————

① 见罗振玉《三代吉金文存》,上海:罗氏百爵斋,1926;北京:中华书局,1983年再版,卷12,页27。在罗振玉的拓本中,杕氏壶铭文中"颂"字一开始就有毁损,左偏旁仍有部分依稀可辨,所以有些文字学家将它读作"颂",但读作"颂"更适于其语境。罗福颐将这句话释作"自颂即孜"(罗福颐《三代吉金文存释文》,香港:问学社,1983年,卷12,页10),这一解读显然不尽如人意。

大意谓：自作的颂词（赞颂）很好，不管多少，都不是出自矫饰。（《说文·言部》："讦，诡讹也。"）或曰：多寡并不重要。（《方言》卷一："讦，大也。中齐西楚之间曰讦。"）

德国柏林博物馆所藏㭭氏壶铭文全文云：

> 㭭氏福及。歲賢鮮于。可是金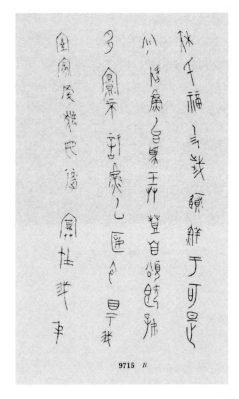。（余或吾）以爲弄壺。自頌既好。多寡不訏。余以宴飲。盻我室家。獵毋後。在我車。

图 5：㭭氏壶铭文

（《集成》9715B）

3. 㿋钟①

日古文王，初鼗龢於政。上帝降懿德大甹，匍（敷）有四方，匐（會）受萬邦。雩武王既弋殷，微史刺（烈）且（祖）來見武王，武王剈（則）令周公舍寓，曰（以）五十頌处。今㿋殂（凤）夕虔苟（敬），卹厥死事，肇乍（作）龢鐆（林）鐘，用……②

关于上引第一例，可以另外译作"美妙的颂歌合乎优雅的商调，产生出和谐悦耳的声音"。还有一种可能，即把"颂"理解成某种乐器，语意亦通顺。在上引第二例中，"颂"既可以指某些称颂的言词，这与它最常用的字义相符，也可以指一种优美悦耳的乐调，与《诗·大雅·崧高》(《毛诗》259)中的诗句相近。③在上引第三例中，"颂"指那种叫做"庸"的乐器，这是典型的商代礼乐用钟，本章后文将对此作更详细的讨论。④

---

①　1976年出土于陕西省扶风县法门庄白村。在同一个储藏窖里，有103件青铜器，其中有14件庸钟就是㿋钟。㿋是著名的史墙盘的主人墙的儿子。考古学家根据铭文记载的家族系谱和这些青铜器上的一些商代标志，认为这些青铜器属于商代一家遗民贵族，并估计㿋钟的时间在周孝王(前872?—前866)时期。见《西周微氏家族青铜器群研究》，页1—100。

②　在14件㿋钟中，6件式样和图案相同，因此被认为是一套庸钟。根据对这6件庸钟的声学试验及其铭文记载，音乐考古学家认为遗失了两件即第三、四号(李纯一《中国上古出土乐器综论》，页191；尹盛平《西周微氏家族青铜器群研究》，见刘士莪、尹盛平：《西周微氏家族》，北京：文物出版社，页8—9)。本处所引铭文，铸于这套庸钟的第一、二号上。(译者按：原文将此段铭文译成了英语，并加注如下："翻译此段铭文时，笔者参考了夏含夷所译史墙盘铭文。见 Shaughnessy, *Sources of Western Zhou History*，页3—4。")

③　《崧高》最后一节的后半部分是："吉父作诵，其诗孔硕。其风肆好，以赠申伯。"可见该诗乃是送给申伯。笔者此处的翻译(译者按，原文将此处诗文译成了英语)，参考了 Legge, *The Chinese Classics*, 4：540 和 Karlgren, *The Book of Odes*，页228。

④　徐中舒和伍仕谦以为，此处之"颂"是指甲骨文的繇辞。唐兰认为"颂"是数量名词，等于10平方里。任乃强则认为"颂"指乐师的官职。参见尹盛平《西周微氏家族青铜器群研究》，见刘士莪、尹盛平：《西周微氏家族》，北京：文物出版社，页208。

　　对青铜铭文中的"颂"字所作的语法和语境上的分析,也许不能揭示出它最初的语义与用法。但是,我们也可以认为,铭文中一定有"颂"字相对较早的含义,这一字义在商代晚期和西周早期应该是可信的。

　　由于我们在甲骨文中没有发现"颂"字,因此要对它展开语源学方面的考察,就必须对其铸刻在青铜器上的字体形式作结构分析。上文已经提到,阮元、魏源和一些现代学者,都将"颂"字视同"容"字,许慎则认为"䫶"是"颂"较早时期的写法,即所谓的籀文。不过,在现存青铜铭文资料中,"颂"字出现过 114 次,[①]皆从"公"从"页"。[②]因此,从语源学上将"颂"视作"容",仍然值得怀疑,有必要再作思考。从现有资料来看,"颂"字早期书写形式应该是"頌"字而不是"䫶"字。"颂"字右边的"页"是个象形字,像一个下跪的人在向他人表示尊敬。至于左边的"公",研究者们从字源方面提出了各种各样的解释。[③]在甲骨文中,"公"有时用于一些双音节的复合词中,如下所示:

　　1. 多公

　　《合集》34296:[④]

---

　　① 见周何、季旭昇、汪中文等编《青铜器铭文检索》,台北:文史哲出版社,1995年,页 1343—1345。

　　② 容庚《金文编》,北京:中华书局,1985 年,页 625—626。

　　③ 简而言之,从字源方面对"公"所作的解释有五种:其一,罗振玉根据《说文解字》(页 28),认为"公"是由表示相反之意的"八"和"私"字的右旁组成,因而其意与"私"相反(于省吾主编:《甲骨文字诂林》,北京:中华书局,1996 年,页 3357);其二,段玉裁(1735—1815)认为它是"允"、"沇"的初文,意指大沼泽(段玉裁《说文解字注》,上海:上海古籍出版社,1981 年,页 528);其三,李孝定以为甲骨文中原有两个不同的字"㕣"(公)、"㕣"(㕣),后来合成一个字(《甲骨文字集释》,台北:"中央研究院"历史语言研究所,1965 年,页 265);其四,方述鑫认为它既是一个象形字,又是一个指事字,表示的是陶制容器;其五,现代学者王占奎提出"公"为"八"字胡须下面的一张嘴,描绘的是一个贵族的形象(《公容颂考辨》,《考古与文物》,1993 年第 3 期,页 86—92)。

　　④ 郭沫若《殷契粹编》,东京:文求堂书店,1937 年,404。

……　彳　盟　于　多　〔公〕……

……　彳　歲　于　多　〔公〕……

《合集》33693：①

辛　亥　貞　壬　子　侑　多　公　歲

2. 公宫

《英藏》02529：②

壬　戌　卜　貞　才　獄　天　邑　商

公　宫　衣　兹　夕　亡　畎　宁

类似的表达，也可见于《合集》36540、36541、36542、36543、36545、36547、41758。

3. 三公

《合集》27494：③

丁　巳　卜　三　公　父　下　歲　重　羊

"多公"、"三公"在甲骨文中的使用，与某些复数集合名词有相似的语法结构，如"三父"、"二祖"、"多子族"，这些在甲骨文中习见。④则"公"在商代语言中应是一个表示尊敬的通称，很有可能指死去

---

①　郭沫若《殷契粹编》，405。

②　曾毅公《甲骨缀合编》，北京：修文堂，1950年，页182。

③　郭沫若《殷契粹编》，406。

④　见陈梦家《殷虚卜辞综述》，北京：科学出版社，1956年，页494—497。

的商王或先祖,如所谓的"先公"。①不管"公"字的解释是如何多种多样,它肯定是指一个高贵、尊荣的男子,最有可能是指先祖。而"颂"字的金文字形,正像一个人跪在祖先面前,以示人们祭祀祖先时的虔诚及其对祖先的敬畏。与这一从字源学上作出的推断相合的是,今本《诗经》三颂部分收录的诗篇(《周颂》31 首、《鲁颂》4 首、《商颂》5 首),如大家所知,形成一组十分完整的称颂祖先且用于祭祀的诗歌。

　　下表可以说明,《颂》诗原本属于祭祀用诗,祝词中常有一些套用语。

表 2:三颂所见祖先祭祀的内容②

	祭祀中祖先与神灵称谓	祭祀过程	与青铜器上常见祝词相当的用语	乱(卒章祝辞)
清庙(《毛诗》266)	文王天	对越在天骏奔走在庙	不(丕)显不(丕)承	不显不承,无射于人斯
维天之命(《毛诗》267)	文王天		於乎不显骏惠(畯寁)	骏惠我文王,曾孙笃之
维清(《毛诗》268)	文王	禋		维周之祯

_____

①　根据某些属于商代遗民贵族的青铜器,天干加"公"是对其祖先的一种常见称呼,例如丁公(㽙钟)、癸公(此簋)、乙公(改盨、㽙钟)、戋方鼎、彔作文考簋)、辛公(彔簋)、己公(逋盂、己公鼎)和甲公(戋方鼎)。这些青铜器的主人多数可以确定是生活在周朝的商代贵族。笔者以为这是典型的商代贵族称谓,有别于周代的贵族称谓。周代贵族称谓最明显的特点是"谥号+公"(太公、文公、康公等)或"封国封地之名+公"(周公、召公、毕公、邓公等)。因此,青铜器上的称呼方式可以作为一项标准,来区分这些青铜器是属于周代的商遗民贵族还是周人贵族。

②　译者按:原文将表中所列诗文、词句译成了英语,并加注说明译文主要来自高本汉(Karlgren)的译文。

（续表）

	祭祀中祖先与神灵称谓	祭祀过程	与青铜器上常见祝词相当的用语	乱（卒章祝辞）
烈文（《毛诗》269）	前王	锡兹祉福	惠我无疆子孙保之不显维德	於乎，前王不忘
天作（《毛诗》270）	大王文王天		子孙保之	子孙保之
昊天有成命（《毛诗》271）	二后成王天		昊天夙夜	於缉熙，单厥心，肆其靖之
我将（《毛诗》272）	文王天	我将我享维羊维牛	天其右之夙夜畏天之威	我其夙夜，畏天之威，于时保之
时迈（《毛诗》273）	百神河乔岳王天		昊天我求懿德	我求懿德，肆于时夏，允王保之
执竞（《毛诗》274）	武王成王康王上帝	钟鼓喤喤，磬筦将将，降福穰穰	奄有四方福禄来反	既醉既饱，福禄来反
思文（《毛诗》275）	后稷帝天		克配彼天（用配皇天、司配皇天）	陈常于时夏
臣工（《毛诗》276）	上帝			庤乃钱镈，奄观铚艾
噫嘻（《毛诗》277）	成王			亦服尔耕，十千维耦
振鹭（《毛诗》278）			夙夜（夙夕）无斁（亡斁、不斁）	庶几夙夜，以永终誉

（续表）

	祭祀中祖先与神灵称谓	祭祀过程	与青铜器上常见祝词相当的用语	乱（卒章祝辞）
丰年（《毛诗》279）	祖 妣	为酒为醴，烝畀祖妣		以洽百礼，降福孔皆
有瞽（《毛诗》280）	先祖	既备乃奏，箫管备举，喤喤厥声，肃雝和鸣，先祖是听		我客戾止，永观厥成
潜（《毛诗》281）		鲦鲿鰋鲤，以享以祀	以享以祀	以享以祀，以介景福
雝（《毛诗》282）	天子 皇考 皇天 烈考 文母	於荐广牡，相予肆祀	皇天 绥我眉寿	既右烈考，亦右文母
载见（《毛诗》283）	昭考	龙旂阳阳，和铃央央，鞗革有鸧，休有烈光，率见昭考，以孝以享	以孝以享 以介眉寿 纯嘏（屯瑕、屯鲁）多福	烈文辟公，绥以多福，俾缉熙于纯嘏
有客（《毛诗》284）			降福孔夷	既有淫威，降福孔夷
武（《毛诗》285）	文王 武王			耆定尔功
闵予小子（《毛诗》286）	皇考 皇祖		陟降庭止 夙夜（夙夕）	於乎皇王，继序思不忘

（续表）

	祭祀中祖先与神灵称谓	祭祀过程	与青铜器上常见祝词相当的用语	乱（卒章祝辞）
访落（《毛诗》287）	昭考皇考		陟降厥家	休矣皇考，以保明其身
敬之（《毛诗》288）	天		陟降厥士	佛时仔肩，示我显德行
小毖（《毛诗》289）				未堪家多难，予又集于蓼
载芟（《毛诗》290）	祖妣胡考①	万亿及秭，为酒为醴，烝畀祖妣，以洽百礼。有飶其香，邦家之光，有椒其馨，胡考之宁		匪且（祖）有且，匪今斯今，振古如兹
良耜（《毛诗》291）	古之人	杀时犉牡，有捄其角。以似以续，续古之人		以似以续，续古之人
丝衣（《毛诗》292）	胡考	丝衣其紑，载弁俅俅，自堂徂基，自羊徂牛，鼐鼎及鼒，兕觥其觩，旨酒思柔		不吴不敖，胡考之休

① 学术界过去普遍认为，《诗经》中大量使用的"胡"字通常是指"年老"，因此"胡考"即是"胡耇"，指年老的男子。笔者以为此处之"考"有别于"耇"，根据《毛诗》290、292篇诗文，"考"指死去的祖先。同样，"胡"与《仪礼》中所见"胡福"一样，肯定有"遥远"之意，应与其遥远的祖先有关。

（续表）

	祭祀中祖先与神灵称谓	祭祀过程	与青铜器上常见祝词相当的用语	乱（卒章祝辞）
酌 （《毛诗》293）	王			蹻蹻王之造，载用有嗣，实维尔公允师
桓 （《毛诗》294）	武王 天		于以四方	於昭于天，皇以閒之
赉 （《毛诗》295）	文王			时周之命，於绎思
般 （《毛诗》296）	天			敷天之下，裒时之对，时周之命
駉 （《毛诗》297）			思无疆 思无斁	思无邪，思马斯徂
有驳 （《毛诗》298）			夙夜（夙夕）	自今以始，岁其有。君子有穀。诒孙子，于胥乐兮
泮水 （《毛诗》299）	烈祖 皋陶		穆穆鲁侯，敬明其德 明明鲁侯，克明其德	憬彼淮夷，来献其琛；元龟象齿，大赂南金
閟宫 （《毛诗》300）	姜嫄 后稷 太王 上帝 后帝 周公 庄公 天	春秋匪解，享祀不忒 享以骍牺，是飨是宜 白牡骍刚，牺尊将将 毛炰胾羹，笾豆大房 万舞洋洋	其德不回 降福既多 万有千岁 眉寿无有害 天锡公纯嘏，眉寿保鲁	新庙奕奕，奚斯所作，孔曼且硕，万民是若

（续表）

	祭祀中祖先与神灵称谓	祭祀过程	与青铜器上常见祝词相当的用语	乱 (卒章祝辞)
那 (《毛诗》301)	烈祖 汤	奏鼓简简,衎我烈祖 顾予烝尝,汤孙之将		顾予烝尝,汤孙之将
烈祖 (《毛诗》302)	烈祖 汤 天	既载清酤,赉我思成,亦有和羹,既戒且平 顾予烝尝,汤孙之将	绥我眉寿,黄耇无疆 来假来飨,降福无疆	顾予烝尝,汤孙之将
玄鸟 (《毛诗》303)	玄鸟 汤 武丁 古帝 天	四海来假,来假祁祁。		四海来假,来假祁祁。景员维河,殷受命咸宜,百禄是何
长发 (《毛诗》304)	有娀 玄王 相土 汤 上帝 武王 商王 帝 上帝 天			昔在中叶,有震且业,允也天子,降予卿士,实维阿衡,实左右商王
殷武 (《毛诗》305)	殷武 汤 天	不敢怠遑 寿考且宁,以保我后生		陟彼景山,松柏丸丸,是断是迁,方斫是虔,松桷有梴,旅楹有闲,寝成孔安

如上表所示,三颂诗篇中有许多对祖先的称谓语,有对祭祀仪式的具体描述,还有频繁使用的祝词。所有这些都指向一个事实,即这些诗篇最初都是商、周统治者为祭祀其祖先而吟唱的诗歌,并成为祭礼的一个部分。从前人的大量研究中我们知道,对某些可以确认为已故先王和祖先的鬼神的崇拜,是商代宗教的一个显著特征。

陈梦家将商代的神灵分作三类:

(1)各种神(天神),诸如上帝、日神、东母、西母、云神、风神、雨神、雪神;

(2)各种示(地示),诸如社、四方、四戈、四巫、山神、河神;

(3)各种鬼(祖先的神灵),诸如先王、先公、先妣、诸子、诸母、旧臣。[①]

如果我们将商代的信仰系统分成如下三类:天上神、自然神和祖先神,是有便利之处的。在商代的众神中,商朝每一位因其尊贵、荣耀或美德而留存在后来统治者记忆中的祖先,已经变成了半神半人。首先,从商朝开国英雄变成的一般神灵中被神化而成的"帝"或"上帝",在天上仍然保持着最高的权威。作为半神半人供奉的已故君主,也获得"王帝"的地位,有着与"上帝"一样的权力和威严,或者在尘世的君王和上帝之间充当中人。[②]陈梦家指出"帝"字

---

① 陈梦家《殷虚卜辞综述》,第 562 页。

② 按照胡厚宣的研究,在商代的众神中,上帝是至高神,这与商王在天上的形象正相对应;死去的商王也被称作"帝"。见胡厚宣《殷卜辞中的上帝和王帝》,《历史研究》,1959 年第 9 期,页 23—50;第 10 期,页 89—110。伊若白(Robert Eno)在胡氏学说的基础上,对商朝人头脑中是否存在一个"上帝"提出了怀疑。他根据加藤常贤和白川静的假说来解释甲骨文中的"𥏾"(帝)字,认为它描绘的是一个祭祀中的祖先坛位,因而提出将甲骨文中的"帝"或"上帝"理解成"王室祖先的共同体"(a corporate body of royal "fathers"),要么表示商代众神中的某一位祖先,要么指商代神灵中的全部祖先。见 Eno,"Was There a High God *Ti* in Shang Religion?"*EC*15(1990):1—26。

在铭文资料中有三种不同的用法：(1)作名词，指上帝或祖先神；(2)作动词，表示祭祀，后来演变成"禘"，指祭祖或其他相关祭祀中的一种；[1](3)作专有名词，与奉祀的祖先名字连在一起使用。[2]总而言之，在铭刻文字和传世文献中大量使用的"帝"字，必定是某种与商代的祖先信仰有关的东西，要不然它本身就是指献给祖先的祭品。[3]

此外，在商代的众多神灵中，"帝"也高于各种各样的自然神并支配着它们。陈梦家就列举出"帝"在控制自然和政治事务中的作用。[4]甲骨文资料也表明，祖先神拥有权利和神力来控制或干预凡俗世界的各种事务，不管是人世间的还是自然界的。因此，商代祖先崇拜的核心，看来就是奉祀死去的祖先以及将各种有生命[5]或无生命的自然物加以人格化、神灵化，以便为他们的祖先服务，或

---

① 关于"禘祭"的不同解释和周代诸多"禘祭"的实际存在，参见岛邦男《殷墟卜辞研究》，弘前：中国学研究会，1958 年，页 212—216；Eno，"Was There a High God *Ti* in Shang Religion?"*EC*15(1990)：1—26。

② 陈梦家《殷虚卜辞综述》，第 562 页。

③ 有些学者如伊藤道治、李宗侗已从不同的角度达成了一致的意见，认为商朝人对"帝"的崇拜与对祖先的崇拜是混杂在一起的。参见 Hsu and Linduff，*Western Chou Civilization*，页 102。

④ 陈梦家《殷虚卜辞综述》，第 562—580 页。

⑤ 自 1930 年代以来，人们一直接受这样一个观点，即殷人自以为是鸟的后代。李宗侗(《中国古代社会史》，台北：中华文化出版事业社，1954 年)、孙作云(《中国古代鸟氏族诸酋长考》，《中国学报》第 3 卷，1945 年第 3 期，页 18—36)、胡厚宣(《甲骨文商族鸟图腾的遗迹》，《历史论丛》，1964 年第 1 期，页 136—137)、于省吾(《略说图腾与宗教起源和夏商图腾》，《历史研究》，1959 年第 11 期，页 60—69)，以及其他许多学者，都论述过殷人的图腾崇拜问题。笔者以为，殷人确有一种对鸟的崇拜，将其部族首领的神奇诞生归于某类神鸟，在这种鸟崇拜中，他们将某些食肉猛禽神化为传说中的凤凰形象，而不是崇拜某种实际存在的鸟，与图腾文化也没有什么关系。关于殷人鸟崇拜和图腾问题更详细的讨论，参见拙文"A Study of the Bird Cult of the Shang People,"*MS* 47(1999)：127—147。

者使它们与其祖先神话般地联系在一起。①

甲骨上有大量的文字记载,说明商朝王室和贵族家庭频繁地举行各种各样的祭祀活动。从本章后面的文字可知,这些祭祀活动大多离不开乐器伴奏和舞蹈表演。

所谓的"颂",肯定是指祖先祭祀中一些最初的音乐活动。可是,从刻画在十万多件甲骨上的五千多个文字中,却找不出一个有可能是早期的"颂"字。众所周知,甲骨文的内容及其本质,虽然不排除有某些世俗生活的内容,但基本上没有超出商代宗教生活的范围。甲骨文中没有"颂"字,就更有可能说明它是一个后起的字。今存西周青铜器中保存有大量的"颂"字,其中最早的一个刻写在一件癲钟上,其时代可以确定为西周中期。因此,"颂"很有可能是在西周早期造出来的字。②以商金文与西周金文比对来看,西周早期形声字大量增加,这当然很可能与周初的文化政策有关。更值得注意的一点是,形声字中从"页"旁的字在西周金文中大量出现。

既然如此,接下来的问题是,在"颂"字出现之前,是否存在一种叫做"颂"的乐舞或诗歌体裁? 如果它确实存在,那么在商代用来表示这种音乐体式或舞蹈的又是什么字呢?《国语》的作者和《诗序》的作者毛公,都断然肯定"颂"是商代的一种礼乐。在《国语·鲁语下》中,闵马父对子服景伯说:③

　　昔正考父校商之名颂十二篇于周太师,以《那》为首,其辑

---

① 在商代的众多神灵中,有一些人格化的神,它们不仅是从动物神化而来,也有一些是从无生命的物体和自然现象如日、风、雪、雷、虹、干旱,甚至一些人造的物体如门、屋、房等神化而来。见宋镇豪《夏商社会生活史》,北京:中国社会科学出版社,1994年,页458—497;岛邦男《殷墟卜辞研究》,页219—235。

② 周何、季旭昇、汪中文等编《青铜器铭文检索》(台北:文史哲出版社,1995年,页1343—1345)中"颂"字共出现114次,其中111次是铸刻在西周的青铜器上。

③ 韦昭(197—278)认为闵马父和子服景伯都是鲁国人,并将此事定于鲁哀公八年(前487)。见《国语》卷五,上海:上海古籍出版社,1978年,页216。

之乱曰:自古在昔,先民有作。温恭朝夕,执事有恪。①

毛公所作《那》诗之序也说:

> 《那》,祀成汤也。微子至于戴公,其间礼乐废坏。有正考
> 甫者,得商颂十二篇于周之大师,以《那》为首。②

《毛序》和《国语》的作者似乎一致认为,在商代曾有一种叫做"颂"
的诗歌体裁。如果确有其事,那么这种诗或歌在商代又被称作什
么呢?

(二)"庸"的字源学探讨及其与"颂"在古音义上的关系

有些现代学者如张西堂提出一种意见,认为"颂"是一种叫
"镛"的乐器。③不过,现代很多《诗经》研究者并不接受这一说法。④
虽然这一理论最早是由张西堂加以阐述,但其理论根基可以追溯
到汉代的经师。郑玄在其对周礼著述所作的各种笺注中,不止一
次提到"颂"就是"庸"。他把"颂"说成是摆放乐器的方向或地点的
名词,指出称为颂的乐器常放在西边。郑玄《周礼·春官·眡瞭》
注云:

> 磬,在东方曰笙,笙,生也;在西方曰颂,颂或作庸,庸,
> 功也。⑤

---

① 《国语》,页216。译者按,原文将此处引语译成了英语,并加注如下:"这篇诗
文见于《那》(《毛诗》302)第五章,《那》是《商颂》的第一篇,而此二句在全诗的倒数第六
行至第三行。本章诗文的翻译对 Legge, *The Chinese Classics*,卷4,页633略有修正。"

② 《毛诗正义》,卷二十,页三五二,《十三经注疏》本,页620。

③ 张西堂《诗经六论》,上海:商务印书馆,1957年,页114—115。

④ 陈子展《诗经直解》,台北:书林出版社,1992年,页4。

⑤ 《周礼注疏》,卷二十三,页一五九,《十三经注疏》本,页797。

在《仪礼·大射》注中,郑玄再次指出"颂"与"庸"字同义。他认为:

> 笙犹生也,东为阳中,万物以生……是以东方钟磬谓之
> 笙,皆编而县之。

> 言成功曰颂,西为阴中,万物之所成……是以西方钟磬谓
> 之颂。

> 古文颂为庸。[①]

要证明"颂"就是"庸",郑玄的解释不能作为充分证据。然征之以铜器铭文以及上古语音关系,郑玄"颂"即"庸"字之说又确有根据。从战国中山王一号墓出土的三件青铜器来看,"颂"字与"庸"字往往通用。[②]

1. 中山王䚕鼎

> 寡人庸其惪(德),
> 嘉其力,明其德,庸其工(功)
> 後人其庸庸之[③]

2. 奼鎜壶

> 以追庸先王之工(功)剌(烈)

---

① 《仪礼注疏》,卷十六,页八四—八五,《十三经注疏》本,页 1028—1029。

② 河北平山中山王一号墓中所谓的"平山三器",其时代约为公元前 308 年。见《李学勤集》,哈尔滨:黑龙江教育出版社,1989 年,页 236—247;李学勤《新出青铜器研究》,北京:文物出版社,1990 年,页 175—198。

③ 李学勤(《新出青铜器研究》,页 186)和于豪亮(《于豪亮学术文存》,北京:中华书局,1985 年,页 43)将此句读作"后人其赓用之",可以译成"后来的人将继续用它"。此句铭文原为"后人其庸=之",李、于将第一个"庸"读作"赓"(意为继续),将第二个"庸"读作"用"(意为使用)。窃以为第一个"庸"当理解为名词,指庸钟或颂(诵)文,将第二个"庸"理解为相当于"颂"的动词,指通过吟唱来赞颂。笔者的解读可以从中山王䚕鼎铭文的具体语境得到证明。该段铭文写道:"克又(有)工(功)智(绩)觞;诒死罪之又(有)若(赦),智(知)为人臣之宜(义)觞。於(鸣)乎,念之哉! 后人其庸=(庸庸)之,毋忘尔邦。"

2840.3-5

图 6：中山王礐鼎铭文

(《集成》2840.3—5)

9734.5-8

图 7：舒蛮壶铭文

(《集成》9734)

这四句铭文清楚地告诉我们,"庸"应理解为与"颂"同义,是个表示称颂的动词。类似的情形还见于《左传》宣公十五年的一段记载。当晋公赏给士伯采邑时,羊舌职悦是赏也,曰:"周书所谓'庸庸祇祇'者,谓此物也夫。士伯庸中行伯,君信之,亦庸士伯,此之谓明德矣。文王所以造周,不是过也。"[①]"庸"在这段文章中出现四次,其中前两次"庸庸"以"动—宾"结构出现,意指"赞颂那些有功德的人",或表示其他近似的意义。在这里,应该将第一个"庸"理解为"颂",将第二个"庸"理解为"功"。[②]现代语音学家对"庸"、"颂"在古汉语中最初发音所作的推测说明,在很早以前根据语音拼写汉字的时候,它们中有一个字借用了另一个字的发音。[③]

---

① 杨伯峻《春秋左传注》宣公十五年,页 765。

② 在译读这段文字时,有些学者如杨伯峻(《春秋左传注》,页 765)、理雅各(James Legge, *The Chinese Classics*, 5:329)等人,都将这个"庸"字解释为等同于"使用"的"用"字,将第二个"庸"理解成"那些可用的人"。"庸庸祇祇"一语引自《尚书·康诰》,这篇文字是最早的先周文献之一。《康诰》中写道:"惟乃丕显考文王,克明德慎罚,不敢侮鳏寡,庸庸、祇祇、威威、显民。用肇造我区夏;越我一二邦,以修我西土。"(《十三经注疏》本,页 203 上)。高本汉将"庸庸、祇祇、威威、显民"译成"他功德卓著,十分恭敬,非常高贵,居于众人之上"(Karlgren, "The Book of Documents," *BMFEA* 22(1950):页 39),"庸庸"这个双音节词的动宾结构就无法体现出来。理雅各译成"用可用之人,敬可敬之人"(Legge, *The Chinese Classics*, 卷 3,页 383),意义虽较为准确,不过同样稍稍偏离了字面之义。而将"庸庸"译作"称颂那些有功有德之人",实可从《尚书》其他篇章得到证明。在《多士》中,周王声称自己承受"天命",使殷商贵族顺服。他在谴责夏朝最后一位统治者桀的淫佚,怠惰之后,说桀"弗克庸帝"(没有敬畏上帝)。与此相似的是《蔡仲之命》中的"克庸祇德"(确实尊崇可敬的美德)。对于"庸"字在这些语境下的意义,大多数学者的解释未能让人满意。事实上,将这个"庸"读作"颂",更能符合其具体的语境。

③ 在传统音韵学著作中,这两个字同属东部。高本汉推测"庸"的早期发音为 *diung,"颂"的早期发音为 *dziung(Karlgren, *Glosses on the Book of Odes*, Stockholm: Museum of Far Eastern Antiquities, 1964 年,页 305—307)。王力(《汉语史稿》,北京:中华书局,1958 年,页 93)推断"庸"、"颂"的韵尾都是 *iwog 或 *iog(王力《汉语语音史》,北京,中国社会科学出版社,1985 年,页 55)。白一平提出 *ljong 为"庸"的发音(Baxter, *A Handbook of Old Chinese Phonology*, Berlin-New York: Mouton de Gruyter, 1992 年,页 803), *zljongs 或 *sgjongs 为"颂"的发音(Baxter, *A Handbook of Old Chinese Phonology*, 页 790)。总之,有足够的证据说明,这两个字在上古音中是音近而假。

受到郑玄"颂"即"庸"的启发,现代学者如张西堂、饶宗颐、裴锡圭、李纯一等,已一致认为"庸"是某种青铜乐器的名称。裴锡圭就列举了甲骨文中殷人用"庸"、"用"指称乐器的好几种情形。[①]"庸"与乐器"鼓"频频出现的事实,也让人想到有这样一种可能,即"庸"在商、周时代原本是一种用槌敲击的铜钟。[②]从历史记载中寻找到的证据,已足以证实这一假说。在《诗经·商颂》的《那》诗中,就可以看到如下的诗句:

> 庸鼓有斁,万舞有奕。我有嘉客,亦不夷怿。

从现存的其他一些古代文献,如《逸周书》的《世俘解》和《尚书》的诸多篇章中,可以找到更多的证据。《周礼》也记载有"典庸器"的官职,清楚地指出"庸器"包括一些悬挂在钟架上的乐器"筍"(簨)和"虡"[③]:

---

① 裴锡圭《甲骨文中的几种乐器名称——释庸豐鞀》,页 67—79。

② 唐健垣(Kin-woon Tong)认为"庸"是描绘一种带有支架的鼓,"一个双面大圆鼓,平放在一个支架上"。这种解读的根据,一是他将"庚"(庚)看成是对鼓的描画,其下半"凡"(凡)则指鼓架,二是他认为"庸"、"鏞"是两个不同的字,代表两种不同的乐器。然而,甲骨文中的"凡",描绘的是一个分成数节的竹器,用来盛水或盛酒。像"同"(同)、"用"(用)、"筒"、"箇"之类都有一个声符"凡",同属东部。因此,"同"(同)或"用"(用)在甲骨文中有时或指一种打击乐器,而非鼓架,那么"庸"(庸)字则为形声而非象形。此外,考虑到"庸"、"鏞"在各种传世文献中都指某一类型的钟,唐健垣将二者分开还面临一些难以解决的问题。笔者接受李纯一的解读,认为"庸"(庸)的上半为一种我们还不知道的乐器,下半或指一种竹器,一种原始的打击乐器。"庸"在卜辞中常与各种鼓类乐器如壴、鼓、豐等作为并列名词同时出现,也与唐健垣认为"庸"是一种鼓的判断存在矛盾,因为在甲骨文中,同时提到两种鼓的极为少见。唐健垣有关"庸"的论述,见 Tong, "The Shang Musical Instruments," *Asian Music* 1983—1984,14.2:17—181;15.1:103—184;15.2:68—143。

③ 关于钟架的名称及其装置,参见华觉明、王玉柱,"The Foundry and Acoustics of the Marquis Yi Set-Bells," in Chen Cheng-yih *et al.*, eds. *Two-tone Set-bells of Marquis Yi* (Singapore: World Scientific, 1994),页 527—534;亦可参见曾宪通,*Two-tone Set-bells of Marquis Yi*, pp. 601—613;Von Falkenhausen(罗泰),*Suspended Music: Chime-Bells in the Culture of Bronze Age China* (Berkeley-Los Angeles-Oxford: University of California Press, 1993),页 205—209。

典庸器：掌藏乐器、庸器。及祭祀，帅其属而设筍虡、陈庸器；飨食、宾射，亦如之。大丧，廞筍虡。①

从"庸"字在甲骨文中体现出来的字义看，它可能指某种乐曲或乐器，或两者皆是。今"庸"字字源在甲骨文中有二：一作"□"，外形像是城墙，即"土田附庸"之"庸"。②这个字不在本文的讨论范围之内。③另一作"□"、"□"、"□"、"□"，从"庚"从"□"、"□"、"□"（用）或"□"、"□"、"□"（凡）。这些字形皆可隶定为"庸"。

孙诒让认为这里的"□"（凡）为"□"（同）字的省形。④吴其昌用更多的材料，例如甲骨文中"□"字和"□"字互通之例，对孙诒让的说法作了进一步论证。⑤裘锡圭在分析甲骨资料中的"□"字时，乃将"□"看成是"□"，并进而认为其音读也当为"同"。⑥并认为，在甲骨文中，"□"字的"□"旁，像一个用来盛酒或水的竹筒或木桶；而在商代，"□"指一种用青铜制作的打击乐器。⑦

而这个青铜乐器究竟是什么？在考古发现的商代乐器中是否

---

① 《周礼注疏》，卷二四，《十三经注疏》本，页 802。译者按，原文将此处引文译成了英语，并加注如下：郑玄、贾公彦将"庸"释作"功"（功绩），因而对"庸器"作牵强的解释，以为是指那些从被打败或征服的国家俘获的青铜器。至于"廞"，郑、贾释作"兴"（升起），也乖离其本义。笔者根据郑、贾对《周礼》"廞衣服"一语的解释，将其解作"陈列"。见《周礼注疏》，卷二一，《十三经注疏》本，页 783 下。

② 《毛诗正义》，卷二十之二，《十三经注疏》本，页 615 下。

③ 见金祥恒《释庸》，《金祥恒先生全集》，台北：艺文印书馆，1990 年，页 1183—1190。

④ 孙诒让《契文举例》，济南：齐鲁书社，1993 年，页 47。

⑤ 吴其昌以罗振玉（《殷虚书契前编》第八卷，1911—1912 年出版，台北：艺文印书馆，1970 年重印，卷一，页 30，第 50 片；卷二，页 25，第 6 片）所录一篇甲骨文"凡（□，即同）母辛"和大丰簋上的一段铭文"王凡（□，即同）四方"为例。见吴其昌《金文历朔疏证》，上海：商务印书馆，1936 年，页 329。

⑥ 高本汉将这个字转写成"d'ung"，见 Karlgren, Glosses on the Book of Odes，页 303。

⑦ 《合集》3256 为"王作□奏"，表明"□"（同）是一种乐器。

有这个"庸"？学者们提出了两种不同的意见。《尔雅》云："大钟谓之镛，其中谓之剽，小者谓之栈。"①许多学者根据《尔雅》的这段话，把"庸"看成是一种大钟，因此错误地认为"庸"就是句鑃，②即商周之际和春秋时期在南方江汉流域流行的一种大钟。③其形制类似安阳地区发现的小型的乐钟，而形体大得多，往往单件出现。然而，李纯一认为"庸"最初就是指那些过去一直被视作铙的、盛行于商代中心地区的小型乐钟。④这是一种带圆柄、手执或倒置的槌击钟。学者如罗振玉称其为"铙"，或如陈梦家称其为"执钟"。⑤其形制较小，出土时通常是三件一组，妇好墓中发现的是五件一组。这种钟为商代的王室和贵族所用，流行于原商王朝的统治中心，即今河南地区。

---

①　《尔雅注疏》，卷五，《十三经注疏》本，页 2602 上。

②　郭沫若因此提出，春秋句鑃的盛行，是流行于商代晚期与西周早期的南方大铙的复活。春秋句鑃在仿效停滞数百年之久的商代晚期铙时，在形制上也呈现出某些变化。这个时期的句鑃，形制与钲相似。关于句鑃名称与类型的辨认，学界有不同的意见。罗泰(Lothar von Falkenhausen,*Suspended Music*,页 403)采用传统的说法，将商、周时期南方的铙与盛行于春秋晚期的句鑃加以区别，认为它们是两种类型的钟。他把句鑃看作是"春秋晚期在中国东南沿海一带从非作音乐之用的钲发展而来的一种钟"。他认为，"后来各种钟口向上的编钟(即长江下游地区及南方出土的句鑃)，并不是直接承续商代和西周早期的南方大铙"(Von　Falkenhausen,*Suspended Music*,页 153—154)。笔者采用朱文玮和吕琪昌所提到的另外一意见，把春秋句鑃看作是商代大铙在后世的复活，因此在本文中也把它们(包括南方铙钟在内)称作句鑃。见《先秦乐钟之研究》，台北：南天书局，1994 年，页 26—29。

③　高至喜，《中国南方出土商周青铜铙概论》，《湖南考古辑刊》第二辑，页 128—135；"An Introduction to Shang and Chou Bronze *Nao* Excavated in South China," in Kwang-chih Chang(张光直),*Studies of Shang Archaeology*(New Haven-London：Yale University Press,1986)，页 275—300；Von Falkenhausen,*Suspended Music*,页 138—145.

④　李纯一《试释用、庸、甬并试论钟名之演变》，《考古》1964 年第 6 期，页 310—311；《庸名探讨》《音乐研究》，1988 年第 1 期，页 15；《中国上古出土乐器综论》，北京：文物出版社，1996 年，页 105—109。

⑤　陈梦家《西周铜器断代》，北京：中华书局，2004 年，第二册，页 904—906。

　　句鑃形制较大,多出土于南方尤其是长江中下游地区,单件使用,纹饰精美。考古发现的句鑃多见于两个时期:一是商代中晚期到西周早期,一是春秋晚期。在长江下游发现的春秋晚期的这类钟中,有几件自铭"句鑃",如"配儿句鑃"、"其次句鑃"、"姑冯昏同之子句鑃"。其中"姑冯昏同之子句鑃"铭文云"自作商句鑃"。所以这种钟,其名当为"句鑃",而非"甬"(庸)。本文采用李纯一之说,称商代河南地区流行的第一种类型的钟为"庸",而长江中下游的第二种类型的大钟为"句鑃"。①"庸"大多数出土于河南,少数发现于山东南部,有一件出自陕西的关中地区。考古方面的证据表明,这种"庸"是商朝王室和贵族特有的乐器,为祭祀所用。②也就是甲骨文所见的"甬"。

(三) 祭祖活动中的商代祭祀乐舞:以考古及文字资料为依据

1. "庸奏"或"作庸"

　　征之甲骨文可知,"甬"(庸)是一种为商代王室和贵族所有、

---

　　①　但在另一方面,基于《尔雅》"大钟谓之镛"的记载,李纯一似乎未能坚持其见解。在《中国上古出土乐器综论》一书中,他将"庸"、"镛"作了区别,认为它们是两种不同的钟名,借以调和音乐考古发现与文献记载之间的矛盾。他将第一种类型的商铙称作"庸",将第二种类型即商、周时期长江流域的大钟称作"镛",将春秋时期那些在形制上与"镛"相似的大钟称作"句鑃"。然而从造字的原则来看,将"庸"、"镛"加以区别是没有道理的。因为甲骨文中未见有金旁之字,而西周金文中从"金"旁之字骤多,故"镛"字的"金"旁必是周代添加上去的一个意符。笔者以为,"甬"(庸)是第一种类型的商钟的最初名称,它盛行于商代中后期,因商周易代而销声匿迹。而庸的名称进而泛指形制稍异的南方大钟,也称镛,故《尔雅》有"大钟谓之镛"一说。这种大钟一直流行至西周中期,是周人所目见者,而两种钟因皆失传,故后世淆乱名实,莫能究诘。

　　②　对这些商代庸的介绍与研究的英文资料,见 Kin-woon Tong,"The Shang Musical Instruments,"*Asian Music* 1983—1984,15.1:116—124。

在祭祀活动中使用的乐器,这与来自考古方面的证据正相符合。在《甲骨文合集》、《小屯南地甲骨》和《英国所藏甲骨集》中,有大量的甲骨资料说明"庸"与其他乐器一起被商王用来祭祀他们的祖先。甲骨文中以庸来祭祀的祖先有:太乙(《合集》27137)、太甲(《合集》27137)、祖乙(《屯南》4554)、祖丁(《合集》27310;《屯南》1055、1255;《英藏》2263、2265)、兄丁(《英藏》2263)、父庚(《合集》27310;《屯南》1055)、父甲(《屯南》1055)、小乙(《合集》27352、31013)、武丁(《屯南》4343)和大丁(《合集》27137)。

李纯一举出甲骨文中八例说明庸的使用,称其中两例证明殷人使用"庸"来祈雨,另外六例说明殷人用这种打击乐器为祭祀仪式伴奏。[1]笔者研读了四十多例有"𤮫"字的甲骨文句,其中十余句有殷人祖先名或其他祭祀名,如卯(在祭祀中宰杀,《合集》30693)、𦏵(阋,驱邪,《合集》31023)[2]、𢖷(酌,在祭祀中献酒,《屯南》1055)。此外,"庸"还被用于"翌祭"(《合集》26040、30270)。[3]

祭祀中使用庸这种乐器,在甲骨文中常称为"庸奏"(《合集》37310、31013、31014、31022、《英藏》2263),"奏庸"(《合集》31023、《屯南》4343),"庸用"(《合集》15994、27352、27459、30694、31016、《屯南》1055、1255、1501、2324、4554)和"乍(作)庸"(《合集》3256、27137、31018)。如:

《合集》30270:

① 李纯一《庸名探讨》,《音乐研究》,1988 年第 1 期,页 15。

② Tong, "The Shang Musical Instruments," *Asian Music* 1983—1984, 14. 2∶145。

③ 董作宾认为殷人周祭中所谓"翌"是伴有羽舞的祭礼。见董作宾《殷历谱》,重庆:中央研究院历史语言研究所,1945 年,卷一,第一章,页 27;第三章,页 97—99。许进雄和常玉芝认为"翌祭"居五祭之首。见许进雄《殷卜辞中五种祭祀之研究》,台北:台湾大学文学院,1968 年,页 55;常玉芝《商代周祭制度》,北京:中国社会科学出版社,1987 年,页 186—191。

于　甲　曰　壬　迺　饮　庸　不　菁　大　風

《合集》31018：

……　万　其　饮　庸　屮　重　……　吉

　　甲骨文资料也显示，"庸"的演奏不是只有这一种乐器，而往往和别的乐器像豈（《合集》30693、31017、34612）、熹（《合集》30693、31017）、豐（《合集》27137、30961、31021，《屯南》1255）等鼓类乐器共同使用。甲骨文中"庸"不只是乐器，也是指有"庸"伴奏的乐歌乐舞形式。"庸"与"舞"（《合集》12839）、"美"（《合集》27352、31023）[1]等舞蹈名称同时出现，以及与舞者"万"（《合集》31018）有关系，也进一步证实了笔者的推测，即"庸"是祖先祭祀和其他宗教活动中表演的一组乐舞。

　　在殷墟发现的龟甲和兽骨上，刻有如下一些文词：

　　(1)《合集》12839 有残文如下：

……　雨　……　舞　庸　……[2]

这个"庸"字的形状，与许慎所谓"庸"由"庚"、"用"两部组成的说法正相符合。[3]显然，在这段文字中，乐器"庸"是为某种意在祈雨的

---

　　① 许慎以为"美"由"羊"、"大"两部分组成，将其等同于"善"、"膳"。见《说文解字·羊部》，北京：中华书局影印，1963 年，页 78 下。而"美"在甲骨文中的字形，像一个站立的人，头顶上戴着饰物，似原始舞者。《合集》27352、30695、31022、31023、33128中，"美"和乐器"庸"并提，并且与表示演奏的动词用在一起，诸如"美奏"、"美用"，说明这个字应指某种音乐表演，可能是指舞蹈。

　　② 见胡厚宣《战后京津新获甲骨集》，上海：联群出版社，1954 年，452；《合集》12839。

　　③ 《说文解字·用部》："庸，从用，从庚。"（页 70 上）。参见许进雄《殷卜辞中五种祭祀之研究》，页 70。

舞蹈伴奏。

(2)《合集》3256：

王 乍 庸 奉

在这段文字中,"庸"的字形与例(1)中不同,其字形不像是用,倒像是𠃋(凡),实为庸字省形。同时,这表明"庸"、"用"二字与"同"形近而假。这是一场由商王命令表演或亲自出席的音乐表演。

(3)《合集》30693：[1]

庸 壴 其 眔 熹 壴 障

弜 障

其 羃 麇 壴 于 既 卯

这段文字说明,"庸"与鼓类乐器一起被演奏,并且是在祭祀杀牲之后。

(4)《合集》27310：[2]

王 其 寻 各 壹 以 □

弜 以 万 兹 用 雨

---

① 郭沫若《殷契粹编》,东京:1937 年版,北京 1959 年再版,835。
② 董作宾《小屯:殷虚文字甲编》,南京:商务印书馆,1948 年,641。

重　父　庚　麂　奉　王　永

重　祖　丁　麂　奉

……　至　……　弗　每　不　雨

这是关于祈雨的卜辞，似与雩舞雩祭有关。卜人贞问商王是否应下令举行庸奏，兴万舞来祭祀祖丁和父庚。此祭祀活动意在祈雨，除奏庸之外，亦有万舞。

（5）《合集》30694：①

丙　辰　卜　重　舊　麂　用　王　受　又（祐）

在庸奏之前，卜人还询问王使用旧乐器是否合适。

（6）《合集》27352：

重　祓　麂　用

弜　祓　麂　用

重　小　乙　作　美　麂　用

弜　用

---

① 郭沫若《殷契粹编》，494；《合集》30694。

在对小乙（武丁之父）的祭祀活动中，卜者询问表演羽舞和使用乐器"庸"是否合适，也问及在一个名叫"汄"的地方表演这些是否适当。

这些资料表明，甲骨文中的"庸"不仅指某种乐器，很可能指商代的钟，也指某种舞蹈，如例（1），或者有可能是某种音乐表演形式，如例（2）、（4）。因此，"庸"或为"颂"前身，"颂"是周代的辞汇，周人用以冠之于一种源自殷人的祀祖的礼乐。从甲骨文例来看，"庸"这字，既可用来指称商人礼乐中所用之乐器，亦可用来指称某种祭祀使用的音乐舞蹈体式。"颂"也同样如此，周代文献中（包括传世的和地下发现的），颂既是一种乐器，也是一种音乐体式，同时也是一种祭祀中的礼辞。作为乐器，有所谓"颂磬"、"颂琴"（《左传》襄公二年）之称，郑玄又说"西方钟磬谓之颂"。作为音乐舞蹈体式，"颂"是"美盛德之形容"，又有"舞容"之义，又有所谓"阙颂"（《周礼·春官·籥师》）。《周礼》郑玄注所谓："颂之言诵也，容也，诵今之德广以美之。"是以颂是有器、有乐、有辞、可歌、可诵、可舞的一种祭祀中所用的音乐及礼辞。及后世可分而言之。《周礼·春官·太卜》云："其经兆之体，皆百有二十，其颂皆千有二百。"郑玄注云："颂，谓繇也。"瘦钟铭文中"令周公舍宇，以五十颂处"一段，学者在解释时各执一词，或说是"礼容"，或说是"繇辞"，以此看来，不同的解释，其实并不矛盾。"颂"本来是周人从殷人那里发展出来的用于祭祀中的音乐体式。

如果说"颂"和"庸"一样，是一种属于殷人的乐器和乐舞，这似乎让人难以置信。难者或曰：《诗经》中又有"周颂"和"鲁颂"，难道它们也是商人的音乐吗？仔细阅读一些文献资料，我们可以看到"周颂"和"鲁颂"恰恰是和商人的文化有着莫大的关联。周人在征服殷商前后，采用了许多殷人的文化和制度。他们对殷人乐器的借用，也可以由考古发现加以证明。在今陕西竹园沟出土了一件

庸,其兽面纹与商代的庸惊人地相似。方建军认为这件庸在时代上属商代晚期到西周早期。[1]《逸周书·世俘解》记载:

> 癸丑,荐殷俘王士百人。篇人造,王矢琰,秉黄钺,执戈。王奏庸,大享一终,王拜手稽首。王定,奏庸,大享三终。[2]

看来,周人早在殷商晚期,就已学会了这种"庸"的音乐表演形式。从"奏庸,大享一终",以及"奏庸,大享三终"来看,庸显然是一种打击乐器,用以定节奏,规范仪式。

灭商以后,周人对"庸奏"既采用,又进行了改造,并予以正名,以标榜其自身的文化,并建立自己的礼乐制度。这恐怕就是"颂"的由来。

商周嬗代之际,周人的文化及其音乐文明是落后于商的。僻处西陲的"小邦周"作为商的属国,虽然在军事崛起之后,东向战胜了曾经是宗主的"大邑商",但是在文化上尚处于弱势。所以周人对商的态度是一方面学习、吸收其文化,另一方面又要加以限制和改造。限制是出于畏惧,改造是为标榜自身的文明程度。正是在这样一种心态下,商代祭祀中所用的庸奏、庸舞和万舞,才被吸纳和改造成周人的礼乐,并加以重新命名,这也许就是所谓"周颂"的由来。至于鲁国的诗乐何以称之为"鲁颂",而不像其诸侯国的歌诗那样也称之为"风"呢? 我们知道,鲁国是三监之叛时期周公镇压奄(商盖)叛乱之后在其故地上建立起来

---

① 方建军、蒋咏荷《陕西出土音乐文物》,西安:陕西师范大学出版社,1991年,页70。

② 黄怀信、张懋镕、田旭东撰《逸周书汇校集注》,上海:上海古籍出版社,1995年,页452—453。译者按,原文将这段引语译成了英语,并加注如下:"参见夏含夷1997,页33—34。"所引为夏氏下面的著作:Shaughnessy, *Before Confucius: Studies in the Creation of the Chinese Classics*, Albany: State University of New York Press, 1997。

的。奄原本是商朝的一个强大的属国，周公在成功地粉碎了三监叛乱后，以其功为最，元子伯禽乃被封于鲁，且被特许可在禘祭中用天子之礼乐。周、鲁的统治者们采用了商代风格的乐器和音乐体式，乃分别名之曰"周颂"和"鲁颂"。宋国本为微子启之后，商王朝的礼乐一直沿用下来。到了西周晚期和东周早期，宋殇公之后，孔子的七世祖正考父"校商之名颂十二篇"献于周之太师，[①]这些音乐作品即使不是商代的，也是据商代的祭祀乐歌加以改造的。

2. "舞万"和"万舞"

将"颂"等同于表示乐器名的"庸"，不一定要将"舞容"之说排除在外。裘锡圭解读上文所举卜辞例(1)，认为在敲击庸钟的同时人们还表演舞蹈。[②] 这种舞蹈可能是一种叫"万"的舞蹈。[③] 有甲骨文资料如下：

(7)《合集》31018：

𠀁	𐆚	𠬝	鼎	𠬝	重	……	吉
万	其	钕	麂	屮	重	……	吉

在这里，"万"是某一类舞者的名字，他们负责一种意在与自然界的神灵和祖先神进行交流的舞蹈。在甲骨文资料和某些传世的先秦文献中，这种舞蹈自身也叫"万"(甲骨文中作"万")。多

---

① 《国语·鲁语下》，页 216。

② 裘锡圭《甲骨文中的几种乐器名称——释庸豐鞄》，页 68。

③ 韦利(Arthur Waley, *The Book of Songs*, London: George Allen and Unwin, 1937 年，页 338—340)对万舞作了详尽的讨论。不过，他认为这个"万"意为十千，原本写作"萬"，是假借了一个表示蠍子的象形字。韦利在这里似将"万"字和"萬"字混为一谈。在甲骨文语境中，"万"字指的是一位舞者的名字，一类舞者，众多舞者，一种舞蹈或有万舞的音乐表演，而"萬"字原本是一种蠍子的象形字。到周代时，它们由于音近而彼此可以替用。

例卜辞说明,万舞是根据商王的命令且有很多舞者参加的演出,
如所谓的"多万"(《合集》28007,《屯南》4093,《英藏》1999),以
便祈雨(《合集》28180、30028、30131、31032)、出猎(《合集》
28180、29397,《屯南》2256)以及与祖先神交流。在殷人的祖先
中,父甲(即阳甲,《合集》27468)、父庚(即盘庚,《屯南》4093)、
妣(即女祖先,《合集》24551)和祖丁(《合集》30354)在祭祀中受
到万舞者的崇拜。下面的例子将更好地说明"万"的作用及其
本质。

　　(8)《合集》28180:

　　　　　重　万　霖　盂　田　有　雨　吉

卜人询问,狩猎之前万舞者是否应在一个叫"盂"的地方表演一种
与求雨有关、名叫"霖"的舞蹈。

　　(9)《合集》31708:

　　　　　重　万

　　　　　弜　万

　　　　　兹　用

卜人询问是否要用万舞,得到了肯定的回答。

　　(10)《合集》31032:

　　　　　王　其　呼　万　霖　……　吉

王要万舞者表演"霖"舞,结果吉。或者"霖"即是"舞",其字形本身

即显示了它是一种祈雨之舞。

(11)《合集》31022:

丂	𠧩	𥸏	𣪊	㞢	𠙵
万	重	美	奏	㞢	正
𠧩	𧷏	𣪊	㞢	𠙵	
重	麇	奏	㞢	正	
于	盂	𩫖	𣪊		
于	盂	𩫖	奏		
于	𣂁	𩫖	𣪊		
于	新	室	奏		

万舞者表演羽舞是合适的。这里的新室在甲骨文中出现多次,有
"王宅新室"之辞,是商王一个重要的祭祀和居住的宫殿场所。类
似的场所还有"南室"、"东室"、"大室"。商代金文也有"大室",如
一九五九年在安阳后岗王室墓中出土的戍嗣子鼎(《集成》2708),
而大室又是周代金文中最常见宫室名称,西周金文中每曰"王各大
室"、"用牡于大室"等,康王之康宫有之,其后诸王宫中多有之,以
此看来,"大室"乃是周人延用商王之宫室名。①"新室"、"盂𣂁
(厅)"与之相类,为祖庙中室名。这一段卜辞是贞问万人是否要表
演美奏和庸奏,另外是否可在"新室"和"盂𣂁(厅)"这两个地方
表演。

---

① 唐兰在其文章中曾经指出,周之康宫为始祖之庙,其后昭王、穆王、共王、懿
王、孝王、夷王等更为昭穆,其庙名则曰"康邵宫"、"康穆宫"。而西周晚期斁攸比鼎曰
"王在周康宫徲(夷)大室",则为夷王之庙。见氏著《作册令尊及作册令彝铭考释》,《国
学季刊》第4卷1934年第1期,页24—25。又伊簋铭文云"王在周康宫,旦,王格穆太
室"(《集成》4287),西周京宫有大室,康宫亦有大室。见唐兰《西周铜器断代中的康宫
问题》,《考古学报》,1962年第1期,页24—45。

(12)《合集》21232:

　　　　辛　酉　卜　重　万　奉　一　月

辛酉这一天,卜人就在第一个月表演万舞贞问。奉字在甲骨文中
多见。龙宇纯以为甲骨文金文中之 等本是一字,即《说
文》中"茇"字,亦即"祓"字,为祈求之义,又从郭沫若说,以为亦通
"奏"字。①龙氏之说,考证翔实精密,固可信从,然于甲骨文中"奏"
字,未加申论。我认为在甲骨文中用为动词的奉有以下两种含义:
一是　(求,或拜,或茇)的简体,卜辞中多"奉雨""奉年"等词语;二
是　　(奏)的简体,或用来指演奏某种乐器,或用来指表演某种乐
器、舞蹈,甚或一套乐舞。

(13)《合集》30354

　　　　重　靁　万　用　祖　丁　祕

卜人问及在对祖丁的祕祭上表演万舞之事。

(14)《甲骨文合集》31033:

　　　　甲　午　……

　　　　重　万　舞　大　吉

　　　　重　林　舞　出　正　吉

---

① 龙宇纯《甲骨文金文 字及其相关问题》,《"中研院"历史语言研究所集刊》34
下,1963 年,页 405—433。

重　辛　奏　虫　正

…… 奏 …… 正

林舞是舞名，万舞与之并列，也当是舞名无疑。万舞之名，卜辞中数见，他如《合集》16003、28461 及《屯南》825 均是。此条卜人问及表演万舞是否合适，结果大吉。

（15）《屯南》2256

王　其　田　以　万　弗　每　吉

王在畋猎的时候，舞万祈求不遇大雨，结果天气晴朗，吉。

在商代的祭祀中，作为邀请祖先神降临和向天上以及人间神灵转达敬畏之情的媒介，万舞扮演着重要的角色。表示祭祖迎神之义的"宾"字（后来表示客人之意），在商代卜辞中出现时，或者作"⿴"（㝷），或者作"⿴"（窒），都像是一个万舞者在庙宇下表演。后一个字的"⿰"（止）旁，是取自"⿰"（陟）和"⿰"（降）的下半部分，表示神灵的飞升与降临。"㝷"字和"窒"字在甲骨文中的语境与此非常一致。①

万舞表演通常伴随有庸钟的演奏。除了前文提到的例（4）、（7）以外，有一件名叫"己酉戍牷彝"的商代青铜器，其铭文记载一

---

① 唐健垣（Kin-woon Tong, "The Shang Musical Instruments," *AM* 15.2：94—95）解读该字，以为意指"通过舞蹈欢迎神灵"。古文字学家将甲骨文中的"⿴"字，隶定为"宾"，并释作"傧接"，见《合集》6497、6498 等。关于这个字在甲骨文中字义的详细讨论，可见于省吾主编《甲骨文字诂林》，页 2023—2030；亦可参见周国正《卜辞两种祭祀动词的语法特征及有关句子的语法分析》，见国际中国古文字学研讨会《古文字学论集》，香港中文大学学报，1983 年，页 272—276、页 278 注 22、页 279 注 24。

位名叫"刻"的万舞者,在演奏乐器"庸"和表演"九律"舞之后,铸造了这件彝。

图 8:戍伶方彝铭文

(《集成》9894)

己酉戌伶障宜于韶，置庸，舞九律舞，商(赏)貝十朋。万
剢用盦祊宗彝。才(在)九月。佳王十祀。鲁(劦)日。五佳
來束。①

铭文意为：己酉这一天，戌伶在召举行了尊宜仪式。他(下令)
使用乐器庸，表演九律舞，给(万舞者剢)赏赐了十朋贝。万舞者剢
因此造了这件用作祭祀的彝来纪念……②

"鲁"即"劦"，甲骨文有"东方之风曰鲁"，"鲁"又为商代五祭之
一。故其后文曰：时在商王十年九月劦祭日。"五佳来束"，不解其
意。似指五鸟来集。

早期文献中"万舞"与"庸"同被使用的记载，还见于《商颂》的
《那》诗和《逸周书》的《世俘篇》。在《那》诗中，万舞的表演由庸、鼓
伴奏(详见后引《那》诗全文)。而在《逸周书》中，周武王似乎已经
采用殷人的乐曲，来庆贺他在牧野战场对商作战所取得的决定性
胜利：

甲寅，谒戎殷于牧野，王佩赤白旂。籥人奏武，王入，进
万，献。明明三终。乙卯，籥人奏崇禹生开，三钟，终，③
王定。④

《世俘解》描述了武王在牧野战胜之后接受献俘的过程：先由籥
人演奏《武》乐，武王入场后所谓"进万"，应是进演万舞，或是进
献俘获的殷的称作万的乐人或舞者，然后献俘。"明明三终"，旧

---

① 薛尚功(fl. 1144)《历代钟鼎彝器款识》，沈阳：辽沈书社，1985年，页43—44。

② 此处的翻译参照了裘锡圭(《甲骨文中的几种乐器名称——释庸豊鞀》，页70)
的理解，亦有微异。

③ 章炳麟(1868—1936)以为"三钟终"本应作"钟三终"，另有学者认为"钟"字是
衍文。不过，笔者认为"钟"在这里指庸，为商贵族所用，通常三件成套。因此，将此
处引文作这样一种不同的标点和翻译(译者按，原著将此引文译成英文)。

④ 黄怀信、张懋镕、田旭东撰《逸周书汇校集注》，页454—455。

解是指《诗·大雅·大明》,其开篇曰:"明明在下,赫赫在上。"①
次日,籥人演奏"崇禹生开",可能与《大夏》之乐有关。使用三件
成组的钟类乐器(应为"庸")。演奏完毕,王始安坐。按此段当
与《春秋经》宣公八年"辛巳,有事于大庙。仲遂卒于垂。壬午,
犹绎,万入,去籥"②对读。显然最初《大武》的舞制在鲁宣公时沿
袭了下来,万人与籥人,在程式的安排上有所不同,由籥人先进,
万人继之。《公羊传》解释说:"绎者何? 祭之明日也。万者何?
干舞也,籥者何,籥舞也。其言万入去籥何? 去其有声者,废
(置)其无声者。"③这里《公羊传》显然是望文生义,以为籥有声,
而舞无声。《穀梁传》也相类。何休注:"万者,其篇名。武王以
万人服天下,民乐之,故名之云尔。"④《礼记·月令》孔颖达疏更
进一步发挥:"何休注《公羊》云:周武王以万人服天下。《商颂》
'万舞有奕',盖殷汤亦以万人得天下。此《夏小正》是夏时之书,
亦云万者,其义未闻,或以为禹以万人以上治水,故乐亦称万。"⑤
则更行更远矣。所谓"武王以万人服天下"者,由《世俘解》可知
并非说武王仅凭借一万人就轻轻松松地得到了天下,而是说武王
灭商时,曾用过跳万舞的人。

　　《世俘解》这一段给我们提供了相当重要的资料。周人《大武》
之乐与殷人"万舞"的关系在有周创立以前已经存在。《礼记·祭
统》:"夫祭有三重焉:献之属莫重于裸,声莫重于升歌,舞莫重于
《武宿夜》。"《正义》引《尚书大传》云:"书传云:武王伐纣,至于商

①　《毛诗正义》,卷一六之二,《十三经注疏》本,北京:中华书局影印,1980 年,页
506 下。
②　《春秋左传正义》,卷二二,《十三经注疏》本,页 1873 中—下。
③　《春秋公羊传注疏》,卷一五,《十三经注疏》本,页 2280 下—2281 上。
④　同上书,页 2281 上。
⑤　《礼记正义》,卷一五,《十三经注疏》本,页 1362 下。

郊,停止宿夜。士卒皆欢乐歌舞以待旦,因名焉。《武宿夜》,其乐亡也。熊氏云:此即《大武》之乐也。"①《大武》之乐是周的经典礼乐,正因为其始创即具有重要的象征意义。而《世俘解》告诉我们《大武》创制之初即有万舞相伴进行,也说明了万舞在周人心目中的地位比我们通常理解的更为重要。

到周人灭商,周武王庆祝其军事胜利时,显然采用了殷人的音乐表演。根据这段文字,我们可以推知,在殷人的祭祀中,籥、庸等乐器的演奏和"万舞"表演是同时进行的。"龠"在《甲骨文合集》中出现 30 余次,其中有 20 多次是用于宾祭,可能是用来为"万舞"伴奏。②从周代早期到战国前期,这种殷人的传统舞蹈一直保留着它在商代的一些特征。周代的诗人和历史学家提供了卫国、鲁国、楚国、宋国、齐国表演"万舞"以及服务于周王朝的"万舞"者的记载。在宋、卫、鲁等国(殷商贵族和遗民在武庚叛乱失败之后,就是被安置在这些地方),"万舞"一直被使用,并成为多数在祖庙前面或里面举行的祭祀仪式的伴随物。③殷墟卜辞还记载有其他一些舞蹈(至少在名称上如此)如九律、羽、林、围、隶、篁④等,也与殷商贵族的各种祭祀仪式和占卜活动有关。

(四) 商代祭祀乐舞的重构

对商代祭祀乐舞的重建,肯定是推测性的。不过,根据我们掌握的各种不同资料而提出的这一假设,对了解商代音乐文化成就的概貌应该是具有一定启发意义的。

---

① 《礼记正义》,卷四九,《十三经注疏》本,页 1604 上。
② 姚孝遂、萧丁:《殷墟甲骨刻辞类纂》,北京:中华书局,1989 年,页 278—279。
③ 关于万舞在周代转型的详细讨论,还可参见本书第五章。
④ 见宋镇豪《夏商社会生活史》,页 331—333;孙景琛 1983,页 68—70。

　　舞蹈在祖先祭祀中必定发挥了重要作用,殷墟的考古资料对此已有所揭示。在武官村一座王室墓中发现的 24 具女性舞者的骨架,进一步说明殷人宫廷和庙宇中表演的舞蹈可能有相当大的规模。[①]在这些舞者的骨架旁边,还发现三件戈(很有可能是舞蹈时用来支撑身体)和一些残留的羽毛,所有这些都与甲骨文资料记载的"戚舞"(或作"戚奏",意即干戚舞或干戚表演)和"羽舞"(或作"美舞",指羽毛舞)相符合。从甲骨文中看到的这些祭祀舞蹈,都已安排了次序和阶段。

　　比较值得玩味者是前举《合集》6016 中"奏玉其伐"的文句。"伐"与"奏"连用,尤其值得注意,由此可觇执干戚之武舞舞容之一二。按"伐"字本是征伐之义,如伐舌方、伐土方、伐巴方、周方等,其例甚多。但有时"伐"也指舞蹈中的舞步,用以代指舞蹈。如《合集》190"重伐彡于祖乙一二",谓行彡祭于祖乙,此伐则当为某种舞蹈。关于伐字在甲骨文中的字义,自罗振玉以下说各不同。罗振玉、董作宾、郭沫若皆以为是舞名,罗以为是武舞,董认为是羌舞,郭与陈直则以为是干舞。吴其昌、商承祚、陈梦家则认为伐是人牲,杀俘以祭。其后学者多从吴其昌说。伍仕谦指出伐在甲骨文中有三重意思:一曰杀人牲,二曰祭祀,三曰征伐。[②]卜辞中此三种用法皆常用。

　　然我以为"伐"仍有祭祀中使用舞蹈的意思。如《合集》6016:"戊戌卜争贞王归奏玉其伐一。"《合集》34137:"〔乙〕亥〔贞〕,重□伐……舞,雨。"此版前面卜问欲使风平静,故用三羊、三犬、三豕,后面"重□伐",重与伐之间一字残泐,疑为数目字。甲骨文中多

---

　　①　见郭宝钧《1950 年春季殷虚发掘报告》,《中国考古学报》第 5 册,1951 年;又见彭松、于平《中国古代舞蹈史稿》,杭州:浙江美术学院出版社,1991 年,页 26。另参见 Pratt,"The Evidence for Music in the Shang Dynasty:A Reappraisal",页 26。

　　②　见《甲骨文字诂林》,北京:中华书局,1996 年,第三册,页 2335—2344。

"一伐"、"二伐"、"三伐"、"五伐"、"七伐"、"九伐"、"十伐"或"十五伐"(《合集》893、896、897、898、903)、"二十伐"(《合集》893、894)、"三十伐"(《合集》898、890、891、892)、"五十伐"(《合集》885),甚或多至百伐(《合集》882、883、1297)。这些数字加伐的意思,多数当是说祭祀中人牲的数目。裘锡圭指出卜辞中的"伐右"之右与《诗·周颂·雝》中"既右烈考,亦右文母"中的右同义,伐右即杀人牲以祭祀。①然"伐"是否又与祭祀中的舞蹈有关?《书·牧誓》中言武王矢于牧野:"予发,惟恭行天之罚,今日之事,不愆于六步七步,乃止齐焉,夫子勖哉,不愆于四伐五伐六伐七伐,乃止齐焉,勖哉夫子。"②此处"四伐五伐六伐七伐"与"六步七步"同义,宋镇豪认为就是《合集》32202 中"三伐、五伐、十伐",疑"均是指武舞之名,脱胎于战斗队形的变化"。③刘起釪由利簋、大丰簋、墙盘铭文指出,《尚书》中伪古文《牧誓》原应是牧野之战前的一篇誓词,在战争舞蹈进行前诵读,经后人加工,屡入东周时期的文字。④我以为当从宋镇豪、刘起釪说为是。伐与舞蹈相关,但似不是舞中的队列变化,而是舞节。

可是,关于商代晚期合奏乐器的规模,考古材料和铭文资料都没有提供多少资讯。目前根据考古资料所知商代乐队中乐器组合的数目,比起周代文献如《有瞽》、《那》等诗和《荀子·礼论》描述的似乎要少得多。现存这些关于商代乐队规模的周代文献资料,必然仍旧带有推测的成分,因为这些文献与其所记载的内容存在着

---

① 见《甲骨文字诂林》,第三册,页 2620。

② 见《尚书正义》,卷十一,页七十一,《十三经注疏》本,页 183。译者按,原文将此段引语译成了英语,并有两个注解讨论其中"伐"字的理解和翻译,此处从略。

③ 宋镇豪:《夏商社会生活史》,北京:中国社会科学出版社,1994 年,页 332。

④ 刘起釪(见《牧誓是一篇战争舞蹈的誓词》,《古史续辨》,北京:中国社会科学出版社,1991 年,页 289—302)令人信服地指出,《牧誓》是在牧野之战前军队集结时表演的军事舞蹈上的誓师之辞。

时间上的差距。

周代礼乐中大舞有六，曰《云门》（黄帝）、《咸池》（尧）、《大韶》（舜）、《大夏》（禹）、《大濩》（商）、《大武》（周），即所谓六代之乐，而其中真正见于三礼，用于大飨、大射诸礼的只有《大武》和《大夏》两种。《大武》则用于天子大祭祀、天子视学养老、鲁之禘。两君相见所用则为《武》，应该就是《大武》。而《大武》这种乐舞显然是周人在商末学自殷人的颇具规模的武舞形式。

《大武》的乐制，《礼记·乐记》中宾牟贾的描述如下：

> 《武》乱皆坐，周召之治也。且夫《武》，始而北出，再成而灭商。三成而南，四成而南国是疆；五成而分，周公左，召公右；六成复缀，以崇天子。夹振之而驷伐，盛威于中国也。分夹而进，事蚤济也。久立于缀，以待诸侯之至也。且女独未闻牧野之语乎？[1]

郑玄注："武舞，战象也。每奏四伐，一击一刺为一伐。"以此对读《合集》32202中"三伐、五伐、十伐"，伐者，当如一成、再成、三成、四成，应该是指舞节。故伐本义由以戈断人首而会意，其引申义则为征伐、杀俘以祭、并有武舞中的舞蹈动作，更为舞蹈中的舞节。舞蹈中执干戚是武舞的基本舞具，其义无非"进旅退旅"，张扬功略。周人云自矜为"自伐"，恐即由此而来。《礼记·祭统》云：

> 及入舞，君执干戚就舞位。君为东上，冕而摠干，率其群臣，以乐皇尸。[2]

《逸周书·史记解》："昔阳氏之君，自伐而好变，事无故业，官无定

---

[1] 《礼记正义》卷三九，页314中，《十三经注疏》本，页1542。

[2] 《礼记正义》卷四九，页376上，《十三经注疏》本，页1604。

位，民运于下，阳氏以亡。"《老子》廿二章："不自伐，故有功。不自矜，故长。"廿四章又谓："自伐者无功。自矜者不长。"所谓"自伐"，其初皆武舞中发扬蹈励、炫武示威之义的延伸。

又按古史资料显示伴随着这些舞蹈的打击乐器往往是商庸。考古学家发现，三件组成一套是商代中晚期庸、磬常见的编组模式，五件成套的似乎相对少见，而且是规模最大的组合。[①]对于从音乐考古学方面了解商代中晚期王室乐队中乐器编组的大概情形，妇好墓的发掘成果可能是最好的例子。妇好是商王武丁的王后，在她的墓中，有 5 件成套的庸钟、5 件石磬（其中三件被认为在一个编组里）、3 件埙和 18 只铜铃。[②]大多数商代墓葬未保存有以下几种乐器：丝（弦乐器）、竹（竹制乐器，多为笛子之类）、匏（葫芦制的乐器，如笙、竽）、革（皮革制的乐器）和木（木制乐器）。一个可以让人接受的解释是，这些乐器被埋葬了三千年而不容易留存下来，尽管已经发现这些乐器的少量残片和遗留物。[③]

妇好墓中的乐器，尤其是那五件编组庸和三件编组磬，很有可能就是一个能够奏出和谐旋律的乐器组合。不过，从甲骨文

---

① 就笔者所知，仅有出土于殷墟西区第 93 号墓的一套五件编磬（见中国社会科学院考古研究所编《殷墟的发现与研究》，北京：科学出版社，1994 年，页 362），以及从妇好墓中挖出的一套五件庸钟。

② 见中国社会科学院考古研究所安阳工作队《安阳殷墟五号墓的发掘》，《考古学报》，1977 年第 2 期，页 71、89、91。妇好墓的五件磬中，有三件大的质料相同，被认为是编磬中的一部分。见中国社会科学院考古学研究所《殷墟妇好墓》，北京：文物出版社，1980 年，页 198—199。

③ 在属于殷墟第三期的一位商王的巨大墓葬中，考古学家从 HPKM1217 墓中发现了一件裹有兽皮的木鼓的残迹，同时还有一件大磬（李纯一《中国上古出土乐器综论》，页 41）。按照李纯一（《中国上古出土乐器综论》，页 3）的估计，这只鼓高 68 厘米，腹部直径 68 厘米，表面直径 60 厘米。在 1998 年初，考古学家在河南发现一些用动物骨头制作的笛、笙的残存物，其时代可确定在商代晚期到周代早期。见崔志坚《鹿邑太清宫考古发掘有重大发现》，《光明日报》1998 年 5 月 19 日。

中见到的情况是,不同的乐器在编组使用时,通常包括两种类型的乐器。例如,《屯南》2292 记载着对"品"(埙)和"豐"(大鼓)的使用:

辛　未　卜　其　酌　品　豐　其　奉　于　多　匕　一

(辛未这一天占卜。卜人问及是否可以使用酌祭,是否可以在祭祀中演奏或陈设品和豐,献给众位女祖先)

《合集》30693 记有对"龢"(一种笙)和"赦"(一种未知的乐器)的使用。《合集》6016、6653、10171 记有"兹"(弦乐器)和"玉"(玉,可能是磬)的使用:

甲　辰　卜　殷　贞　我　奉　兹　玉　黄　尹　若　二　告

(甲辰这一天占卜。殷贞卜问我们是否应该演奏兹、玉[祭献]给黄尹①。告祭两次。)

贞　我　奉　兹　玉　黄　尹　弗　若　二　告

([殷]卜问我们是否不应该演奏兹和玉给黄尹。告祭两次。)

《合集》27137、30961 所记"豐"和"庸"的使用:

……　奉　彳　公　彡　豐　嘼　于　出　呂　大　饔

……　叀　彳　公　乍　豐　麇　于　出　正　王　受

---

① 学者一般认为甲骨文中的"黄尹"是某一位先王之旧臣。或以为就是"伊尹",或以为尹是一种职官名。见范毓周《甲骨文中的"尹"与"工"——殷代职官考异之一》,《史学月刊》,1995 年第 1 期,页 14—18。

《合集》31021 也是如此。《合集》31017、34612 记载"豐"和"庸"的使用:

　　…… 豐 𩰼 于 𡆥
　　…… 豐 麿 于 壴

《屯南》1501、4554 记载"戚"(一种未知的乐器,可能是舞蹈时所用的舞具戈)和"庸"的使用:

　　𡚒 𢆶 𩰼 用
　　重 戚 麿 用

"庸"和"壴"(一种鼓)的使用见《合集》30693。以此看来,同时演奏两种或两类不同的乐器,似乎是一种常见的乐队编组方式。

　　就笔者对甲骨文资料的了解,在迄今为止的甲骨文中,还没有发现一例提及超过两种乐器的组合。这一现象自然会让人认为当时的乐章多数是由独奏或二重奏为主,或者可能就是由两种乐器奏出的乐曲。

　　然而,笔者宁愿认为,在对商代贵族用以娱乐的音乐有多种记载的商代中晚期,使用两种以上的乐器组合是没有疑问的。周、秦文献资料中就有一些关于商代音乐繁盛情况的描述。例如,《吕氏春秋》的《古乐篇》就记载:

　　　　汤乃命伊尹作为《大濩》,歌《晨露》,修《九招》、《六列》,以见其善。①

　　类似的记述可见于《墨子·三辩》和其他文献资料。②"九招"是对"韶乐"的另一种称呼,"韶乐"是传说中由舜帝创作的乐曲,因此有可

---

① 高诱注《吕氏春秋》,《诸子集成》,上海:上海书店,1986 年,卷五,页 53。
② 孙诒让《墨子閒诂》,《诸子集成》,上海:上海书店,1986 年,卷一,页 23。

能为商汤加以革新。①这里重要的是,甲骨文中清楚地记载着"濩乐"和"韶乐"都是用于祖先祭祀的音乐演出。②周代文献描述的"濩"("護")和"韶"都是有几大部分组成的,可能包括舞蹈、乐曲和歌词。③《荀子·礼论》称"韶"和"濩"都是由钟、鼓、管、磬、琴、瑟、笙、竽演奏出来的乐曲。④

---

　　①　在《尚书》的《益稷篇》中,它被称作"箫韶"(《尚书正义》卷五,页三二,见《十三经注疏》本,页 144)。《庄子》的《天下篇》(陈鼓应《庄子今注今译》,台北:商务印书馆,1985 年,页 940)和《周礼注疏》(卷二二,页一四九,《十三经注疏》本,页 787)称之为"大韶"。而《庄子》的《至乐篇》和《达生篇》(陈鼓应《庄子今注今译》,页 501、542)、《周礼注疏》(卷二二,页一五二,《十三经注疏》本,页 790)以及《竹书纪年》则说它包含九个部分,因而称为"九韶"(见方诗铭、王修龄《古本竹书纪年辑证》,上海:上海古籍出版社,1981 年,页 2—3)。

　　②　参见 Tong,"The Shang Musical Instruments,"*AM*15.1：109—116。

　　③　在《尚书》、《竹书纪年》中,"韶"是乐器演奏出来的一种旋律,而在《论语》(《论语注疏》卷三,页十三,见《十三经注疏》本,页 2469)和《左传》(杨伯峻《春秋左传注》襄公二十九年,页 1165)中,它是一种舞蹈的名称,在《周礼》中它是六代乐舞之一。至于"濩",《尸子》(周代的一本著作,一直被认为是商鞅的老师尸佼所著)记载汤曾在桑林求雨得应,人们创作了这一音乐来赞颂汤的美德,因此它也被叫做"桑林"。其文曰:"汤之救旱也,乘素车白马,著布衣,身婴白茅,以身为牲,祷于桑林之野。当此时也,弦歌鼓舞者禁之。"(见《艺文类聚》八十二、《初学记》九、《太平御览》三十五、八十三、八百七十九、九百九十六引)据王应麟考证,尸子为晋人,入秦为商鞅客,鞅诛而逃入蜀,著书六万余言(见陈国庆《汉书艺文志注释汇编》,北京:中华书局,1983 年,页 150)。其文尤详于《吕氏春秋·季冬纪·顺民》。在《周礼》(《周礼注疏》卷二二,页一五一,《十三经注疏》本,页 789)、《荀子·大略篇》(王先谦《荀子集解》卷一九,页 327)和《左传》(杨伯峻《春秋左传注》襄公二十九年,页 1165)中,"濩"("護")是一种有乐器伴奏的舞蹈。

　　④　诺布洛克(John Knoblock)在其 *Xunzi*(《荀子》)一书中,将"故钟鼓管磬,琴瑟竽笙,韶、夏、護、武、汋、桓、箾、简、象,是君子之所以为惕诡其所喜乐之文也"这段文字作如下翻译:

　　　　"Hence, bells and drums, flutes and chime—stones, lutes and zithers, reed pipes and reed organs, musical performances such as 'Succession' [i. e., *shao* 绍, a loan word of *shao* 韶], 'Elegant' [i. e., *hsia*, loaned from *ya* 雅], the 'Guarding' [i. e., *hu* 護, equivalent to *hu* 護 and *huo* 濩], the 'Martial', the 'Libation' [i. e., *chuo* 汋 or 酌], the 'Militant', the 'Panpipe', and the 'Imitation'—these the gentleman considers the proper forms expressive of sudden feelings of pleasure and joy. "(Knoblock, *Xunzi：A Translation and Study of the Complete Works*[《荀子:全文翻译及研究》], Stanford University Press, 1994 年,第 3 册,页72)

在笔者看来,"護"是从甲骨文"濩"字衍生出来的字,因此应该将其译成"祈雨"一类的意思,而不是译成"護卫"。

在殷墟时期，"韶"和"濩"似乎都是由一支规模相当大的管弦乐队演奏的。

商代的甲骨文资料虽限于殷人的宗教生活，但肯定保存了一些乐祭中合奏乐器的记载，只是这些至今还不为我们所知。我们有理由认为，商代的这些合奏乐器曾经都有未为人知的特定标记或名称。例如，在前面引述过的甲骨文中，那些"丝"和"玉"在其语境中，可能不会仅仅指使用两件或两类乐器，也可能指由这两种乐器主导的乐器组合，有点像是一个管弦乐队。

对《诗经·商颂》中的《那》诗(《毛诗》301)重作考察，可知排定乐器合奏的次序和主次关系在商代祭乐中相当常见。传统注疏一直把《那》视为商汤之孙太甲所作，但现代学者大多认为它应该是出自春秋时期的宋国，宋国的统治者是殷商王室后裔。或有人怀疑它的创作不会早于宋襄公时期，宋襄公就是那位因梦想光复故殷，而又拘于仁义，因而声名狼藉的诸侯。不管它是如何产生的，它是一首颂扬商朝开创者汤的诗，是由某个自称"汤孙"(即汤的子孙[①])的人写的。因此，它无疑是一篇为祭祀商汤而演奏的乐曲的歌词。即使是创作于春秋时期，《那》的创作必定模仿了商代的祭乐，因而真实地保留着某些商代祭乐的特征。下表将显示对商代祭乐的一种可能的重建，并表明它与周代礼乐的关系及其向周代礼乐的演进。

[①]　过去根据"汤孙"(意即汤的孙子)一词来理解这首诗，认为它是汤的孙子太甲写的一首赞美诗，保存在《诗经》中。然而，在一件属于宋景公(前516—前477在位)的宋公縊簠上，宋景公自称为"有殷天乙唐(汤)孙乍(作)其妹句敔夫人季子媵匜"。显而易见，"汤孙"可以是汤的任何一个直系子孙的称呼，可以不管其世代。关于簠上的铭文，参见李学勤《东周与秦代文明》，北京：文物出版社，1984年，页120。

表3:《那》诗所见商代祭乐演出的次第

《那》诗文句	《那》诗所见商代祭乐演出的次序	王国维重建的周代礼乐活动的次序
猗与那与 置我鞉鼓 奏鼓简简 衎我烈祖 〔金奏〕	舞蹈者的动作表演 打击乐器表演	打击乐器表演
汤孙奏假 绥我思成 鞉鼓渊渊 嘒嘒管声 〔管〕	击鼓 吹奏管乐器	在管、琴伴奏下歌唱,小舞
既和且平 依我磬声 於赫汤孙 穆穆厥声 〔合乐〕	磬加入 合奏	编磬加入,合奏
庸鼓有斁 万舞有奕 我有嘉客 亦不夷怿	庸加入 万舞表演	主要打击乐器演奏和大舞
自古在昔 先民有作 温恭朝夕 执事有恪	唱歌赞美先祖	
顾予烝尝 汤孙之将	终场合唱	打击乐器表演

　　这首诗以描写舞蹈者的壮观场面开篇，"猗"和"那"字本来是描述树枝或花朵轻扬的优美姿态，近于《隰有苌楚》(《毛诗》148)①和《隰桑》(《毛诗》228)所用的"猗傩"和"阿"、"难"。②接着走上舞台的是打击乐器表演。在一片鼓声中，管乐器奏出的旋律响起，随后又伴有编磬的声音。过了一会儿，随着庸和其他鼓类乐器的加入，开始表演一种更大规模的舞蹈"万舞"，整个演出进入高潮。歌者开始演唱称颂祖先和祖先神的赞美诗。演出以一场赞颂汤的美德、申明作诗人与汤的关系的合唱而结束。

　　在这种乐舞中，"万舞"的出现显示了整个演出的中心意义，它是为邀请另一个世界的神灵而安排的，因而万舞在祭祀仪式的音乐活动中起到核心的作用。应该正是在这一部分，舞蹈、音乐和歌唱合为一体。所以甲骨文中的"王乎(呼)万舞"，指的就是商王下令开始表演"万"乐—舞—歌。类似的情形也见于《合集》31018：

……　𤔲　囗　𣪕　𥥈　𠂤　帚　……　　舍
……　万　其　饮　麑　𠃊　重　……　　吉

万舞者演奏乐器"庸"作为伴奏。很显然，"庸"经常被用来为祭祀舞蹈和其他活动伴奏。因此，在甲骨文中，"庸"字也指舞蹈、音乐表演甚至乐曲。所谓的"庸奏"、"奏庸"、"作庸"，并不一定仅仅表示演奏"庸"这种乐器，或亦指表演一种叫"庸"的乐舞。

---

　　①　这首诗的第一节以"隰有苌楚，猗傩其枝"开篇，描绘桑树的枝条在风中轻轻飘拂。于省吾(《泽螺居诗经新证》，北京：中华书局，1982年，页21)将这里的"猗傩"与石鼓文中的"亚箬其华"一语作了比较，认为它是周代文献中常见的惯用语。

　　②　这首诗的第一节以"隰桑有阿，其叶有难"开篇。高本汉(Karlgren, *The Book of Odes*, Stockholm: Museum of Far Eastern Antiquities, 1950年，页180)、理雅各(Legge, *The Chinese Classics*, 4：414—415)和其他翻译本诗的译者依照传统的理解，将"阿"和"难"分别释作"外表美丽的"、"繁茂的"。但笔者以为，它是从"猗傩"或"亚箬"借用的另外一种表达，描述桑树的枝、叶、花在轻柔地飘拂。

普兰特(Keith Pratt)分析了妇好墓中埋藏的各种类型青铜器的数量,怀疑庸与其他青铜礼器相比,并不起什么重要的作用。[①]他又假定,"最高等贵族的大型墓葬中青铜器和乐器最多,中型墓葬中有一些编钟,但级别低的贵族墓中什么也没有",因此,他倾向于认为,"安阳所出钟的无足轻重,只能清楚地说明,要么是它在整个乐器中本身就不重要,要么就是在商代宗教中的舞蹈和其他仪式相关的音乐所起的作用不大"。[②]

与周代的标准礼乐相比,青铜钟在商代礼乐中的重要性确实要小一些,这是因为:(1)在整个商代,"庸"是在其统治中心(今河南省)发现的唯一一种青铜钟;(2)"𤱶"(庸)大概是甲骨文中唯一一个可以识别是表示这类青铜乐器的字形,但在数以万计的卜骨上留下的众多文字中,庸又仅仅出现了 50 次左右;(3)考古所见"庸"的形制大小有限,编庸的数量也不多,说明它在商代音乐活动中的作用并不大;(4)青铜钟在其发展的初期,应用的范围有限。

尽管"庸"在殷商社会中不像甬钟和钮钟在周代那样重要,但它在商代音乐中所起的作用仍然引人注目:(1)在中原地区的商代乐钟中,"庸"是存留下来的唯一一种可以制造较复杂旋律的青铜乐钟,这就使得这一类型的钟在殷商时期变得极其重要;(2)"𤱶"字在甲骨文中出现 50 次左右,其中大部分与宗教活动联在一起,由此暗示出这种乐器在祖先祭祀中的重要性;(3)作为乐器的"庸"多数在出土时是三件或五件成套,说明它们在音乐活动中的作用是奏出和谐悦耳的曲子;(4)在早期的中国青铜

---

① Pratt,"The Evidence for Music in the Shang Dynasty:A Reappraisal,"页 27—28。

② Pratt,"The Evidence for Music in the Shang Dynasty:A Reappraisal,"页 29。

时代,"庸"作为少数几种青铜钟的一种(如果不是唯一的一种),必然有其重要性。

换言之,如果我们站在历史主义的立场上考察"庸"在商代礼乐生活中的作用,就有理由认为普兰特(Pratt)所谓"庸"并不重要的推断应该加以质疑。它没有出现在中、下层贵族的墓葬中,并不必然地让人怀疑它的重要性。正好相反,这只能证明它在使用中受到限制,本身也十分贵重,因而为殷商上层贵族所有。

在商、周之间的朝代更迭或在此前后的文化交流中,"庸"式舞乐肯定发生了转型。"颂"就是周朝统治者为称呼这种"庸"乐而造出来的字,并按照周人的需要对它作了改进。

(五) 祭祀仪式中的祝词:诵(讼)

"诵"字在发音上与"颂"、"庸"一样,所以在古代文献中,可以发现它与"颂"在字义和用法上都十分相近。"诵"(例如今天用在"背诵"一词中)与"颂"(这个字用得最多的是表示"赞颂")往往互相通用。

(1)《孟子·万章》:"又尚论古之人,颂其诗,读其书,不知其人,可乎?"①

(2)《左传》襄公三十一年:"文王之功,天下诵而歌舞之,可谓则之。"②

(3)《史记·秦始皇本纪》:"从臣思迹,本源事业,祗诵功德。"③

---

① 《孟子注疏》卷十上,页八二,见《十三经注疏》本,页2746。
② 杨伯峻《春秋左传注》襄公三十一年,页1195。
③ 《史记》卷六,页243。

(4)《史记·太史公自序》:"夫天下称诵周公,言其能论歌文武之德,宣周邵(召)之风。"①

"诵"在西周和春秋文献中的一些早期用法也说明,这是一个经常与诗歌的创作和吟诵有关的字。在《左传》、《国语》、《论语》和东周文献中,这种用法难计其数。然而,在《诗经》中,"诵"字一无例外地用来指诗歌或音乐的体裁。诸如"家父作诵"(《节南山》,《毛诗》191)、"吉甫作诵"(《崧高》,《毛诗》259;《烝民》,《毛诗》260)一类的诗句,清楚地说明《大雅》、《小雅》中的这些诗句与"诵"诗是一样的。《诗经》作为一部时间相对较早的文献,其中的"诵"在字义上肯定更接近于它的初始含义。不过,关于这个汉字,从古文字学方面对其结构作一番分析,可以更多地支持语源上的详细考察。

"诵"由两部分组成,左边偏旁为"言",右边偏旁为"甬"。在早期的青铜铭文中,"甬"字的形状就像一件悬挂的钟,例如,戍甬鼎作"甬",墙盘作"甬",其下半部分描画的是钟身,上半部分则指悬绳。不过,在周代晚期的一些青铜器上,"甬"字的下半部分经常被刻成"用"形,如曾姬无卹壶作"甬",中山王𦅫鼎作"甬",这与其最初的象形字符有所不同。

在古代一些语言学著作中,"甬"字与"庸"字有时通用。扬雄(前53—公元18)在其《方言》中提到,陈、魏、宋、楚(相当于今天的河南、陕西和河北)等地在讲"仆人"、"随从"时,就将"甬"字等同于"庸"字。②《广雅》将"甬"、"庸"两个字都视作表示"使用"之义的动词,等于"用"字。③

---

① 《史记》卷一三〇,页3295。
② 钱绎《方言笺疏》,北京:中华书局,1991年,页100。
③ 《广雅·释诂》(1:7a—b),《小学汇函》本。

(六) 商代祭祀乐舞的名称及其在周代的变体

对"颂"、"庸"、"诵"的文字构成和具体使用情况加以分析,可以让人更加清晰地看到这些古文字的字形联系、语义扩展及其分化演变。下面的图示将对前文所作的讨论作一总结:

表4:文字关系及其首次出现在铭刻资料和现存文献中的情况

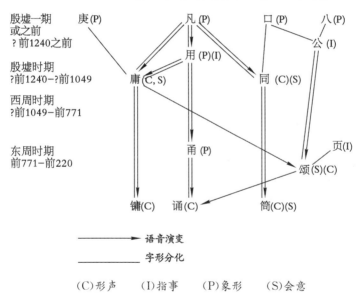

笔者将这些文字展示在一个基于年代顺序编排的图表中,以便揭示出这些古文字大概的造字次序、它们的多层含义以及经历一段时间后它们在字形、字义两方面的变化。在这个表中,笔者使用了我们所能利用的各种铭刻和文献资料,来推测这些文字在字形、字义方面的演变和扩散。当然,笔者相信更多古文字资料的发现和释读,也许会削弱或否定这种推断性的重建。不过,只要现有

的资料可靠，这张表格很可能可以基本反映这几个与"颂"相关的文字在语源上的关系。

在这三个字中间，由"庚"和"用"组成的"庸"，很有可能在最初是一种打击乐器的名称。正如前文所论，出现在商代铭刻资料中的"庚"，指的是一种未知的乐器，而"用"或"凡"原本是一种容器，有着多种多样的用途，用作打击乐器也是其中之一。"庸"字采用了这两个表示乐器名称的字形作为偏旁，有可能指另一种是后来创制的乐器。商代的"庸"肯定是指一种在当时新出现的青铜钟，它在商朝的王室和殷商贵族的宗教活动中得到了日益广泛的使用。音乐考古学、传世文献和铭刻等方面的资料都说明，这种限于殷商贵族使用的庸，通常（如果不是唯一的话）是在祭拜祖先（商代宗庙中最主要的仪式）的时候演奏，以便召唤祖先的神灵。这种类型的迎神送神活动由一连串的仪式主导着，其中包括演奏乐器、表演舞蹈和颂词的歌唱。因此，在商代文献中（主要是甲骨文中），"庸"不仅指一种钟，也表示一种舞蹈、乐曲、歌词或乐舞，甚至指一种音乐体式。

就音乐文化而言，当周人夺取了政权以后，这些来自西方的征服者反过来又被他们的被征服者在文化上所征服。不过，周朝贵族在征服殷人之后的战略之一，是继续保住自己文化的独立性，并维护他们在文化上的统治地位，由此引生出保持传统与追求革新的紧张关系。周人在全盘吸取殷人的音乐文化和将自身文化的价值与形式实现根本性转变之间犹豫不决。如此一来就创造了所谓的"颂"。在内容上，"颂"是一种源自于商代"庸"式音乐文化的音乐体式，是一种奉献给祖先的音乐；在名称上，它被改称为"颂"（这个字是周人造的），其字形就像一个在祖先面前下跪或跳舞的人。"颂"字的最早出现，可以确定是在西周早期。事实上周代的乐器中，有这样一类乐器，即在乐器类名前有一个"颂"字。出现在周代文献中的这些名称包括"颂琴"，如《左传》襄公二年载：

> 夏,齐姜薨。初,穆姜使择美槚,以自为榇与颂琴,季文子
> 取以葬。

此处"颂琴"中的"颂"字,显然是指一种特别宝贵的弦乐器。在《周礼·春官宗伯》中,也有一种编磬叫"颂磬":

> 眡瞭掌凡乐事播鼗,击颂磬、笙磬。

"颂磬"一词还可见于《仪礼·大射仪》。在周代的礼乐和后期宫廷乐队中,许多乐器被分成两种类型:雅乐器和颂乐器。例如,雅埙大如鹅卵,而颂埙相对较小。① 除了乐器,乐曲有时也被分成雅型和颂型。如《周礼·春官宗伯》记载说:

> 籥章掌土鼓豳籥。中春昼击土鼓,龡《豳诗》以逆暑。中秋夜迎寒,亦如之。凡国祈年于田祖,龡《豳雅》,击土鼓,以乐田畯。国祭蜡,则龡《豳颂》,击土鼓,以息老物。

关于这些颂乐器和颂乐曲,有一点十分明显,即它们一无例外地与死亡、祭祀和各种宗教仪式有关。晋代学者阮籍在其《乐论》中就指出:"雅颂有分,故人神不杂。"②如果说,颂是与死亡、祭祀和神灵有关的话,那么雅就总是与现实、规范和周朝统治者的权威有关了。

"诵"是周朝文化人的另一个创造,所从言旁,指"颂"表演中的口头部分,而"甬"则表示周代一种典型的钟,它是周代早期发明的。

这三个汉字的语义不断发展,并在不同的层次上朝着不同的方向扩散,从而获得了多种内涵和外延。

---

① 张密丽、王丽芬《古代吹孔乐器埙与五声音阶的形成》,《中原文物》,1996 年第 3 期,页 119。

② 阮籍《阮籍集》,上海:上海古籍出版社,1978 年,页 23。

表5："庸"、"颂"、"诵"的初始意义及其分层、扩散与转化

汉字	最初的字形与字义	第一次伸延的字形、字义	第二次伸延的字形、字义	第三次伸延的字义	第四次伸延的字义	第五次伸延的字义
庸	一种（乐器）"庸鼓""庸言""奏庸""作庸"（甲骨文、《诗经》、《尚书》）	乐曲或音乐表演 "作庸""作庸奏""奏庸""作庸"（甲骨文、《逸周书》、《尚书》）	乐曲的唱词 "后人其庸庸之"（中山王鲁鼎）	相伴的舞蹈 "庸舞"（甲骨文）	功业与美德 "庸庸"（《尚书·皋陶》）"无辞有庸"（《左传》襄二十四年）"我生之初尚无庸"（《毛诗》70）"民功曰庸"（《周礼·夏官司马》）	酬劳有功之人 "庸庸"（《尚书·皋陶》）"庸其功"、"庸其德"、"庸勋"（《左传》僖二十四年）"士伯庸中行伯"（《左传》宣十五年）
	"庸器"（《周礼》）	一种祭祖仪式	称颂祖先 "追庸先祖之工刺（功烈）"（疒簋壶）	祖先的功绩和美德		

（续表）

汉字	最初的字形与字义	第一次伸延的字形、字义	第二次伸延的字形、字义	第三次伸延的字义	第四次伸延的字义	第五次伸延的字义
颂	一种祭祖仪式	一种乐曲或音乐表演"镛颂托(韵)商""豳颂""周颂""鲁颂""商颂""宽而静柔而正者宜歌颂"《礼记·乐记》 乐曲的唱词"赋颂"《韩非子》	一种音乐体式"镛颂托(韵)商""豳颂"《周礼·春官宗伯》"周颂""鲁颂""商颂""弦歌诗颂"《礼记·乐记》 称颂祖先	合奏中的乐器"以五十颂处"《攡钟》 称颂"周康之时,颂声作乎下"①"颂而无谄"《礼记·少仪》"什一行而颂声作矣"《公羊传》宣十五年	一种乐器"颂琴"《左传》襄二年"颂磬"《周礼·春官宗伯》	

---

① 见扬雄撰,汪荣宝注:《法言义疏》,北京:中华书局,1987年,页543。

（续表）

汉字	最初的字形与字义	第一次伸延的字形、字义	第二次伸延的字形、字义	第三次伸延的字义	第四次伸延的字义	第五次伸延的字义
颂		祖先的功绩和美德	承继			
		与占卜相关的文句或占卜物上的标记 "以八簪占人颂"（《周礼·春官宗伯》）"其颂皆千有二百"（《周礼·春官宗伯》）	祝词 "善颂善祷"（《礼记·檀弓》）			
诵	赞美曲的歌词 "吉甫作诵"（《毛诗》259、260）	称颂祖先 "文王之功，天下诵而歌舞之"（《左传》襄三十一年）	记住某人的美德 "文王之功，天下诵而歌舞之"（《左传》襄三十一年）	称颂 "诵言如醉"（《毛诗》257）		

（续表）

汉字	最初的字形与字义	第一次伸延的字形、字义	第二次伸延的字形或演唱字义	第三次伸延的字义	第四次伸延的字义	第五次伸延的字义
诵		演唱 "讽诵"(《周礼·春官宗伯》) "讽诵诗"(《周礼·春官宗伯》) "诵诗三百"(《礼记·礼器》) "诵诗"(《礼记·内则》) "舆人之诵"(《左传》襄三十年)	创作或演唱歌曲 "家父作诵"(《毛诗》191) "国人诵之曰"(《左传》襄四年) "舆人诵之曰"(《左传》襄三十年)	背诵诗文 "工诵箴谏"(《左传》襄十四年) "使工为之诵茅鸱"(《左传》襄二十八年)	背诵或诵读 "诵诗"(《论语·子路》、《战国策》、《韩非子》) "诵书"(《列子》) "诵尧之言"(《孟子·告子》)	讲述 "诵其所闻"(《礼记·乐记》)

　　上表如同一幅画面,说明了这三个汉字字义的演变和扩散的阶段变化。对这三个汉字所作的语源学分析,揭示出"颂"、"诵"不仅在语义上源自于"庸",连发音都是如此。从韵部来看,它们都属东部,开口三等。从声纽来说,"庸"属余母,"颂"、"诵"属邪母。高本汉(Karlgren)就把"庸"拼成*diung,把"颂"拼成*dziung,把"诵"也拼成*dziung。[1]

　　西周的青铜铭文资料说明,许多汉字是在这一时期创造出来的,而且这些汉字中大多数是形声字。例如,带有"金"旁和"页"旁的汉字,频频出现在西周的青铜器上,却未见于商代的资料。"镛"和"颂"同样应是周代早期造出来的字。其他一些显而易见是周代早期的文字,还有"玟"、"斌"、"瓒"等。[2]有理由认为,西周早期是中国汉字形声化的一个重要时代。

　　在西周晚期宣王时期,当史籀整理出标准的汉字即所谓"籀文"时,也出现了一次对中国汉字加以系统化的浪潮,许多形声字又是在这期间创造了出来。在一件确定为周宣王(前827—前782)时期的青铜器虢季子白盘上,铭文排列整齐,所刻字元都是方形,与后来的秦国文字在书写上非常相似。[3]所以,有理由认为,铭文和铭刻文字的审美风尚得以系统化可能是在晚周。因而"颂"、

---

　　①　Karlgren, *Grammata Serica Recensa*, Stockholm: Museum of Far Eastern Antiquities,页305、307。

　　②　在一件属于商代晚期到周代早期,时间不迟于文王灭商之前(前1049/45—前1043)的青铜器大丰簋上,"文王"(前1099/56—前1050)的"文"作"玟"。在一件时间为紧接着周人灭商的青铜器利簋上,第一次出现刻作"斌"的武字。"文"字作"玟",也出现在何尊和盂鼎上,这些青铜器被确定属于成王统治时期(前1042/35—前1006)。唐兰还认为,瓒字是指那些保藏在康王(前1005/3—前978)豐宫中的青铜器。见唐兰《何尊铭文解释》,《文物》,1976年第1期,页60—63。

　　③　郭沫若定其器为夷王时期,今学者基本认定为宣王时器。见高明《中国古文字学通论》,北京:北京大学出版社,1996年,页395;朱凤瀚《古代中国青铜器》,天津:南开大学出版社,1995年。

"诵"之类的汉字,肯定是西周时期创造出来的,以此来表示某些乐器、音乐表演、音乐体式和口头文本。

五、由神性向功利性的转换:商周之际 祭祀乐舞的仪式化

Jordan Paper 在其对中国古代宗教的研究中指出:

> 许多文化,包括美拉尼亚文化、美洲土著文化和非洲文化在内,都有一年一度的节日献给死人和祖先神,古代近东地区的文化也是如此。然而,这些仪式在其文化中的地位,都没有它们在中国文化中那样重要(在西部非洲文化中间有些例外,在那里,与王权相关的祖先观念和祭祀仪式,和在中国文化中的情形有许多惊人的相似之处)。①

从理论上去追溯何以在中国如此发展是没有必要的,也超出了本文研究的范围。不过,经过一代又一代人用各种方法在不同学科领域加以探究,祖先信仰与祭祀是商代宗教的核心已很清楚。只是关于殷人祖先崇拜的确切性质,学者们提出的意见并不相同。例如,殷商贵族头脑中的"帝"是零散杂乱的还是人神同体的,这个问题依然没有得到解决。因此,关于商代宗教是一神教还是多神教,就一直争论不休。但不管怎样,殷人的上帝或众神是经过神化的人,这些人都确实存在过。他们被神化在一个对神秘的先祖充满敬畏之情的宗教世界里。祭拜祖先是整个礼仪的核心,它包括的活动有奉献祭品、宴享、歌唱、舞蹈和演奏乐器。占卜记录作为现存唯一可信的商代文献,表明"庸"(指演出活动)是商代宗教仪

---

① Jordan Paper, *The Spirits Are Drunk*, Albany: State University of New York Press, 1995 年, 页 47。

式中的一种重要乐舞。

　　当周人"原本不强大,一旦脱离其宗主国,开始其文化与地理扩张时,作为一个日趋独立的国家与属国的统治者维持着他们自己的祖先崇拜"。由于有着相似的对于祭祖仪式的重视,来自西方的新统治者在被其征服的国家里,就面临着不同的文化传统与政权正统的矛盾。周朝统治者出于增强其权威的考虑,没有简单地把他们的宗教强加到其他国家和文化之上。相反,改变宗教仪式变得更为重要,就在这一过程中,早期的知识阶层和统治阶层的精英统治思想发生了变化,宗教仪式自身的关注焦点也从祖先神灵转到了世俗世界。有些学者认为,这一转变可能到孔子时早已发生。例如,Paper 就声称,到荀子时,在那些曾被视作神圣或必须敬畏的领域发生了一场变化,宗教实践中同样也有变化。Paper援引 Noah Fehl 的理论提出,"荀卿很不相信宗教仪式在控制所有那些超出人类自然能力的事务中的作用……所有的宗教艺术只剩下了社会和心理方面的意义"。[①]然而,在处理过去与未来之间的关系、表明其推行统治的实用主义思想时,周朝统治者除了吸取殷人的文化,还将这个被推翻王朝的礼仪加以制度化,并在一定程度上将其世俗化。这一切发生在西周建立初期,很有可能就是文王和武王在位的那段时间里。

　　仔细研读《诗经》的人会发现,在《周颂》部分,诗篇的内容变化多样,从称颂祖先的赞美诗,到称赞军事成就的颂歌,甚至一些宴享诗和关于世俗君王其他活动的诗歌。如果我们用历史的眼光来看待这些文学作品,就会发现一些早期的作品,例如传统注疏一直定为周文王和武王时代的《清庙》(《毛诗》266)、《维天之命》(《毛诗》267)、《维清》(《毛诗》268)、《天作》(《毛诗》270)、《我将》(《毛

---

①　Paper,*The Spirits Are Drunk*,页 49。

诗》272)、《思文》(《毛诗》275)、《雝》(《毛诗》282),是对周民族早期君王和创业先辈的赞颂,一些大约属于武王时期的作品,如《时迈》(《毛诗》273)、《执竞》(《毛诗》274)、《载见》(《毛诗》283)、《武》(《毛诗》285)、《酌》(《毛诗》293)、《桓》(《毛诗》294)、《赉》(《毛诗》295)、《般》(《毛诗》296),赞扬的是周人军事征服的成就。其他大多数属于成王、康王和以后君王的作品,则是一些描述宴享、舞蹈、田猎的诗歌,当然也有一些与周王室在朝廷和宗庙举行的祭祀相关的诗篇。在模仿商代的祭祀音乐"庸"的同时,周人的"颂"也经历了一场从宗教到功利的重大转变,并因此导致了早期诗歌在功能上从神灵世界到世俗社会的转型。

第三章

雅乐的标准化

汉代以前传下来的历史记录,均将雅乐的确立及其制度规定,视为周王朝开拓者之一的周公之创制。不过,我们对于雅乐具体内容、制度和功能的认识,却只是来自保留在战国及以后文献上的描述,如合称三礼的《周礼》、①《仪礼》、②《礼记》③和一些思想性的

---

① 传统的学者将周公视为《周礼》的作者。但这看法并无实质的证据支持。学者如郭沫若和顾颉刚(1893—1980)曾确定此书成于战国时期。参鲍则岳(William G. Boltz's, "Chou Li," in Michael Loewe[鲁惟一], ed. *Early Chinese Texts: A Bibliographical Guide*, Berkeley: Institute of East Asian Studies, University of California; Society for the Study of Early China, 1993)对《周礼》的论述。不过有一些学者从《周礼》的思想体系立论,提出了不同的意见,以为《周礼》成书,当在汉初。参彭林《〈周礼〉主体思想与成书年代研究》,北京:中国社会科学出版社,1991年。

② 鲍则岳曾为《仪礼》的文本历史和内容,作出充分的论述。见 Loewe, ed. *Early Chinese Texts: A Bibliographical Guide*, 页 234—243。他从传统的资料中得到文本的证据,论证《仪礼》在汉以前的起源及其流传的情况。

③ 《汉书》是第一部提到《礼记》成书的文献,书中记载《礼记》乃由孔子七十弟子的部分成员编辑而成。《礼记》的成书时期和可靠性,可参王安国(Jeffrey K. Riegel)对此书的论述(Loewe, ed. *Early Chinese Texts: A Bibliographical Guide*, 页 234—243)。王安国根据范晔的记载(《后汉书》,北京:中华书局,1965年,卷三五,页 1205),保守地认为今本《礼记》乃东汉学者曹褒(102年卒)所编辑。

作品,如《荀子》、①《墨子》、②《吕氏春秋》③及《淮南子》。④不管怎
样,上述的三礼和子书,其今传本的成书几乎可以肯定是在战国初
至汉代中期这一段时间内。故此,这些书上描述的雅乐和音乐制
度,很可能与始于周公或其同时代者之制礼作乐的真正情况不符;
且它们的叙述甚至可能包含了数百年礼乐发展之中,周公以后的
周统治者所创造的元素。再者,就三礼的作者而言,可以想见,书
上的叙述亦为推测和创造性的构想。换言之,早期礼书和子书所
描述的雅乐制度的形成,便可能渗入了两个曲解的观念:(1)就客
观因素而言,这些论述包含了一些历时的变化,即雅乐以外音乐习
俗的标准化和雅化,以及部分雅乐的俗化;(2)就主观因素而言,此
又包含了这些书的作者,根据儒家的价值和礼法,所作出的理想化
和有意添加的内容。

　　几十年来的音乐史研究的主导观念还是早期维多利亚时代
文化人类学中的社会进化思想(social evolutionism)。也就是
说,在作具体研究之前,先假定音乐文化的发展是呈一种由低级
到高级的线性上升的样式。这种研究方法固然可以让我们比较
清晰地看到一幅依次展开的音乐史画卷,但是,在这幅画卷展开
的同时,也遗漏了不少复杂多样的多层次的不循规则的具体音乐
文化差异和变化。以商周音乐文化为例,以往的以朝代更替为基

---

　　① 《荀子》的起源和可靠性,参鲁惟一的"Hsün tzu"(Loewe, ed. *Early Chinese Texts: A Bibliographical Guide*,页178—188)。

　　② 参 A. C. Graham(葛瑞汉),"Mo tzu," Loewe, ed. *Early Chinese Texts: A Bibliographical Guide*,页336—341。

　　③ 学界一般都认同秦承相吕不韦参与或主持此书的编辑工作。参 Michael Garson 和 Michael Loewe,"Lü-shih ch'un-ch'iu", Loewe, ed. *Early Chinese Texts: A Bibliographical Guide*,页324—330。

　　④ 此书所收的文章,包含了不同学派的思想,而其成书时间亦不会晚于公元前 2 世纪。参 Charles Le Blanc(白光华),"Huai-nan Tzu," Loewe, ed. *Early Chinese Texts: A Bibliographical Guide*,页189—195。

准的分期研究往往会流于片面和简单化。本世纪初以来,特别是近十几年来,商周音乐考古学日新月异的发展,更充分昭示了这一点。

以音乐考古资料与现有文献资料相印证,笔者认为商周音乐文化的分布,特别是西周时期,基本上呈现了比较鲜明的地方性和民族性的差异。而这种地方或民族差异,以及文化交融所带来历史变化,并非简单地直线型发展,相反,在两种文化交织、冲突、整合之际,呈现了阶段性的暂时倒退。

所谓雅乐就是"夏"乐,是先周时期周民族继承夏文化逐渐发展形成的一种乐舞乐歌形式。雅乐从先周到春秋战国之交经历了三次比较重大的历史性变化。第一次是在武王灭商以后,周初所制的雅乐已经接受了河洛地区殷人音乐文化,以及殷人在江汉一带的音乐文化的影响。故周公制礼作乐之说固然有所依据,但同时也夸大了周公个人在雅乐形成过程中所起的作用。周初雅乐事实上在各区域音乐文化的交汇融合中,经历了一个较长的形成过程。①平王的东迁为雅乐带来了第二次变化,此时,"雅"和"夏"的

---

① 周公制礼作乐一说,或本于《尚书大传》所谓:"周公摄政,一年救乱,二年克殷(武庚),三年践奄,四年建侯卫,五年营成周,六年制礼作乐,七年致政成王。"史家如刘起釪等已疑其准确性。见刘著《古史续辨》,页338—339。征之以古器物资料,西周典章文物的成形,殆经数世至昭穆时期,始具雏形。礼器乐器的组合特别是鼎簋钟等开始定型并呈等级序列,接近三礼所述。关于这方面,可参见郭宝钧《商周铜器群综合研究》(北京:文物出版社,1981年);杨向奎《宗周社会与礼乐文明》(北京:人民出版社,1992年);白川静《金文通释》,《白鹤美术馆志》,第43辑,页217;白川静,温天河、蔡哲茂译《金文的世界》(台北:联经出版事业有限公司,1989年),页73—88。西方学者如罗泰(Lothar von Falkenhausen)、罗森(Jessica Rawsen)亦持此论。见 Falkenhausen,"Issues in Western Zhou Studies," *EC*18(1993),205;Rawson,"Western Zhou Ritual Bronzes from the Arthur M. Sackler Collections,"in *Ancient Chinese Bronzes from the Arthur M. Sackler Collections*, Vol. 2(Cambridge:Harvard University Press,1990),99.

地理概念已由关中周王畿一带扩大到中原地区,而雅乐同时也与中原诸夏音乐交相影响,熔铸出新的雅乐体制。到了春秋中晚期,雅乐的泛化流布也为雅乐带来新的发展,随着周室的衰弱,王权的式微,晚商的余韵、各诸侯国的民间世俗之乐,以及诸夏以外的四夷之乐逐渐取代了雅乐的位置,成为各国君卿士夫的好尚所在。这期间,不但源自世俗之乐与四夷之乐的新声开始雅化,而雅乐也接受了新声的部分影响,有一些俗化的痕迹,这可以说是雅乐的三变。从雅乐的三变可以看出,"雅"这个概念和乐制本身从先周时期,中经周初周公"制礼作乐"和平王的东迁,至战国,伴随着周代礼制的嬗代流变,也经历了源、流、变三个阶段的发展变化。然而,对于雅乐内容、制度及其作用,我们目前所知主要是战国前后的文献所描述的。其中尤以三礼——《周礼》、《仪礼》和《礼记》中的描述较为详尽。而关于《周礼》和小戴《礼记》的成书年代,目前大多数学者的说法是从战国到西汉初这一段时间内。三礼本出于七十子后学,故笔者认为《周礼》和《礼记》中所描述的乐制并不完全是当时乐制的真实反映,乃是以春秋时期融会了世俗之乐影响的雅乐为本加以理想化而形成的。因此,《周礼》与《礼记》中所描述乐制既含有历史所赋予的名实变异,又掺加了作者以儒者的角度对理想乐制的想象。它与周初雅乐之间当然是同中有异,有相当的距离。

一、周人对夏人的认同

随着先周人民与商文化及其属地的接触日益增多,他们渐渐形成了一个自治的群体,且他们有着一股无论在政治上或文化上均要超越其东方敌对者的雄心。文献及考古的资料均显示,在王朝更替以前,商对周文化的影响是多方面的。从甲骨文所保留的记录来看,可以推断从武丁时期始,商周之间就发生了军事上的冲突。①且周的铜器尽管不能否认有其自身的地域特点,然其所受商铜器之影响,亦是显而易见的。②塞维斯(Elman Service)著名的进化模式理论,将社会的发展区分为几个连续的阶段:游团、部落、酋邦和国家。③张光直受此理论影响,剖析夏、商、周人三者之关系,提出了三者曾共时存在的大胆假设。三者为成为主导的民族而相互竞争,并先后在中原取得政治上的支配地位,以此成为夏朝、商朝和周朝。④在周人从属于商的时期,他们祭祀商朝的帝王,周原甲骨文所见到的周王祀帝乙及成汤、又祈佑于太甲的辞例,证明了周人曾与商有共同奉祀的先祖,且他们亦将自己视为隶属于商文化共同体的一员。而周人,在其观念中,更将一些商的祖先奉为神明,将之奉为社神以及在上帝左右之神。⑤

　　周人对商之认同,很有可能是出于商统治者的压迫,当周人处于商的控制之下时,他们或已经被迫抑制自己本身的传统。从文献资料看来,周人似乎自公刘时期以降,特别是古公亶父以后,始逐渐强大。于是乎又开始寻求自己的传统与文化的自主性,与殷商抗衡。先周人民已以夏自居。至商代晚期,从文王的父亲王季被商王所诛,到文王被囚于羑里,随着商周关系日趋紧张,商对周人的控制也日渐减弱,周人以夏自居的趋势亦因而日益加强。周人以夏人自居,便是以前朝遗民自居,因而夏的制度和文化遗留,

　　① 陈梦家《殷虚卜辞综述》,页 291—292。

　　② Hsu 和 Linduff,*Western Chou Civilization*,页 41—42。

　　③ Elman Service,*Primitive Social Organization:An Evolutionary Perspective*(NewYork:Random House,1962).

　　④ 张光直《从夏商周三代考古论三代关系与中国古代国家的形成》,《殷周关系的探讨》,见《中国青铜时代》,台北:联经出版事业有限公司,1994 年重印,页 31—63。

　　⑤ Hsu 和 Linduff,*Western Chou Civilization*,页 48—49。

便赋予了周正统的地位，足以与其宗主殷商抗衡。周人以夏自居的情况，明确地反映于周代早期文献之中，如《尚书》的《康诰》、《君奭》、《立政》诸篇。[①]《君奭篇》中，周公对太保召公说"惟文王尚克修和我有夏"，[②]明确地将文王治下之区宇，称为"有夏"。据周公所言，此"有夏"乃为文王所建立。《康诰》中载周公对康叔封说："惟乃丕显考文王，克明德慎罚，不敢侮鳏寡。庸庸，祇祇，威威，显民。用肇造我区夏。"[③]《诗·周颂·时迈》中亦有"我求懿德，肆于时夏"的诗句。《诗经》中也有周人称"长夏"者，所谓"时夏"，其文例一如"时周"，[④]都是周人的自称。

　　顺着张光直所提出的论说，虽然夏商周三者的关系仍有讨论的空间，但学界基本上都赞同三者为同一文化体中有细微差别的不同族群。周人不断强调他们源于夏的身份，是出于某种政治上和心理上的需要。《尚书·立政篇》中，周公便曾劝诫成王：

> 帝钦[⑤]罚之，乃伻我有夏，式商受命，奄甸万姓。[⑥]

以夏自居，给予了周人推翻其宗主国的勇气和正统性。周人既自称为夏之后代，其统治者便从夏那里得到了受命于天和正统的地位，且殷又不能保持其德治和尊天的态度，周亦因而受天命而

---

　　①　现代学者一般都同意这三篇乃周初的作品。参陈梦家《尚书通论》，北京：中华书局，1985 年，页 112。

　　②　《尚书正义》卷十六，页一一二，《十三经注疏》本，页 224。

　　③　《尚书正义》卷十四，页九一，《十三经注疏》本，页 203。

　　④　"长夏"见于《大雅·皇矣》，"时夏"见于《周颂·时迈》、《周颂·思文》，"时周"见于《周颂·赉》、《周颂·般》。参朱东润《诗三百篇探故》，页 66—67。

　　⑤　于此笔者取孙星衍（1753—1818）的解法，将"钦"释为"兴"，即兴起之意。参孙星衍《尚书今古文注疏》，北京：中华书局，1986 年，卷二，页 472。

　　⑥　《尚书正义》卷十七，页一一九，《十三经注疏》本，页 231。

立。周公或召公曾在对成王劝诫时,表达了这种受命于天的
态度:①

> 上下勤恤,其曰我受天命,丕若有夏历年,式勿替有殷历
> 年,欲王以小民受天永命。②

为了迎合这种实际目的,当周朝的军队击溃商军及其后成功镇压
商人的叛乱,周人便试图展示自己的先祖和夏王室之间的关联,亦
借此声称自己压倒商人的正统地位。而为了巩固新建的王朝,统
治阶层不免互相提醒王朝所面对的潜在危机,而夏代的兴衰为他
们引以为鉴,故尝云"相古先民有夏"。③据《左传》昭公九年所载,
詹桓伯为王使晋,曾对晋公说:

> 王使詹桓伯辞于晋,曰:我自夏以后稷、魏、骀、芮、岐、毕,
> 吾西土也。④

相似的记述亦出现在《国语》祭公谋父向周穆进谏的言辞中,祭公
的言辞更加明确地指出了后稷时期周的领土范围,以及当时的周
从属于夏的情况。⑤

现代的考古学家和史学家就先周人民的发源地及其势力范
围,提出了两个可能性。30 年代,钱穆在《周初地理考》中提出周

---

① 有关《召诰》说话者的身份,有两个不同的说法。夏含夷(Edward L. Shaugh-
nessy,"The Duke of Zhou's Retirement in the East and the Beginnings of the
Minister-Monarch Debate in Chinese Political Philosophy,"EC 18[1993],页 41—72)
依据传统的说法,认为说话者为召公。倪德卫(David S. Nivison,"An Interpretation
of the Shao Gao,"EC 20[1995],页 177—193)认同理雅各(James Legge)和高本汉
(Bernhard Karlgren)的意见,认为说话者为周公,且提供了较多的证据。
② 《尚书正义》卷一五,页一〇一,《十三经注疏》本,页 213。
③ 《尚书正义》卷一五,页一〇〇,《十三经注疏》本,页 212。
④ 杨伯峻《春秋左传注》昭公九年,页 1307。
⑤ 《国语》,页 2—3。

人后稷所封的"邰"和公刘所居的"豳"都在今山西一带,在古公亶父的时候始迁至岐山。[①]钱说一出,古文献学家和史学家多从之。[②]考古学家更进一步以新的考古和文献资料,为山西起源说提供更多的证据。[③]

　　与钱说不同的是周人源于陕西泾渭流域之说,此说以为周人在一段较长的时期内,均与夏商分别。[④]不过就现在我们所可见的资料,为周人的起源下定论似乎是言之过早的事情。学者们多以夏为地名,指中原地区,因此地为昔日夏人所居而得名。此地有时亦被称为诸夏。[⑤]不过,事实上诸夏之名在周由镐京迁都洛邑以

---

① 钱穆《周初地理考》,《燕京学报》,第 10 期(1931 年),页 1955—2008。

② 吕思勉《先秦史》,上海:开明书店,1941 年,页 117—118;陈梦家《殷虚卜辞综述》,北京:科学出版社,1956 年,页 292;李民《释〈尚书〉周人尊夏说》,《中国史研究》,第 14 期(1982 年),页 128—134。这些学者的说法与钱说虽略有差别,但大部分都提出了更多的证据支持钱说。杨伯峻定夏代周人的疆域为陕西武功和岐山至山西芮城和万荣。参杨伯峻《春秋左传注》昭公九年,页 1307—1308。

③ 许倬云和林嘉琳(Western Chou Civilization,页 33—67)就先周人民的迁移、发展阶段和居处,提供了一广泛的论述。而考古学家,如王克林(《略论夏文化的源流及其有关问题》,《夏史论丛》,济南:齐鲁书社,1985 年,页 79—80)更从对山西汾水下游的晚期龙山文化、今夏县的东下冯文化至西周各阶段的陶器的类型特征和渊源关系的分析,来证明周族在文化上所受夏文明的影响。邹衡更假定先周文化最初源于位于今山西之光社文化。参邹衡《论先周文化》,《夏商周考古学论文集》,北京:文物出版社,1980 年。方述鑫(《姬周族出于土方考》,见陕西历史博物馆编《西周史论文集》,西安:陕西人民教育出版社,1993 年,页 345—359)认为周民族之源头为夏,其在甲骨铭文和早期的文献中,被称为土方,而其最初的居住地点为唐杜,即唐土,此地名在甲骨文中屡见,为今山西之地。

④ 参齐思和《西周地理考》,《燕京学报》,第 30 期(1946 年),页 63—106;丁山《商周史料考证》,北京:中华书局,1988 年,页 152—199;徐锡台《早周文化的特点及其渊源探索》,《文物》,第 281 期(1979 年 10 月),页 50—59;林小安《从甲骨刻辞看先周起源》,《考古与文物》,第 64 期(1991 年 2 月),页 66—69;张天恩《先周文化早期相关问题浅议》,见陕西历史博物馆编《西周史论文集》,西安:陕西人民教育出版社,1993 年,页 360—375。

⑤ 诸夏之名每出现在东周文献之上,如《左传》、《国语》、三礼及先秦子书。

前,并未出现。傅斯年指出殷周之际夏人仍居于河南河东一带。[①]
然而夏遗民至周,见诸载记的仅只聚居在一些小国之中,[②]而在周
代的历史上,也只扮演着微不足道的角色。杞国乃夏王室后裔的
封国,且为夏遗民的聚集之地,但西周的铜器史密簋铭文中,周人
亦将之称为夷。[③]而文献之中亦尝负面地视杞人为夷。[④]杜预指出
因杞成公行夷礼,故仲尼称之为夷。与史密簋的铭文相类,杞国虽
为夏代王室之后,然在周人眼中仍为夷,其原因除了可能与杞国所
处之地理位置(在众夷国之间)有关,亦很可能与其非周的特点有
关。而若我们进一步考虑到莒公的铜钟上自称其国为夏东,[⑤]以
及邾伯罍铭文中邾伯自称为夏子这些资料,[⑥]则傅斯年等现代学
者所提出的说法,似非合理之论。莒、邾二国依传统之说,均将之
列入东夷的族群。而从上文所提到的周代文献中亦可见周人之自
称为夏。史华慈(Benjamin I. Schwartz)指出周人自称夏为他们
的先祖,除了由于夏人对上帝之宗教信仰,亦因先祖为夏之身份,

---

① 傅斯年《夷夏东西说》,1935 年初版见《庆祝蔡元培先生六十五岁论文集》,"中
研院"历史语言研究所,页 1093—1134。又见《傅斯年全集》,第 3 册,台北:联经出版事
业有限公司,1980 年,页 86—157。

② 据文献所载,周代之时有两封国为夏之后代,其一为杞,另一则为缯。此两国
历商而再受封于周初。杞于公元前 5 世纪中期为楚所灭,而缯则于公元前 567 年为莒
所灭。见陈槃《春秋大事表列国爵姓及存灭表谱异》,台北:"中央研究院"历史语言研
究所,1988 年,第二册,页 121 下—126 上;第四册,页 298 上—305 下。春秋后期至为
强盛的越国,传亦为夏之早期君主少康之后,然而,越国在东周以前的文献上,并未有
任何的记载。

③ 史密簋将杞称为杞夷。

④ 《左传》僖公二十三年:"杞,夷也。"襄公二十九年:"杞,夏余也,而即东夷也。"
杜预注曾云杞行夷礼。见杜预《春秋左传集解》,上海:上海人民出版社,1977 年,页
332、1119—1120。

⑤ 莒子平钟之铭文曾有钟声散布夏东之记载,但将"夏东"释为"东夏"应更具可
能性。若将此文读为"夏东",则夏指中原地区;而将之读为"东夏",则夏乃为莒国之
自称。

⑥ 王献唐《邾伯罍考》,《考古学报》,第 32 期(1963 年 12 月),页 59—64。

赋予了周人一种非神性却又与神性有关的证明，此证明说明了周人拥有受命于天的正统地位和权力。[①]

图 9：史密簋铭文
（钟柏生、陈昭容、黄铭崇、袁国华编《新收殷周
青铜器铭文暨器影汇编》，页 473，器号 636）

---

① 见 Benjamin I. Schwartz, "Early Chou Thought: Continuity and Breakthrouh," *The World of Thought in Ancient China*, Cambridge-London: Harvard University Press, 1985, 页 40—55。

佳（唯）十又一月，王令（命）師俗、史密曰："東征。"敆南尸（夷）膚虎會杞尸（夷）、舟尸（夷）雚不折，廣伐東或（國）齊自（師）、族土、述（遂）人，乃執嘼（鄙）寬亞。師俗率齊自（師）、述（遂）人左，□伐長必，史密右，率族人、釐白（萊伯）、棘眉，周伐長必，隻（獲）百人，對訊（揚）天子休，用乍（作）朕文考乙白（伯）尊𣪘，子子孫孫其永寶用。①

二、"夏"与"雅"的字源关系

王引之是首先提出"雅"与"夏"之假借关系的学者：

> 譬之"越人安越，楚人安楚，君子安雅"。引之曰："雅读为夏，夏谓中国也，故与楚越对文。《儒效篇》：'居楚而楚，居越而越，居夏而夏。'是其证。古者，夏雅二字互通。故《左传》齐大夫子雅《韩子·外储说右篇》作'子夏'。"②

王引之通过两段《荀子》文本的比较，指出了"雅"与"夏"为同义之可能性。王说提出之后，后来学者，如现代的朱东润和孙作云更为其说提供了更多的文献证据，③而"雅"最初为"夏"之借字，指周王畿之地的说法，于今亦受广泛认同。④高本汉对汉语上古音作了构

---

① 钟柏生、陈昭容、黄铭崇、袁国华编《新收殷周青铜器铭文暨器影汇编》，台北：艺文印书馆，2006 年，页 473。

② 王念孙《读书杂志》，台北：广文书局，1963 年，页 647。

③ 朱氏之文《〈诗〉大小雅说臆》，初刊于 30 年代的《文哲季刊》；后收入其《读诗四论》（长沙：商务印书馆，1940 年，页 63—88）及《诗三百篇探故》（上海：上海古籍出版社，1981 年，页 47—71）。孙氏之文《说雅》最早见于其《〈诗经〉与周代社会研究》（北京：人民文学出版社，1959 年，页 260—279）。

④ Baxter, *A Handbook of Old Chinese Phonology*，页 355。

拟,指出"夏"字的古音应为*g'a,而"雅"字则为*ng'a。[1]而一些现代的历史语言学家亦提出了与高本汉相似的说法。[2]朱东润已指出"雅"、"夏"二字在先秦文献上间或有互通的情况。[3]

有关"雅"字之起源,其为形声字乃众所周知的,"雅"字由一形符与一声符组合而成,分别指出其义与音。"雅"字左旁之"牙",甲骨文像一对臼齿之形,作为"雅"字之声符;而右旁之"隹",在甲文中像鸟之形,故"雅"字之字源很可能是鸟类名,为鸟的一种。[4]

现存的殷商甲骨文和西周铜器铭文均无"雅"字之字例。现存最早的古文字资料中的"雅"字,见于睡虎地秦简,简中乃"素"之意。[5]然"雅"释作"素"应为引申义或转借义。故"雅"之假借为"夏"应始于早期汉字表音化的时期,即由象形文字和表意文字转化到加入表音成分的时期,一般都认为此始于安阳时期(约前1350—前1049)而完成于西周。[6]

---

[1]　Bernhard Karlgren, *Grammata Serica Recensa*, Stockholm: Museum of Far Eastern Antiquities, 1964, 页 28—29。高本汉(Karlgren)复原古汉字读音的原理,见他的"Compendium of Phonetics in Ancient and Archaic Chinese"(*BMFEA* 26, 页 211—367)。

[2]　例如王力拟"夏"之读音为 *hea*(《诗经韵读》,上海:上海古籍出版社,1980 年,页 233, 301),拟"雅"(牙宁与雅音同,据《说文解字》之说,雅为牙声之字)之读音为 *ngea*(《诗经韵读》,页 155, 275)。董同龢、李方桂、余迺永、李珍华亦大体沿用此说。

[3]　《墨子·天志》引录了《大雅》中诗歌的一段文字,并在引录之前提到"大夏"之称。见朱东润《诗三百篇探故》,上海:上海古籍出版社,1981 年,页 65。

[4]　汉代文献《小尔雅》中载,雅鸟为鸟之一种,但有别于我们日常所言之鸟。见宋翔凤《小尔雅训纂》卷六,见《皇清经解续编》本,台北:艺文印书馆,1965 年,页 4574。

[5]　睡虎地秦简《法律答问》:"甲乙雅不相智。"此"雅"应与"故"同义,释作"素"。见睡虎地秦简整理小组编《睡虎地秦墓竹简》,北京:文物出版社,1978 年,页 156。

[6]　现今可辨识之甲骨文中,超过百分之二十已有表音之部分,此可知汉字表音化应始自安阳时期或之前。见 Wee Lee Woon(云惟利), *Chinese Writing: Its Origin and Evolution*(《中国文字:其原起与发展》), Macau: University of East Asia, 1987 年,页 273—274。

许慎《说文解字》云:"雅,楚乌也。一名鸒,一名卑居。秦谓之雅。从隹,牙声。"[1]孝王十三年(约前917—前879)之瘭壶中有𠃜字,[2]其字形与秦简中"雅"字牙旁相较,明显为未有太大变化的象形形态。[3]考虑到春秋时期"雅"字故义的引申用法,笔者以为"雅"之借用为"夏",应出现于东西周之交。

不过,"夏"、"雅"二字虽均与宗周有关,然二者之义却有细微的分别。仔细比较王念孙所引的两段《荀子》的文字,会发现"夏"字在商周嬗代之时似乎更多地指周王畿的地理位置;至于"雅"字在周代则为文化上的,且与宗周的文化有关。二者意义之别,应始于周代。《诗经》中"长夏"(《大雅·皇矣》[《毛诗》241])、"时夏"(《周颂·时迈》[《毛诗》273]、《周颂·思文》[《毛诗》275])诸词,总是指周克商后建立的王朝之宗周地区或宗周政权;《尚书》中"有夏"、"方夏"、"区夏"诸词,所指都是周人在商周嬗代之际,特别是文王时期的统治区域。[4]文献资料显示,周人以"夏"来指称他们发源地的关中地区。而"夏"这个地理概念在周的历史之中维持了很长的一段时间,直至春秋后期仍有迹象可寻。如季札至鲁观周乐,当他看到人表演秦国之音乐时,仍不禁要赞叹,且言其为"夏声"。之所以称其为"夏声",就是因为秦所在的位置是西周时宗周故地。另一方面,"雅"在春秋的文献中,则更多地指宗周文化方面之事物,如音乐、语言、礼仪和习俗等,此将于下文详论。汉代文献中,亦可见到"夏"、"雅"所指有

---

① 许慎《说文解字》,页76。

② 见尹盛平编《微氏家族青铜器群研究》,北京:文物出版社,1992年,页92—93、412—413。

③ 容庚《金文编》,北京:中华书局,1985年,页122—123)亦记录了一些周代铜器铭文上牙字之字形,均象一对臼齿之形。

④ 《尚书正义》卷十一,页七十二;卷十四,页九十一;卷十五,页一百一;卷十六,页一百七;卷十六,页一百二;卷十七,页一百十六、一百十八、一百十九。《十三经注疏》本,页184,页203,页213,页219,页224,页228,页230,页231。

别，王充《论衡·佚文》提到身居南越之赵他：

> 陆贾说之，夏服雅礼，风告以义，赵他觉悟，运心向内。[1]

此段文字除了证明了"雅"、"夏"同指中夏地区以外，亦可由此看到二者在观念上之分别。其中"夏"与地方的服饰风格相关，而"雅"则与礼仪习俗相关。再者，《左传》和《国语》引《大雅》、《小雅》多在其前冠以"周诗曰"三字。[2]又《论语》中曾称产生于或重新编定于宗周地区的文献，如《诗经》、《尚书》和一些礼书为雅言的代表。[3]总括而言，"夏"一般应为与宗周文化有关的地理上和政治上的概念，而"雅"虽为"夏"之附属概念，却包含了一些词义上的转变。"雅"常被用以指宗周的文化和制度的特点，特别是指周代建立后周统治者所重新建立的文化和改变的制度。文献中"雅言"与"雅文"等词，最初指周早期已成熟的王朝标准语言，其后亦指宗周地区的方言语音；"雅礼"、"雅制"和"雅风"指宗周所制定的在周领地内奉行的礼仪制度；而音乐中又有"雅音"、"雅乐"、"雅声"、"雅歌"，则特指与宗周文化有关的音乐作品、音乐演出、乐调和音乐风格，而据传说，这些音乐均为周公所创制和整理。

　　"雅"既为宗周文化中正平和的代表，则其在周人的观念中，自然代表了各方面的完善，《荀子》中明确表达了这种观念：

> 容貌、态度、进退、趋行，由礼则雅，不由礼则夷固僻违、庸众而野。[4]

《荀子》中"雅"概念所包含的"中正"、"正统"、"改正"、"高雅"和"典

① 黄晖校释，刘盼遂集解《论衡校释》，长沙：商务印书馆，1938年，北京：中华书局，1990年再版，页642—643。
② 朱东润《诗三百篇探故》，页65。
③ 《论语注疏》卷七，页二六，《十三经注疏》本，页2482。
④ 见《修身》，王先谦《荀子集解》卷三，页97—98。

雅"的内涵，与"不和"、"固"、"邪"、"曲"、"俗"和"荒"截然相对。而
《荀子·王制篇》更进一步强调太师之职为：

> 修宪命，审诛赏（诗商），禁淫声，以时顺修，使夷俗邪音不
> 敢乱雅。

在音乐的领域内，"雅"的概念与"夷"、"俗"和"邪"相对，而与"正"、
典雅和高尚、庄严同义。故"雅"所包含的意义比一般所认为的更
多。诺布洛克（John Knoblock）在他的《荀子》翻译中，曾指出
"夏"、"雅"之间的文字学关系：

> "夏"、"雅"同源。而在中夏地区，"雅"通常均指"夏之标
> 准"或那些出自以往中夏居住者之标准语言。

然在探讨《荀子》何以标举"雅"时，诺布洛克（John Knoblock）则认为：

> 将继承夏传统的中夏地区，与楚越这些国家的习俗和标
> 准作比较，则夏乃指由夏代到孔子、墨翟、孟子、荀子这千余年
> 以来的历史积存。此中夏地区之人回顾着以往伟大的名声和
> 权力，而今非昔比，中夏乃为横暴之诸国所支配。

这里，诺布洛克（Knoblock）可能夸大了"夏"、"雅"二概念在周人
观念中的源起及作用。三代一千多年的历史中，夏传统实在难以
连续不断地传到孔子和荀子的时代。更确切地说，周统治者在先周
时期是为了提出自己的正统地位，以便在思想上和政治上加强对征
服地区的或者将要征服的人民的控制，故借继承夏传统之名以欲达
到此目的，而夏传统亦由此得以重新出现。然"夏"由始而至整个西
周时期均用来指周文化和宗周之地；另一方面，当周上层人民被迫
离开他们的核心地区，而这些地区亦为夏文化之中心时，他们便
有重新振兴周文化之心，而"雅"概念亦因此而产生。"雅"在春秋战
国时期的思想家心中，大都与宗周文化而非夏文化相关联。

三、夏乐:最初的雅乐

夏乐何如？季札在观赏完《诗》之演奏后，又曾观赏各种舞蹈表演，其中有一舞名为《大夏》。《史记》记此云：

> 见舞《象箾》、①《南籥》②者，曰:"美哉，犹有感。"见舞《大武》，③曰:"美哉，周之盛也其若此乎?"见舞《韶護》④者，曰:"圣人之弘也，犹有惭德，圣人之难也!"见舞《大夏》，⑤曰:"美哉，勤而不德! 非禹其谁能及之?"见舞《招箾》，⑥曰:"德至矣哉，大矣，如天之无不焘也，如地之无不载也，虽甚盛德，无以加矣。观止矣，若有他乐，吾不敢观。"⑦

季札将《大夏》视为夏代开创者禹之乐。文献典籍中，《大夏》又被称为"夏籥"或简称"夏"。但远古之夏代并无文献流传下来，而文献亦无早期"夏"舞内容和形式的描述。不过，借助一些古文字资料和考古资料，辅之以后来周代文献所载，尚能推其大略，可稍觇此乐舞的一些形式及制度。

----

① 据杜预《左传》襄公二十九年注(《春秋左传集解》，卷十九，页 1128)，此应为周文王时之乐舞。但王先谦《荀子集解》指出，"象"和"箾"为两种不同的音乐，"箾"指伴舞之乐，而"象"则为文王伐纣之乐。

② 另一周文王时期的乐舞。见杜预《春秋左传集解》，卷十九，页 1128。

③ 相传此乐舞乃周公为周文王所作。此乐舞亦将在此章的下文详加探讨。

④ 杜预以为《韶護》乃商开国君主汤之乐(杨伯峻《春秋左传注》襄公二十九年，页 1165)。李善(《文选》，香港:商务印书馆，1973 年，页 1274)则引郑玄之说，以为《韶》、《護》分别为舜和汤之乐。

⑤ 郑玄《周礼》注指出此为禹之乐舞。此章下文亦将讨论此乐舞。

⑥ 此为帝舜之乐。《尚书》伪孔安国传，有"箫韶九成，凤凰来仪"之句，则"招"(韶)为乐舞之名，而"箾"则为"箫"之借字。箫本为一种今天仍可见到的管乐器。见《尚书正义》卷五，页三十二，《十三经注疏》本，页 144。

⑦ 《史记》卷三十一，页 1452—1457。

现存的经文和汉人传注,夏的音乐亦被称为"舞夏"、"夏舞"、"大夏"、"夏乐"、"夏籥"、"夏龠"及"九夏",这些名称乃"大夏"之同义词,或从"大夏"引申而来,且均指创作于或时代为帝禹之乐,用以歌颂禹之功绩。

(一)"夏"与"大夏"

史墙盘①铭文中有"夏"字作"🦅",左右各有羽毛之形,象一人两手持羽毛而舞。对于此字之释读,有很多不同的说法,学者们亦提出了很多不同的可能性。徐中舒、伍仕谦释此字为"鼍"。李学勤、于豪亮释为"嬰",解作"安也,和也",于说其音为优。裘锡圭释此为"稷"。②而唐兰和郭沫若都将此字释为"夏"。③其铭文如下:

> 上帝司(嗣)🦅(夏)尢(旺)保受(授)天子綰命(令)厚福豐年。方蠻亡不覠見。

余案,当以唐兰和郭沫若之说为是。诸家考释虽极尽汲引之能事,终嫌格于文义。释其为"夏",可从下面的对文"方蛮亡不覠见"得到证明。所谓"方蛮"即"蛮方",关于这一点没有疑问。而在《诗》、《书》

---

① 1977 年在陕西扶风庄白发现了西周时殷遗民贵族微氏家族铜器群,史墙盘即在其中。此器刻有铭文 284 字,应为周恭王时器(约前 917—前 900)。见刘士莪、尹盛平《微氏家族青铜器群研究》,尹盛平《西周微氏家族青铜器群研究》,页 1—110。

② 徐中舒《西周墙盘铭文笺释》,收入尹盛平《西周微氏家族青铜器群研究》,页 248—263;伍仕谦《微氏家族铜器群年代初探》,尹盛平编《西周微氏家族青铜器群研究》,页 254—255;李学勤《论史墙盘及其意义》,尹盛平编《西周微氏家族青铜器群研究》,页 239;于豪亮《墙盘铭文考释》,尹盛平编《西周微氏家族青铜器群研究》,页 310—311;裘锡圭《史墙盘铭解释》,尹盛平《西周微氏家族青铜器群研究》,页 264—283。

③ 唐兰《略论西周微史家族窖藏铜器的重要意义》,《文物》,第 262 期(1973 年 3月),页 24;收入《唐兰先生金文论集》,北京:紫禁城出版社,1995 年,页 210。又见郭沫若《关于鄂君启节的研究》,见《文史论丛》,北京:中华书局,1974 年,页 335—337。

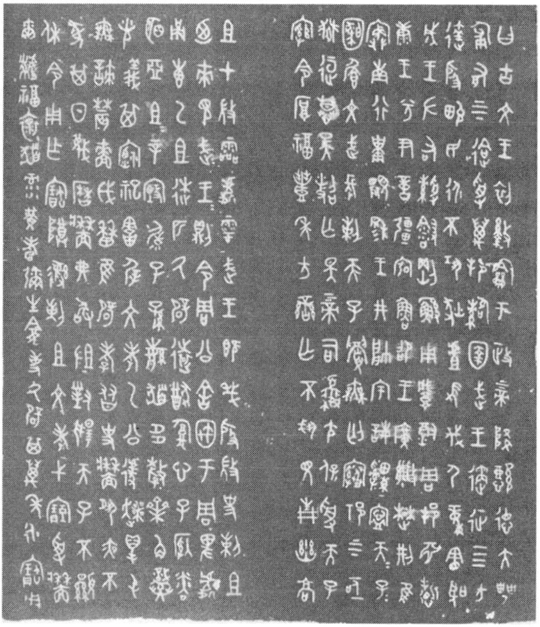

图 10：墙盘铭文

（《集成》10175）

与金文中，"蛮方"与"夏"之对文屡见不鲜。《书·武成》中武王曰：
"予小子既获仁人，敢（祇）〔祇〕承上帝，以遏乱略。华夏蛮貊，罔不
率俾，恭天成命。"①可以之与墙盘铭对读。故所谓"上帝司夏"是
言上帝监临我有夏之民，使我有夏之天子（周王）得永命、厚福与丰
年，并使蛮貊之邦率来献见。所谓"方蛮亡不觌见"，即"蛮貊罔不
率俾"。

周人类似的思想屡见于彝铭及文献中，前举秦公钟镈铭文即云：

秦公曰：不（丕）顯朕皇且（祖）。受天命。竈（奄）有下國。

_____

① 《尚书正义》，卷十一，页七十二至七十三，《十三经注疏》本，页184—185。

十又(有)二公。不象(墜)才(在)上嚴。龏(恭)夤天命。保夔厥秦。虩(赫)事繎(蠻)夏。日余雖小子，穆穆帥秉明德。叡尃(敷)明井(型)，虔敬朕祀，以受多福，龤龢萬民，唬夙夕，刺刺(烈烈)）①

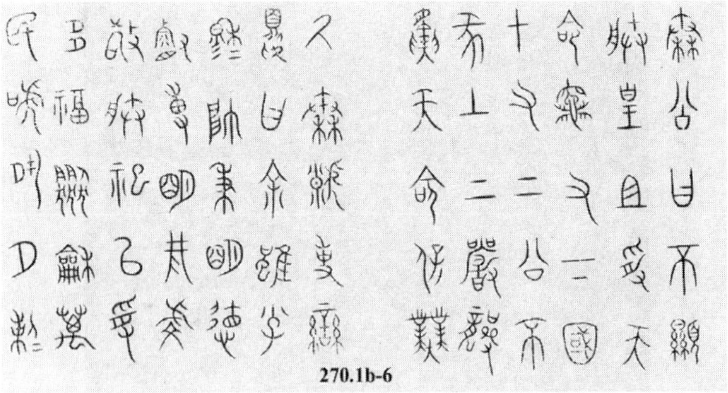

图 11：秦公镈(秦铭勋钟、盠和钟、秦公钟)铭文

(《集成》270)

　　铭文中竆字旧释为奄是正确的。《诗·大雅·皇矣》曰:"受禄无丧,奄有四方。"《诗·周颂·执竞》云:"自彼成康,奄有四方。"《秦公篡》铭文亦云:"畯寚在天,高引又(有)庆,竆圉(有)四方"(《集成》4315)。"奄有四方"显系当时成语。此语又有"奄有下国"之变化形式。《诗·鲁颂·闷宫》云:"奄有下国,俾民稼穑。"是其显证。今学者以为竆即"灶(竈)"字,通"造",可能是因《邵黛钟》(《集成》225)铭文"大钟八聿(肆),其竆四堵"之 ▨ 字形略同,若以"奄"释,义不易解。然而若云"其造四堵",铭文仍不通。"奄"本身即有"覆"之义,"其奄四堵"犹云"其掩四堵"或"其

---

　　① 见李学勤《青铜器与古代史》,台北:联经出版事业股份有限公司,2005 年,页409。

延四堵”也。谓钟簴所排放的方式为四面宫悬也。《周礼·春官宗伯·小胥》云:“王宫县,诸侯轩县,卿大夫判县,士特县,辨其声。凡县钟磬,半为堵,全为肆。”所谓“半为堵”是指只悬钟而不悬磬,或只悬磬而不悬钟,非指钟和磬各取其半。钟磬所悬之数,因簴业是固定的,故亦难以变易。故所谓“一肆”是说宫室中一面既悬钟,亦悬磬,而“一堵”则为或悬钟,或悬磬,二者不兼悬也。金文“堵”或亦作“锗”,则尤指钟之一面悬。若邾公轻钟所云“鈢钟二锗”,乃谓判悬之编钟也。

铭文中之“虩”字即“赫”字。晋公盆(《集成》10342)曰“虩虩(赫赫)才(在)上”,《叔尸钟》(《集成》285)之“虩虩(赫赫)成唐(汤)”是其证也。《诗·大雅·大明》开篇即云“明明在下,赫赫在上”,《逸周书·太子晋解》“穆穆虞舜,明明赫赫”,言在上者之可敬与可畏,犹后之所谓“举头三尺有神明”也。《诗·大雅·皇矣》曰:“皇矣上帝!临下有赫。监观四方,求民之莫。维此二国,其政不获。维彼四国,爰究爰度?上帝耆之,憎其式廓。乃眷西顾,此维与宅。”故所谓“虩事蛮夏”,即“赫使蛮夏”也,言秦恭膺天命,天其在上,赫赫监临下方,无论蛮夏。

故墙盘之字应为“上帝司夏”之“夏”,而秦公簋、秦公镈之字亦为“夏”字。唐兰以为此“夏”字为“夏祝”之简称,并指“夏祝”大概为起源于夏代之卜者的职衔。[①]上文已指出此“夏”字之铭文,其形像一人两手持羽毛而舞。[②]唐兰和尹盛平对此字形之释读,均以《说文解字》和一些古代字书为据。据《说文》所言,“夏”指中国之人,篆文为夏,[③]由“夊”、“页”和“臼”三个部分组成。“夊”为舞者之足,而“臼”则为舞

　①　尹盛平编《西周微氏家族青铜器群研究》,页115。
　②　将此字形隶定为“夏”,有坚实的基础为依据。见尹盛平编《西周微氏家族青铜器群研究》,页51—52。
　③　许慎《说文解字》,页112。

者之两手;至于"页"最初当为"首"字之不同写法,"页"、"首"均与"百"同义,指人的头部。故此,史墙盘中的"",很可能便是《说文》中所保存的早期古籀"夏"之前身,铭文中的"夏"字,保存了"夏"最初的象形形象,其本义当是双手执羽、单足立地而舞之舞容。就史墙盘中的铭文内容看来,此"夏"字之形,既可指宗周之地,亦可指与夏代有关的职衔。

　　史墙盘铭中此字与陕西岐山董家村,即宗周之地出土的铜器儵匜中一字略同。①儵匜之字作"",读为"扰",解作"骚扰",此应为"夏"之引伸义,指舞蹈之扰乱。②而从这些早期的字形发展而来的时代稍后的"夏"字,则更接近《说文》所保存的篆文"夏"字之形。春秋时期的秦公簋中亦有一字与史墙盘和儵匜中之"夏"字相类,作""形。③由于秦国所领为昔日周室之宗周之地,故于秦公簋之铭文中,可看到其与西周铭文之措词和字体有一定的连续性。此铭文仍保持着早期文字的象形特点,铭文中"夏"字亦当是双手执羽、单足立地而舞之舞容。

---

　　① 岐山县文化馆《陕西省岐山县董家村西周铜器窖穴发掘简报》,《文物》,第 240期(1976 年 5 月),页 26—44。儵匜之铸造时代一般都以为在宣王末(约前 827/25—前782)至幽王初(约前 781—前 771)。见高木森《西周青铜彝器汇考》,台北:中国文化大学,1986 年,页 145—147。

　　② 古文字学家一般都认为此字应为"夒",而解作"扰"。见徐中舒《殷周金文集录》,成都:四川辞书出版社,1986 年,页 125—126。

　　③ 罗振玉《三代吉金文存》第 20 卷,上海:罗氏百爵斋,1936 年;北京:中华书局,1983 年再版,卷九,页 33,2 号。王国维指出此器之铭文,其字体风格与石鼓文近。有关秦公簋与石鼓文的时期,学者们已作了很多的讨论和争论。见王国维《秦公敦跋》,《观堂集林》卷十八,页 901—903。在众多的意见中,有两个说法受到较多的注意:其一为马叙伦(1884—1970)之说,他以为石鼓文应为秦文公(前 765—前 716)所为;另一则为现今学者普遍认同之说,此说从秦公簋和石鼓文之语法和字体作分析,判断二者之时期均为春秋晚期。见马叙伦《石鼓文疏记》,上海:商务印书馆,1935 年,页 28—29;陈昭容《秦公簋的时代问题:兼论石鼓文的相对年代》,《"中研院"中国历史语言研究所集刊》第六十四册第四分,页 1077—1120。

(二) 舞夏、夏舞、夔和夒

从资料来看，夏舞为何，已可知一二，就铭文之图像所示，其应甚为简朴。据《春秋》所记，在当时的庙堂之上，曾有一种雉羽为饰之礼仪乐舞，此舞之舞者会被分成不同的列，列数之多少则取决于行礼者之身份和其在周室中的等级。

《春秋》隐公五年记鲁隐公以“六羽”之舞，来祝贺其母庙之成。“六羽”即参与之舞者为六列，他们均手持羽毛，此为周廷公爵之所用。[①]《穀梁传》更是明确指出夏舞之等级制度：“穀梁子曰：‘舞夏，天子八佾，诸公六佾，诸侯四佾。’”[②]范宁注则进一步指出“佾”与“羽”同义，均指夏舞舞者手中之雉羽。从这些后来的描述中，我们可以猜想夏舞舞者最初是服“皮弁，素积，裼而舞大夏”。[③]

《尚书·尧典》和《吕氏春秋·古乐》记录了现存文献中最早的乐官——夔，据说夔是帝舜之乐官。据记载夔之职责为管理乐舞之演奏和保管乐器，而他自己则善于演奏石、鼓等乐器。[④]至于夔之外表则更为有趣。《吕氏春秋·察传》曾言夔为“乐正夔一足”，此正与铜器铭文“夏”字之一足著地的舞者舞容相合。《说文》中“夔”字之籀文为“”，与“夒”字（）、“夏”字（）之字形非常相

① 《穀梁传》更进一步解释鲁国为一特殊的例子，其中鲁公有使用王室礼乐之特权，所以鲁公在夏舞之出演时，是可以用八佾的。鲁隐公自贬其礼仪特权，而使用六佾，乃因公室、侯爵僭越之风渐次普遍。

② 《春秋穀梁传注疏》卷二之五，《十三经注疏》本，页 2369。

③ 《礼记正义》卷三十一，页二六一，《十三经注疏》本，页 1489。

④ 《尚书·益稷》云：“夔曰：‘戛击鸣球，搏拊琴瑟以咏，祖考来格，虞宾在位，群后德让，下管鼗鼓，合止柷敔，笙镛以间，鸟兽跄跄，箫韶（帝舜之乐）九成，凤皇来仪。’夔曰：‘於，予击石拊石，百兽率舞，庶尹允谐。’”（《尚书注疏》卷五，页三十二，《十三经注疏》本，页 144）

似。可以断定的是,"夔"与"夒"应有相同的字形来源,二者所不同的仅为"夔"字上部有两画伸延而出,成"首"之形。许慎曾指出:"首,𦣻同,古文𦣻也。"①而"页"亦为"首"之别体。《国语》曾指出夔为一种住在山中的动物,韦昭注更进一步解释夔为一足之动物,而越人称之为"山缲";一说称为"獏",为人面猴身之的动物。②相似地,《说文解字》亦将"夒"释为:"贪兽也。一曰母猴似人。"③故此,笔者以为"夒"与"夔"应孳生自同一字,而此字正即史墙盘、儦匜和秦公簋之为夏舞舞者之姿的"夏"字。这一推测可能可以帮助我们了解一些以前未知的情况:首先,远古传说的乐师夔,事实上是源自夏舞舞者一足而舞之形象,加以故事化而产生的。这也是何以夔在现存文献,每为一足形象的原因。④其次,甲骨文中,"𩵋"形既为猴亦为人,而亦为铜器铭文"首"、"页"之最初字形,这很可能是先秦文献资料视"夒"、"夔"为猴头人身之原因。第三,作为朝代名称之"夏"为远古舞者的象形和表意图像。夔之众多的说法,诸如为帝舜时的一足乐师之名、为善于表演各种乐器及直接参与乐舞之演出者、为住在山中的人面猴身之动物,通常皆源自作夏舞舞者单足而立之形的"夏"字。⑤"夒"的情况亦与"夔"相似。 二者

---

① 许慎《说文解字》,页184。

② 《国语》,页201。

③ 许慎《说文解字》,页112。

④ 夔为一足的形象出现在不同的现存早期文献之中。除了上文提到的《吕氏春秋》外,此亦出现在《山海经·大荒东经》(袁珂校注:《山海经校注》,上海:上海古籍出版社,1980年,页361)及许慎《说文解字》(页112)。

⑤ 商周铜器上,一个最明显的动物图案,便是所谓的夔纹或夔龙纹。虽大小有异,此图案的特征均为"大头、突起的眼部和张开颚",顶上有毛或角。此图案多表示此动物的侧面,并只有一只前足"(S. Howard Hansford, *A Glossary of Chinese Art and Archaeology*, London: The China Society, 1954年,页14)。此铜器上之图案,与传统中国艺术中的像蛇形的龙,并无多少相似之处。宋代之金石学者首先将此图案释为夔纹,他们所依据的便是《说文解字》对"夔"字的解说,即"夔"为神性之动物,似(转下页)

均为《说文》所录，为史墙盘、儔匜和秦公簋这些早期铭文上之"夏"字字形之衍生，其形均为夏舞舞者之舞容。

（三）夏籥或夏龠

夏舞之伴奏音乐至今我们仍难以确知其制，然一些零碎的早期文献记载，却指出了早期的管乐器——龠（或籥）[①]可能为其中一种伴随乐舞之旋律乐器。"龠"，甲骨文作：

　　𠌥　（殷虚书契前编[1913]，5.19.2）

　　𠎚　（甲骨续存[1955]，3.74）

　　𠌥　（河南安阳遗宝[1940]，9.5）[②]

这些甲骨字形，明显像一排管乐器结扎在一起之形。[③]学者们曾就此管乐器为何而争论，认为此乐器可能是箫、笙或笛，但在没有足够证据前，这些说法都只能存疑。然此字像管乐器之形应为可信之论。故此，早期夏舞可能便以某些管乐器为主要的演奏乐器，且一直到较后的时期仍在一些舞蹈和礼仪活动中作伴奏之用。周代

（接上页）龙而一足、人面。而自宋代以来，此商周铜器上之动物图案便一直称为"夔纹"或"夔龙纹"。古器物学者马承源（《中国青铜器》，上海：上海古籍出版社，1988年，页 328—329）曾细探此动物图案在盉、罍和尊这些铜器上之立体形状，并由此对夔纹一说提出了怀疑。马氏认为夔之为一足动物之说，应源自文献资料的误读与误解。他以为"夔一足"应断句为"夔一，足"。这种读法可从《吕氏春秋·察传》中得到证实："若夔者，一而足矣。"见马承源《中国青铜器》，页 328—329。

　　①　《礼记·仲尼燕居》："下管《象》《武》，《夏》龠序兴，陈其荐俎，序其礼乐，备其百官。"（《礼记正义》，卷五十，页三八六，《十三经注疏》本，页 1614）。

　　②　《甲骨文编》，页 87。

　　③　郭沫若在《甲骨文字研究》中，首先提出此字象竹制管乐器之形的说法。学者们一般都同意他的分析。见郭沫若《释龢言》，《甲骨文字研究》，上海：大东书局，1931年，页 93—106。

的早期文献《逸周书·世俘解》中,①乐官籥人演奏音乐,分别为周武王之祭祀上帝社神、对王室之祖表示尊敬之礼仪仪式、古夏代的音乐,以及为周统治者新创的《大武》之舞作伴奏。②《周礼·春官宗伯》有籥师此一职官,其职务乃在宴会或礼仪进行时,以三孔之管乐器指示舞者及管理乐舞之演出。此职官应与《逸周书》中之"籥人"有关,甚至源于"籥人"。"籥"与雉羽相似,均为舞者手持之饰物(《毛诗》38),亦与毛利女子之手持道具、或印度舞者手持摇鼓以舞相似。故此,"夏籥"在现存文献中概指《大夏》之舞,《大夏》除了以籥之音乐为伴奏外,亦以此乐器作为舞蹈时的饰物。

(四) 九夏——夏乐舞之九个分节

详细记载周朝礼仪和官制的《周礼》,曾提及九种乐舞之名,并将之合称为"九夏"。此"九夏"似乎与《大夏》或所谓"夏籥"相关,相传为远古三代贤君之一的夏禹所创或借其名义而名之之作。据现存文献所示,夏代的音乐或舞蹈最初皆分为九节,故有"九夏"之名。《吕氏春秋·古乐》曾记载帝禹之时,皋陶接受命令作夏籥九成,以昭帝功。③《淮南子·齐俗训》亦记载夏之统治者夏后氏(即

---

① 郭沫若《中国古代社会研究》,《郭沫若全集·历史编》,北京:科学出版社,1956 年,第一册,页 299;李学勤《〈世俘〉篇研究》,见《古文献丛论》,上海:上海远东出版社,1996 年,页 69—80;顾颉刚《〈逸周书·世俘篇〉校注、写定与评论》,《文史》,1963 年第 2 期,页 1—42;夏含夷(Edward L. Shaughnessy, *Before Confucius*: *Studies in the Creation of the Chinese Classics*, Albany:State University of New York Press, 1997,页 31—67)在"New Evidence on the Zhou(Chou)Conquest"中,分别从三个不同的角度——文本的流传、文本的语言特色和文本的内容分析,质疑此文的可信性。

② 黄怀信、张懋镕、田旭东撰《逸周书汇校集注》,页 448、452—453、454、455。

③ 《吕氏春秋》,《四部备要》本,1935 年,卷五,页 53。

帝禹），创"夏籥"之乐，其制九成、六佾、六列和六英。①夏乐九节之分大约是源自帝舜之"九韶"或"九招（昭）"。据《古本竹书纪年》所载，夏代奠基者禹的儿子启或开，特别喜欢这种九节之舞。②"九夏"乐舞初始之形制与文献所描述者当有所不同。然《周礼》及其他文献的记载，又为夏代乐舞之最初样貌，保留了一些可资推断的资料（详见下文）。

《大夏》作为周室雅乐的六大舞之一，应对周人继承自夏代习俗的原始"九夏"之乐和"夏籥"之舞的形制有所修改和扩展。

（五）伴随夏朝乐舞的初民乐器

先周的夏乐舞，其所用乐器与演奏方式，已很难确知。由于有关夏代的资料贫乏，要想重新建构夏乐夏舞的具体细节，当然是不可能的。但是，运用我们所掌握的材料来推测先周的音乐活动，及其所使用之乐器，仍是一项有意义的工作。而考古发现正提供了这些方面的线索，且由此可能得出一些具启发性的证明。自 50 年代末徐旭生及其考古工作队组建始，中国的考古学家一直都为找寻夏墟而努力，且亦找到了一些可能为夏文化遗址的地点。③这些遗址中，1957 年发现的二里头遗址，为不少考古学家认

---

① 《淮南子》,《四部备要》本,1935 年,卷十一,页 176。

② 方诗铭、王修龄《古本竹书纪年辑证》,上海：上海古籍出版社,1981 年,页 2－3。方、王两先生并征引《山海经》、《帝王世纪》等书的记载以为旁证,并且认为"九招"、"九韶"、"九歌"、"九辩"当为一事。其说虽未为定论,而此数乐皆以九成为制,固无可疑。

③ 夏作为中国历史上第一个朝代的说法,受到很多现代学者的质疑,特别是二三十年代"古史辨派"的出现,更使此怀疑推至高峰。现代中国考古学家一般均以找寻夏人的遗址为目标,而非寻找一个据称出现在公元前 20 至 17 世纪的朝代。

为此乃夏人残留之居住地点。①经碳十四测定,二里头文化之时期,应在公元前 1900 年至公元前 1600 年之间,正处于新石器时代晚期的龙山文化和商文化之间。②因此,二里头有可能便是夏文化遗址。除了二里头外,考古学家亦在山西夏县发现了东下冯遗址,并从中发掘出大量骨器、陶器和石器,其时代应与二里头同期或稍晚。③

偃师二里头、夏县东下冯遗址发掘出来的一些乐器,为我们提供了一些夏人音乐规制的线索,其中发现的乐器有以下几种:

1. 磬(石磬、编磬):东下冯文化和二里头文化遗址分别发现一件石磬。这两个石磬应为商代三件一组的编磬的前身。然这些石磬在夏商二代,应用为打击乐器而非旋律乐器。以下为这两件石磬之资料:

(1) 1975 年,发掘于河南偃师二里头三期遗址;石灰岩;长 58 厘米、高 26 厘米、厚 3—3.5 厘米。④

(2) 发掘于山西夏县东下冯三期遗址;细质砂岩;大略为三角形;长 68 厘米、阔 27 厘米、厚 9.5 厘米。⑤

---

① 邹衡(《关于探讨夏文化的几个问题》,《文物》,第 274 期[1979 年 3 月],页 64—69),李伯谦(《二里头类型的文化性质与族属问题》,《文物》,第 361 期[1986 年 6 月],页 41—47),杜正胜(《夏代考古及其国家发展的探索》,《考古》,第 280 期[1991 年 1 月],页 43—56),及杨宝成(《二里头文化试析》,《中原文物》,第 37 期[1986 年 9 月],页 60—63)均反对视二里头文化时期为夏文化时期。不过他们都认同二里头文化与夏文化有关。

② Kwang-chih Chang, *The Archaeology of Ancient China*, New Haven: Yale University Press,页 307—316。

③ 张之恒、周裕兴《夏商周考古》,南京:南京大学出版社,1995 年,页 26—45。

④ 李纯一《中国上古出土乐器综论》,页 26—45。

⑤ 中国社会科学院考古研究所、中国历史博物馆、山西省考古研究所《夏县东下冯》,北京:文物出版社,1988 年,页 98—99。

就李纯一的研究所示,有一些石磬时代应比以上两件更早,且大概亦与夏人有关;而这些发现均属龙山文化。而其中时代最早者更可定为新石器时代晚期之物。[①]

2. 鼓:现存的先商时期的鼓,只有一个,于 1980 年山西襄汾陶寺文化遗址大型墓穴(M3015)中发现。此鼓被发现时在一个大型的石磬旁边。[②]此鼓由树干切割而成,且很可能以鳄鱼皮来加工制成(在相同的墓穴中发现有鳄鱼骨骼的残留,故有此假设),此鼓应便是传统文献资料中(《毛诗》242)提到的古代鳄皮鼓——鼍鼓。

3. 铃:1983 年,在陶寺遗址的墓穴 M3296 发现了一个铜铃,为已知的最早的铜制乐器。[③]至于由二里头二期至四期发掘出的不少铜铃,大概是先商人或夏人之物。[④]陶铃则早在仰韶文化晚期已经出现,且一直使用至商周时期。

4. 埙:现今发现的时代最早之埙,出于新石器时代的仰韶文化,其时代距今约 7000 年。[⑤]考古发现的埙为数不少,今录之如下:

---

① 李纯一《中国上古出土乐器综论》,页 31—34。

② 中国社会科学院考古研究所山西工作队、临汾地区文化局《1978—1980 年山西襄汾陶寺墓地发掘简报》,《考古》,第 184 期(1983 年 1 月),页 30—42。

③ 中国社会科学院考古研究所山西工作队、临汾地区文化局:《山西襄汾陶寺遗址首次发现铜器》,《考古》,第 207 期(1984 年 12 月),页 1069—1071;李纯一《中国上古出土乐器综论》,页 86—88;von Falkenhausen,"Issues in Western Zhou Studies,"页 132—133。

④ 李纯一《中国上古出土乐器综论》,页 89—92。

⑤ Chen Cheng-yih (程贞一), Xi Ze-zong (Hsi Tse-tsung 席泽宗), and Jao Tsung-i (饶宗颐), "Comparison of Acoustics and Astronomy in Babylonia and China," in Chen Cheng-yih, Tan Wei-si (T'an Wei-ssu 谭维四), and Shu Zhi-mei (Shu Chih-mei 舒之梅), eds. *Two-tone Set-bells of Marquis Yi*, Singapore: World Scientific, 页 314—315。考古学家约在 1931 年于山西万荣荆村发现这个埙。见李纯一《中国上古出土乐器综论》,页 387、391、392。

（1）1986 年，发现于河南偃师二里头二期，其形制为一吹孔在上方、三指孔在前方，并有一指孔于后方。[1]

（2）1982 年，发现于山西垣曲丰村庙底沟二期发现。[2]

（3）发现于河南尉氏县龙山文化桐刘遗址，其形制为两旁凹处分别有一指孔，而二指孔之间则有一吹孔。[3]

（4）1976 年，在甘肃玉门火烧沟遗址（约前 1700）发现约 20 个埙，其中 9 个保存完好。其形状呈扁圆蛋形，与二里头二期发现者形状相近。而商代中期的一些埙亦与此类相似。[4]其类型学分类与桐刘所发现者相同。李纯一等考古学家认为火烧沟的埙承接了中夏地区之类型影响，且与夏时期有接续之关系。[5]

我们从这些可能为夏人所用之乐器，大致可测知有关早期夏舞伴奏音乐之情况。从这些考古发现来看，夏舞之伴奏音乐，应以打击乐器及管乐器为主，打击乐器如铃（铜或陶）、鼓、磬，管乐器如与埙相似的石制或陶制管乐器、传统文献屡见的竹或木制管乐器。然竹木易坏，竹木制之乐器较难从考古遗址中留存下来。其实，铃、鼓、石磬等打击乐器，被发现时均为单件而非一组，这暗示了打击乐器最初只是节奏性的乐器，用以向夏舞舞者提供节拍和限制其速度。当时的主要旋律乐器应为管乐器，如埙、笛及一些我们未知的管乐器。声学家们曾测量火烧沟的埙之声学特性，为我们提供了更多的数据，如其音域、音准、音高和音阶均有所述。[6]

---

① 李纯一《中国上古出土乐器综论》，页 391—392。
② 同上书，页 388—389。
③ 同上书，页 392。
④ 同上书，页 398。
⑤ 同上书，页 394—397。
⑥ 同上书，页 396。

早期的乐器组合形式可以追溯到陶寺文化时期,据放射性碳十四测定,其时代大约为公元前 3000 年。陶寺文化的大型墓穴遗址,曾一并发掘出一个大型石磬和一个裹了鳄鱼皮的木鼓,此已在上文提到,而墓穴中还有各种不同形制的埙。这些乐器的发现暗示了早期乐器组合的可能形式,殆如《礼记·乐记》所记:"然后圣人作为鼗、鼓、椌、楬、埙、篪,此六者,德音之音也。然后钟、磬、竽、瑟以和之,干、戚、旄、狄以舞之,此所以祭先王之庙也。"①

四、雅乐的构成形式

(一) 音乐的象征作用及夏乐之成为礼文

很多学者都以为音乐在世界历史之中,每每为社会之记号。伊沃·苏皮契奇(Ivo Supicic)在《社会中的音乐:音乐社会学导论》(*Music in Society:A Guide to the Sociology of Music*)中指出:

> 符号在现实社会中能创造条件作用的,亦同时受条件所限制,它有时代表了社会的"精华",并作为连系和沟通的元素。虽然,我们在音乐中所衣达的集体的意念和价值是不充分和不完整的,但亦不妨其为真正的表达。各个时代的国歌、爱国歌曲和革命歌曲,早期的国剧,瓦格纳式主题的旋律及其所属的音乐剧,莫扎特的共济会音乐(如他的《魔笛》),各种形式的宗教作品,以及某些特别的乐器及其用法,所有这些或多或少地都代表了某种符号特征。②

---

① 《礼记正义》,卷三九,页三一七,《十三经注疏》本,页 2519。
② Ivo Supicic,*Music in Society:A Guide to the Sociology of Music*,Stuyvesant:Pendragon,1987,页 273。

周的雅乐文化正是一种符号的使用,有如国家和王室之颂歌。雅乐的出现是由于两个主要的族群为争夺中原地区——当时在地理上和权力上均为中心——而作长期政治对抗的文化产物。[①]故《乐记》所谓"五帝殊时,不相沿乐;三王异世,不相袭礼"真实地道出了礼乐的政治功能和社会符号作用。

考夫曼(Kaufmann)曾简述雅乐的内容和形制:

> 所谓"雅"乐大概是从孔子之时(前551—前479)才开始被使用的,其演出主要用以歌颂古代的君主。它主要由韶、夏所构作,有些学者以为韶、夏以外,还包括咸池。另外,雅乐亦分为文舞和武舞。儒者将礼乐分为以下几类:用以在宗庙祭祀先祖的称为庙祭乐(M4473、456、4129a);用以祭春天之来临及山、川、上帝、社等神者,则称为郊祀乐(M714a、5592、4129a);用于宴飨和一般礼仪者,则称为燕飨乐(M7364、2560、4129a)。学者们均想恢复雅乐的古时的本来面目。但在不刻意修改现存的模式以恢复古时面貌的过程中,所作出的改变距离事实究竟有多远仍是茫然不知,只能估计而已。三类雅乐所用的乐器为钟、琴瑟、磬、笙和鼓。[②]

其实,在"雅乐"之名使用之初,其内涵仍是含糊的。"雅乐"这个双音节词组的出现,相比起"雅",时代更晚,可能是在春秋时期;而"雅"用以指某种音乐,则应始于东西周之交(或之前)。所谓

---

① 见宋新潮:《殷商文化区域研究》,西安:陕西人民出版社,1991年,页37—41。其第三章第三节《史前中原文化区优势地位形成的原因》,曾为中原地区之优越作充分的分析。

② Kaufmann, *Musical References in the Chinese Classics*, Detroit: Information Coordinators, 1976, 页79。

"雅乐"在整个西周时期均被称为"夏乐"。然笔者为了避免不必要的混淆,在下文中,还是依照一般的说法,将"夏乐"称为"雅乐"。

所谓庙祭乐(用于宗庙之乐)、郊祀乐(用于上帝社神庙之乐)和燕飨乐(用于宴飨之乐),此三种不同类型的雅乐只是据其在礼仪活动中的作用而分,而非据它们的内容而分。考夫曼指出雅乐包括文舞和武舞,而由韶、夏和部分咸池所组成,不过他却没有为雅乐的形制特点和内容作详细的阐述。接受过近代社会科学的学者王国维,曾写过几篇具有开创性的文章,对研究周代的雅乐,有莫大的帮助,我们亦可由此进一步了解雅乐的形制和内容。他的文章,清晰全面地分析了三礼和战国文献上所描述的雅乐的特点。王氏注意到雅乐的使用和观赏均建立在严整的等级制度之上,而不同社会地位的周代贵族,则会有不同的雅乐规模。

三礼和先秦文献资料中描述的雅乐,均由庄严恭敬的乐舞组合所构成。雅乐之规制乃据主礼者之身份等级而定:自天子、诸侯,即五等爵制之公、侯、伯、子、男,而至大夫、士。音乐活动的等级在各方面均有所呈现,如使用乐器的特权和限制、乐工人数之多少、舞者之数量,以及演出时之次序和各部分的推演,不同的等级均有不同的规制。

然而,三礼所载之雅乐,仅是其作者所想象的样貌,且此样貌难免是礼经的作者依照儒家价值加以理想化的结果。因而他们所表述的,很可能只是他们当时的或稍早于他们生活时代的音乐制度。而由周公所制定的原始夏乐制度,应与这些后来发展出来的制度有很大的差别。然最早的夏乐制度何如? 除了有些任意发挥其想象的学者以外,奇怪的是,此问题没有引起学术界太多的注意。罗泰(Lothar von Falkenhausen)的《乐悬:中国青铜时代的编钟》(*Suspended Music: Chime-Bells in the Culture of Bronze Age China*)从考古学的角度出发,对早期的礼仪乐器,尤其是乐钟,作了深入而全面的分析,在西方学界将这一方面的认识带到了一个新的阶段。Fritz A. Kuttner 的 *The Archaeology of Music in Ancient China: 2000 Years of Acoustical Experimentation 1400 B.C. -A.D. 750* [①] 曾对出土的及今存的古代乐器,作了考古音乐学的调查,其中对少量的出土钟、鼓、玉制乐器、编磬有详细的论述。另外,杜志豪(Kenneth DeWoskin)的《早期中国的音乐及艺术观》(*A Song for One or Two: Music and the Concept of Art in Early China*) [②] 则就文献资料探讨了早期中国的艺术和音乐理论。然而以上的研究均没有分析雅乐的制度。雅乐制度的起源和演进仍是一复杂而有待我们进一步去探究的问题。

由于没有足够的文献和物质资料,所以今天要完全了解周早期的雅乐制度仍有待更多的考古发现方有可能完成。但是,笔者相信目前所能得到的资料和数据,并从中分析出来的雅乐形象,却也要比我们此前所看到的音乐史的描述要详尽和清晰一些。

首先,王国维《释乐次》对文献所录之雅乐制度有详细分析,重读此文,可以觇知晚周时期之雅乐概况,并从而探讨其在周初的形式。此文中,王氏以图表列出了三礼所述之周代音乐等级制度,笔者稍加修改并引录如下:

① Fritz A. Kuttner, *The Archaeology of Music in Ancient China*, New York: Paragon House, 1990.

② Kenneth DeWoskin, *A Song for One or Two: Music and the Concept of Art in Early China*, Ann Arbor: University of Michigan, Center for Chinese Studies, 1982.

表6：天子、诸侯、大夫、士用乐表

	金奏	升歌	管	笙	间 歌		合乐	舞	金奏
					歌	笙			
天子大祭祀	王夏 肆夏 昭夏	清庙	象					大武 大夏	肆夏 王夏
天子视学养老	（王夏） （肆夏）	清庙	象					大武	（肆夏） 王夏
天子大飨	王夏 肆夏	（清庙）	（象）						肆夏 王夏
天子大射	（王夏） 肆夏	（清庙）	（象）					弓矢舞	（肆夏） 王夏
鲁禘		清庙	象					大武 大夏	
两君相见		文王之三					鹿鸣之三		肆夏 昭夏 纳夏
		清庙	象					武，夏 籥	
诸侯大射仪	肆夏 肆夏	鹿鸣 三终	新宫 三终						陔夏 骜夏
诸侯燕礼之甲〔据燕礼经〕	无	鹿鸣 四牡 皇皇者华	无	南陔 白华 华黍	鱼丽 南有嘉鱼 南山有台	由庚 崇邱 由仪	关雎 葛覃 卷耳 鹊巢 采蘩 采蘋	无	陔夏
诸侯燕礼之乙〔据燕礼记〕	肆夏 肆夏	鹿鸣	"新宫"	"笙入三成"			乡乐	勺	陔夏

（续表）

| | 金奏 | 升歌 | 管 | 笙 | 间　　歌 | | 合乐 | 舞 | 金奏 |
					歌	笙			
大夫士乡饮酒礼	无	鹿鸣四牡皇皇者华	无	南陔白华华黍	鱼丽南有嘉鱼南山有台	由庚崇邱由仪	关雎葛覃卷耳鹊巢采蘩采蘋	无	陔夏
大夫士乡射礼	无	无	无	无	无	无	关雎葛覃卷耳鹊巢采蘩采蘋	无	陔夏

案:表内加" "者不必备有,加( )者经传无明文,以意推之。

王国维的表中,天子重大的礼乐,其在周代早期均采取夏乐的形式。如果我们将上表所列之天子礼乐与周早期文献所记载之礼乐活动作一比较,则更可清楚地看到周初天子用乐的规制,而此乐更一直地使用至三礼编集的时代。

由王氏之表有关周天子和鲁国国君①的部分(如下表所列)可见,天子雅乐,以金奏为始,其所奏则为《周礼》所言之"九夏",以钟鼓和其他打击乐器击出主要的旋律;次则升歌(升堂而歌);再之为管,并配合小舞,如《象》;②继之则为夏舞演出之主要部分,大概为舞六代之大舞,一般应舞《大夏》或《大武》;最后则又成之以金奏。

---

① 据传统文献记载,由于周公无可比拟的功绩,故作为其后代的鲁公有使用天子之礼的特权。

② 王国维认为《象》与其他规模较小的舞蹈,如《勺》和《武》,均为《大武》的一部分,然此说未为定论,仍为现代学者继续探讨之课题。见王《说勺舞象舞》,收入《观堂集林》,卷二,页108—111。

表7：天子、鲁公用乐表

	金奏	升歌	管	舞	金奏
天子大祭祀	王夏 肆夏 昭夏	清庙	象	大武 大夏	肆夏 王夏
天子视学养老	（王夏） （肆夏）	清庙	象	大武	（肆夏） 王夏
天子大飨	王夏 肆夏	（清庙）	（象）		肆夏 王夏
天子大射	（王夏） 肆夏	（清庙）	（象）	弓矢舞	（肆夏） 王夏
鲁禘		清庙	象	大武 大夏	

案：表内加（ ）者经传无明文，以意推之。

（二）雅乐各部分的内容和作用及其与《诗经》篇章之关系

1. 金奏（打击乐器的节奏）

据《周礼》所言，礼乐之中有"九夏"和"大夏"，所谓"九夏"应是由打击乐器，特别是钟鼓所发出的九种主要音调：

> 钟师掌金奏。凡乐事，以钟鼓奏《九夏》：《王夏》、《肆夏》、《昭夏》、《纳夏》、《章夏》、《齐夏》、《族夏》、《祴夏》、《骜夏》。凡祭祀、飨食，奏燕乐。凡射，王奏《驺虞》，诸侯奏《狸首》，卿大夫奏《采蘋》，士奏《采蘩》。掌鼙，鼓缦乐。[1]

---

[1] 有关"祴夏"和"骜夏"，迄今仍无定说。见《周礼注疏》卷二十四，《十三经注疏》本，页800。

郑玄认为"九夏"是属于"颂"一类的乐诗。然据周代礼书所载,所谓"九夏"乃"金奏"之一部分,且为雅乐开始时的一种节奏性音乐,用以控制速度和构成整个雅乐演出之主要音调。[1]以钟鼓等打击乐器为之,"九夏"在周室礼乐中扮演着重要的角色,其由金奏而下至升歌。部分"九夏"之名更在一些早期典籍中屡次出现。[2]"九夏"作为雅乐演出的前奏,亦有时会单独地作为王公贵族于进出典礼举行或日常工作之地时之伴奏。下表将说明金奏"九夏"的作用及其规制:

表8: 三礼中"金奏"的作用及规制

	天子	诸侯	大夫	士
乐器	钟、镈、鼓、磬	钟、鼓、(镈、磬)	鼓而已,无钟磬	鼓而已,无钟磬
迎宾	以肆夏迎宾	迎以肆夏	送以陔夏	无迎宾之乐
出宾	以肆夏送宾	送以陔夏	送以陔夏	送以陔夏
金奏	出入以王夏	出入骜夏		

一些学者认为金奏"九夏"有歌词,如王国维便以为"肆夏"的歌词即《周颂·时迈》(《毛诗》273)。[3]他又指出《执竞》、《思文》亦为"金奏"之歌词。[4]此三首诗之原文如下:

《时迈》(《毛诗》273)

> 时迈其邦,昊天其子之,实右序有周。薄言震之,莫不震叠,怀柔百神,及河乔岳。允王维后! 明昭有周,式序在位。

---

① 见王国维,《释乐次》。有关周代礼乐中的"九夏"之详细讨论,见下文。
② 《周礼注疏》卷二十四,《十三经注疏》本,页800—802。
③ 此论建立于解读全诗尾二句"肆于时夏"之上。
④ 王国维采郑玄所引吕叔玉之说,并由此作出一些假设。

载戢干戈，载櫜弓矢。我求懿德，肆于时夏。允王保之。

《执竞》(《毛诗》274)

执竞武王，无竞维烈。不显成康，上帝是皇。自彼成康，奄有四方，斤斤其明。钟鼓喤喤，磬筦将将，降福穰穰。降福简简，威仪反反。既醉既饱，福禄来反。

《思文》(《毛诗》275)

思文后稷，克配彼天。立我蒸民，莫匪尔极。贻我来牟，帝命率育。无此疆尔界，陈常于时夏。

传统学者及资料均将此三诗之年代定为周代早期。姚际恒(1647—1715)以为《时迈》和《思文》应为周公为了祭天和日常的祭祀而创作。[①]《执竞》提到成王(约前 1042—前 1006)、康王(约前 1005—前 978)，故此诗之时代应在昭王之时(约前 977—前 957)。[②]

[①]　姚际恒引《国语》(卷 1，页 12—14)、《左传》(杨伯峻《春秋左传注》宣公十二年，页 744)并由此认为，此二诗乃周公创制以歌颂武王之德，并于日常祭祀中为成王歌之。见姚际恒《诗经通论》，上海：中华书局，1958 年，页 329—330、332。夏含夷(*Before Confucius: Studies in the Creation of the Chinese Classics*，1997，页 177—178)从两首诗缺乏规则的节奏及一些语法特征分析，指出二诗之本质应为祭祀时祷祝之辞，并进一步指出为周早期的创作。

[②]　夏含夷(*Before Confucius: Studies in the Creation of the Chinese Classics*，1997 年，页 182)以为此诗并不会早于西周中期，因为他以为诗中提到的钟，在穆王以前(约前 956—前 918)并未引入周地。然最近的研究显示，周代最早的甬钟，其时代可以推至西周早期。陈梦家指出普渡村出土之甬钟，为标准的早期甬钟，其时代应在周代早期的中段，约在昭、穆治时期。过去 20 多年间，考古学家在陕西一带所找到的一些甬钟，其时代要比普渡村的更早，应为成康时器。这些钟在强伯格和强伯𠑊的墓中。有些学者更以为这一类型的钟应在先周时期便开始使用(见方建军《西周早期甬钟及甬钟起源探讨》，《考古与文物》，第 69 期〔1992 年 1 月〕，页 33)。此外，在甬钟之前还有铙、铺、句鑃、镈等钟类乐器。这些钟镈类乐器都在商之核心地区和长江中下游有所发现。先周的遗迹之中，曾发现一个早期的商代风格的镈钟，此器在陕西竹园沟出土，更进一步证实了钟为周文化之一部分，且钟在周出现的时代远早于西周中期。

　　然而,传为古《尚书》残篇的《逸周书·世俘》曾描述"金奏"的原型,而就此篇所述,则"金奏"应非全为周所创,而是以商周音乐为基础的混合物。《世俘》的时代应稍后于武王牧野战胜、占领朝歌之时,当中记载了武王受俘之情况:

> 　　癸丑,荐殷俘王士百人,籥人造;王矢琰,秉黄钺,执戈。王入,奏庸。大享,一终,王拜手稽首。王定,奏庸。大享,三终。①

"庸"为钟之一种,现代的考古音乐学家一般将之称为"铙",此于上文第二章已作讨论。"庸"是现今所发现最早为商贵族广泛使用的无铃锤之钟,其形圆而中空,在制造或使用时通常以三件为一组,而使用时应为手持或悬于木架之上。此段文字的重要性,在于其指出了武王所用之乐器为何,以及音乐奏演的程序:武王行受俘礼,其入与礼乐之终,均会奏"庸"。"奏庸"或"庸奏"曾出现在早期的文献甲骨文之上,此在第二章已详论,而此亦为三礼所载之"金奏"的原型。就考古的资料所示,"庸"之引入周中心之地,实不晚于商周之交。②

　　周代金奏的创制,除了建基于夏乐传统上——九夏明显与大夏九章有关——亦同时吸收了商的音乐元素。故《乐记》中子夏说:"夏,大也。殷周之乐,尽矣。"洵非虚语。春秋以后文献所载之"金奏",其所用之乐器仅为钟鼓二类,如孔子时所言之"金奏"等级制度,天子、诸侯只用钟,而大夫、士则只能用鼓。由于周之标准钟——甬钟在周克商后才慢慢开始使用,则早期金奏所用之钟,很可能便是商贵族普遍使用之庸。

---

　　① 黄怀信、张懋镕、田旭东合编《逸周书汇校集注》,页452—453。
　　② 李纯一《中国上古出土乐器综论》,页115—116;宝鸡市博物馆《宝鸡强国墓地》,页49—50;及本章《从传世文献资料看雅乐中伴奏的乐器》。

2. 升歌(升堂而歌)

据《礼记》所载,"金奏"之后,便由王朝公室的歌者"工"唱歌,其时"工"由阵阶或西阶升堂而歌,并有小舞如《象》等,并且伴随着一些管乐器的演奏。上第二章曾指出,"升歌"所歌一般均为歌颂先祖者,此应源于作为商朝祭祀乐舞最后部分的"歌祖德"。王国维的表(表6和7)显示了于天子大祭祀、视学养老、大飨、大射和鲁公禘礼之时,均有"工"升堂而歌《清庙》,以称颂先祖之德:

> 於穆清庙,肃雝显相。济济多士,秉文之德。对越在天,骏奔走在庙。不显不承,无射于人斯。

夏含夷在"From Liturgy to Literature: The Ritual Context of the Earliest Poems in Book of Poetry"[1]一文中指出此诗未用韵的特征、行与行之不匀称及其他的语言特征,都证明了传统将此诗认定为西周早期之作的说法是正确的。夏含夷又推论此诗为在"礼仪进行时所吟诵"的祷祝之词。[2]笔者认为这首诗应继承了商代在礼仪活动中作为祝祷之辞的一些元素,这些商代的诗,一般都以"庸"(=颂)作为主要的伴奏乐器。而《清庙》大概便为周早期模仿商颂之作。

据历史文献所示,今传本的《诗经》中,尚有一些是用于"升歌"的,如《大雅·文王》、《小雅·鹿鸣》等。《左传》襄公四年(前569)三月云:

> 穆叔如晋,报知武子之聘也。晋侯享之,金奏《肆夏》之三,不拜。工歌《文王》之三,又不拜。歌《鹿鸣》之三,三拜。

---

[1] Shaughnessy, *Before Confucius: Studies in the Creation of the Chinese Classics*, 1997, 页 165—195。

[2] Shaughnessy, *Before Confucius: Studies in the Creation of the Chinese Classics*, 1997, 页 175。

韩献子使行人子员问之曰:"子以君命辱于敝邑,先君之礼,借之以乐,以辱吾子。吾子舍其大,而重拜其细。敢问何礼也?"对曰:"三夏,天子所以享元侯也,使臣弗敢与闻。《文王》,两君相见之乐也,臣不敢及。《鹿鸣》,君所以嘉寡君也,敢不拜嘉?《四牡》,君所以劳使臣也,敢不重拜?《皇皇者华》,君教使臣曰:"必谘于周。"臣闻之:访问于善为咨,咨亲为询,咨礼为度,谘事为诹,咨难为谋。臣获五善,敢不重拜?①

这段文字提供了一些有关雅乐"升歌"部分的重要资料。《国语》记载与《左传》相近而略异。其文曰:

叔孙穆子聘于晋,晋悼公飨之,乐及《鹿鸣》之三,而后拜乐三。晋侯使行人问焉,曰:"子以君命镇抚弊邑,不腆先君之礼,以辱从者,不腆之乐以节之。吾子舍其大而加礼于其细,敢问何礼也?"

对曰:"寡君使豹来继先君之好,君以诸侯之故,贶使臣以大礼。夫先乐金奏《肆夏》:《樊》、《遏》、《渠》,天子所以飨元侯也;夫歌《文王》、《大明》、《縣》,则两君相见之乐也。皆昭令德以合好也,皆非使臣之所敢闻也。臣以为肄业及之,故不敢拜。今伶箫咏歌及《鹿鸣》之三,君之所以贶使臣,臣敢不拜贶。夫《鹿鸣》,君之所以嘉先君之好也,敢不拜嘉?《四牡》,君之所以章使臣之勤也,敢不拜章?《皇皇者华》,君教使臣曰'每怀靡及',诹、谋、度、询,必咨于周。敢不拜教?臣闻之曰:'和为每怀,咨才为诹,谘事为谋,咨义为度,咨亲为询,忠信为周。'君贶使臣以大礼,重之以六德,敢不重拜?"②

---

①　杨伯峻《春秋左传注》襄公四年,页 932—934。
②　《国语》,页 185—187。

襄公四年，鲁国的叔孙豹聘于晋，晋悼公以两君相见之礼享之，实有悖于礼制。故叔孙豹有所别择，合乎礼制的则拜，不合礼制的便不拜。在这里，首先，适用于"升歌"之诗，有《大雅》、《小雅》中的诗。《左传》此文中记载"工"歌《大雅》之三首，按照国语中所述，应为《大雅》中之《文王》、《大明》及《緜》这前三篇，而《小雅》之三首则为《鹿鸣》、《四牡》与《皇皇者华》三篇。由此我们可以推测这两部分的其他诗歌亦有适用于"升歌"的可能性。

其次，此段记载中关于用这些诗的相应的等级身份和礼乐场合的说法，亦大致可信。首三首歌为《肆夏》之三，应即金奏九夏之《肆夏》、《昭夏》和《纳夏》，①而这三首金奏部分之唱词，应保留在《诗经》的《周颂》之内，这些歌诗据所述乃用于天子与公侯参与的场合。据《尚书大传》和《礼记》中的《明堂位》、《仲尼燕居》所载，升歌中颂的部分，很可能是《清庙之什》中的作品。《尚书大传》云：

> 古者帝王升歌《清庙》之乐，大琴练弦达越，大瑟朱弦达越，以韦为鼓，谓之搏拊，何以也？君子〔有〕大人声，不以钟鼓竽瑟之声乱人声。《清庙》升歌者，歌先人之功烈德泽也，故欲其清也。其歌之呼也，曰"於穆清庙"。於者，叹之也；穆者，敬之也；清者，欲其在位者剗闻之也。故周公升歌文王之功烈德泽，苟在庙中尝见文王者，愀然如复见文王。故《书》曰："搏拊琴瑟以咏，祖考来格。"此之谓也。

清庙者为周之祖庙，用以祭祀文王。《礼记·檀弓》云："王齐禘于清庙明堂。"则清庙或亦明堂，抑者明堂为清庙中之一处所。

---

① 韦昭注云："金奏，以钟奏乐也。肆夏一名樊，韶夏一名遏，纳夏一名渠，此三夏曲也。……郑后司农云：九夏皆篇名，颂之类也，载在乐章，乐崩亦从而亡，是以颂不能具也。"（《国语》，页186）

而其词即以歌文王之德。汉代及汉代以前，学者皆持此说。如《毛传》云："周公既成洛邑，朝诸侯，率以祀文王焉。"汉代王褒云："周公咏文王之德而作清庙，建为颂首。"①又据蔡邕《明堂月令论》一文："成王以周公为有勋劳于天下，命鲁公世世禘祀周公于太庙，以天子礼乐，升歌清庙，下管象舞，所以广鲁于天下也。取周清庙之歌，歌于鲁太庙，明鲁之太庙，犹周之清庙也。皆所以昭文王、周公之德，以示子孙也。"②则鲁国亦可以此诗歌之于鲁之太庙，咏周公之德。余按清庙之名，战国金文中亦见。清严可均辑《全上古三代文》之卷十三著录有"甲午盨铭"，其辞云："佳甲午八月丙寅，帝盟清庙，乍礼盨，吉蠲明神，神鉴殷德畏（威），帝迈年永绥受命。"严氏所见亦为拓本，其器固已不存，但揆其辞意，亦可信为战国时器。③清庙固为周时祖庙之名。上博简《孔子诗论》中云："《清庙》，王德也，至矣。敬宗庙之礼，以为其本；秉文之德，以为其质。"④亦可证清庙为周人祭文王之祖庙名。

《礼记·郊特牲》、《仪礼·燕礼》皆言宾入则先奏肆夏以为金奏，而后升歌《清庙》或《鹿鸣》。《郊特牲》是言天子飨诸侯时，"宾入大门而奏肆夏，示易以敬也。卒爵而乐阕，孔子屡叹之。奠酬而工升歌，发德也。歌者在上，匏、竹在下，贵人声也"。⑤而《仪礼·燕礼》则言诸侯卿大夫之礼，其规制已自不同。故孙希旦以为肆夏之奏二者有分别。⑥实则不惟肆夏之奏有分别，升歌所用也自

①　王先谦《诗三家义集疏》，台北：明文书局，1988 年，页 999。

②　王先谦《诗三家义集疏》，页 1000。

③　严可均因铭文作器者自称帝，故以为是齐湣王或秦昭王之作品。严可均《全上古三代秦汉三国六朝文》，北京：中华书局，1982 年，卷十三，页 98。

④　马承源主编：《上海博物馆藏战国楚竹书（一）》，上海：上海古籍出版社，2001年，页 17。

⑤　朱彬《礼记训纂》，《十三经清人注疏》本，北京：中华书局，1995 年，页 384。

⑥　孙希旦《礼记集解》，《十三经清人注疏》本，北京：中华书局，1989 年，页 674。

不同。天子大飨用的是升歌《清庙》，而诸侯大夫燕礼用的是升歌《鹿鸣》。《文王》等《大雅》诗歌，则为两诸侯相见所用之乐；《鹿鸣》、《四牡》和《皇皇者华》等《小雅》诗歌则为诸侯国中，诸侯、大夫、士所用。

其三，值得注意的是这些诗歌的时间性与所用者的身份关系问题，就此事而论，似乎观乐者身份愈高，则所用之乐愈古，依次递减。具体而言，天子和诸侯能用的大概是成于周初的《周颂》中的诗；诸侯一般用《文王》、《大明》和《緜》这些作于西周早中期的诗歌；另外，诸侯国中的大夫、士则只能用《小雅》中的《鹿鸣》、《四牡》和《皇皇者华》这些时代更晚的诗歌。

其四，探究这些诗的时代的同时，我们也可以看到，从时代最早的《周颂·清庙》至《小雅》的《皇皇者华》，这些合于"升歌"的诗随着时期的推移其主题亦有所变化，由称颂先祖之歌渐而转变为另一些更为现实的主题，包括宴飨欢迎宾客者、抱怨困于公职者，或勤于公事者。这种主题的变换意味着"雅"的观念的变化，即"雅"的正统性和典雅的词义内涵，渐次从周人的观念中退减。源自宗周的音乐创作，不论其内容和主题为何，周人皆将之收集在一起，视之为"雅"，且指之为夏代之文献。笔者在此将周贵族在典礼祭祀中常用的《大雅》、《小雅》诗，试按时代先后排列，以见其主题变化：

《文王》（《毛诗》235）

文王在上，於昭于天。周虽旧邦，其命维新。有周不显，帝命不时。文王陟降，在帝左右。

亹亹文王，令闻不已。陈锡哉周，侯文王孙子。文王孙子，本支百世，凡周之士，不显亦世。

世之不显，厥犹翼翼。思皇多士，生此王国。王国克生，维周之桢；济济多士，文王以宁。

　　穆穆文王,於缉熙敬止。假哉天命。有商孙子。商之孙子,其丽不亿。上帝既命,侯于周服。

　　侯服于周,天命靡常。殷士肤敏。祼将于京。厥作祼将,常服黼冔。王之荩臣。无念尔祖。

　　无念尔祖,聿修厥德。永言配命,自求多福。殷之未丧师,克配上帝。宜鉴于殷,骏命不易!

　　命之不易,无遏尔躬。宣昭义问,有虞殷自天。上天之载,无声无臭。仪刑文王,万邦作孚。

《大明》(《毛诗》236)

　　明明在下,赫赫在上。天难忱斯,不易维王。天位殷適,使不挟四方。

　　挚仲氏任,自彼殷商,来嫁于周,曰嫔于京。乃及王季,维德之行。

　　大任有身,生此文王。维此文王,小心翼翼。昭事上帝,聿怀多福。厥德不回,以受方国。

　　天监在下,有命既集。文王初载,天作之合。在洽之阳,在渭之涘。

　　文王嘉止,大邦有子。大邦有子,伣天之妹。文定厥祥,亲迎于渭。造舟为梁,不显其光。

　　有命自天,命此文王。于周于京,缵女维莘。长子维行,笃生武王。保右命尔,燮伐大商。

　　殷商之旅,其会如林。矢于牧野,维予侯兴。上帝临女,无二尔心。

　　牧野洋洋,檀车煌煌,驷𬴂彭彭。维师尚父,时维鹰扬。凉彼武王,肆伐大商,会朝清明。

《緜》(《毛诗》237)

　　緜緜瓜瓞。民之初生，自土沮漆。古公亶父，陶复陶穴，未有家室。

　　古公亶父，来朝走马。率西水浒，至于岐下。爰及姜女，聿来胥宇。

　　周原朊朊，堇荼如饴。爰始爰谋，爰契我龟。曰止曰时，筑室于兹。

　　乃慰乃止，乃左乃右，乃疆乃理，乃宣乃亩。自西徂东，周爰执事。

　　乃召司空，乃召司徒，俾立室家。其绳则直，缩版以载，作庙翼翼。

　　捄之陾陾，度之薨薨，筑之登登，削屡冯冯。百堵皆兴，鼛鼓弗胜。

　　乃立皋门，皋门有伉。乃立应门，应门将将。乃立冢土，戎丑攸行。

　　肆不殄厥愠，亦不陨厥问。柞棫拔矣，行道兑矣。混夷駾矣，维其喙矣！

　　虞芮质厥成，文王蹶厥生。予曰有疏附，予曰有先后。予曰有奔奏，予曰有御侮！

《鹿鸣》(《毛诗》161)

　　呦呦鹿鸣，食野之蘋。我有嘉宾，鼓瑟吹笙。吹笙鼓簧，承筐是将。人之好我，示我周行。

　　呦呦鹿鸣，食野之蒿。我有嘉宾，德音孔昭。视民不恌，君子是则是效。我有旨酒，嘉宾式燕以敖。

　　呦呦鹿鸣，食野之芩。我有嘉宾，鼓瑟鼓琴。鼓瑟鼓琴，和乐且湛。我有旨酒，以燕乐嘉宾之心。

《四牡》(《毛诗》162)

> 四牡騑騑，周道倭迟。岂不怀归？王事靡盬，我心伤悲。
> 四牡騑騑，啴啴骆马。岂不怀归？王事靡盬，不遑启处。
> 翩翩者鵻，载飞载下，集于苞栩。王事靡盬，不遑将父。
> 翩翩者鵻，载飞载止，集于苞杞。王事靡盬，不遑将母。
> 驾彼四骆，载骤骎骎。岂不怀归？是用作歌，将母来谂。

《皇皇者华》(《毛诗》163)

> 皇皇者华，于彼原隰。駪駪征夫，每怀靡及。
> 我马维驹，六辔如濡。载驰载驱，周爰咨诹。
> 我马维骐，六辔如丝。载驰载驱，周爰咨谋。
> 我马维骆，六辔沃若。载驰载驱，周爰咨度。
> 我马维骃，六辔既均。载驰载驱，周爰咨询。

自《文王》以下，《大明》据毛诗序乃"文王有明德，故天复命武王也"。如前文引《逸周书》中之"明明三终"中的"明明"是指"大明"，那么此诗(至少其前身)当作于武王灭商之前后。其诗叙王季与大任之婚姻，文王之诞生与婚媾，武王之诞生，以及武王誓于牧野，肆伐大商之史事，以此升歌祖德，固其宜也。《緜》之诗则追叙太王古公亶父草创之初，至文王之始生，亦周人歌颂祖德、献之宗祀之作。《小雅》诸篇，《鹿鸣》言君臣宴乐之事，《四牡》、《皇皇者华》歌使臣之劳，不遑启处，不无怨悱之辞。从《文王》歌咏文王自上天受命，至《鹿鸣》描述王廷宴飨之乐，最后至《四牡》表达作者的悲伤心情，雅乐"升歌"部分所用之诗歌，渐脱离宗教性的目的。在音乐仪式化的过程中，所谓正统和典雅的歌，渐与周初之源起和用途迥不相侔。

《礼记·乐论》和《荀子·礼论》分别描述了战国时期"升歌"的概况。《荀子》云：

> 《清庙》之歌，一唱而三叹也，县一钟，尚拊之膈，朱弦而通

越也。①

"升歌"最初所用之伴奏乐器应为瑟,且大概还有钟镈和搏拊(皮制之鼓)作为制定节奏的乐器。一些音乐史学家曾为这些古代歌曲作配乐的工作,他们所根据的,是种种宋代的雅乐文献。如卞赵如兰(Rulan Chao Pian)曾就熊朋来(1246—1323)的记录,重定《清庙》、《文王》之曲调。②Lawrence Picken 则就朱熹所谱,重定《鹿鸣》、《四牡》和《皇皇者华》之曲。③

3. 管(管乐器的演奏)与小舞

经传之中,籥人出奏与"小舞"之出演一般都在升歌之后。下表将展示三礼中有关这些演奏的情况:

表 9：三礼中的"管"与"小舞"

用　途	管	来　　　　源
天子大祭祀	象	夫大尝禘,升歌《清庙》,下而管《象》;朱干玉戚,以舞《大武》;八佾,以舞《大夏》;此天子之乐也。(《礼记·祭统》)
天子视学养老	象	登歌《清庙》,既歌而语,以成之也。言父子、君臣、长幼之道,合德音之致,礼之大者也。下管《象》,舞《大武》。大合众以事,达有神,兴有德也。(《礼记·文王世子》)

---

① 王先谦《荀子集解》,卷一,页 23;卷三,页 54。《史记》(卷二十四,页 1184)中亦有相似的记载;《礼记》中亦然(《礼记正义》,卷三十七,《十三经注疏》本,页 1528)。

② 见熊朋来《瑟谱》,《丛书集成》本,上海:商务印书馆,1936 年;Rulan Chao Pian, *Sung Dynasty Musical Sources and Their Interpretation*,Cambridge:Harvard University Press,1967,页 210—213,216。熊氏之所谱,当然未必真的就是周代朝廷所用的旋律。

③ 见 Lawrence D. Picken,"Twelve Ritual Melodies of the T'ang Dynasty," *Studia Musicologica Academiae Scientiarum Hungaricae* 8,页 125—172。亦见朱熹《仪礼经传通解》,见《文渊阁本四库全书》本,第 131 册,台北:商务印书馆,1986 年,页 250—251。此三诗之现代五线曲谱,亦见于 Pian(卞赵如兰),*Sung Dynasty Musical Sources and Their Interpretation*,页 157—160。与熊氏所谱一样,朱熹亦只根据他所接触到的当时的雅乐旋律,以图借此重建周室之乐。

（续表）

用　途	管	来　　　　源
天子大飨	（象）	
天子大射	（象）	
鲁禘	象	季夏六月,以禘礼祀周公于大庙,牲用白牡;尊用牺象山罍;郁尊用黄目;灌用玉瓒大圭;荐用玉豆雕篹;爵用玉盏,仍雕,加以璧散璧角;俎用梡嶡;升歌《清庙》,下管《象》;朱干玉戚,冕而舞《大武》;皮弁素积,裼而舞《大夏》。(《礼记·明堂位》)
两君相见	象	两君相见,揖让而入门,入门而县兴;揖让而升堂,升堂而乐阕。下管《象》、《武》、《夏》籥序兴。陈其荐俎,序其礼乐,备其百官。(《礼记·仲尼燕居》)
诸侯大射仪	新宫三终	乃管新宫三终。卒管,大师及少师、上工,皆东坫之东南,西面北上,坐。(《仪礼·大射仪》)
诸侯燕礼之甲〔据燕礼经〕	无	
诸侯燕礼之乙〔据燕礼记〕	"新宫""勺"	若以乐纳宾,则宾及庭,奏《肆夏》;宾拜酒,主人答拜而乐阕。公拜受爵而奏《肆夏》;公卒爵,主人升受爵以下而乐阕。升歌鹿鸣,下管新宫,笙入三成。遂合乡乐,若舞,则勺。(《仪礼·燕礼》)

案:表内加"　"者不必备有,加（ ）者经传无明文,以意推之。

　　西周时期的"管"大概指一种细小的直管,最初应为没有指孔而有吹口的律管。①郑玄注曾指出"管"之两种可能:其一,"管"为两直管捆绑在一起之乐器;其二,"管"为包括箫、笛、簧、籥、篪等所有管乐器之通称。周礼乐的管弦乐器中,"管"应为一种由多支直管所组成的排管。"管"虽与"律"一般都指律管,但"管"又与"律"

――――――――――

① Kaufmann, *Musical References in the Chinese Classics*, 页 132—135。

不同，前者由多支直管所组成，而后者则只是单一的管。①

　　籥人于堂下奏"管"，以为相传为周公所创之小武舞——象舞之前奏。《吕氏春秋·古乐》云：

　　　　武王即位，以六师伐殷。六师未至，以锐兵克之于牧野。归乃荐俘馘于京太室。乃命周公为作大武。成王立，殷民反。王命周公践伐之，商人服象为虐于东夷。周公遂以师逐之，至于江南，乃为三象，以嘉其德。②

十分明显，《象》为周公在创制《大武》乐舞不久后（大约数年）所创制之舞。然而，据汉代文献所录，《象》和与"酌"同义之《勺》，乃《大武》中的两部分。故王国维认为周初有二象，一为文舞，而另一则为武舞。③《今本竹书纪年》载成王八年（前 1035），王成年而初亲政，命鲁侯禽父与齐侯伋迁商遗民贵族到鲁国，并作"象舞"。④但懿王（约前 899—前 873）时期的铜器匡卣的铭文，则证明了"象舞"很可能为周初之创制，且最初便以乐舞结合的形式出现。⑤

　　　　佳四月初吉甲午。懿王才（在）射盧。乍象▨。匡甫象▨（从象从樂）二。王曰：休，匡拜手稽首。對揚天子不（丕）顯休。用乍（作）文考日丁寶彝。其子子孫孫永寶用。

---

　　① 西方汉学中，Kenneth G. Robinson（*A Critical Study of Chu Tsai-yü's Contribution to the Theory of Equal Temperament in Chinese Music*, Wiesbaden：Franz Steiner, 1980）曾对此有充分的论述，在其著作的第七部分曾对管乐器作了分析。

　　② 《吕氏春秋》，卷五之五，页 53。

　　③ 王国维《观堂集林》，卷二，页 109—111。

　　④ 《竹书纪年》，（《丛书集成》本，台北：中华书局，1980 年再版，卷二，页 2。Nivison 和夏含夷（Shaughnessy）均强调《今本竹书纪年》的可信性，认为此本乃 3 世纪晚期出土于古墓（魏襄王之墓）之原本的忠实抄写或重新整理本，并强调此为中国古代史不可缺少的史料。见 David S. Nivison, "The Dates of Western Chou," *HJAS* 43, 页 481—580；Shaughnessy, *Before Confucius: Studies in the Creation of the Chinese Classics*, 1997, 页 69—100。

　　⑤ 匡卣的铭文云："懿王在射庐，作象舞，匡甫鑷二。"见杨华《先秦礼乐文化》，武汉：湖北教育出版社，1997 年，页 141。

图 12：匡卣铭文

(《集成》5423)

　　《汉书·礼乐志》云:"武王作《武》,周公作《勺》。《勺》,言能勺
先祖之道也。《武》,言以功定天下也。"颜师古注:"勺读曰酌。酌,
取也。"①然揆诸《汉书·礼乐志》本意,不仅别武、勺为两种不同的
舞,而且以勺通绍,为绍续之义。师古注未必然。《白虎通·礼乐》

―――――――――

　　①　《汉书》,北京:中华书局,1966 年,卷二十二,页 1038—1039。

引《礼记·礼乐志》云:"周乐曰《大武象》,周公之乐曰《酌》,合曰《大武》。"蔡邕《独断》解《周颂·酌》题云:"《酌》,一章九句,告成《大武》,言能酌先祖之道以养天下之所歌也。"则小舞之《勺》乐即诗中之《酌》也,与《象》并为《大武》之一部分。此为汉人之理解,固未必可信。详见下文对《大武》的讨论。

要注意的是,周代所创制之《象》、《勺》这些乐舞结合体应源自商文化。学者们已注意到,驯养大象和沈溺于饮酒为商人的习俗。[①]

4. 笙

《仪礼·燕礼·记》:"升歌鹿鸣,下管新宫,笙入三成。遂合乡乐。"此为诸侯于堂宴飨贵族宾客之娱宾礼。在封邑和乡中,大夫、士在饮酒礼时,亦有行此礼乐演出的权限。大夫、士的乡饮酒礼中,"笙"之出奏,据记述是紧接于"升歌"的。下表将详述三礼记载雅乐"笙"部分的情况:

表 10：三礼中"笙"乐之使用

	笙	来　　　源
天子大祭祀		凡祭祀、飨、射,共其钟笙之乐,燕乐亦如之。(《周礼·春官·宗伯第三》)
天子视学养老		
天子大飨		凡祭祀、飨、射,共其钟笙之乐,燕乐亦如之。(《周礼·春官·宗伯第三》)
天子大射		凡祭祀、飨、射,共其钟笙之乐,燕乐亦如之。(《周礼·春官·宗伯第三》)
诸侯燕礼之甲〔据燕礼经〕	南陔白华华黍	公又举奠觯,唯公所赐,以旅于西阶上如初。卒。笙入,立于县中,奏南陔、白华、华黍。(《仪礼·燕礼》)

①　徐中舒《殷人服象及象之南迁》,《中研院历史语言研究所集刊》,第二本第一分,1930年,页60—75。

（续表）

	笙	来　源
诸侯燕礼之乙〔据燕礼记〕	"笙入三成"	升歌鹿鸣,下管新宫,笙入三成。遂合乡乐,若舞,则勺。(《仪礼·燕礼》)
大夫士乡饮酒礼	南陔白华华黍	笙入堂下,磬南北面立,乐《南陔》、《白华》、《华黍》。主人献之于西阶上。一人拜,尽阶,不升堂,受爵,主人拜送爵。阶前坐祭,立饮,不拜既爵,升,授主人爵。众笙则不拜,受爵,坐祭,立饮;辩有脯醢,不祭。(《仪礼·乡饮酒礼》) 工入,升歌三终,主人献之;笙入三终,主人献之;间歌三终,合乐三终,工告乐备,遂出。一人扬觯,乃立司正焉,知其能和乐而不流也。(《仪礼·乡饮酒礼》)
大夫士乡射礼		北面立于其西。工四人,二瑟,瑟先;相者皆左何瑟,面鼓,执越,内弦,右手相;入,升自西阶,北面东上。工坐。相者坐授瑟,乃降。笙入,立于县中,西面。乃合乐:《周南·关雎》、《葛覃》、《卷耳》、《召南·鹊巢》、《采蘩》、《采蘋》。工不兴,告于乐正,曰:"正歌备。"乐正告于宾,乃降。(《仪礼·乡射礼》)

案:表内加" "者不必备有,以意推之。

　　就上表所示,雅乐"笙"的部分一般有三首笙歌。对于此三首笙歌与间歌部分另外三首笙歌之本质问题,学者们一直有所争论。朱熹(1130—1200)认为,此六首笙歌本只有"笙"乐而无唱词,而大部分学者均从传统说法,认为笙歌之唱词在秦时亡佚。①

　　《仪礼》所载诸侯宴飨与大夫、士之乡饮酒礼一般均会奏演此三首笙歌。奏笙者一般都在堂之下方,而站于石磬之南方,北向。至于此三首笙歌确切的创作时间,至今仍茫然不知。

---

　　① 见 Legge,*The Chinese Classics*,4:267—268。

5. 间歌（歌唱或笙乐乐段）

"间歌"是完整的雅乐演出中，用以作为余兴的间奏部分。此与 16 世纪欧洲之宫廷音乐相似，当时欧洲之公室和贵族封邑内之宴飨亦有类似的音乐插入部分。

表 11：三礼中所见之"间歌"

	间歌		来　　　源
	歌	笙	
诸侯燕礼之甲〔据燕礼经〕	鱼丽 南有嘉鱼 南山有台	由庚 崇邱 由仪	乃间歌《鱼丽》，笙《由庚》；歌《南有嘉鱼》，笙《崇丘》；歌《南山有台》，笙《由仪》。（《仪礼·燕礼》）
大夫士乡饮酒礼	鱼丽 南有嘉鱼 南山有台	由庚 崇邱 由仪	乃间歌《鱼丽》，笙《由庚》；歌《南有嘉鱼》，笙《崇丘》；歌《南山有台》，笙《由仪》。（《仪礼·乡饮酒礼》）工入，升歌三终，主人献之；笙入三终，主人献之；间歌三终，合乐三终，工告乐备，遂出。一人扬觯，乃立司正焉，知其能和乐而不流也。（《礼记·乡饮酒义》）

据《仪礼》所录，"间歌"只适用于公廷宴飨和地方封邑之饮酒礼。此由两种音乐——歌唱和奏笙所组成。《由庚》（万物得由其道）、《崇邱》（万物得极其高大）、《由仪》（万物之生各得其宜）为著名的六首笙歌之其中三首，而这些笙歌的唱词皆已亡佚。据《毛诗序》所记，[①]《由庚》义为世上万物得顺其自然之性；《崇邱》义为万物均达其极至；《由仪》之义，则为万物皆得其正确之生长方向和位置。这些笙歌的创作时期至今仍是未知之问题。孔颖达基于这些

---

　　① 今传本《毛诗》中，每首诗正文之前，均有《小序》，一般用以展示是诗之政治或道德主题和内容。第一首诗《关雎》之前的大段文字为《大序》，而每首诗前篇幅较短者为《小序》。这些序文的作者是谁，到今天仍是未知的问题。这里，笔者采传统之说，将其作者视为毛公。见 Michael Loewe, ed., *Early Chinese Texts: A Bibliographical Guide*, 页 416—417；Steven van Zoeren, *Poetry and Personality: Reading, Exegesis, and Hermeneutics in Traditional China*, Stanford University Press, 1991, 页 80—115。

笙歌均出现于雅乐之中,故推测它们的创作应早于雅乐创制的时期,可能是武王或成王时所作。①然由于雅乐之起源问题尚需进一步探讨,故此说仍未可成定论。

不过据《仪礼》所记之雅乐,此三首笙歌乃在回应《鱼丽》、《南有嘉鱼》和《南山有台》时奏出。《鱼丽》、《南有嘉鱼》和《南山有台》明显为以参与饮酒和宴飨之贵族为读者之诗歌,但却没有在今传本中留下任何可确认其创作时代的线索。

然而,应属东周早期秦公之石鼓文中有与《鱼丽》相关之内容。石鼓中第一首之首章云:②

> 汧殹(猗)沔沔
>
> 烝皮(彼)淖淵
>
> 鰋鯉處之③
>
> 君子漁之

其卒章云:

> 其魚隹(惟)可(何)
>
> 隹鱮隹鯉④
>
> 可(何)以橐之
>
> 隹楊及柳

---

① 见《毛诗正义》,《十三经注疏》本,页 419—420。

② 笔者以下采郭沫若之石鼓文释文。所参石鼓文之拓本及郭氏之释文,收入郭沫若《石鼓文研究》,见《郭沫若全集·考古编》,北京:科学出版社,1982 年,第 9 册,页 43—45。

③ 《鱼丽》(《毛诗》170)卒章云:"鱼丽于罶,鰋鲤。君子有酒,旨且有。"且"旨酒"、"旨飤"一词不单常见于文献资料,亦曾于周中期的铭文,如𢎧季良父壶、白旅鱼父旅匠等。见周何、季旭昇、汪中文等合编:《青铜器铭文检索》,台北:文史哲出版社,1995 年,页 771。

④ 《敝笱》(《毛诗》107)次章云:"敝笱在梁,其鱼鲂鱮。齐子归止,其从如雨。"一般均认为此诗乃描述文姜返齐(前 694),其创作时间很可能与《鱼丽》相近。石鼓文诗中的鱼名,亦保存在他诗中,如:《周颂·潜》之"鲦鳣鰋鲤",《陈风·衡门》"岂其食鱼,必河之鲤"等等。

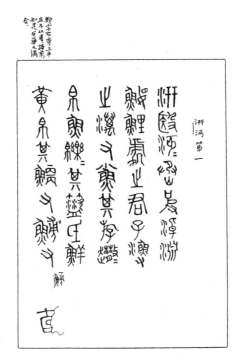

图 13：石鼓文"汧殹"

(郭沫若《石鼓文研究》，见《郭沫若全集·考古编》，第 9 册，页 12)

上引之诗与《诗经》诸诗的句法和表达手法显然十分相似，而由此亦可推断《鱼丽》之创作时期，大致与石鼓《汧殹》相近，而《汧殹》一般都以为是秦文公时期(前 765—前 716)之物。[1]

---

[1] 学者对于石鼓文的时代自韩愈(768—824)始已各有异说。有关石鼓文之时代问题，详细之论述可参：马叙伦《石鼓文疏记》，上海：商务印书馆，1935 年，页 28—29；马衡《石鼓为秦刻石考》，台北：艺文印书馆，1974 年，页 2。有关此十枚石鼓之英文资料，见 Li Hsüeh-ch'in (李学勤)，*Eastern Chou and Ch'in Civilization*, transl. by K. C. Chang, New Haven：Yale University Press, 1985，页 238—239；Gilbert L. Mattos, *The Stone Drums of Ch'in*, Sankt Augustin-Nettetal：Monumenta Serica Institute, 1988，特别是第 4 章，页 75—116。

因此，我们可以推测，雅乐组合的"间歌"部分应为后来之创制，其时代大略为东西周之交。

6. 合乐

雅乐中所谓"合乐"，是与现代协奏曲和交响乐合奏相似之部分。下表将显示出"合乐"出现的时代显然较晚。在天子之礼中，并未见乐器乐章之与歌唱合奏的情况。

表 12：三礼中所见之"合乐"

	合　乐	来　　　源
两君相见	鹿鸣之三	穆叔如晋，报知武子之聘也。晋侯享之，金奏肆夏之三，不拜。工歌文王之三，又不拜。歌《鹿鸣》之三，三拜。（《左传》襄公四年）
诸侯燕礼之甲〔据燕礼经〕	关雎 葛覃 卷耳 鹊巢 采蘩 采蘋	乃间歌《鱼丽》，笙《由庚》；歌《南有嘉鱼》，笙《崇丘》；歌《南山有台》，笙《由仪》。遂歌乡乐：《周南·关雎》、《葛覃》、《卷耳》、《召南·鹊巢》、《采蘩》、《采蘋》。（《仪礼·燕礼》）
诸侯燕礼之乙〔据燕礼记〕	乡乐	乃间歌《鱼丽》，笙《由庚》；歌《南有嘉鱼》，笙《崇丘》；歌《南山有台》，笙《由仪》。遂歌乡乐：《周南·关雎》、《葛覃》、《卷耳》、《召南·鹊巢》、《采蘩》、《采蘋》。（《仪礼·燕礼》）
大夫士乡饮酒礼	关雎 葛覃 卷耳 鹊巢 采蘩 采蘋	乃合乐：《周南·关雎》、《葛覃》、《卷耳》、《召南·鹊巢》、《采蘩》、《采蘋》。工告于乐正："正歌备。"乐正告于宾，乃降。（《仪礼·乡饮酒礼》） 工入，升歌三终，主人献之；笙入三终，主人献之；间歌三终，合乐三终，工告乐备，遂出。（《礼记·乡饮酒义》、《荀子·乐论》）
大夫士乡射礼	关雎 葛覃 卷耳 鹊巢 采蘩 采蘋	乃合乐：《周南·关雎》、《葛覃》、《卷耳》、《召南·鹊巢》、《采蘩》、《采蘋》。工不兴，告于乐正曰："正歌备。"乐正告于宾，乃降。（《仪礼·乡射礼》）

7. 大武

"合乐"以后为雅乐的主要部分《大武》。《周礼》曾详述六大舞之名。据《周礼·春官》所载,雅乐之主要部分,由"六代"之乐作所组成,"六代"即黄帝、帝尧、帝舜、夏、商及周。具体而言,此"六代乐"为六种宏大的乐舞,周人将这些乐舞均分别系于六代之创始者,其作用乃称颂这些不朽的帝王的道德和功绩。《周礼》指出周统治者继承了这些传统的乐作,并将之保存在乐官之中,直至周末:

> 大司乐:掌成均之法,以治建国之学政,而合国之子弟焉。凡有道者、有德者,使教焉;死则以为乐祖,祭于瞽宗。以乐德教国子:中和、祗庸、孝友。以乐语教国子:兴道、讽诵、言语。以乐舞教国子:舞《云门大卷》、《大咸》、《大韶》、《大夏》、《大濩》、《大武》。以六律、六同、五声、八音、六舞大合乐,以致鬼神示,以和邦国,以谐万民,以安宾客,以说远人,以作动物。乃分乐而序之,以祭,以享,以祀。乃奏黄钟,歌大吕,舞《云门》,以祀天神。乃奏大蔟,歌应钟,舞《咸池》,以祭地示。乃奏姑洗,歌南吕,舞《大韶》,以祀四望。乃奏蕤宾,歌函钟,舞《大夏》,以祭山川。乃奏夷则,歌小吕,舞《大濩》,以享先妣。乃奏无射,歌夹钟,舞《大武》,以享先祖。凡六乐者,文之以五声,播之以八音。凡六乐者,一变而致羽物及川泽之示,再变而致赢物及山林之示,三变而致鳞物及丘陵之示,四变而致毛物及坟衍之示,五变而致介物及土示,六变而致象物及天神。[①]

《周礼》所描述的"六代之乐"有歌、有乐、有舞。其中的"六舞"又是

---

① 《周礼注疏》,卷二十二,页一四九至一五一,《十三经注疏》本,页787—789。

其主体部分。所谓《云门》或称为《云门大卷》,据传说为黄帝时期所作;《咸池》、《大咸》或《大章》,传统将之视为帝尧之作;《大韶》为帝舜之作;《大夏》为帝禹之作;《大濩》为殷汤之作;而《大武》则为歌颂武王克商之作。[①]六大舞在完整之雅乐中均有其所属之声调、音律和作用,且就其本质而言均为不可或缺的演出。然而,三礼所录之具体礼仪中,六大舞中显然只有两种为周典礼中常用之乐舞,即《大夏》和《大武》。如下表所示:

表 13:三礼及其他先秦文献所见礼乐所使用之大舞

作　用	舞	来　　　　源
天子大祭祀	大武 大夏	朱干,玉戚,以舞《大夏》,八佾以舞《大武》,此皆天子之礼也。(《公羊传》昭公二十五年、《礼记·郊特牲》)
天子视学养老	大武	适东序,释奠于先老,遂设三老、五更、群老之席位焉。适馔省醴,养老之珍具;遂发咏焉,退修之以孝养也。反,登歌《清庙》,既歌而语,以成之也。言父子、君臣、长幼之道,合德音之致,礼之大者也。下管《象》,舞《大武》。大合众以事,达有神,兴有德也。正君臣之位,贵贱之等焉,而上下之义行矣。有司告以乐阕,王乃命公、侯、伯、子、男及群吏曰:"反养老幼于东序。"终之以仁也。(《礼记·文王世子》)
天子大射	弓矢舞	大射,王出入,令奏《王夏》;及射,令奏《驺虞》。诏诸侯以弓矢舞。(《周礼·春官宗伯》) 燕射,帅射夫以弓矢舞。乐出入,令奏钟鼓。(《周礼·春官宗伯》)

---

①　《舞曲歌辞》,收入郭茂倩《乐府诗集》,《四部备要》本,1935 年,卷五十二,页391。

（续表）

作　用	舞	来　　　源
鲁禘	大武大夏	夫大尝禘，升歌《清庙》，下而管《象》；朱干玉戚，以舞《大武》；八佾，以舞《大夏》；此天子之乐也。康周公，故以赐鲁也。子孙纂之，至于今不废，所以明周公之德，而又以重其国也。（《礼记·祭统》） 季夏六月，以禘礼祀周公于大庙，牲用白牡；尊用牺、象、山罍；郁尊用黄目；灌用玉瓒大圭；荐用玉豆雕篹；爵用玉盏，仍雕，加以璧散璧角；俎用梡嶡；升歌《清庙》，下管《象》；朱干玉戚，冕而舞《大武》；皮弁素积，裼而舞《大夏》。（《礼记·明堂位》）
两君相见	武夏篇	两君相见，揖让而入门，入门而县兴；揖让而升堂，升堂而乐阕。下管《象》，《武》、《夏》篇序兴。陈其荐俎，序其礼乐，备其百官。（《礼记·仲尼燕居》）
诸侯燕礼之乙〔据燕礼记〕	勺	升歌《鹿鸣》，下管《新宫》，笙入三成。遂合乡乐，若舞，则《勺》。（《仪礼·燕礼》） （大夫子）十有三年学乐，诵《诗》，舞《勺》，成童舞《象》，学射御。二十而冠，始学礼，可以衣裘帛，舞《大夏》。（《礼记·内则》）
诸侯之僭天子之乐	大武	诸侯之宫县，而祭以白牡，击玉磬，朱干，设钖，冕而舞《大武》，乘大路，诸侯之僭礼也。（《礼记·郊特牲》） "季氏为无道，僭于公室久矣，吾欲弑之何如？"子家驹曰："诸侯僭于天子，大夫僭于诸侯，久矣。"昭公曰："吾何僭矣哉？"子家驹曰："设两观，乘大路，朱干，玉戚，以舞《大夏》，八佾以舞《大武》，此皆天子之礼也。"（《春秋公羊传》昭公二十五年） 见舞《大武》者，曰："美哉！周之盛也其若此乎！"见舞《韶濩》者，曰："圣人之弘也，而犹有惭德，圣人之难也。"见舞《大夏》者，曰："美哉！勤而不德，非禹其谁能修之？"（《春秋左氏传》襄公二十九年）

　　由上表可见，周礼乐中，六大舞的《大夏》和《大武》是较为重要的二舞。《大夏》即周人模仿夏代音乐传统的乐舞，上文曾提到周人以承袭夏自居，《大夏》亦因此而在周人中延续着至高的地位。

　　至于《大武》，各种不同的文献均指它为周初周公的创制。关于周公创制《大武》的时间，《逸周书·世俘》记载：

> 甲寅，谒戎殷于牧野，王佩赤白旂。籥人奏《武》，王入，进万，献。《明明》三终。乙卯，籥人奏崇禹生开，三钟，终，王定。

这段文字记录了紧随姜太公吕尚所率的周军与商军的牧野之战后（51日）所发生的事情。武王于战场检阅殷俘的礼典中，有三种不同的乐舞伴随之，即武舞、万舞和《明明》之歌。万舞是商的武舞，此已在上文第二章中详论，而此处则明显看到，周人在武王时期仍采用商的音乐或至少对之还有欣赏之意，证明它是周人吸收商音乐文化而创的乐舞。今本《竹书纪年》又清楚地记载了《大武》创作的时间是武王灭商之年的四月：

> 十二年辛卯，王率西夷诸侯伐殷，败之于牧野。王亲禽受于南单之台，遂分天之明。立受子禄父，是为武庚。夏四月，王归于丰，飨于太庙。命监殷。遂狩于管。作《大武》乐。

　　《大雅·大明》（《毛诗》236）以"明明"开首，其首句即"明明在下"，以颂扬文王之德、殷之失天命，以及殷王族之女与周王族联婚为题，很可能便是《逸周书》中的《明明》。这可能是周人原有之乐。

　　至于《逸周书·世俘》中《武》与《竹书纪年》中的《大武》是什么关系呢？据《逸周书》，"籥人奏《武》"是在牧野初胜，武王亲受献俘之礼时，也就是《竹书纪年》中所说的"王亲禽受于南单之台"的时候，即夏四月，王狩于管叔所领之封邑，《大武》创制之前。这只能有一个解释：那就是《大武》创制之前，周人已经有了一个乐曲叫《武》。

我认为这个《武》就是诗经中所保留的《周颂·武》(《毛诗》285)。其辞曰：

> 於皇武王，无竞维烈。允文文王，克开厥后。嗣武受之，胜殷遏刘，耆定尔功。

此诗的主题内容显与武王伐商有关，而与后来的周公东征无涉。《礼记·祭统》云：

> 夫祭有三重焉：献之属莫重于祼，声莫重于升歌，舞莫重于《武宿夜》，此周道也。

孙希旦解释说，升歌是指升歌《清庙》，而《武宿夜》是指《大武》的第一成，也就是第一节的歌诗名，"象武王之师次孟津而宿也"。[①] 所谓"舞莫重于《武宿夜》"是说《大武》之乐中，尤以《武宿夜》这一节最为重要。我以为《武宿夜》之歌词，其实就是《周颂·武》这首诗。以歌词的内容来看，这首诗歌颂武工之伟人，言其克绍文王之文德武烈，期与殷人一战，定能克定肤功，这短短数语，确有鼓舞士气之作用。孔颖达《正义》引《尚书大传》云："武王伐纣，至于商郊，停止宿夜。士卒皆欢乐鼓舞以达旦。因名焉。"这段文字验之以《周颂·武》这首诗，相契若合符节。则《武》这首诗乐其实是在牧野之战之前已经作成，它描述的是周人在牧野之战前夜枕戈待旦、志在一战的情形。而牧野之战以后，武王分封了商纣王之子武庚来管理殷商遗民，之后自商之旧

---

① 孙希旦《礼记集解》，页1242。

地(今河南淇县一带)回到周之文王旧都丰(今陕西西安西南沣水西岸),祫祀于太庙,向先祖告其成功。之后,又回到东边其弟管叔鲜所领之地,这才让周公以《武》乐为基础创作《大武》之乐,以纪念灭商的伟大胜利。其早期的创制过程从《逸周书》和《竹书纪年》的记载可得到印证。

与其他文献将此视为周公平南方三监乱后所作不同,《逸周书》所记载的《武》乐舞,其出现的时代要比约发生在成王六年(前1037),即周公摄政末年的南征早得多。而另一方面,据《礼记》所载,《大武》又与其后周公征服南方有关。《吕氏春秋·古乐》云:

> 周文王处岐,诸侯去殷三淫而翼文王。散宜生曰:殷可伐也。文王弗许。周公旦乃作诗曰:文王在上,於昭于天。周虽旧邦,其命维新。以绳文王之德。武王即位,以六师伐殷。六师未至,以锐兵克之于牧野。归乃荐俘馘于京太室。乃命周公为作《大武》。成王立,殷民反。王命周公践伐之,商人服象为虐于东夷。周公遂以师逐之,至于江南,乃为三象,以嘉其德。①

在这里,《吕氏春秋·古乐篇》明白地指出周公受武王之命而作《大武》是在牧野新胜之后。而随后商人服象,于东南继续顽抗,于是周公南下追奔逐北,平定殷人,又作《象》乐。可是以上所说的这些记载与典籍中所看到的《大武》的内容又是互相龃龉的。据《礼记·乐记》,子夏对魏文侯说:

> 夫乐者,象成者也;总干而山立,武王之事也;发扬蹈厉,大公之志也。《武》乱皆坐,周、召之治也。且夫《武》,始而北

---

① 高诱《吕氏春秋》,《诸子集成》本,上海:上海书店,1986年,卷五之五,页53。

出,再成而灭商,三成而南,四成而南国是疆,五成而分周公左召公右,六成复缀以崇。

子夏所看到的是春秋时期的《大武》。其中一成和二成反映的武王灭商的史事,而自三成以下至六成,所表现的都是后来周召二公疆理南国之事,其时武王已不在,中经成王即位,商遗及管蔡之乱,周公东征南下,则相距《大武》的创制已至少有四年之久了。如果说《逸周书·世俘》、《竹书纪年》、《吕氏春秋·古乐》所记载周公受武王之命而作《大武》是在牧野新胜之后都是可信的,何以《乐记》中的《武》乐又有诸多灭商以后周公召公伐南国的内容呢? 这只能说明此《大武》已非武王时期的《大武》,而是经过改造,添加了许多新的内容。若将《礼记·乐记》这段文字与《吕氏春秋》中有关《大武》制作的记载合观,则会发现周公很可能在他成功平定南方殷遗之乱后,又重新改造了周的代表乐舞——《武》,并且增加了三象之类的新内容。

王国维《说勺舞象舞》曾引汉儒遗说,以证明《勺》舞、《象》舞是《大武》舞的一部分。故此,周公在打败殷遗民以后,很可能进一步修改《武》舞,加入三象,从而创制出与《礼记》所记相似的乐舞组合。若再参照《左传》所记,则更见《礼记》中所言《武》舞,为周公曾加修改者。《左传》宣公十二年记楚庄王云:

> 武王克商,作颂曰:"载戢干戈,载櫜弓矢。我求懿德,肆于时夏,允王保之。"又作《武》,其卒章曰:"耆定尔功。"其三曰:"铺时绎思,我徂惟求定。"其六曰:"绥万邦,屡丰年。"夫武,禁暴、戢兵、保大、定功、安民、和众、丰财者也,故使子孙无忘其章。

其中所引之诗,有六章,正与《礼记》所记《大武》六成相合。学者们对《大武》六章有不少的异说,今表录如下:

表 14:《大武》六成所用诗歌异说①

《礼记·乐记》所载六成之制	《左传》宣公十二年	魏源	王国维	高亨	孙作云②	阴法鲁	杨向奎③	陈致（武王时《大武》）	陈致（经周公修改的《大武》）
武始而北出	时迈（《毛诗》273）	武（《毛诗》285）	昊天有成命（《武宿夜》）（《毛诗》271）	我将（《毛诗》272）	酌（《毛诗》293）	酌（《毛诗》293）	武（《毛诗》285）	时迈（《武宿夜》）（《毛诗》273）	昊天有成命（《武宿夜》）（《毛诗》271）
再成而灭商	武（《毛诗》285）	酌（《毛诗》293）	武（《毛诗》285）	武（《毛诗》285）	武（《毛诗》285）	武（《毛诗》285）	时迈（《毛诗》273）	武（《毛诗》285）	武（《毛诗》285）舞《象》之一
三成而南	赉（《毛诗》295）	赉（《毛诗》295）	酌（《毛诗》293）勺	赉（《毛诗》295）	般（《毛诗》296）	赉（《毛诗》295）	赉（《毛诗》295）	赉（《毛诗》295）	酌（《毛诗》293）

① 此表本于杨向奎《宗周社会与礼乐文明》,北京:人民出版社,1992年,页336—341;并参照孙作云《大武乐章考实》,《诗经》与周代社会研究》,页258。

② 孙作云《大武乐章考实》,《诗经》与周代社会研究》,页258。

③ 杨向奎《宗周社会与礼乐文明》,页336—341。

（续表）

《礼记·乐记》所载六成之制	《左传》宣公十二年	魏源	王国维	高亨	孙作云	阴法鲁	杨向奎	陈致（武王时《大武》）	陈致（经周公修改的《大武》）
四成而南国是疆		般（《毛诗》296）	桓（舞《象》之一）（《毛诗》294）	般（《毛诗》296）	赉（《毛诗》295）	般（《毛诗》296）	般（《毛诗》296）	未知	赉（《象》之二《毛诗》295）
五成而分周公左、召公右		〔佚〕	赉（《毛诗》295）（《象》之二）	酌（《毛诗》293）	〔原无〕	〔缺〕	般（《毛诗》296）	未知	般（《象》之三《毛诗》296）
六成复缀，以崇天子，夹振之而驷伐，盛威于中国也	桓（《毛诗》294）	桓（《毛诗》294）	般（《毛诗》296）（《象》之三）	桓（《毛诗》294）	桓（《毛诗》294）	桓（《毛诗》294）	桓（《毛诗》294）	桓（《毛诗》294）	桓（《毛诗》294）

楚庄王所提到的《大武》明显乃最初武王所创者。他所引的第一首诗歌,即今《周颂·时迈》,其中"载戢干戈,载橐弓矢"等句应为出战前夜提醒士兵之语,故《礼记》又有《武宿夜》之称。而由此可知,《礼记》之所以言"舞莫重于《武宿夜》",原因便在于它记录了周人历史中决定性的一刻。

至周公平定商遗之乱,他又创制了《勺》舞和三象四种舞蹈。郑玄《仪礼》注指出《勺》即《周颂·酌》;[①]又《礼记》注指出《象》舞与《周颂·武》相配奏演。因此,我们可以推测周公修改《大武》后,《时迈》方变为"金奏"肆夏的唱词,《武宿夜》仍为《大武》的第一个部分,但其唱词已由原本的《时迈》改为以称颂成王为主题的《昊天有成命》(《毛诗》271):

> 昊天有成命,二后受之。成王不敢康,夙夜基命宥密。於缉熙,单厥心,肆其靖之。

"大武"第二部分的唱词仍为《武》,而其所伴之舞,则为周公加入的《象》之一,此舞正好符合"再克商"的内容。《酌》(《毛诗》293)则为第三部分的唱词:

> 於铄王师,遵养时晦。时纯熙矣,是用大介。我龙受之,蹻蹻王之造。载用有嗣,实维尔公允师。

是诗表现了周公决定远征时的情况,《礼记》称之"三成而南",正好证明了此为周公克服南方殷遗时所作。至于《大武》的第四部分,则以《象》之二为舞,以象征南国之立,而唱词则为《赉》(《毛诗》295),此诗正好符合南国建立的主题:

> 文王既勤止,我应受之。敷时绎思,我徂维求定。时周之

---

① 见陈立《白虎通疏证》,北京:中华书局,1994年,页103。

命，於绎思！

周室的权力正以"时周之命"的命义，扩充到南方，南国亦得以确立。此后，《大武》第五部分为《象》之三，唱词则为《般》（《毛诗》296）：

於皇时周，陟其高山，隋山乔岳，允犹翕河。敷天之下，裒时之对，时周之命。

此展示了周公、召公分而治，而"敷天之下"均受周所统治的情况。最后一部分则为《桓》（《毛诗》294），内容为歌颂文王至高恒久的德行，及其用人得当，成就大业的能力：

绥万邦，屡丰年。天命匪解。桓桓武王，保有厥士。于以四方，克定厥家。於昭于天，皇以间之！

美国华盛顿弗里尔美术博物馆所藏嘉宾钟为春秋晚期器，其铭文的内容可能与《大武》乐有关：

图 14：嘉宾钟铭文

（《集成》51）

> 舍武于戎功需闻，用樂嘉賓，父▨（兄）大夫儕友

所谓"舍武"，意即表演张扬武功，入于武乐。《礼记·檀弓下》："有司以几筵舍奠于墓左。"疏云："舍，释也。"《左传》桓公二年云："凡公行，告于宗庙；反行，饮至、舍爵、策勋焉，礼也。"陆德明云："舍，置也。""舍"之释为释，释为置，皆为设置之义。此语与虢季子白盘之"淄武于戎工，经▨（维）四方"内容略似，是张扬武略之义。此嘉宾钟或许是用于武乐伴奏，应与《大武》之乐有关系。

　　8. 金奏

　　雅乐以打击乐器的节拍收结，即回到"金奏"乐章总结整个乐舞演出。

（三）从传世文献资料看雅乐中伴奏的乐器

　　《周礼》及其同时代的文献，就有关天子最初所用的雅乐乐器，提供了清晰的论述。但是，考虑到数百年的时间变迁，《周礼》与其他礼书之所载，实则未必能够真确地反映周初的雅乐制度。周初的《周颂·有瞽》（《毛诗》281）①或许提供了周早期在最初的祫礼中所使用的一系列乐器的情况，诗中的描述与后来礼书所载有一些相似之处：

> 有瞽有瞽，在周之庭。设业设虡，崇牙树羽。应田县鼓，鞉磬柷圉。既备乃奏，箫管备举。喤喤厥声，肃雝和鸣，先祖

────────────

　　①　传统注疏均以为此诗是成王时期之作，并认为此诗于周宗庙举行的祫祭典礼时，即为诵唱之歌。"瞽"乃周初太师之下的一个职官。夏含夷（Shaughnessy, *Before Confucius: Studies in the Creation of the Chinese Classics*, 1997, 页 182—185）在 "From Liturgy to Literature: The Ritual Contexts of the Earliest Poems in the *Book of Poetry*"中，比较了诗和现存铜器铭文的语法和用韵的特征，从而提出此诗应成于较晚的西周中期。

是听。我客戾止，永观厥成。

《有瞽》所描述的祫祭乐器与王国维据三礼所绘之表正好相符。所谓祫祭是每隔三年于宗庙举行的同时祭祀远祖和父祖的典礼。[①] 此诗提到的乐器包括：应（小鼓）、田（大鼓）、鞉（手鼓）、磬、柷（木梆）、[②]圉（虎状的木箱）、[③]箫（或许是排笛）和管（或许是细小的直笛），此为我们提供了周初祭祀时所用乐器的大略情况。

《诗经》各处提到的诸多歌唱时伴奏的乐器，正好为我们探讨有关西周至春秋时期合奏和乐器组合的规模问题提供了一些线索。下表将列出除了《有瞽》提到的以外其他可能与雅乐有关的乐器，如钟、庸（镛，商钟）、缶（陶器）、銮（像铃的钟或铃）、铃（有铃锤的钟）、簧、笙、琴（无柱七弦琴）、[④]瑟（有柱二十五弦琴）、[⑤]箫、管（筦，无指孔的律管）、籥（龠，排管）、埙（陶制笛）、篪（竹制横笛）、圭和璧。

---

① 有关祫祭的描述，Maspero（*China in Antiquity*，transl. by Frank A. Kierman，Jr，Amherst：The University of Massachusetts Press，1978，页 148—149）依据经传注疏说明祫祭一般都是三年一次，为周王所行的集体祭祀，其目的乃是有规律地与先祖重聚。与之相连的为五年一次的禘祭，禘为殷祭的一种。传统传注均释"殷"为"大"或与之相近的意思。笔者以为殷祭应与商代的祭祀习俗相关，故祫祭和禘祭应为周室袭自商祀的礼仪活动。

② 有关此乐器的详细描述，见 Kaufmann，*Musical References in the Chinese Classics*，页 106—107。

③ 考夫曼（Kaufmann，*Musical References in the Chinese Classics*，页 168）为此器提供了具体的论述。

④ 无柱七弦琴为天子礼乐所用之器。于马王堆汉墓发现的琴，证明了七弦之制有着先汉的来源。不过现已发现的时代最早的琴，如曾侯乙墓和长沙五里牌楚墓所发现的琴，与文献所提到的形制，均有所不同，曾侯墓所发现者有十弦，而楚墓所发现者则似乎有九弦。见李纯一《中国上古出土乐器综论》，页 448—455。

⑤ 大量资料显示瑟于汉代以前只有五弦（黄翔鹏《溯流探源：中国传统音乐研究》，北京：人民音乐出版社，1993 年，页 259）。不过，于楚地发现的战国时期的瑟，一般都有二十一至二十五弦（见程丽臻《论楚地出土的琴瑟筝筑》，《乐器》，第 115 期〔1996 年 4 月〕，页 21—23）。

表 15:《诗经》各部分提到的乐器

	风	小雅	大雅	周颂	鲁颂	商颂
鼓	1、31、115、136	165、175(3)、178(2)、208（磬）、209、211、220(2)	237、242（贲鼓、鼍鼓）	274、280（县鼓、鞉）	298	301（鞉鼓、庸鼓）
钟	1、115	175(3)、208(4)、209(2)、220、229	242(2)	274		
庸(镛)			242、259			301
缶	136					
磬	78	208(笙磬)		274(磬筦)、280(鞉磬)		301
南		208				
雅		208				
柷				280		
圉(敔)				280		
鸾	127	173、178、182(2)、222	260(2)、261		299	302
铃				283		
簧	67、126	161、198				
笙		161(2)、208、220				
琴	1、50、82	161、164、208、211、218				
瑟	1、50、55、82、115、126	161(2)、164、208、211	239			
箫				280		

（续表）

	风	小雅	大雅	周颂	鲁颂	商颂
管(箮)	42(2)			274、280		301
籥(龠)	38	208、220				
埙		199	254			
箎		199	254			
圭	55		258			
璧①	55		258			
其他		186(金玉)②		280 （应、田)		

五、从考古资料看商周乐器的类型异同

考古学家于昔日的商王畿地区内,曾发现大量与商下半叶有关的乐器,与之相较,出土的西周乐器则显得寥寥无几。就周原出土的乐器所示,周乐器直至西周下半叶还未发展至晚商的

① 据《礼记》,周乐用圆形玉璧(璧为悬架角上之饰物)和羽毛(Kaufmann, *Musical References in the Chinese Classics*,页 54)。Fritz A. Kuttner 提出了其他可能性,以为传统视为只作饰物的环状玉璧,其实亦是打击乐器的一种。Kuttner 的假设见于他 1953 年的文章"The Musical Significance of Archaic Chinese Jades of the Pi Disk Type",后收入他的著作 *The Archaeology of Music in Ancient China*(New York: Paragon House, 1990)页 67—94。然而他提出的考古和文献证据,至今仍有歧解。如他所不止引过一次的《礼记·明堂位》,当中的璧便应是饰物而非用于音乐的物件。因此,在没有新证据以前,他的说法仍是有疑的,且有待进一步的探讨。不过,《云汉》(《毛诗》259)之中的对句可能为 Kuttner 的说法提供了证据,诗中首章第九、十二句作"圭璧既卒,宁莫我听",暗示了圭和璧于音乐活动上之使用。清儒马瑞辰引《左传》埋玉之事及《韩诗外传》天子奉玉,升柴加于牲上的记载,以为此二句是说祭祀中或埋玉于地下或燔牲玉之礼(见马瑞辰《毛诗传笺通释》,页 767)。

② 笔者个人以为《白驹》中的"金玉",应释为钟和磬。

水平。

表 16：天子、诸侯、大夫、士之乐制等次

	天子	诸侯	大夫	士
乐悬	宫县（四面悬）	轩县（三面悬）	判县（二面悬）	特县（一面悬）
舞制	大舞	小舞	无	无
舞队	八佾（八八六十四人）	六佾（六六三十六人，一说六八四十八人）	四佾（四四共十六人，一说四八共卅二人）	二佾（二二共四人，一说二八共十六人）
金奏	钟、镈、鼓、磬以肆夏迎送宾出入以王夏	钟、鼓、(镈、磬)迎以肆夏送以陔夏出入骜夏	鼓 而 已，无钟磬无迎宾之乐送以陔夏	鼓而已，无钟磬无迎宾之乐送以陔夏
升歌下管	〔工六人、四大瑟〕"大琴、搏拊"	工六人、四瑟	工四人、二瑟	"工 四 人、二瑟"

案：表内加" "者不必备有，加( )者经传无明文，以意推之。

关于雅乐中舞队的人数，向有两说。根据《白虎通·礼乐》所
载，天子八佾即八八六十四人，诸公六佾即六六三十六人，诸侯
四四十六，未及大夫和士。其说是沿公羊家如何休、蔡邕等为
说。[1]《左传》襄公十一年载"郑人赂晋侯以师悝、师触、师蠲，广车、
轫车淳十五乘，甲兵备。凡兵车百乘，歌钟二肆，及其镈磬，女乐二
八。晋侯以乐之半赐魏绛"。曾撰《乐书》二百卷的宋代学者陈旸，
即据此以为每列皆八人，故天子"八佾"六十四人，诸侯六八四十

---

[1]　陈立《白虎通疏证》，北京：中华书局，1994 年，页 104—106。何休说见《春秋公
羊传注疏》，卷三，页十三，《十三经注疏》本，页 2207。

八，大夫三十二，士十六人。[1]究竟孰是，因缺乏文物资料和其他文献资料，难下定论。关于舞制与升歌所用工数亦无可考。然考古发现之乐器，则使我们得以瞥见西周礼乐真正所用的器物与制度。

现存的出土西周乐器，其所出之地主要集中于关中地区，亦即周京宗周的所在地。然所发现的乐器种类非常有限，只有三种：钟、磬和埙。

1. 钟

钟为周代礼乐最重要的乐器。众多文献资料均显示，钟磬的数量及其乐悬的编排方式象征着使用者或拥有者的权力和等级地位。雅乐制度中，周天子是采用四面悬的制度，每面悬钟八；诸侯只悬东、西、北三面；大夫，悬东西两面；士只能悬东面。每面所悬之钟应有八或十六之数。[2]这种乐悬的制度跟用鼎用簋制度一样，都是周人用以区别各贵族的身份等级和权力的制度。

从现有的考古资料来看，雅乐的钟，最初只有甬钟和钮钟两种。钮钟出现于西周后期，春秋时期始于中原地区广泛发现。西周之时，广泛用于雅乐的为甬钟，此由关中地区所发现的西周时期乐钟均为甬钟可知。而年代属穆王以前，也就是西周早中期的编甬钟，都只有三件成组。[3]直至西周中晚期（懿孝时期），八件一组的编甬钟才出现，并成为最常见的组合，如微氏家族的癲钟，[4]以

---

① 陈旸《乐书》第 15 卷《礼记训义·乐记》，景印《文渊阁四库全书》本，台北：商务印书馆，1986 年，册 211，页 102。

② 郑玄注《周礼》认为一面应有一肆之数，即由十六件钟与十六件磬所组成。然其说很可能是加倍夸大了钟磬一堵之数。我理解所谓"全为肆，半为堵"是说有钟有磬谓之全，而悬钟不悬磬，或者只悬磬而不悬钟则为堵（镨）。说见前。

③ 方建军《西周早期甬钟及甬钟起源探讨》，《考古与文物》，第 69 期（1992 年 1 月），页 33。

④ 出土癲钟共四式：Ⅰ式一件；Ⅱ式四件与Ⅳ式三件为一组，据测音结果，缺一尾钟，原套应为八件；Ⅲ式六件，据大小及测音，缺二件，原套亦应为八件。见李纯一《中国上古出土乐器综论》，页 188—191。

及夷厉时期的中义钟、柞钟等。八件的组合似乎是西周晚期之通制,[1]而八件一组正合《周礼》半堵之数。

由此观之,雅乐制度在文献记载与考古资料之中,有很明显的差距。就文献所示,周公所创始的礼乐制度是严谨完备之制,然就考古资料来看,周人所使用之乐钟,在西周晚期以前,无论是数量还是类型均逊于殷民族。

甬钟应为周人受商钟影响所创制的乐钟类型。庸原为中夏地区商王室贵族常用乐钟类型,至西周时期似乎已不再出现。而西周早中期,乐钟在中夏地区近乎绝响,再度出现乃在西周中期以后。考古发现的中夏各国最早的乐钟,当属河南平顶山所发现的三件成组的编甬钟。[2]中夏地区的乐钟为宗周形式而非商形式,这意味着宗周对地方诸国的乐钟使用很可能有着严格限制。周克商致使商钟自身的发展脉络中断,而变为中夏诸国的周廷礼制的一部分。

表 17:殷墟时期与西周时期铜钟的类型分布[3]

时　期	关中周原遗址及其周边地区	中夏殷墟及其周边地区	江汉流域
殷墟一期二里冈至武丁时期		1)贮庸 最早的编庸、大回纹,著录于商承祚《十二家吉金图录》(南京:金陵大学中国文化研究所,1935 年)。	

---

① 方建军(《陕西出土之音乐文物》,西安:陕西师范大学出版社,1991 年,页 15—39)对甬钟的形制、纹饰、演变均有所论述。李纯一(《中国上古出土乐器综论》,页177—245)则对甬钟有更详尽的讨论。

② 这三件甬钟窖藏出土,形制与陕西长安县长由墓出土的编甬钟相同。见李纯一《中国上古出土乐器综论》,页 183—184。

③ 下表以李纯一、方建军等考古音乐学家最近的研究为基础。

（续表）

时　期	关中周原遗址及其周边地区	中夏殷墟及其周边地区	江　汉　流　域
殷墟二期 武丁末及祖庚、祖甲时期		1) 亚𠵼庸 数量未闻、大回纹、殷墟二期，著录于黄濬《尊古斋所见吉金图》（北京：尊古斋，1936 年）。 2) 五件亚弜①庸 （图 15）五件一组的编庸，1976 年河南安阳 M5 妇好墓出土。 3) 三件凵庸 三件一组的编庸、绵羊角兽面纹，1983 年殷墟大司空村东南 M663 墓出土。	1) 1989 年于江西新淦大洋洲发现三件独立的句鑃。 2) 1989 年于江西新淦大洋洲发现的一件镈。
殷墟三期 廪辛至文丁时期		1) 三件专庸 三件一组、大回纹，河南安阳殷墟。 2) 亚宪庸 数量未闻，河南安阳。 3) 鍕庸 数量未闻，河南安阳。	1) 湖北阳新刘荣山发现两件独立的句鑃。 2) 浙江余杭发现一件句鑃。 3) 湖南出土、北京故宫博物院收藏的一件句鑃。

---

① 《说文解字》释此字为"彊"。王国维认为此字为"柲"之假借，"柲"所以辅弓。见王《观堂集林》，卷一，页 288—289。

(续表)

时　　期	关中周原遗址及其周边地区	中夏殷墟及其周边地区	江汉流域
殷墟四期帝乙和帝辛（纣王）		1) 三件中庸（图16） 三件一组、水牛角兽面纹,1974 年殷墟西区 M699 出土。 2) 三件爰庸 三件一组、饕餮纹、柄中空,1991 年晚商安阳戚家庄 M269。	1) 湖南宁乡黄才发现的一件句鑃。 2) 湖南湘乡狗头坝发现的一件句鑃。 3) 湖南宁乡师古寨发现的一件句鑃。
晚商		1) 亚丑庸 数量未闻,河南安阳。 2) 三件○庸 三件一组、大回纹,1958 年河南安阳大司空村 M51。 3) 三件庸 三件一组、饕餮纹、柄中空,1953 年晚商大司空村 M312 出土。 4) 三件庸 三件一组,1958 年河南安阳薛家庄 M8。 5) 三件庸 三件一组,1974 年河南安阳殷墟西区 M765。 6) 三或四件庸	1) 湖南宁乡龙发现的一件句鑃。 2) 湖南宁乡北峰滩发现的一件句鑃。 3) 湖南宁乡、浏阳和望城亦发现了很多单件的句鑃。

（续表）

时　期	关中周原遗址及其周边地区	中夏殷墟及其周边地区	江汉流域
晚商		三或四件一组，河南安阳西北冈 M1083。 7）三件庸 三件一组，1991年河南安阳郭家庄 M160。 8）三件庸（图17） 三件一组，河南温县小南张。	
前1049/45—前978西周初期（武、成、康王）	1）一件特庸 BZM13：9，商型式、动物纹饰，陕西竹园沟发现，时期为晚商或周初。① 2）三件甬钟（图18） 三件一组、80BZM7：10—12、云纹，1980年陕西竹园沟 M7（強伯格墓）发现。		1）江西新余、靖安、泰和及清江发现几件单件的句鑃。 2）浙江长兴及磐安发现几件单件的句鑃。 3）湖南资兴、醴陵、衡阳、耒阳、长沙、湘乡和株洲发现大量单件的句鑃。 4）江苏江宁发现的一件句鑃。 5）安徽南陵发现的一件句鑃。

① 考古学家一般认为此为周初之物。见宝鸡市博物馆《宝鸡強国墓地》，北京：文物出版社，1988年，页49—50。方建军（《河南出土殷商编铙初论》，《中国音乐》，1990年第20期，页67—76）疑此为晚商之物。

（续表）

时　期	关中周原遗址及其周边地区	中夏殷墟及其周边地区	江　汉　流　域
前 977/75—前 900（昭、穆、共王）	1）三件甬钟（图 19）三件一组、74BRM1：28—30、云纹，1974 年陕西宝鸡茹家庄 M1（弜伯䚪墓）发现。2）三件甬钟三件一组、长由：2—4、云纹，1954 年陕西长安普渡村长由墓发现，西周中期（穆王）。3）两件甬钟两件一组、应侯之物，其一于 1974 年陕西蓝田出土，另一则收藏于日本。	1）三件甬钟三件一组，1980 年河南平顶山魏庄。	
前 899/97—前 866（懿、孝王）	1）陕西扶风发现了一些特甬。		1）湖南资兴天鹅山发现的一件句鑃。2）江西萍乡出土的两件甬钟。

（续表）

时　期	关中周原遗址及其周边地区	中夏殷墟及其周边地区	江 汉 流 域
前865—前842/28（夷、厉王）	1）三件镈，为一组；及十件甬钟，为三组（2、4、4），1985年陕西眉县。 2）七件瘷甬钟，八件一组，缺最末一个，1976年陕西扶风庄白发现。 3）六件瘷甬钟，八件一组，缺第三、第四个，1976年陕西扶风庄白发现。 4）八件中义甬钟，为一组，1978年陕西扶风上宋。 5）四件甬钟，陕西耀县丁家沟。 6）两件井(邢)叔甬钟，陕西长安张家坡M163。		1）江西新余发现一件句鑃。 2）1965年湖南湘潭洪家峭出土两件甬钟，为一组。 3）湖南衡阳、湘乡、宁乡、湘潭和浏阳均发现特甬。 4）湖北武昌湖泗出土三件甬钟，为一组。 5）浙江萧山杜家村发现一件甬钟。
前841—前771（共和、宣、幽王）	1）一件克镈，三件一组；及几组甬钟，1890年陕西扶风法门寺任村。 2）山西芮城、洪洞及山东黄县均发现特甬。	1）两件钮钟九件一组，发现者为第一与第九，西周末春秋初期虢国之物，1956年河南陕县上村岭出土。	1）河南衡阳、资兴、浏阳镈(图20)。 2）河南临武、宁乡、湘潭、株洲均发现特甬。

（续表）

时　　期	关中周原遗址及其周边地区	中夏殷墟及其周边地区	江　汉　流　域
西周晚期	1）陕西凤翔、长安、临潼、扶风发现的特甬。	1）两件甬钟，山东黄县归城遗址出土。	1）浙江鄞县韩岭发现一件甬钟。 2）安徽黄山发现一件甬钟。

图 15：亚弜庸

（李纯一《中国上古出土乐器综论》，图 13）

图 16：中庸

（李纯一《中国上古出土乐器综论》，图 14）

图 17：温县小南张商庸

（吴钊《追寻逝去的音乐遗迹：图说中国音乐史》，图 4.24）

图 18：陕西竹园沟甬钟

（李纯一《中国上古出土乐器综论》，图 25）

图 19：陕西茹家庄甬钟

（李纯一《中国上古出土乐器综论》,图 26）

图 20：湖南衡阳所发现的镈

（李纯一《中国上古出土乐器综论》,图 20）

2. 磬

就目前陕西发现的音乐文物来看,商代晚期周人的乐器只在蓝田怀真坊发现了一个特磬。[①]此磬以石灰石打制,高 28 厘米、长 71 厘米、厚 6—10 厘米,表面粗糙不平,型式与 1973 年殷虚小屯洹水南岸殷代王宫遗址区出土的殷人龙纹磬相似,为晚商时期之物,然制作粗糙,[②]明显受到商磬的影响。

而晚商石磬中有所谓倨顶类型,也就是西周雅磬的直接前身样式。这种石磬在关中地区一直到西周中期才出现。[③]李纯一将商周石磬分为主要的四大类型,四大类型下,又依照石磬的形制分为不同的小类。他指出在关中一再发现的石磬,其形制均从晚商标准型式中进一步发展而来。此外,编磬习见于商代,且通常以三件为一组,而关中地区的编磬,则至西周中晚期方出现。[④]我国西周时期的编磬出土数量远逊于殷周时期,李纯一所举四例,又都集中在陕西地区,且都属于西周晚期。中夏地区迄今未见西周时期的编磬。

表 18：殷墟时期与西周时期石磬的类型分布

时　期	关中周原遗址及其周边地区	中夏殷墟及其周边地区	江汉流域
殷墟一期二里冈至武丁时期	1) 特磬:石灰岩,Ⅲ2 式,高 28 厘米、长 71 厘米、厚 6—10 厘米,表面粗糙不平,陕西蓝田怀珍坊出土。[⑤]	1) 三件特磬:Ⅳ2 式,高 22 厘米、长 55.4 厘米,磨制,1972 年河北藁城台西西村二里头上层或稍晚商墓出土。	

----

①　方建军《陕西出土之音乐文物》,页 5—7。

②　方建军《陕西出土之音乐文物》,页 7。

③　长安张家坡出土的一件西周中期弧顶平底石磬,及其他倨顶型凹底西周中晚期石磬都是承袭晚商磬的形制发展而来。见方建军《陕西出土之音乐文物》,页 7。

④　1980 年在扶风召陈乙区发现的 68 块残片,经拼合复原十五件。十三件阴刻夔纹,两件素面无纹。这些是陕西地区发现的最早的西周编磬,时当懿孝时期。见罗西章《周原出土的西周石磬》,《音乐与文物》,1988 年第 6 期,页 84—86。

⑤　见方建军《陕西出土之音乐文物》,页 5—7;李纯一《中国上古出土乐器综论》,页 41。

（续表）

时　期	关中周原遗址及其周边地区	中夏殷墟及其周边地区	江汉流域
殷墟二期武丁末及祖庚、祖甲时期		1）特磬:石灰岩,Ⅰ2式,高6.8—8厘米,长25.6厘米,长条形,股端弧曲而较宽、鼓端平直而较窄,磨雕而成,鸱鸮纹,1976年殷墟小屯殷墟文化二期妇好墓出土。 2）特磬:碳酸盐岩,Ⅰ2式,高44厘米、长8.5—12厘米、厚2.4—3.2厘米,形如圭,磨制,1976年殷墟小屯殷墟文化二期妇好墓出土。 3）特磬（图21）:大理石,Ⅲ1式,高42厘米、长84厘米、厚2.5厘米,磨雕而成,虎纹,1950年殷墟武官村殷墟文化二期商王妾墓出土。	
殷墟二期武丁末及祖庚、祖甲时期		4）三件编磬:石灰岩,分别高42厘米、长97厘米、厚4厘米;高32厘米、长51.5厘米、厚4厘米;高30厘米、长47厘米、厚4.2厘米,股和鼓凸出,1976年殷墟小屯殷墟文化二期妇好墓出土。	
殷墟三期廪辛至文丁时期		1）特磬:石灰岩,Ⅲ2式,高35厘米、长59厘米、厚2.4—4.2厘米,磨制,与木制特磬架一同于1935年殷墟侯家庄殷墟文化三期西北岗王室大墓出土。	

（续表）

时　期	关中周原遗址及 其周边地区	中夏殷墟及其周边地区	江汉流域
殷墟四期 帝乙和帝 辛(纣王)		1) 特磬:砂岩,Ⅰ1式,高 34 厘米、长 76 厘米,打琢磨制 而成,1974 年殷墟西区四期 商贵族墓出土。 2) 五件编磬:石灰岩,分别 为Ⅲ2式、Ⅲ1式、Ⅳ3a式、Ⅳ 4式和Ⅰ2式,分别高 36 厘 米、长 67.4 厘米、厚 4 厘米; 高 27.4 厘米、长 53 厘米、厚 2.5—3 厘米;高 32.6 厘米、 长 60 厘米、厚 2.4—3 厘米; 高 33 厘米、长 62 厘米、厚 2.9—4 厘米;高 26.3 厘米、 长 60.5 厘米、厚 2.6—4 厘 米,形状各异,打磨兼制而 成,有类似鸟兽的图案,1972 年殷墟西区四期 M93 墓 出土。	
晚商		1) 特磬:石灰岩,Ⅱ2式,高 28 厘米、长 88.3 厘米、厚 2.5—4.6 厘米,磨雕而成,龙 纹,1973 年殷墟小屯洹水南 岸殷王宫建筑遗址出土,应 为晚商之物。 2) 三件编磬:沉积岩,Ⅳ3a 式,分别高 12 厘米、长 40 厘 米、厚 2.4—3.1 厘米;高 11.7 厘米、长 36.7 厘米、厚	

(续表)

时　期	关中周原遗址及 其周边地区	中夏殷墟及其周边地区	江汉流域
晚商		2.5—2.8 厘米;高 11.2 厘米、长 37.8 厘米、厚 2—2.3 厘米,三件有不同的铭文,三角形,磨制,殷墟出土,晚商之物,现藏故宫博物院。 3) 特磬:白色石灰岩,Ⅲ 1 式,高 18 厘米、长 38.8 厘米、厚 2.5 厘米,磨制,1976 年山西灵石旌介的当地贵族墓出土,晚商之物。	
前 1049/45—前 978 西周初期 (武、成、康王)			
前 977/75—前 900 (昭、穆、共王)			
前 899/97—前 866 (懿、孝王)			
前 865—前 842/28 (夷、厉王)	1)矢国墓中的约十件编磬:其一完整保留,Ⅳ 3a 式,石灰岩,粗磨而成,1969 年陕西宝鸡贾村原 M157 出土。 2) 井(邢)叔墓的五件编磬:两件完整,		

（续表）

时　期	关中周原遗址及 其周边地区	中夏殷墟及其周边地区	江汉流域
前865— 前842/28 （夷、厉王）	为 IV 3a 式和 IV 3b 式，大理石，精磨而 成，1984 年陕西长 安 张 家 坡　M157 出土。		
前841— 前771 （共和、宣、 幽王）	1）上层贵族或王居 住遗址中的三件编 磬(图 22)：石灰石， IV 3b 式，细磨精雕 而成，夔纹，1980 年 陕西扶风周原召陈 乙区出土。 2）编磬之其中一件 (图 22)：砂质石料， IV 3b 式，磨制，1982 年 陕 西 扶 风 云 塘 出土。		

图 21：陕西武官村特磬

（李纯一《中国上古出土乐器综论》,图 7）

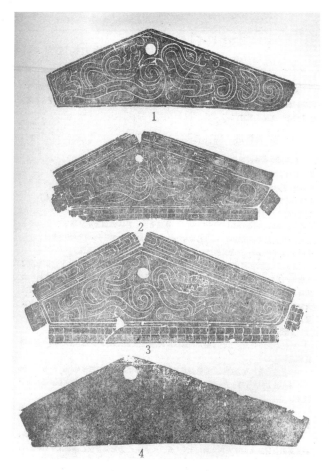

图 22：陕西扶风召陈村乙区三件编磬及扶风云塘特磬
(李纯一《中国上古出土乐器综论》,页 49)

3. 埙

从考古资料来看,殷埙的出土数量远远超过西周埙。现今所发现的殷埙多集中在河南北部,与周埙相比,其型制、纹饰均更为完善。考古学家至今仍未能于关中地区发现先秦时期的埙。

表 19：殷墟时期与西周时期埙的类型分布

时　期	关中周原遗址及其周边地区	中夏殷墟及其周边地区	江汉 流域
殷墟一期 二里冈至 武丁时期		1）埙：黄陶，手制，Ⅳ 1a 式，一指孔，高 3.44 厘米，腹径 2.8—3.1 厘米，1955 年郑州铭功路出土，中商。 2）埙：灰陶，磨制，残存前左半边，Ⅳ 1a 式，三指孔呈"品"形，高 8.4 厘米，腹径 4.6—6.2 厘米，1950 年郑州二里冈出土，中商。 3）埙：白石，Ⅰ 3b 式，三指孔在前、两指孔在后，残高 7.65 厘米，腹径 5.42 厘米，1935 年河南安阳西北冈 M1550 出土，殷墟文化二期。	
殷墟二期 武丁末及 祖庚、祖 甲时期		1）三件埙：灰陶，磨制，Ⅰ 3a 式，三指孔在前、两指孔在后，分别高 9 厘米，胫径 2.7 厘米（图 23）；高 9.2 厘米，胫径 2.8 厘米；高 5.2 厘米，胫径 1.6 厘米，1976 年河南安阳小屯妇好墓出土，殷墟文化二期。 2）三件埙（图 24）：黑陶，磨制，Ⅰ 3a 式，三指孔在前、两指孔在后，分别高 4.3 厘米，腹径 3.1 厘米；高 4.3 厘米，腹径 3.1 厘米；高 7.3 厘米，腹径 5.1 厘米，1950 年河南辉县琉璃阁出土，殷墟文化二期。	

(续表)

时　期	关中周原遗址及其周边地区	中夏殷墟及其周边地区	江汉流域
殷墟二期武丁末及祖庚、祖甲时期		3) 两件埙:其一为兽骨、另一为白陶,Ⅰ3a 式,三指孔在前、两指孔在后,分别高 5. 34 厘米,腹径 2. 85 厘米;高 6. 62 厘米,腹径 3. 25 厘米,1935 年河南安阳西北冈 M1001 出土,殷墟文化二期。 4) 埙:灰陶,磨制,Ⅰ3a 式,三指孔在前、两指孔在后,高 9. 4 厘米,腹径 5. 2 厘米,1959 年河南安阳小屯出土,殷墟文化二期。 5) 埙:灰陶,磨制,Ⅰ3a 式,三指孔在前、两指孔在后,高 9 厘米,腹径 5 厘米,河南洛阳征集,殷墟文化二期。	
殷墟三期廪辛至文丁时期			
殷墟四期帝乙和帝辛(纣王)			
晚商			1) 埙:红陶,磨制,Ⅱ1 式,一指孔,高 5. 8 厘米,腹径 6. 2 厘米,1956 年于江苏南京安怀村发现。

（续表）

时　期	关中周原遗址及其周边地区	中夏殷墟及其周边地区	江汉流域
前1049 —前771 西周		1) 两件埙:灰陶,磨制,Ⅰ3a式,三指孔在前、两指孔在后,约高5厘米,于河南洛阳M341发现。	
前770— 前222 东周		1) 太室埙:陶,磨制,Ⅰ3a式,三指孔在前、两指孔在后并成纵列,高9.9厘米,腹径5.3厘米,19世纪末于山东青州发现。 2) 韶埙:陶,磨制,Ⅰ3a式,3三指孔在前成倒"品"字形、两指孔在后成纵列,高8.2厘米,腹径6.2厘米,19世纪末于山东青州发现。	

图23：河南安阳小屯妇好墓出土的埙
（吴钊《追寻逝去的音乐遗迹：图说中国音乐史》，图4.35）

图 24：河南辉县琉璃阁三件埙
（吴钊《追寻逝去的音乐遗迹:图说中国音乐史》,图 4.36）

六、涵化后商周音乐有等差的融合：
《诗经》中大小《雅》的来源

通过对雅乐制度及其制度化的分析,有几个要点已渐明确。首先,所谓雅乐,其主体应继承自夏—周的音乐传统,并吸收了大量商代的音乐元素而形成。据以上的研究,雅乐一般以金奏"九夏"开始。金奏源自商代祭祖时的乐器演奏——庸奏,因此,最初金奏是作为商代的文化遗留,于周室宗庙礼仪中演奏的。继之而起,则为歌者(工)登堂歌颂先祖,即所谓"升歌","升歌"看起来仍有商代遗风,天子所用之唱词一般均为《清庙》。至于"大舞"则为雅乐演出的最主要部分。周代礼乐中的六大舞,其中有五种乃周人采自周以前五代古乐的组合,而一种称为《大武》的则为周人所创,用以纪念他们征服商人的事迹。就传统文献看来,六大舞中,有二舞最为常用,即周人称为夏代遗留的《大夏》和结合商周音乐而成、并且盛行至晚周的《大武》。故此,传统以为雅乐是由周统治者创制的看法,并不合理,实则雅乐是两个相对独立的文化实体——商和周——以军事征服的方式全面接触下所产生的乐作。故雅乐实为两个不同的族群经过文化交流与融合后的产物。

其次,以上的研究指出,所谓雅乐并非如传统学者所想,为一人于短时期内的创制,雅乐的制度规定及其制度的改进是历经数代逐渐形成的。虽然周公很可能是首先创制雅乐制度的人,但他并不是雅乐的唯一创制者。上文已指出,周人之受商代音乐所影响,正为雅乐得以创制的一个重要因素,而这种创制的过程亦明显远早于周公摄政时期。以上的研究显示,雅乐的其中一个重要部分《武》曾于周武王检阅牧野时演奏,其时周公还只是无足轻重的人物。从上文所绘的一系列的图表中,亦可清楚看到,周代礼书和其他文献中所描述的很多雅乐元素,均为晚出的资料,其中往往融入了春秋时期的儒者为了歌颂周公而想象出来的完美景象。笔者对《雅》这一部分诗歌的时序研究,以及雅乐活动中不同阶层的结构分析,均说明了雅乐的部分制度限制,特别是有关诸侯和贵族的,很可能是于较晚的时期才创制和实行的,其出现时间至迟当于西周中晚期。

此假设得自文本的对比研究,亦为西周乐器类型分布的考古资料所支持。考古资料同时揭示了雅乐演出的主要乐器种类,在西周中晚期以前并未得到完全的发展。换言之,周代雅乐在公元前 9 世纪下半叶以前,并未达致它的最终的形式,而此时已远后于周公之卒年,亦远晚于之前学者所假定的雅乐形成的时间。

另外,上文亦分析了雅乐制度影响所及的范围。传统的说法以为雅乐制度为西周全部领土均奉行之制,当中包括了前商的核心领土,以及周的主要封国。然考古音乐学家对周中心区域音乐文化的地方特点的调查,却证明了宗周所在的关中地区,其考古音

乐学上的发现比起西周领土的其他地方要更丰富、更精细,且具有
更多样的类型学特征。而对文献资料的重新研读亦证明了这一
点,同时根据现有文献资料,可以确定的是在西周早期天子的礼乐
规制已经出现,至于诸侯、大夫、士的礼乐规制,则很可能是后来的
礼学家想象和构造为西周早期的创制,实则这些规制在西周中晚
期以前均未出现,且其出现以后亦都只行于宗周之地。故此,商周
的音乐文化接触应导致了两种不同的转化方向。一方面,在周室
直接管辖之地,雅乐出现,并逐渐发展起来,且渐渐得以系统化。
然雅乐的制度化实经过了接近两个世纪才臻于完善。另一方面,
在以往商所统治的中原地区,除了关中地区外,雅乐实未能在这片
广阔的领域中散播,而这种情况亦一直持续至西周晚期。

　　此外,《大雅》《小雅》和《周颂》里的颂歌,其歌词均创作于并
收集于西周及西周以后不久的时间内。这些诗的风格和形式的转
变,正反映了关中地区商周音乐文化聚合所导致的音乐文化移植
现象。本章前面的部分提到的《周颂》所保存的颂歌,展示了周初
周人对商贵族祭祖所用礼乐的模仿情况,尽管二者撰作时间有别,
仍不难看出其传承关系。二雅的颂歌显示了周贵族试图通过"颂"
文体规则的复新,来展示自己在文化意义上的特点。《文王》(《毛
诗》235)、《生民》(《毛诗》245)、《公刘》(《毛诗》250)、《緜》(《毛诗》
237)、《皇矣》(《毛诗》241)和《大明》(《毛诗》236)这些颂歌,均由一
系列约作于周初的祖传乐歌所组成,可见周的上层人物力图通过
改进商代的"颂"歌风格,来达到自我标榜的目的。押韵、分章和重
章叠句的修辞技巧,均代表了当时诗歌领域的巨大转变。

　　虽然《大雅》中诗歌的主题转变可以察见,但此部分中的大部
分诗为后来者模仿周初之作,则又毋庸置疑。笔者以为《大雅》中
的诗歌大部分都应是礼乐中的执行者用以在堂上唱颂的,如《文
王》、《大明》和《緜》便应作为雅乐"升歌"部分的诗歌。而这些诗歌

的作者身份亦应为朝廷乐工，或一些为周室服务的文官。

　　至于《小雅》之诗则为更晚的创作。其主题十分多样，如讽刺战争、社会不平和社会规条；文官倦困、个人苦难或劳役的控诉；歌颂成功的远征、历史人物、爱情和其他感情，这么广泛的主题反映了这些诗的作者来自不同的社会阶层。而《小雅》的诗歌亦应收集自宗周附近之地，且为雅乐所用，如《鹿鸣》、《鱼丽》及其他上文提到的诗歌。

第四章

古文字中的"南"及《诗经》中的"二南"

一、《诗经》中的"南"

《诗大序》将《诗经》的诗歌分为四部分,即"风"、"小雅"、"大雅"及"颂",是为"四始"。自汉代起,学者便逐渐接受这种分类。"四始"之说该是源于毛亨的释义,而早在毛氏之前,《左传》襄公二十九年(前 544)记吴季札适鲁观乐事,所见诗之次序与《毛诗》名目次序略同。所异者为季札所观之《豳风》、《秦风》在今本毛诗《魏风》、《唐风》前。不过,季札却没有提及"四始"之名。《左传》襄公二十九年云:"(季札)请观于周乐。使乐工为之歌《周南》、《召南》,曰:'美哉! 始基之矣,犹未也。然勤而不怨矣。'"则"周南"、"召南"之名具在,与邶鄘卫等相并举,则二南与其后之十三国(或地)之风,春秋时即与今本毛诗略同,固无可疑也。

惟"南"之义,先儒各有所说,自汉至今,迄未能一。《诗大序》谓文王之化自北而南也。汉儒后郑(郑玄)与焦赣(延寿)皆因"正

始之道,王化之基",而以王者之道,始于家,终于天下解之。唐成
伯璵袭旧说,以为"诸侯之诗,谓之国风,校其优劣,以为次序。周
召二南之风,圣人之诗,以为正经,故处众国之首"。自汉以下,信
古者皆持是说。而宋儒疑古,自郑樵(1104—1162)、王质(1135—
1189)和程大昌(1123—1195)始以音乐体式之不同,释"南"与"风"
义之别,宋代学者将传统的"风"中的十五国风,分成"南"和"风"两
部分。其中"南"的部分由"周南"及"召南"组成,其余十三个则归
于"风"的名下。因此,《诗经》又重新被分类为"南"、"风"、"雅"、
"颂"。本章将指出,宋儒分"南"、"风"为二,是有根据的。"南"作
为《诗经》的其中一部分,实是源于一种古乐器之名,而这些乐器则
与不同的乐式及其所流行的区域有关。

　　借助现代考古学日新月异的发展,又经重新征诸载籍,笔者认
为,"风"、"雅"、"颂"、"南"之称,本为乐器与地域名。具体而言,
"雅"、"颂"、"南"本是具有地方色彩的不同乐钟,而"风"则本为普
通乐器总称。关于以上问题的阐述,见于笔者1999年的博士论
文。①关于"南"字的本义,虽在论文和其他文章中有所表述,然语
焉未尽。在《说南:再论〈诗经〉的分类》一文中,笔者在近代考古及
古文字学家郭沫若(1892—1978)和唐兰(1900—1979)等先生的研
究基础上,就"南"字提出一个字源学上的假说,认为"南"本应含
"初生之竹"之义,象早期一种竹木制筒形器物,并由此进一步阐释
它在刻画文字资料以及文献资料中,中心义(central meaning)与
边际义(marginal meaning)之关系,指出其后用来指称南方的钟
镈类乐器,进而代表南方某种特定的音乐体式。②在该文的基础

---

　　①　"From Ritualization to Secularization:The Shaping of the *Book of Songs*,"
Ph. D　Dissertation,Madison:University of Wisconsin,1999.

　　②　见拙作《说南:再论〈诗经〉的分类》,《"中研院"中国文哲研究集刊》,第12期
(1998年3月),页365—403。

上,笔者进一步阅读资料,加强论证,并且就《周南》、《召南》所产生的地域和时间作出考证,进而指出二南之诗,大部分非民间作品,而是贵族文人的创作。

"南"、"风"、"雅"、"颂"之名,由宋代《诗经》学者郑樵、王质和程大昌等始发现是按其乐类而分。而有清诸儒,轻视宋学,宋儒所提出来的乐式分类理论,未予以足够重视。近世学者如张西堂、何定生、刘节(1901—1977)等,复采掇宋儒遗说。而刘节更以吉金史传之文为证,于二南之为名、地域与时代皆有所见,其文贯穿史传彝铭,颇多胜义。①然刘节初稿撰于 1934 年,始刊《禹贡》第 11 卷第 11 期。囿于当时资料,其说亦多有可修订者。

数十年以来,考古学、古文字、古史等方面学术的发展,可谓日新月异。得益于现代诸多音乐考古学家的研究成果,特别是李纯一、高至喜、方建军、罗泰、朱文玮和吕琪昌等,笔者能够就乐钟的类型及分布有一粗浅的认识,二南之"南",本源于"南"这类乐钟所代表的具有地方色彩的乐式。《诗经》中"南"、"风"、"雅"、"颂"之名,大抵皆与音乐或乐器有关。"风"最初为普通管弦乐器的代称,又进而成为各地具有民间色彩的音乐的代称;"颂"则源自商代流行的乐钟,也就是前人所称的"铙",李纯一所说的"庸"(或"镛"),商代贵族或宗室用于祭祀、飨宴乃至军旅。而"雅"(即"夏"),源自关中宗周地区的流行于周代贵族中的编悬的甬钟和钮钟,及相关的音乐体式。《诗经》的编排,我相信编者既考虑到了乐体之殊,同时也考虑到了地域之不同。本章着重讨论"南"字的由来及二南诗的内容和地域等问题。

在商、周换代之际,周公及召公征服了南方地区,并以周之名在商及一些蛮族的领土上建立了封国。因此,不同的文化之间发

---

①　刘节《周南召南考》,《古史考存》,香港:太平书局,1963 年,页 95—107。

生冲突,并渐渐相互渗透、融合起来。周朝的贵族成为了新领土的主人,在政治上将江汉地区变成了殖民地,但在文化上却仍从属于该地区的被征服者。这就是说,晚商的音乐文化在江汉地区继续发挥着它的影响力。在较早的阶段,音乐及诗歌在许多方面仍然是相互依赖的。《周南》及《召南》诗提供了一部关于周代前半期流行于江汉地区的诗歌选集。这些诗歌虽然没有留下早期的抄本或音乐旋律能令它们得以被之管弦,重新歌唱,但从汉代学者对方言的研究成果可知这些诗歌仍然保存了地方特色。只要我们深入探讨这些诗歌的内容,便可知这些诗歌大概是源于南方的音乐作品。其中很多是江汉地区各国贵族的雅乐。南方雅乐是一种由晚商时期发展过来的乐式,进入周王朝以后,它仍保留了主要部分的完整性。看起来,根据不同的音乐体式及地缘因素,早期的《诗》编辑者区分了不同乐式的诗歌,并以此来标示《诗经》中的从不同文化中孕育出来的作品。

二、关于"二南"名称的来源

(一)"南"作为方位词

在十五国风中,只周、召独冠以南,这种不寻常的现象早在汉代就引起了学者们的注意。今古文四家诗中,今文鲁齐韩三家早在文景之世就立教授,古文毛诗到平帝时才立于学官。东汉学者,贾(逵)马(融)郑(众)卫(宏)等始治古文经。随着郑(玄)笺的流行,三家诗逐渐散佚,而毛诗巍然独存。然现存的有关鲁诗的资料只是说周南在洛阳一带。四家诗中,只有毛诗之说完备。在毛序和毛传的作者看来,所谓"南"是方位名词的动词用法,和国风"风"字之名词用为动词相似。《毛序》说:

> 风,风也,教也。风以动之,教以化之。①
>
> 上以风化下,下以风刺上。主文而谲谏。言之者无罪,闻之者足戒,故曰风。②

基于对"风"的这一认识,《毛序》的作者对"南"也作出了类似的解释:

> 然则《关雎》、《麟趾》之化,王者之风,故系之周公;"南"言化自北而南也。《鹊巢》、《驺虞》之德,诸侯之风也,先王之所教,固系之召公。《周南》、《召南》,正始之道,王化之基。③

《毛诗》显然是把"风"、"南"都当作动词来看,认为二者是说文王的教化传布。"南"在这里是"南行"之义,仿佛《后汉书》中所载"吾道东矣"的"东"一样,也是方位词借用为动词。"吾道东矣"是经学家马融(79—166)送别他的高足郑玄(127—200)赴洛阳时所发的感叹。按照《毛序》的解释,文王的教化借助周公和召公的力量传布到了南方。然而,以动词作标题毕竟很少见,《毛诗》的这一说法仍不足以令人信服。于是,郑玄根据《毛诗》的这一解释,作了进一步的发挥。他首先明确地指出了周、召二公的初封领地位于岐山之南。④而"周南"、"召南"盖指周召二公所推行的文王仁政无远不及,远被于江汉之地。

在宋代,《毛诗》的正统性遭受到了许多学者多方面的怀疑,理学家朱熹(1130—1200)甚至认为汉儒,特别是毛郑等人对《诗经》

---

① 《毛诗正义》卷一之一,《十三经注疏》本,页 1—2。
② 同上书,页 3。
③ 同上书,页 5。
④ 谭其骧《中国历史地图集》定古岐山的位置于今陕西岐山县东北约二十公里处。而周公之周在今岐山北约五公里,召于今岐山以西二三公里,均在古岐山之南。见谭其骧《中国历史地图集》,上海:地图出版社,1982 年,第一册,第 19 页。

的诠释多不可信。朱熹主张弃序言诗,然而,在周召二南的问题上,朱熹却接受了毛郑的观点。朱熹《诗序辨说》:"王者之道始于家,终于天下,而二南正家之事也。"①按照《诗序》的解释,德化借助周公和召公的力量传布到了南方。朱熹更进一步指出,所谓"周南"、"召南"应泛指周室以南、江汉流域一带的小国,统称为"南国"。②

　　然而,这说法也有明显的漏洞。从地理方位上来看,江汉之地远在关中的东南,并非位于岐山的正南。且江汉广袤千里,若以岐山之阳的周召两小国命名之,殊无道理。从现存的文献及考古资料来看,周人自太王古公亶父从山西一带迁于今关中地区以来,一直到武王伐商,其主要活动范围基本上限于关中地区。虽然有人怀疑文王时期江汉地区已游离出商王朝的统治,而倒向周,但文王"三分天下有其二"之说毕竟缺乏坚实的证据。所以,所谓"二南"之诗反映了文王之化自北而南之说,固不足深信。

(二)"南"为诗之一体

　　"南"作为诗体之说,大概始于朱熹。他继承了毛郑之说,并主张"南"一如"雅",是一种诗体名称。他在论述《小雅·鼓钟》诗时指出:"雅,二雅也;南,二南也。"《鼓钟》全诗内容如下:

　　　　鼓钟将将,淮水汤汤。忧心且伤,淑人君子,怀允不忘。
　　　　鼓钟喈喈,淮水湝湝。忧心且悲,淑人君子,其德不回。
　　　　鼓钟伐鼛,淮有三洲。忧心且妯,淑人君子,其德不犹。
　　　　鼓钟钦钦,鼓瑟鼓琴。笙磬同音,以雅以南,以籥不僭。

朱熹以《鼓钟》为例,明确地将"雅"与"南"视为两种不同的诗体。

---

① 朱熹《诗序辨说》卷上,第4页,《续修四库全书》,第56册,页262。
② 朱熹《诗集传》,上海:中华书局,1958年,页1。

受朱熹的影响，清儒顾炎武（1613—1682）和崔述（1740—1816）也赞同这一说法。顾炎武指出，"周南、召南，南也，非风也"。并认为最初"南"和"风"属于不同的诗体，而汉儒不察，将"南"诗误归入"风"类，致使其千余年流落无归。①崔述在其《读风偶识》中也以为"南者，诗之一体"。②梁启超（1873—1929）在其《释四声名义》中又申述说，在《鼓钟》诗"以雅以南"一句中，既然"雅"是诗体之一种，那末，"南"当然也不例外。③

　　诗体之说，乍看起来，不无道理。而玩味之下，也显得捉襟见肘。首先，"风"诗与"南"诗，无论在题材上，还是在体裁、风格和文字上，诸如词法、句法、韵律上，还是在其他方面，诸如创意、结构、意境等方面并无明显的区别，而且与二雅，特别是《小雅》也不至于判然可分。仅仅依其名目"雅"、"风"、"南"之不同，而强为分体，毕竟是一种简单化的倾向。再者，诗体说之前提在逻辑上并不成立。在证成"雅"是一种诗体之前，便已据以推断"南"是诗体之一种，尚未足取信。

（三）"南"为音乐之一体

　　在宋人那里，除了朱熹对"南"的解释以外，更值得注意的是郑樵、程大昌和王质等人提出来的"乐体"说。郑樵最先注意到了《诗经》的音乐特性。④郑樵认为"周南"、"召南"本为地名，后作为乐

---

　　①　见顾炎武《日知录集释》卷 23，台北：商务印书馆，1956 年，页 1—6。

　　②　《崔东壁遗书》，上海：上海古籍出版社，1983 年，页 543。

　　③　梁启超《释四声名义》，《中国文学研究》，上海：商务印书馆，1927 年，页 1—2。

　　④　关于宋代学者对《诗经》音乐特性的再发现，可参见 Achim Mittag, "Change in *Shih ching*（*Shi Jing*）Exegessis：Some Notes on the Rediscovery of the Musical Aspect of the'Odes' in the Sung Period," *T'oung Pao*, 79（1993）：197—224.

体是由地名所系,"盖歌则从二南之声。二南皆出于文王之化,言王
者之化自北而南,周、召二公未尝与其间。二南之诗,后世取于乐
章,用之为燕乐、为乡乐、为射乐、为房中之乐,所以彰文王之德美
也"。至《诗·小雅·鼓钟》"以雅以南",此乐体已经固定。[①]王质在
他的《诗总闻》[②]中也明确提出来:"南,乐歌名也。见《诗》'以雅以
南';见《礼》'胥鼓南'。"[③]

　　程大昌也同意郑樵、王质之说,三家皆以为所谓"南",即季札
观乐时之"南籥",既是乐舞,亦是乐歌,乃独立于"风"之外的一种
乐式。程大昌亦引《礼记·文王世子》"胥鼓南"以为佐证。

> 　　《鼓钟》之诗曰,以雅以南,以籥不僭。季札观乐,有舞象
> 箾、南籥者,详而推之,南籥,二南之籥也;箾,雅也;象舞,颂之
> 维清也。其在当时亲见古乐者,凡举雅颂,率参以南。其后
> 《文王世子》又有所谓"胥鼓南"者,则南之为乐,古矣。[④]

按照程大昌的说法,《诗经》中二南之诗,与史籍中所见"南籥"这种
乐舞有很大的关系。所谓"南"既是一种乐歌,也是一种乐舞,乃是
诗、乐、舞三位一体的音乐形式。程大昌又说:

> 　　盖南、雅、颂,乐名也,若今乐曲之在某宫者。南有《周》、
> 《召》;颂有《周》、《鲁》、《商》,本其所从得,而还以系其国
> 土也。[⑤]

而二雅"独无所系,以其纯当周世,无用标别也"。至若自《邶》以下

---

① 郑说见其《二南辨》,《六经奥论》卷三,《通志堂经解》,第16册,页542。
② 王质《诗总闻》,景印《文渊阁四库全书》本,台北:商务印书馆,1983年,卷七十二,页456。
③ 《礼记正义》卷二十,页一七七,《十三经注疏》本,页1405。
④ 程大昌《诗论》,《学海类编》,台北:文海出版社,1964年,卷一,页216。
⑤ 程大昌《诗论》,卷一,页215—216。

的十三国风,程以为是不入乐的"徒诗"。

宋人的这种说法,推其本,仍是出自毛郑等人。《小雅·鼓钟》毛传曰"南夷之乐曰南",而郑玄又进一步指出这个"南"乃是一种乐舞。

> 雅,万舞也。万也,南也,籥也,三舞不僭,言进退之旅也。[1]

程大昌之《国风》为徒诗说,多不为后人所赞同;然其乐体说,每为人所称。持乐体说者,又往往征诸《墨子·公孟篇》"诵《诗》三百,弦《诗》三百,歌《诗》三百,舞《诗》三百"和《郑风·青衿》毛传"古者教以诗乐,诵之,歌之,弦之,舞之",以为"南"与"风"、"雅"、"颂"都是诗乐舞三位一体的音乐活动形式。

(四)"南"作为王朝卿士之称以及职贡之名

清人牟庭(1759—1832)《诗切》,对于"二南"也作出了别出心裁的解释。按照他的说法,"南"与"男"在上古是同音假借。《国语》"郑伯,南也",韦昭(204—273)注云"南"就是"男",古九服之一。[2]此九服为邦国视其去京畿远近而分列爵等,以五百里为制。牟庭又引《左传》昭公十一年所载"郑伯,男也"为证,[3]说明所谓"周南"、"召南"事实上即"周男"、"召男",是为了标明周召二国之爵等。金景芳所论与此说相类。金氏以为所谓"南"乃职名,殆王

---

[1] 《毛诗正义》,卷十三之二,《十三经注疏》本,页467。

[2] 韦昭注《国语》,上海:上海古籍出版社,1978年,页51—52。按照《周礼·夏官》的说法,所谓"九服",即侯、甸、男、采、卫、蛮、夷、镇、藩。以五百里为制。而《尚书·康诰》则有"五服"之说。此五服为侯、甸、男、采、卫。《书·酒诰》云为侯、甸、男、卫、邦伯。《召诰》云:"命庶殷:侯、甸、男、邦伯。"又无卫。《禹贡》与《益稷》篇则载此五服为侯、甸、绥、要、荒,未审孰是。《康诰》、《酒诰》、《召诰》成文在周初,则所谓五服九服之名目虽略有不同,但可推知大约在周初之世,其制五服而已。

[3] 杨伯峻《春秋左传注》,页1358—1359。

朝卿士之谓。周召分陕而治,得称"南"(男),其所治为周南召南
之国。①

　　此说看似合理,而事实上殊多乖谬。首先,以《诗经》的分类冠
以爵服之名,殊无道理。次则,既然以爵等为诗类名,奚独周召二
南以此为名?若邶鄘卫以下例以"风"字为名,何不径从二南之例,
称之为"邶侯"、"鄘甸"、"卫采"等等?

三、"南"字之字源

(一) 南:一种容器或一种乐器

　　欲解决"南"众说纷纭、莫衷一是的问题,笔者认为当从字源
学上入手。根据其在甲金文中的字形,章炳麟(1868—1936)、②
郭沫若(1892—1978)都认为"南"字本是一种乐器的名称。郭沫
若更在其1931年版《甲骨文字研究》一书中详述了他确定"南"为
乐器的几个理由。③第一,《国语》中记载,周景王欲铸"无射"之
钟,单穆公谏曰不可。景王未从单穆公之谏,而径铸"大林"。④在
这里所谓"大林"显系指景王欲铸之"无射",两词同义互训。郭
沫若进而指出"大林"者,"大钟"也。"林"与"钟"亦同义。⑤又

---

　　① 金景芳《释二南》,见江矶编《诗经学论丛》,台北:嵩高书社,1985年,页87—99。
　　② 章炳麟《大疋小疋说》,见《太炎文录初编》,页一上至四上,《章氏丛书》,杭州:
浙江图书馆校刊,1917—1919年,第三函第二十一册。
　　③ 见李孝定《甲骨文字集释》,台北:"中央研究院"历史语言研究所,1965年,第6
册,页2079—2086。
　　④ 《国语》,页122—130。
　　⑤ 考钟铭中多有"林钟"、"宝林钟"、"大林钟"、"林龢钟"、"龢林钟"者,故"林"即
"钟"之说,显然不能成立。参见邱德修《楚王子午鼎与王孙诰钟铭新探》,台北:五南图
书出版公司,1992年,页240—242。

"林"与"南"于上古音通,同属侵部,故"南"即"林",即钟也。其二,除《国语》中之证据以外,郭又提出旁证。他指出在甲骨文中,㪿字十分常见,郭以为此即"南"之初形。从字形上看,此字象一人以手持槌作敲击貌,其义一如"鼓"字,足证其左旁"南"为一打击乐器。其三,郭沫若又引宋人所云《鼓钟》一诗中"以雅以南"一句,以及《礼记》所说的"胥鼓南"一句,证明"南"必为一种打击乐器。其四,郭又分析了"钟"、"铃"、"簠"三字的形音义,认为"南"字本为象形,其字形与"簠"字中的"甫"旁同,即"镈"(亦作"鎛"),是钟类乐器之一种。

唐兰同意郭氏关于"南"为乐器之说。然而,唐兰又认为所谓"南"当系"㐅(㐅)"字,乃是一种瓦制的容器,后演变为乐器。唐指出在甲文中的"㐅(㐅)"字乃"南"字之初形。学者们误以为它们是两个不同的字,是因为误从王国维之说,而未从孙诒让(1848—1908)之说。唐认为郭沫若也犯上了同样的错误。而此"南"字的初形"㐅"象一倒置的瓦器。甲文又多有"殸(磬)"字,象一人以手执槌敲击此器。故唐兰以为此瓦器亦作乐器使用。[1]

在参照了郭唐二人的讨论之后,田倩君在其《释南》一文中试图综合二人的看法,对"南"提出一个合理的解说。田氏首先接受唐兰的说法,认为此"㐅"字本为盛放谷物或酒类的瓦制容器,后来的"穀"字即源于此。而作为容器,此物亦被用作打击乐器。而到后来,当青铜器被日益广泛地运用时,瓦制乐器为青铜乐器所取代,"㐅"字亦演化为铜器铭文中常见的"南"字。[2]

---

① 《甲骨文字集释》,第 6 册,页 2087—2094。
② 《中国文字》,台北:台湾大学文学院古文字学研究室,1962 年,第八卷,第七篇文章。

（二）"南"为初生之竹：关于"南"字字源之假说

在甲文中，一般认为"南"字有数义。首先是作为方位词，其中又或用为专有名词，如人名"南庚"及贞人名"𩂍"，而作为贞人名的"𩂍"，有人又认为是职官名（田倩君说）；又或用作地名，如徐中舒《甲骨文字典》所列之"南北"、"南西"、"南宣"、"南丰"、"南单"。其次是作为器物名，唐兰在其《殷虚文字记·释南𩂍》中认为这种器物是一种瓦制容器与乐器，也就是郭沫若所说的青铜乐器。其三或作为祭祀中所用动物名。在此数义中，从甲骨文例来看，以方位词与祭祀所用乳幼牲牷二义最为常见。

然"南"字的本义究竟是什么呢？唐兰基于他的"图画（象形）文字为中国文字的起源"说，认为"南"是一种瓦制容器的象形；而郭沫若则由于相信指事文字为中国文字的起源，认为"南"最初应是方位词。而上古典籍中，我们看到"南"作为方位词出现的频率远远超过"南"作为器物与祭物，作为方位词的"南"沿用至今，而作为器物名的"南"无论在历史文献中还是在甲金文中都十分罕见。那么，作为方位词的"南"与作为器物名的"南"究竟是一种什么关系呢？后者又是怎样从古人的语文中逐渐暗淡，而为前者所取代？在郭沫若提出了他的假说之后，这些问题又引起了学界的广泛关注。郭沫若所提出的假说是：按照《周礼》的描述，钟镈置于南，故作为方位词的"南"转而成为钟镈器物名。这个假说显然有诸多漏洞。正如日本学者白川静在其《说文新义》中所指出的，郭的假说是本末倒置，"南"字的起源必定先于《周礼》中所描述的礼制。唐兰虽未就此提出明确的解说，但田倩君和加藤常贤显然是受其"古人喜南而恶北，盖以日光之故也"一说的启发，认为"南"为"暖"字的假借，并进一步认为先人们在午间太阳移向南方时,因感受到日光的温暖,乃以"暖"字指南,音转而借用"南"字。①然而"暖"字的出现是否真的先于"南"字仍然是个问题。即便如此,古人何不径以"暖"字指南,而须借用"南"字? 所以,此说仍有不尽如人意之处。

关于中国文字的起源,笔者赞同李孝定之论。李认为中国文字同时源于指事及象形,是一种"双起源"。以"南"字为例,便是一个最好的证明。"南"字的最早写法见于甲骨文第一期的有:𩇔(《殷虚卜辞乙编》3787、4511)及𩇔(《合集》9738、1777、1474、1823),明显地表示了"初生之竹"的意思。

《说文解字》释"南"云:"南,草木至南方有枝任也,从𣎴,羊声。"段玉裁进一步发明其义,认为所谓"南方"当指夏季万物滋长之时。②然而自30年代郭沫若"南"为钟镈说一出,文字学家多弃《说文》而不信,后又多从唐兰之瓦器说。近年来出版的徐中舒的《甲骨文字典》更明确地认为《说文》之说"形义均不确"。③学者们一般皆认为甲骨文"南"字的下半部或为倒置的瓦器,或为钟镈的象形,而上半部则象悬挂瓦器或钟镈之绳索。后来,郭沫若本人放弃了他的钟镈说,转而接受唐兰对"南"字的说解。唐兰认为此字的下半部为瓦制容器,上半部则代表饰物。至此,唐兰的瓦器说似乎已成为不可夺之定论。

然而,笔者仍觉《说文》之说不无道理和依据。《说文解字》释"南"从"𣎴"。而"𣎴"字,《说文》曰:"草木盛𣎴𣎴然,象形,八声。"④殆亦从"屮",而"八"是其声符,也是意符,乃取其分别之意。

---

① 《中国文字》,台湾大学文学院古文字学研究室,1962年,卷八,第七篇文章。

② 见《说文解字注》,上海:上海古籍出版社,1981年,页274。段氏或本于《礼记·乡饮酒义》:"南方者夏,夏之为言假也,养之、长之、假之、仁也。"

③ 《甲骨文字典》,成都:四川辞书出版社,1990年,页684。

④ 《说文解字》,页127。

故"南"与"屮"皆从"中"。甲文与《说文》中的南字的上半部与"中"字同。此盖《说文》所以谓"南"从"屮"也。①《说文》又释"中"字云："中，艸木初生也，象丨，出形，有枝茎也。古文或以为艸字，读若彻，凡中之属皆从中。"②《说文》与甲金文中从中之属的字颇不乏其例，要言之，其义可分数类。一类盖取其本义，与艸木初生之义有关，如"𤼘"（"芬"）字，《说文》释为"艸初生其香分布也"。《说文》中所列从"中"之属的字甚多，若以字源而论，多由此"中"层进孳乳而生。其中有些字初看从"中"，实则从别形今试举其三类：

　　其一，"艸"字，从二"中"。而"艸"本身又成为一个字素。从"艸"之字，亦有省作"中"形者；如《说文》中的草木类别名，如"毒"（"毒"）字，《说文》释为害人之草；又"屮"（"屮"）字，释为丛生田中之地薵；又如"每"（"每"）字，《说文》谓"艸盛上出也"，甲文作"每"（《殷契粹编》982），从艸亦从中。

　　其二，甲文"生"（"生"）字，其上半亦取"屮"（"中"）形，下部从"一"。《说文》云："生，进也，象草木生于土上。"③甲文中带"中"字素者，有的也是从"生"之省。甲文"磬"（磬）、"声"（声）当系从声素"生"（生）之省。④章太炎尝就中（音彻）转读为坙（音听）有详细之论证。章氏云："中本义与坙相类。坙者，物之挺生也，中坙亦至清次对转，此初文之转注也。中在至，则孳乳为秅，爪绍也。《诗》以譬民之初生。在支则变易为枝，木别生条也。中对转清则变易为茎，茎

<hr>

① 　郭沫若按诸《类编》中所收甲文"南"字之十七种异文，以为均系象形文，无一从"屮"，亦无一有羊声之痕迹，因而否定许说。而甲文"南"之上部皆与甲文"中"同，窃以为此盖《说文》之所据也。至于《说文》以羊为声符，未审何据。郭以为许书南字为甲文象形形变所致，而许书中所谓古文南字（𡴄）恐非初形。

② 　《说文解字》，页15。

③ 　《说文解字》，页127。

④ 　自罗振玉以来文字学家或以为"屮"象绳悬结构或以为象虡饰。李圃在《甲骨文文字学》（上海：学林出版社，1995年，页85—88）中以从"生"解之，形音义俱备，故从之。

也(古音双声)。莛又变易为茎(茎从圣声,圣从㞷声,音亦同莛),草木干也。然莛茎又从㞷受声义。屮衍为彻,训通彻,在支,对转清,则变易为䞉(古音如㞷如听),通也。然䞉亦从㞷声。或㞷为屮之异文,声变,遂忘其初耳。"①按《说文》㞷,一作"屮善"解,一作"象物出地挺生"解。㞷为屮之异文,犹生为屮之孳乳字也。

其三,许书以为"木"字上部从屮,而下部象其根茎。甲文中"木"字很显然上半作屮形象草木之枝丫,而下部象其根茎。故亦有很多从"屮"字形者,实乃从"木"之省也,如"㞷"("丰"、"封"),象封土成堆,植木其上;若"余"("余"),甲文中象以木柱支撑屋顶,下部形如"屮",而实从木。而"豈"("豈")的上部象崇牙树羽之形,罗振玉则以为其上从"木",是"树"的本字。

此外,甲文中带屮形的字仍有其他来源,比似从木而实为绳束之形的字。如"束、束"("束")字,象以绳束其两端;还有"东"("东")字,在甲文中与"橐"("橐")字通,亦象盛物之囊以绳束其两端。②另甲文中多用为虚词的"重"("重"),其初义已不知,然按诸字形,当本于此。

关于"南"字的上半部,学界目前基本认同唐兰"悬饰"说。而笔者认为"悬饰"说固有可能,然若以许书"艸木初生"之说证以卜辞文例,似亦犹有可议。以形证之,"南"字或从"屮",或从"木"。而卜辞中"南"字每作畜子之名,或用于祭享之乳幼牲牷之通称,盖与从屮初生之义有关。文例如:

　　燎於東西侑伐卯南黄牛③

---

① 见章氏《文始》三,《章氏丛书》,第1函,第3册,页76。
② 许书以为象日在木中,非也。
③ 郭若愚缀集,中国科学院考古研究所编《殷虚文字缀合》,北京:科学出版社,1955年,页278。

燎三小牢卯九牛三南三羌①

甲文中多有文如"牢,业一牛,业南","一羊,一南","卯三南","卯于且辛,八南,九南,于且辛"等,故郭沫若、于省吾与吴其昌等均认为此"南"盖指可卯杀、以用于祭享之乳幼牲牷。②从𣦸(殻)之字,亦本于其义而引申,如《左传》宣公四年"楚人曰乳穀",此"穀"亦作"殻",意即孺子。③《国语·鲁语上》:"鸟翼殻卵,虫舍蚳蝝。"韦昭曰"生哺曰殻",故知其为幼鸟之称。此数字皆从"中"挈乳而来,同取其初生之义。

唐兰以为"南"字下半象倒置之瓦器,笔者以为不确。以甲文中的字形来看,或作"㞷"形,或作"㞷"形,又或作"㞷""㞷",与瓦器颇不类。《甲骨文编》以"㞷"、"㞷"为二字,释前者为"南",后者为"青",实误。该书两部所收字形如下:

㞷（乙　6437）　　　　㞷（燕　5）

㞷（乙　1968）　　　　㞷（铁　240.1）

㞷（明　2021）　　　　㞷（前　1.13.6）

㞷（京都　2283）　　　㞷（京津　530）

上列诸形下半之上端作尖削状,下半主体中有横笔,或一,或二,或三。与瓦器颇不类。又徐中舒《甲骨文字典》中殷虚一期的"南"字,亦与瓦器相去甚远:

㞷（乙　3787）

㞷（合集　9738）

㞷（合集　1777）

---

① 胡厚宣《战后京津新获甲骨集》,609。

② 于省吾《甲骨文字诂林》,北京:中华书局,1996 年,页 2860—2862。

③ 杨伯峻《春秋左传注》,页 638。

𩵋（合集　1474）

　　笔者以为其下半主体所从为"凡"字。甲文中"凡"字作𠙹、𠙸、𠙵（《甲骨文编》，页 517—518）诸形，与"南"字下半无异。而关于凡字之初谊，说各不同。罗振玉、郭沫若、陈梦家、李孝定等均以为"象侧立之盘形"。①孙诒让则以为是"同之省文"。②甲骨文例中以"凡"为"同"者颇不乏其例。吴其昌云："'凡母辛'（《殷虚书契前编》1.30.50，《殷虚书契前编》2.25.6）犹'同母辛'也。'同'字从'𠙹'（"凡"）从'口'，盖即承'凡'为义也。是故，《大丰簋》云'王𠙹三方'，即'王同四方'也。"③而"同"字契文中常用之"会合"义已非其初谊。"同"与"凡"之本义大约都与容器有关。《书·顾命》："太保承介圭，上宗奉同瑁。"孔传："同，爵名。""凡"与"同"的上半部，初为一种酒器之象形。甲文中的"用"字，也与此容器有关。于省吾就自组卜辞"𠚍"（"用"）字之形释其初文象甬（"桶"）形，左边"𠙹"（"凡"）形象甬体，右象其把手。④卜辞"𤔥"（"壅"⑤）字，象一人以两手持甬（"用"）倾土貌，可证"凡"、"同"、"用"本皆由容器演化而来。

　　而此容器究为何物？以"𠙹"（"凡"）、"𠙷"（"同"）、"𠚍"（"用"）、"𩵋"（"南"）诸字字形视之，"𠙹"形中间有横笔，或一，或二，或三，状极类竹节。颇疑为古代一种竹木制饮具。后来孳乳之"筒"、"箭"，其意殆同。《说文》曰："箭，断竹也。"《韩非子·说疑》："不能饮者以箭灌其口。"《论衡·量知》："截竹为筒，破以为牒。"《吕氏春秋·古乐》"次制十二筒"，别本作"箭"。"箭"、"筒"二字，

---

①　《甲骨文字诂林》，页 2843—2850。
②　《契文举例》，上卷，页 35。
③　《殷虚书契解诂》，页 329。
④　《甲骨文字诂林》，页 3406。于以为"用"为"桶"之初文。
⑤　或释为"𡎖"、"圣"等不一。

古固相通，皆由"凡"、"同"、"用"断竹之形而来。而甲文中"南"字之下段主体亦从"日"，象断竹之形。

以形求之如此，以声求之亦然。《广韵》"凡"，"符咸切"；"南"，"那含切"。段玉裁《六书音均表》同在第七部。[①]自段以下，语音史家虽分古韵多有不同，惟此二字同韵部则无异。王力所列廿九韵部中，"凡"、"南"也同在侵部。由此看来，甲文"南"、"凡"形音俱近，"南"很有可能从"凡"得声。《说文》以为其声从"羊"，从甲金文中"南"字字例来看，"羊"恐非声符，最初可能是由南而产生的字素。

王力所拟侵部字中，"南"属开口呼一等，"凡"属合口呼三等。按照王力的说法，侵部合口呼一、二、三等之字于战国时代多分化为冬部。[②]"凡"则分入谈部。上溯之，"用"、"同"、"甬"、"庸"、"筩"、"筒"诸字，古音皆属东部，或同韵同纽，或韵同纽近。从"同"、"用"的殷虚早期甲文字形来判断，非但其形从"日"，恐亦从"日"而得声。甲金文的"庸"字，其下半或从"屮"（"用"），或从"日"（"凡"），裘锡圭先生以为此"日"读若"同"，并说："读为'同'的'日'，大概是筒、桶一类东西的象形字。而'用'是由'日'分化出来的一个字。"[③]笔者以为其说甚确。由此看来，"用"、"同"、"庸"等字初亦从"日"得其形音义。

综上所述，笔者以为"日"（"凡"）本象竹节之形。"同"、"用"等字取其形而象竹制容器，初从其音读，渐变而分入东部，"庸"、"筩"、"筒"即由此孳乳而生。"南"字初亦从"凡"而得其形音义。究其原始，大约有几种可能：

---

① 《说文解字注》，页 822。

② 《汉语语音史》，北京：中国社会科学出版社，1985 年，页 59。

③ 裘锡圭《甲骨文中的几种乐器名称——释庸豐鞀》，页 68。

其一,其上半从屮,有艸木初生之义,下半从"日"象竹节,则"南"字之本义当为初生之竹。

其二,其上半从木之省,①下半从"日"象竹节,则"南"字本义应即"竹"或竹制之器物。

其三,其上半从绳悬之形,下半从"日"象竹节,则"南"字本义当为一种可悬而击之之竹制打击乐器。

究竟何者为是,殆未能定。以甲文文例言之,"南"之用为乳幼牲牷,恐与其甲文字形中上半从屮有关。而从殸得声之字,如"穀"、"縠"、"觳"、"穀"多入侯屋两部。以王力的拟音论之,侯(o)、屋(ok)两部与东(oŋ)部只是韵尾不同而已。若然,则此类字盖亦由"殸"而得声,两周时渐分入屋、侯。②

---

①　其中间的"人"形,未审其义,疑为附会以象筒类乐器之绳悬。自钟镈一类乐器出现后,金文"南"乃附会以象钟镈之形,如"南"(墙盘)、"南"(南疆钲)、"南"(分甲盘)。金文中"南"字或亦有从"用"者,如"角"(虢仲盨)、"角"(蓼生盨)、"角"(无异簋)及"南"(南疆钲)等,恐为甲文字形之遗意也,而后期金文中此类字已消匿无形。

"甬"字在早期金文中,乃钟镈之象形,上半象钟悬,下半象钟体。如"甬"(戍甬鼎)、"甬"(墙盘)等形仍其初谊,而后期乃因形近误从"用"。如"甬"(曾姬无卹壶)、"甬"(中山王磐鼎)。故"南"字字形之发展,殆与"甬"字正相反,其变化之理则一也。无异簋与蓼生盨中"角"、"角"、"角"、"南"互用即其证也。故"南"字中的"用"形,应是"用"字之讹变。甲文中的"首"是"南"在当时之初形或简体,而金文中的"南"、"南"、"南"乃用变体或繁体。

②　承刘家和教授指出,"殸"与"觳"、"乳"同韵。而"南"字音"任","那含切",在侵部。以此推论,"南"与"殸"应有不同的来源。而"南"中之"羊"应是其声符。然关于此"南"字究为形声,抑象形象意,仍可商榷。李孝定等则认为"羊"非如《说文》所说是其声符,乃甲文"南"字演化过程中之形变。以甲金文字形论之,本书倾向于李孝定所说(《甲骨文字集释》,台北:《中研院》历史语言研究所专刊》,50,1970年,第6册,页2097)。按照唐兰的说法,古从"殸"之字多转入侯韵,其中楚人谓"乳"曰"穀"。此字"奴豆切",与"南"音极近。此说虽差强人意,亦未能必。故刘教授所说"南"、"穀"两个韵部的问题,尚未解决。笔者乃不揣悠谬,姑妄为说,以求教于刘先生及诸方家同好。

作为方位词的"南"盖因南方之地多竹而生。南方之地多竹，古固已然，《尔雅·释地》云："东南之美者，有会稽之竹箭焉。"[①]《吕氏春秋》中又有"尽荆越之竹犹不能书"。所以"南"之变而为方位词盖与竹多生于南方有关。以音论之，作为方位词的"南"从凡声而转入侵部。

若以从木从日释"𢀜"，亦优有可解。古者，断竹为筒，以为盛水盛酒之器。而此类竹筒，亦每以木为之。如 70 年代浙江余姚河姆渡遗址第四文化层中曾出土筒形木器二十多件。据李纯一说："器由整段树干挖制而成，中空如筒，里外都锉磨得十分光洁。有的体表髹漆，并在两端缠多道藤蔑类圈箍……有的内壁凿一周突脊，安置一件圆木饼，将筒腔隔成两段，或者将一端封闭，有如筒底。"[②]其形与竹筒，并无二致。关于河姆渡木筒之用途，尚无定论。有学者认为是供乐舞用的打击乐器。[③]若果然，则悬而奏之，亦无不可。《说文》释"𣪩"字为"从上击下"，殆由此而来。

至商代中晚期，钟镈类乐器出，至西周中期以后而礼乐大行，书字者乃以南字附会。从中从日之𢀜（青）字，遂进而变为上象悬饰、下象钟镈之形的南字，如𣸼（兮甲盘）、𣸼（墙盘）。考殷代铜器铭文中南字，率作𢀜（𢀜觚）[④]、𢀜（南单觚）[⑤]、（南单鼒觚）[⑥]诸形，乃知象钟镈之形的南字，西周时期始出现。南字的下半在商周之际发生了讹变，从象竹筒竹节之日形，变为象钟镈的

　　①　《尔雅注疏》卷七，页四十九，《十三经注疏》本。
　　②　李纯一《中国上古出土乐器综论》，页 23。
　　③　吴玉贤《谈河姆渡木筒的用途》，《浙江省文物考古所学刊》，北京：文物出版社，1978 年；李纯一《中国上古出土乐器综论》，页 23。
　　④　《殷周金文集成》6780、6781、6782。
　　⑤　《殷周金文集成》7014。
　　⑥　《殷周金文集成》7191。

冎形。西周金文中的"南"字,或从用,或从冎,皆由冃字讹变,附会以象钟镈。

由此看来,"南"本义或为初生之竹,后从"木"表其意,以指称一种竹木筒。故许书以为"南"乃"艸木至南方有枝任"。其义虽未确,亦未尽失。

(三) "南"与"镈":江苏丹徒背山顶编钟铭文新释

甲文中多"敎"字,可隶定为殼,郭沫若与唐兰引述繁富,足资参考。就其字形来看,象一人以手执槌作敲击状,"南"曾是一种乐器,殆无疑议。然而现存的典籍史料中对此乐器没有任何明确具体的描述。可资为佐证的只有《诗经·鼓钟》中的"以雅以南,以籥不僭"和《礼记》中的"胥鼓南"。就《鼓钟》的句意来看,"雅"、"南"、"籥"应是三种不同的乐器名。而"鼓"是动词,意即敲击演奏。以此推之,"南"或是一种打击乐器。那么,究竟它是一种什么样的乐器呢?

对此,郭沫若提出了一个很大胆的解说。按照他的说法,"南"字从字形上看即"簨"字的中间部分,也即"镈"字的右上部分。故此"南"即镈钟类乐器。与此同时,郭又认为从音韵上看,"南"即"铃"。我们都知道"铃"是一种或手执或悬挂的有舌打击乐器,为最早出现的古代钟类乐器。陶制和龟甲制的铃可上溯到新石器时代。①铜制的铃在陶寺文化与二里头文化中也已有发现。在两周

---

① 近年来,考古学家又在河南舞阳贾湖新石器时代遗址中发现了用龟甲制作的铃。贾湖龟铃距今约八千年左右。见河南省文物研究所《河南舞阳贾湖新石器时代遗址第二至第六次发掘简报》,《文物》,1989 年第 1 期,页 1—14;吴钊《贾湖龟铃骨笛与中国音乐文明的起源》,《文物》,1991 年第 3 期,页 50—55。类似的龟铃在山东大汶口文化中也有发现。见山东省文物管理处《大汶口》,北京:文物出版社,1974 年。

编悬的乐钟发达之时,亦有自铭"铃钟"的编钟,其形制与铃差得很远。①郭沫若所说的"铃"未知何指。然而郭的推断仅仅是一种臆测。按照《说文》,"簠"为形声字。"簠"字中之"甫"所代表的是"簠"字的读音("簠,黍稷圜器也,从竹从皿,甫声")。杨树达曾撰《释簠》一文,论之甚详。文中他征引阮元(1764—1849)"簠鼎"即"胡鼎"之说,进一步证实了许慎的论断。②至此,郭沫若的推论更不能成立。郭本人似乎也意识到了这一推论的牵强之处,所以在1956和1964年再版的《甲骨文字研究》中,关于"南"的部分已被删除。罗泰在其博士论文《中国青铜时代的礼乐》中也已注意到了这一点。③

然而,进一步考察这一问题之后,笔者虽然不同意郭沫若的论证过程,但对其部分结论却是认同的。笔者认为,"南"虽然不能等同于镈钟,但"南"本为商周时代流行于南方地区青铜乐钟的总称。除镈钟以外,商周之际多见于江淮地区的大铙,或称"句鑃"也属此类。借助于考古学家们和古文字学家们的新发现和研究成果,笔者试图提出一个与郭沫若不同的推论过程,以证成这一结论。

1983年,考古学家在江苏丹徒地区春秋墓中发现的邁邡编钟为我们理解"南"字提供了新材料。此墓中共发现五个镈钟,七个钮钟,钟体均有铭文如下:

---

① 铜器中自铭"铃钟"者有三例,即"楚王領钮钟"、"郰子镈钟"和"陈大丧史钮钟"。罗泰提出"铃钟"的"铃"字当作动词解,应当译作 Ringing Bell(Lothar von Falkenhausen[见罗泰]*Suspended Music：Chime-Bells in the Culture of Bronze Age China*[《乐悬：中国青铜时代的编钟》],Berkeley：University of California Press,1993,123,n.72)。而朱文玮、吕琪昌则认为是钮钟之古名。见朱文玮、吕琪昌《先秦乐钟之研究》,台北：南天书局,1994年,页7。

② 见《积微居小学述林》,北京：中国科学院出版社,1954年,页11。

③ Falkenhausen,"Ritual Music in Bronze Age China," Ph. D. dissertation, Cambridge：Harvard University Press,1988,186,n.19.

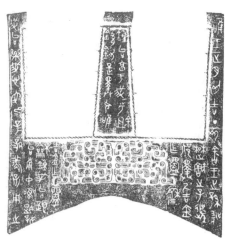

图 25：逨邢编钟铭文

唯王正月初吉丁亥，舍（徐，一作"舒"）王之孙，鄙楚欨（胡）之子遟邟，羃（择）厥吉金，乍（作）盨（铸）龢鐘。台（以）喜（享）于我先祖。余鏽镠是羃（择），允唯吉金，乍（作）盨（铸）龢鐘。我台（以）夏台（以）南，中鳴媞好。我台（以）樂我心，也＝（它它）巳＝（熙熙），子＝（子子）孫＝（孫孫），羕（永）保用之。

诚如学者们所指出的，铭文中的"夏"当从孙作云先生早年在其《说雅》一文中所论证的，即"雅"字。①于是铭文的释者如商志醰与唐钰明以及曹锦炎等都认为"以夏以南"是征引《诗・鼓钟》的成语"以雅以南"。②"雅"即雅乐，"南"则为南乐。故按照他们的见解，铭文中"余鏽镠是羃（择），允唯吉金，乍（作）盨（铸）龢钟。我以夏以南，中鳴媞好"一段的大意应为"我精心选择了镠这些上等的青铜材料，铸造了龢钟，我用这些龢钟来演奏雅乐和南乐，听起来非常好听"。

笔者认为此说欠妥。首先，先不论"雅"、"南"在《鼓钟》诗句中是否真的就是乐名，按诸《左传》、《国语》等典籍，春秋时人称引诗句向无融合成自己语言之例。当然《左传》、《国语》等典籍难与金文相较，然以金石文字论之，笔者以为"以夏以南"者，恐为当时成语。两周金文与春秋石鼓文中，多有与《诗》、《书》等文献中文句重合或相似者。学者们多以为是征引《诗》、《书》成句。然笔者认为

---

① 孙文载于 1959 年《文史哲》上，又见《诗经研究论文集》，北京：人民文学出版社，1959 年，页 260—79。朱东润在其《诗大小雅说臆》中亦执此说。此文初刊于 30 年代初出版的武汉大学《文哲季刊》中，后收入其关于《诗经》的论文集《诗三百篇探故》，上海：上海古籍出版社，1981 年，页 47—71。"雅"之为"夏"，清人王引之（见王先谦《荀子集解》，页 62 引），俞樾初执此论，至朱孙二人，而言之凿凿，不可移易。见前章。

② 见商志醰、唐钰明《江苏丹徒背山顶春秋墓出土钟鼎铭文释证》，《文物》，1989 年第 4 期，页 51—6。又见曹锦炎《遟邟编钟铭文释议》，《文物》，1989 年第 4 期，页 57—9。

这些所谓"《诗》句"，均为当时成语，而不当以《诗》句视之。如"旻天疾威"一词，铜器中如师訇簋(孝王时器)有铭文云："王曰：'师訇，哀哉！今日天疾畏(威)降丧，首德不可逮。'"又毛公鼎(孝王时器)云："不巩先王配命，敃(泯)天疾畏(威)，司余小子。弗彶(急)，邦将曷吉？"此盖周时成语。此成语又见于《诗·小雅·雨无正》、《诗·小雅·小旻》和《诗·大雅·召旻》，均系当时习惯用语，以天之神明可畏为戒，乃如今日之指誓天日。毛公鼎与师訇簋中，以习语读之，句意连贯顺畅，略无滞碍；反之，若以为征引《诗》句，则未免突兀。且此词在大、小《雅》中反复出现。若以为大、小《雅》诸篇转相征引，未免牵强。《诗·大雅·江汉》又言召伯虎家世云："于周受命，自召祖命。虎拜稽首，天子万年。虎拜稽首，对扬王休。作召公考，天子万寿。"几乎句句用金文中惯用语。如果说金文是在征引《江汉》诗句或其他文献，毋宁说是《江汉》在征引金文中受命、称扬、祝愿之辞。其例尚多，兹不具述。王国维、刘节、屈万里诸先生，曾就先秦成语作过考订，以《诗》、《书》等文献资料为主要依据，皆精审不刊。而两周四字成语已有很多，往往既见于文献资料，又见于刻画文字资料。与其说是彝器中称引《诗》句，倒毋宁说那是当时《诗》、《书》与金石文字的习惯语词。又如《小雅·天保》"是用孝享"，《周颂·载见》"以孝以享"，两周金文中"用享用孝"、"以享以考"、"用孝享"及其他变化形式凡数十见，每用于祝颂，亦为当时惯用语。故所谓"以夏以南"或"以雅以南"亦当作惯用语或成语的不同形式视之。①再联系下文的"中鸣媞好"来看，若以"雅"、"南"为乐名，则"中鸣"一词便没有着落。"中鸣"二字明指敲击乐器的声音，更明确地说当指乐钟的鸣声。愚以为此处"夏"和

---

① 受裘锡圭先生的启发，笔者正撰文《金石文字中所见两周成语考》，拟将搜猎所得，另衷成编。兹不备述。

"南"当作乐器解，如此则铭文之意方可了然。译文应作"我精心选择了鏞镠这些上等的青铜材料，铸造了龢钟，我铸造了'夏'和'南'，它们敲击起来非常好听"。

那么，"夏"究竟是一种什么样的乐器呢？如果按照朱东润、孙作云的说法，"夏"即是"雅"，详见本书第三章所述。"雅"作为一种乐器，在史籍中有征。《周礼·春官宗伯》记载："笙师掌教龡竽笙埙籥箫篪篴管春牍应雅，以教祴乐。"所谓"祴乐"即"九夏"中的"祴夏"。"应"是一种小鼓。关于"雅"，郑玄注云："雅，状如漆筩而弇口，大二围，长五尺六寸，以羊韦鞔之。"①看来当是"雅鼓"，与"应"相对而言，乃一种大鼓。后世宗庙大乐中仍沿用之。然而，笔者认为"雅"在此处虽指"雅鼓"，而此"雅"字又有相当的复杂性。朱东润、孙作云等已指出，周人早期认同于夏，周人定礼制，凡与周室有关的多以"夏"或"雅"名之。周人的语言称为"雅言"或雅文，文诰则有"雅诰"，又有"雅音"、"雅乐"、"雅歌"、"雅声"、"雅舞"等等。"夏"亦然。②乐分雅郑，众所周知。"雅乐"即周室宗庙大乐，演奏中所用乐器，多可以"雅"名之。宗庙之乐，其乐器的形制较大，故瑟之大者曰"雅瑟"，③埙之大者曰"雅埙"，鼓之大者曰"雅鼓"。这些乐器，后世统称之为"雅器"。④而在先秦时期，时或称之为"雅"。《礼记·乐记》子夏所说的"治乱以相，讯疾以雅"中的"雅"一般学者都认为指的是雅鼓，然而

---

①　《周礼注疏》，卷二十四，页一六三，《十三经注疏》本，页801。

②　关于这一点，本书第三章第一部分另有专论，为免冗繁，兹不赘述。

③　《尔雅·释乐》："大瑟谓之洒。"宋邢昺疏："《礼图》旧云：'雅瑟'长八尺一寸，广一尺八寸，二十三弦。"（《尔雅注疏》，卷五，页五十三，《十三经注疏》本，页2601）

④　《宋史·乐志一》："（李）照因自造苇籥、清管、箫管、清笛、雅笛、大笙、大竽、宫琴、宫瑟、大阮、大嵇，凡十一种，求备雅器。诏许以大竽、大笙二种下大乐用之。"可见，宗庙所用之乐器，至宋代仍称之为"雅器"，且器的形制皆大。见《宋史》，北京：中华书局，1977年，卷一二六，页2954。

也有可能指雅乐中所需的乐器。

在这里，钟、瑟、琴、笙、磬显然都是乐器名。"雅"、"南"和"籥"也不例外。"鼓钟钦钦"的"钟"当即指下文所说的"雅"与"南"。自汉代郑玄以来，学者们或认为"雅"、"南"、"籥"此三者是乐舞名，或以为是乐曲名。但是，无论是舞还是曲，不可能三种同时进行。而"以籥不僭"一句已明示出三者是同时进行的。郭沫若始以此三者为乐器，以"雅"为鼓，以"南"为镈，然缺乏切实的论证。而今日遷邶编钟铭文的发现，使我们得以解开这个疑窦。铭文中的"台夏台南"与"以雅以南"义同，乃是指演奏不同的钟类乐器。

那么，"夏"（或"雅"）与"南"究竟是什么样的乐钟呢？遷邶编钟铭文分别铸刻在五个镈钟和七个钮钟上。十二钟又皆自铭"龢钟"。学者们有的认为"龢钟"是某一种钟。从考古发现来看，自铭"龢钟"者，有钮钟、镈钟、甬钟，其大小形制功用各异，故将其定为任何一种均不合理。考古学家或认为所谓"龢钟"指用来伴奏的钟，认为用来合乐的钟，称为"龢钟"，用来和歌的钟则称为"歌钟"。然而，古代诗（歌）、乐、舞常常共同进行，乐钟皆有伴奏的功用。和歌合乐，无施不可。自铭"龢钟"（伴奏的钟），似属多余，且无从区分于无此铭者。

笔者认为除以上解释之外，"龢钟"尚有别种可能。其一，可能是用来定音的标准乐钟。"龢"字，从龠，禾声。而"龠"字从字形上说，象编管之乐器，右加一"欠"字，则为古"吹"字（"欠"在甲文中象一人跪而吹貌），上加"竹"头则为一种竹制管乐器，左加一"示"则为一种乐祭。"龢"乃古"和"字，《国语·郑语》有"和六律以聪耳"，此处"和"即调和、和均之意。《礼记·明堂位》："垂之和钟，叔之离磬，女娲之笙簧。"垂是相传中唐尧时代的人。郑玄注云："和、离，谓次序其声县也。"孔颖达疏曰："垂之所作调和之钟。"再证诸伶伦制十二筒定律的传说，所谓"龢钟"很可能是

"调和之钟",即用来定音的标准乐钟。其二,可能是指同一乐班中两种或多种不同的乐钟。"和"有"和鸣"、"和奏"之意。见《诗经·有瞽》《宾之初筵》。也就是学者们所说的"合乐"。《左传》庄公二十一年亦有"凤凰于飞,和鸣锵锵"之语。"锵"字从金,故在春秋时代"龢钟"也有可能指隶属同一乐队的不同乐钟,可同时演奏或演奏同一乐曲。近年来,音乐考古学者亦从对宗周钟实物和乐律的角度来证明"和"字乃指主钟与从钟之间的应合关系。①若以此论,则《礼记·明堂位》所说的"垂之和钟,叔之离磬"当非如孔颖达所云。"离磬"者乃不入于乐班的独奏的磬,"和钟"则反是。这两种可能,笔者思之再三,不知哪个更接近于史实。抑或二者皆属实,也未可知。②

　除遱邟编钟之外,两组不同编钟自铭"龢钟"者在别处也有发现。如 1978 年在陕西宝鸡太公庙发现的秦公钟与秦公镈③和随后在河南固始侯古堆发现的镈钟与钮钟。④邾公轻钟铭文,又有"铸辥(予)龢钟二鍺(堵)"的字样。因此,遱邟龢钟铭文中的"夏"和"南"疑分别指这些"龢钟"中钮钟和镈钟。而"余鏽镠是羃(择),允唯吉金,乍(作)盠(铸)龢钟。我以夏以南,中鸣媞好"一段的大

　　① 见吴钊《和、穆辨》,《音乐学文集》,济南:山东友谊出版社,1994 年,页 306—325。文中作者从声学与乐律学的角度分析"龢钟"的涵义。

　　② 关于铜器铭文中"龢钟"的含义,邱德修先生在其《楚王子午鼎与王孙诰钟铭新探》(台北:五南图书,1992 年,页 231—246)中有详细的讨论。书中作者罗列了钟类乐器带"龢钟"铭文者,征引繁富,可资参考。"龢钟"在铭文中或作"龢鑘钟"(厘伯钟)、"大宝燮龢钟"(瘐钟二)、"霝龢钟"(郑井叔钟、虢叔旅钟)、"龢镈"(邾公孙班钟)等。

　　③ 墓主是春秋时秦国某公。有三个镈、五个甬钟。每个钟都铭铸"乍(作)氒(厥)龢钟"字样。见卢连成、杨满仓《陕西宝鸡县太公庙村发现秦公钟、秦公镈》,《文物》,1978 年第 11 期,页 1。

　　④ 有八个镈,九个钮钟,都铭有"择氒吉金,自作龢钟"及其他字样。见侯古堆考古工作队、河南省博物馆《河南固始侯古堆一号墓发掘简报》,《文物》,1981 年第 1 期,页 1—8。

意应为，"我精心选择了镠镠这些上等的青铜材料，铸造了这些可以相和的钟（或"这套定音钟"），我作了一套夏（钮钟）和一套南（镈），它们的声音非常好听"。

必须指出的是，在这里"夏"（雅）虽然指的是钮钟，但是"夏"（雅）并不一定就等于钮钟。被称为"夏"和"雅"的可能仅只是钮钟，也可能是包括钮钟在内的某一类钟。"南"也一样，镈可能仅只是"南"的一种。

（四）商周乐钟的类型及其演变

欲知"夏"（雅）和"南"究竟何指，我们必须对商周时代乐钟的名物、型态、分布及其历史变迁作进一步考察。近数十年以来，考古学家和音乐史学家的不断深入和广泛的研究，为我们提供了大量的资料和诸多便利的条件。

在讨论乐钟名物之前，首先要知道所谓"钟"在载籍中实有多层意思。它既是集合名词代表钟类乐器，也常被用来指称某一种钟。首先谈到钟的类型的当是释智匠所著的《古今乐录》。按照智匠的分类，"凡金为乐器有六，皆钟之类也：曰钟，曰镈，曰錞，曰镯，曰铙，曰铎"。智匠的时代去三代已逾千年，其间乐钟的名实变化又不知凡几，故不可全依智匠之说以为据。铭文资料和其他文献资料还为我们提供了另一些钟类乐器的名称，如"铃"、"句鑃"、"镛"、"錞于"、"钲"或"钲铖"、"征城"、"丁宁"、"钫"、"鎛"等等，不一而足。

关于钟的类型，长期以来也是人言人殊。或以其形制，或因其功用，总的来说，标准不一，再加上铭文与史料的名实之异，更令人缭乱难辨。然而，近年来海峡两岸和东西方对先秦钟类研究的不断深化，钟的类型、分布以及发展变化已越来越清晰地展现在我们面前。对于先秦钟的分类,罗泰综合考古学者对乐钟的研究成果,提出了九分法。所谓"九分法"即按先秦钟的形制(当然同时也考虑到它们的作用、分布等等)将其分为九种,即"铃"、"钲"、"铎"、"镎"(又称"镎于")、"铙"、"甬钟"、"钮钟"、"镈"(又作"鑮")、"句鑃"。①

在这九种钟类乐器中,铃是有舌的,靠摇动钟体而使其自鸣。铃上有钮,常悬挂在可移动的实体上,如车马等。在上文中我们已谈到"南"字在甲文中多取"㪔"形,象一人以手执槌敲击貌。以是观之,铃与"南"似无涉。②铎与钲同为军旅中所常用之器,然形制亦有所不同。以现存自铭钲铎者来看,钲体一般大于铎二三倍。铎体有銎,可接木柄,是一种手执的器物,有的有舌,有的无舌,故有的靠敲击发声,有的则摇动"振铎"发声。③钲有圆柱状或棱柱状长柄,柄上有冠,也是一种手执的号令性军用器物。根据曹淑琴的研究,铎迟至春秋晚期才开始出现,战国中期开始流行在中国南方广东、湖南、湖北、安徽一带。而镎又称"镎于",也是春秋晚期出现的一种乐器。与甬钟、钮钟不同的是,其器形呈筩状,而非合瓦形。圆肩有钮。因镎于常与兵器一道出土,再征诸文献,学者们一般认为此器用于军阵中。①从功用与时代来看,钲、铎和镎于似乎都与"南"无关。余下的五种,铙、甬钟、钮钟、镈、句鑃,笔者拟作具体

---

①　Falkenhausen, *Suspended Music : Chime-Bells in the Culture of Bronze Age China*, 67—72.

②　见曹淑琴《先秦铜铎及其相关问题》,《文物》,1991 年第 3 期,页 56—60。

③　关于钲与铎的形制异同,李纯一在其《无者俞器为钲说》中有专论。见《考古》,1986 年第 4 期,页 353—354、页 378。朱文玮和吕琪昌在《先秦乐钟之研究》(页 30—35)中也论之甚详。

④　根据李垣衍的研究,考古发现的镎于多在长江流域。此器似乎在战国时期盛行于南方与西南地区。见李垣衍《镎于述略》,《文物》,1984 年第 8 期,页 69—72。

论述。

1. 铙或庸(镛)

罗振玉根据《说文解字》释铙和《周礼》对这种乐器的描述,认为铙即一种流行于商代晚期的手执乐器。[①]根据陈梦家的意见,这种手执乐器最早称为"执钟"。这些大部分在安阳发现的出土文物,年代不会晚于商代。[②]而这种手执乐器后来又发展成为"镛",即所谓的大钟,用于商周换代之际,如今大部分在中国东南地区发现。但有些考古学家并不同意陈的命名,例如李纯一便认为,由于悬钟也同时存在,因此用"殷钟"总称殷商乐钟比较适合。根据李纯一所说,在安阳及现今河南地区发现的殷钟,本来称为庸或镛。李同时指出汉学研究者以庸为一种大钟,是一种错误的看法。[③]

铙或庸是最早出现的无舌青铜乐钟,属于安阳时期(前15至前11世纪)。除了在安阳西北冈发现的四件一套及妇好墓发现的五件一套,其余属于这一类型的大部分乐钟都是三件一套。这一事实证明了它们是作娱乐之用,而非为实际用途。铙的发现证实了商代的铭文及历史记载,即它们必定与商王室或贵族有密切的关系。虽然它们偶尔用于军事上,但它们普遍还是用于献祭或宴会。

2. 甬钟和钮钟

西周编钟的出现对商代的铙或庸而言,是乐钟发展史上一个较大变化。从演奏方式上来说,手执与植鸣,一变而为编悬。从器形上来说,甬钟的开口朝下,与商代的镛正好相反。最突出的变化

---

　　① 见郑玄注《周礼·鼓人》,《周礼注疏》,卷十二,页八十三,《十三经注疏》本,页721。

　　② 陈梦家《海外中国铜器图录》,北平:国立北平图书馆,1946年,页38。

　　③ 李纯一《中国上古出土乐器综论》,页105—106。

是钟枚的出现。西周甬钟，虽然在其他地区也有一些发现，但是特别集中在陕西关中地区。关于甬钟产生的年代，至今尚不能确证。有的学者认为在先周时期的关中地区应该已经有了这种乐器。①这当然还有待于进一步的发现。以前，陈梦家曾把陕西长安普渡村长甶墓发现的三件定为最早的甬钟，时代约当昭穆时期。②而近数十年来，陕西铜器的大量发现，又把早期甬钟的出现推前了一步。70年代中期，陕西宝鸡茹家庄强伯矰墓又发现了三件甬钟，其年代约与长甶村的发现相当。80年代初，宝鸡竹园沟强伯格墓又发现了三件，考古学家通过对强家世系的排比，初步断定强伯格墓甬钟的时代约相当于成康之世，这可以说是目前所知最早的甬钟了。③

关于甬钟的起源，考古学家已经有了数十年的争论。李纯一认为甬钟源于殷钟，即商代流行于中原地区的镛（铙），而高至喜则认为甬钟起源于商周之际流行南方的大铙，又称为句鑃。④究竟如何，尚无定论，一般来说，似乎研究北方的学者倾向于李纯一之说，而研究南方的学者则多从高至喜。⑤而朱文玮和吕琪昌在分析了二说之后，又别主"南北交流说"，认为甬钟之"斡"及其编悬之制似源于北方，而甬钟之旋、枚、篆、钲间

---

① 蒋定穗《试论陕西出土的西周钟》，《考古与文物》，1984年第5期，页86—100。

② 陈梦家《西周铜器断代》，页250—251。

③ 卢连成、胡智生《宝鸡茹家庄、竹园沟墓地有关问题的探讨》，《文物》，1983年第2期。又见方建军、蒋咏荷《陕西出土之音乐文物》，西安：陕西师范大学出版社，1991年，页16。

④ 高至喜《中国南方出土商周铜铙概论》，《湖南考古学刊》第2辑，长沙：岳麓书社，1984年，页132。

⑤ 方建军《西周早期甬钟及甬钟起源探讨》，《考古与文物》，1992年第1期，页33—39。又见黄展岳《论两广出土的先秦青铜器》，《考古学报》，1984年第4期，页413—414。

的形式则源自南方。①参较之下,似以朱吕二先生之说较为合理。

　　然不论其源自何处,在西周时期,甬钟于陕西关中一带尤盛,其他地区虽也多有发现,如山东、湖北以及两广地区,而根据蒋定穗对其形制的分析,它们的时代都较晚,且数量也远不及陕西甬钟之繁富。②

　　商代北方的镛和南方的句鑃到西周时期发展出了编悬的乐钟,其基本形态有两种:一为甬钟,一为钮钟。③二者之间主要区别即在于舞上编悬结构的不同。甬钟顾名思义舞上有甬,用于侧悬;而钮钟则舞上有钮,用于直悬。而最早的钮钟当属于西周晚期,也在陕西地区,周王朝统治的中心地带发现。④

　　3. 镈

　　镈是商周之际颇为流行的一种青铜钟类乐器。在形制上,镈与编钟有显著的不同。最明显的是镈都是箅状平口,而殷钟、甬钟、钮钟率取合瓦形桥口。此外,镈的枚一般也较钟的枚为短。又侈铣有钮,钮上又有饰,常作动物形钮饰。郭沫若和唐兰等老一辈的考古学家曾以为镈是从甬钟发展过来的。而今天看来,镈的出现还要早于甬钟。商代中晚期,已经出现了镈这种乐器。按照传统的看法,镈仅仅是一种节奏性的乐器,并非旋律性的。可是,后来所发现的镈,三件乃至多件以上成组的很多,由此可知镈至后来也可作旋律乐器用。

　　在晚商与西周铜镈中,除了陕西耀县发现的三件西周中

---

　　①　朱文玮和吕琪昌《先秦乐钟之研究》,页103。

　　②　蒋定穗《试论陕西出土的西周钟》,《考古与文物》,1984年第5期,页86—100。

　　③　李纯一《关于殷钟的研究》,《考古学报》,1957年第3期,页47。

　　④　Falkenhausen, *Suspended Music*: *Chime-Bells in the Culture of Bronze Age China*, 174.

期铜镈外,大多数是在长江中下游一带发现的。①根据高至喜的考察报告,在湖南有很多早期铜镈出土。②高至喜认为镈钟起源于中国南方。1989 年,江西新淦大洋洲商代墓葬的重大发现,为我们了解商代中晚期乐钟提供了新的线索。在大洋洲商墓出土的诸多文物中,一件制作精美的镈和三件大铙(句鑃)引起了音乐考古学家们的兴趣。这些乐器的年代相当于商代中晚期。③高至喜把大洋洲的铜镈归入他所说的 A 型鸟饰类,而三件大铙则属于 B 型云纹铙。④大洋洲的镈是迄今为止考古发掘到的最早的铜镈。而无论从纹饰、形制,还是从其他方面来看,大洋洲的镈和大铙与后来的南方铜镈和句鑃的发展连续性清晰可见。所以说镈和句鑃是商周之际流行于南方的特有的乐器,与镛之于中原地区,以及编钟之于关中地区一样,形成了乐钟在早期采择和使用上的地方性特色。当然,平王东迁以后,随着王权的削弱,社会的动荡,以及战争的频仍,各地文化的交汇融合,早期乐钟的地方性色彩已经不那么明显。东周时期,甬钟、钮钟和镈成为各地方国礼乐中最常见的乐钟,商镛和南方大铙(句

---

① 刘怀君《眉县出土一批西周窖藏青铜器》,《文博》,1987 年第 2 期,页 17。

② 高至喜《湖南省博物馆藏西周青铜乐器》,《湖南考古辑刊》第 2 辑,页 29—34;《论商周铜镈》,《湖南考古辑刊》第 3 辑,长沙:岳麓书社,1986 年,页 209—214。

③ 罗泰认为此镈的年代当属殷虚一期,约公元前 1350 年左右。见罗泰《论江西新淦大洋洲出土青铜乐器》,《江西文物》,1991 年第 3 期,页 15—20。彭适凡等分大洋洲商墓铜器为三期,而最晚一期相当殷虚早中期。见彭适凡、刘林、詹开逊《关于新淦大洋洲商墓年代问题的探讨》,《文物》,1991 年第 10 期,页 27—32。李学勤则将大洋洲商墓的时代定为商代后期早段。见李学勤《新淦大洋洲商墓的若干问题》,《文物》,1991 年第 10 期,页 33。关于大洋洲商墓的最初报道,请参阅夏萍《江西新淦发现大型商墓》,《江西文物》,1990 年第 7 期,页 1—2。

④ 高至喜《论商周铜镈》,《湖南考古辑刊》,第 3 辑,页 209—214;《中国南方出土商周铜铙概论》,《湖南考古辑刊》第 2 辑,页 128—135。

鑃)则逐渐从历史长流中流失。

4. 句鑃(钩鑃)

商周之际南方的大铙(句鑃)与多发现于河南地区的商镛在形制上有很多相似的地方:都是合瓦形,都有甬柱等。而二者明显的不同则在于句鑃甬柄较长,商周句鑃中后期发展出了如甬钟般枚、篆、鼓和钲间的形式。①句鑃甬柱上的旋表明,这种乐器一般是植于钟架上来演奏的,而不像商铙那样可以手执演奏,其器体也较之于商镛大得多。根据高至喜和方建军的研究,其功用除军事上以外,同样也可用于祭祀飨宴。

大多数学者都认为句鑃是商镛的一种变体。在商周之际,这种乐钟曾广泛流行于今江苏、浙江、湖南、江西一带。然自西周中期以后,这种乐器几从历史舞台上销声匿迹。虽然人们在江苏和浙江也发现了一些春秋战国之际的句鑃,其中有的如绍兴发现的春秋晚期的"配儿句鑃"上有自铭"钩(鑃)",以及常熟"姑冯昏同之子句鑃"和浙江武康山"其次句鑃"皆自铭"句鑃"。其中,"姑冯昏同之子句鑃"更有铭曰"自作商句鑃",故考古学界一般都认为春秋后期吴越句鑃的制作可能是后来兴起的一种仿古的趋势。

(五)"南"作为南方的打击乐器

在以上讨论到的乐钟中,什么是"南"呢?从我们对编钟铭文的分析可以看到,至少在春秋时代,镈是算作"南"的一种的。从现代考古发现的成果来看,出土的铜镈可分为早(A、B、C型)、中(D、E型)、晚(F、G型)三期。高至喜认为早期铜镈的形

---

① 朱文玮、吕琪昌《先秦乐钟之研究》,页26—7。

制一直延续到西周晚期。高至喜《论商周铜镈》一文,从形制、纹饰等多方面对铜镈的类型、发展脉络申论甚详。除了纵向地比较铜镈的发展脉络之外,作者也将铜镈的纹饰特征与同时周边地区的其他器物作横向的比较,令人信服。早期的铜镈基本上集中在湖南、江西一带,正是长江中游地区,《诗经》周召二南的滋生地。

除镈之外,句鑃则代表了另一种类型的南方早期乐钟。因其形似北方的小铙(即"殷钟"或"庸"),故考古学家们也习惯地称之为"大铙"。关于句鑃的形制与演进的状况,朱文玮与吕琪昌作过比较全面的研究,有一段综合性的论述,简明扼要,特录之于下:

> 南方早期之句鑃在商晚期前段已经存在,大致有两种类型。A型(AⅢ除外)形体较小,甬部无旋,通行于江西、江苏、安徽、湖北等地;B型则形体高大厚重,甬部有旋,盛行于湖北湖南地区。其后B型纹饰渐趋简化,产生了C型;另外A型(AⅢ除外)和B型交流的结果,也出现了AⅢ式的形制。①

除此之外,尚有D型跟F型,也多见于湖南、江西一带,如江西新淦大洋洲所发现的三件句鑃和一件镈。所以说,在商代晚期和西周时期,流行于长江中下游地区的主要是镈和句鑃这两种乐器。而所谓"南"当是指南方出产或流行的这一类钟类乐器。

《诗·鲁颂·泮水》中有句云:"憬彼淮夷,来献其琛:元龟象齿,大赂南金。"孔颖达疏:"金即铜也。"考诸文义,"金"未必即铜。

---

① 朱文玮、吕琪昌《先秦乐钟之研究》,页58—59。

与"元龟"、"象齿"、"大赂"并列，"南金"似乎应比"南方的铜或铜器"更为具体一些。在早期的语言习惯里，"铜"常用来指作为金属材料的铜；而一旦用此材料作成器物，则又常称之为"金"。①余以为"大赂南金"的"金"指的是"钟"，所谓南金者，即南方的乐钟。《尚书·禹贡》中也曾提到荆州、扬州之地，贡金三品。②所贡之"金"可能是铜器，也可能就是青铜乐钟。在先秦典籍中，以"金"代指"钟"，颇不乏其例。《周礼·春官大师》又云："皆播之以八音：金、石、土、革、丝、木、匏、竹。"郑玄注："金，钟镈也。"《周礼·地官司徒》云："鼓人，掌教六鼓、四金之音声，以节击乐，以和军旅，以正田役。"这里的"四金"指的是下文中的"金镈"、"金镯"、"金铙"和"金铎"。"金"作乐钟的代称在载籍中其例尚多，兹不一一。比如由乐钟和磬演奏的音乐，《左传》和其他典籍中常被合称为"金石之乐"、"金石之声"，此"金"盖指"钟镈"之类，又每以"金鼓"合称，盖指钲铙之类。《左传》哀公十一年"吾闻鼓而已，不闻金矣"，即其证也。

　　故所谓"南金"者也可能指的是南方的乐钟。这类钟或产于南方荆扬一带，或于这一带流行。以此观之，"以雅以南"和"台夏台南"的"南"可能是"南金"的省称，其所指就是这一类盛行于江汉流域的乐钟。以此来看，《礼记·文王世子》"胥鼓南"，《诗·鼓钟》之

---

　　①　"铜"数见于铜器铭文。如楚王盦章鼎、盘均有"楚王盦章战隻（获）兵铜"，此处之铜，盖指兵器的材料，若曰"兵金"，则不文。洹子孟姜壶云"用盨（铸）尔羞铜"，此处盖指器物。有《管子·轻重》云："上有丹沙者下有黄金，上有慈石者下有铜金，上有陵石者下有鈆、锡、赤铜，上有赭者下有铁，此山之见荣者也。"此处以"铜金"指铜料。"铜"与"金"虽然都是既可指材料，又可指器物，然在语言习惯中，自有其倾向性。如睡虎地秦简《秦律》云："县都官以七月粪（焚）公器之不可繕者，有久（记）识者麿（磨）蚩（彻）之。其金及铁器入以为铜。"（《睡虎地秦墓竹简》，北京：文物出版社）此处"金"显然指铜器，而"铜"则指材料。

　　②　按古扬州在彭蠡湖口一带，非今日之扬州也。《尚书正义》，卷六，页三十六至三十七，《十三经注疏》本，页148—149。

"以雅以南",邅邻编钟铭文上的"我台夏台南"所指或为镈或为句鑃。

到这里,我们自然要面对一个问题,既然"南"的初始义为竹或竹筒,并被借用为方位词"南",那么"南"作为乐钟的名称又是怎么出现的呢?

"南"由初生之竹渐变为一种竹制的容器,后来这种容器在生产劳动中被用为打击乐器,按诸节拍。后世所谓"击节称赏"的"击节"推其本源,也就是以敲击竹筒(容器)来按节拍。而这种用以按拍的竹筒,渐变而为乐器。早期考古学家如郭沫若、唐兰等都曾认为钟类乐器是由竹筒发展而来的。[①]今人李纯一又从字源上来考订商代流行于中原地区的小铙,即商庸的"庸"字也是由"用"字演化而来,也就是说起源于竹筒。[②]由此可见,"庸"与"南"这两类乐钟无论在器形上,还是在其名称的来源上都与竹筒有相当的关联。所以,"南"字在早期因竹多生于南方而被借用为方位词,又被用来代指由竹筒演化出的乐器,这一发展脉络清晰可见。当然,"南"作为乐器名,可能是多见于长江中下游地区的镈和句鑃的总称,也可能是专指镈而言。

《吕氏春秋·古乐》中所载的伶伦取竹作乐的故事又为这一论断提供了一个有力的旁证。

> 昔黄帝令伶伦作为律,伶伦自大夏之西,乃之阮隃之阴取竹于嶰溪之谷。以生空窍厚钧者,断两节间,其长三寸九分,而吹之,以为黄钟之宫。吹曰舍少,次制十二筒(别本作"箘",又作"管")。以之阮隃之下,听凤凰之鸣,以别十二律。其雄

---

① 郭沫若《两周金文辞大系图录考释》,北京:科学出版社,1959 年,页 237。唐兰《古乐器小记》,《燕京学报》,14:60—61。

② 李纯一:《试释用、庸、甬并试论钟名之演变》,《考古》,1964 年第 6 期,页 310。

鸣为六,雌鸣亦六,以比黄钟之宫适合。黄钟之宫皆可以生之,故曰,黄钟之宫,律吕之本。黄帝又命伶伦与荣将,铸十二钟以和五音,以施英韶,以仲春之月乙卯之日日在奎始奏之,命之曰咸池。[①]

四、"周南"与"召南"

《周南》及《召南》诗被归入十五国风的前两个部分。二南保存了周朝南方知识分子的作品,并影响着江汉地区的音乐文化。以下的章节我们将利用二南诗丰富的内容及文本考察方法来阐述所提出的理论。

有关江汉流域的乐器考古研究表明,自商代中期起,这个地区的音乐传统便处于一种"自治状态"。从江西新淦发掘出土的镈钟及三件句鑃,以及其他发现于湖南及湖北的乐钟,分别被确定为商代晚期至西周的产物。它们证明了江汉地区的音乐文化有别于关中及中原地区,保持了一定的独立性。遧郒编钟及其他考古学的文献指出,南方的音乐传统虽然受到其他文化的影响,但直至春秋晚期也保持了一定的独立性及地方特色。在周代,《周南》及《召南》的诗歌采集自这些地方,并成为了现存南方文化的唯一代表作品集。

(一) 周公所封与召公所封

周南及召南的地理位置及边界仍存有问题。远自汉朝,《诗经》的三个主要今文学派便对周南及召南的位置有不同的理解。

---

① 许维遹《吕氏春秋集释》,页 235—239。

齐诗学派视周南及召南为两个国名。[①]有些现代学者如刘节便认同这个看法，并就此提供了更多历史及铭文的资料以作佐证。[②]然而，二南之国的存在与否仍是一个疑问，详细的讨论见下文。韩诗学派认为周南位于汉水之东，而召南则位于汉水之西。这与我的看法基本一致。[③]《韩诗外传》认定二南的位置近于南阳及南郡之间（即现今河南西南部及湖北西北部）。《太史公自序》记载："是岁，天子始建汉家之封，太史公留滞周南，不得与从事，故发愤且卒。而子迁适使返，见父于河洛之间。"[④]司马迁之言清楚地证明了周南位于河洛之间。《史记集解》引述徐广所举挚虞之言，认为周南位于洛阳，而《索隐》则引张晏之说，证明自陕以东的广大地域便是周南。[⑤]朱骏声和陈槃接受《集解》的理论，证明陕即郏，并以为周南位于现今洛阳地区。张晏之所以指周南位于自陕以东，因为周人新征服的领域被陕一分为二，这些地方都成了周公及召公的管辖之地。仔细地翻阅历史资料，特别是《史记》的史料，可知周公和召公的封号始于他们首封于岐山（即今陕西省岐山县）。武王伐纣及武王死后（前 1049/1045—前 1043 在位），他们又被封为太师及太保，专责辅助年幼的周成王（前 1042/1035—前 1006 在位）管治新得的国土。此时，周公主要管辖广阔的陕以东地区，负责监察武庚领导的殷商遗民以及一些商代东部地区的重要封国。而召

---

① 陈乔枞《齐诗遗说考》，卷一，页三下—四上，见《皇清经解续编》本《三家诗遗说考》，台北：艺文印书馆，1965 年，第十七册，页 12894；魏源《诗古微》，见《皇清经解续编》，台北：艺文印书馆，1965 年，第十七册，页 12755。

② 刘节《周南召南考》，见林庆彰编《诗经研究论集》，台北：学生书局，1983 年，页 39—50。

③ 陈乔枞《齐诗遗说考》，第十七册，页 12894。

④ 《史记》，卷一百三十，页 3295。

⑤ 对于"陕"字的字训，可参见王叔岷《史记斠证》，台北："中央研究院"历史语言研究所，1982 年，第 5 册，页 1365—1366。

公则负责管治陕以西的大片土地，延续周王朝的统治。

平定武庚及三监之乱后，周成王便领导周民继续向东扩张至商朝另一重要的封国——商奄。商朝覆亡之初，商奄便成了商遗民最重要的国土。周公及召公也曾经参与过商奄之战。根据现存文献及铭文的资料显示，周公平定商奄之叛后，便立即建立鲁国。周公的长子伯禽受封于鲁，而次子君陈（又名明保）则继续留于周朝，为周王效劳。姬旦死后，君陈便继承了周公的封号。[①]

召公一族的情况也与周公的十分相似。征服商遗民于现今山东梁山地区及向北扩张后，召公长子受封于燕（今北京），而次子则成为周室的卿士，后来继承了召公的封号。直至周晚期，周公和召公的封号均是世袭的。

（二）二南地域问题

周朝与南方诸国的战争，尤其是与楚国的交战持续了几个世纪，直至春秋时代。早在武庚之乱及商奄之叛时，即有熊族已经很主动参与叛乱。周公本人领导了东征淮徐的平叛活动。平叛后，周公为周王朝设置了淮及徐两个新的行政地区。为了加强统治，周室又令周公在新占领的地区建立更多封国，以为周屏藩。这是自周初武王后，另一次大规模的分封建国。《左传》僖公二十四年记载：

> 昔周公吊二叔之不咸，故封建亲戚以蕃屏周。管、蔡、郕、霍、鲁、卫、毛、聃、郜、雍、曹、滕、毕、原、酆、郇，文之昭也；邘、

---

① 陈梦家《西周铜器断代》，见王梦旦编《金文论文选》，香港：诸大书店，1968年，第一册，页72。

晋、应、韩，武之穆也；凡、蒋、邢、茅、胙、祭，周公之胤也。[1]

周公后裔所管治的封国：蒋国位于现今淮河河滨，其统治者是周公征服淮、徐等地区后立刻分封的。《竹书纪年》记载周康王（前1005/1003—前978在位）十六年曾率大军南伐淮夷。[2]而昭王丧六师于汉更说明晚至周昭王时代（前977/975—前957在位），[3]江汉流域仍在周王朝控制范围之外。1976年扶风庄白村出土的史墙盘更进一步证实了周昭王南征楚国的历史。[4]

根据《荀子·儒效篇》，周公共分封了七十一国，五十三国封予周王室同姓贵族。[5]但是，历史文献记载当中只有三十国是王室姓氏——即姬姓。许倬云怀疑其余的姬姓国大概近于汉江流域的南方。[6]许进一步引《左传》"汉阳诸姬"[7]及"周之子孙在汉川者"[8]来支持他的论点，以推翻诸国为楚邦的说法。然而，周公似乎未必独自建立"汉阳诸姬"，其继承者亦很可能参与封建诸国。姬姓诸国及其他封国很可能在周朝与楚国及南方蛮夷的长期军事对抗中被封建。如史伯所说："王室将卑，戎狄必昌，不可逼也。当成周者，南有荆蛮申吕应邓陈蔡随唐，北有卫燕狄鲜虞潞洛泉徐蒲。"[9]这说明了当时在中原地区及南蛮之间便有许多封国。其中，成周之

---

① 参见 Legge, *The Chinese Classics*, 5:192.

② 方诗铭、王修龄《古本竹书纪年辑证》，页42。

③ 昭王南征事见《史记·周本纪》、《左传》僖公十四年和《吕氏春秋·音初篇》，也见眡钟（宗周钟）、驭簋、过伯簋、贞簋铭文，参见郭沫若《两周金文辞大系》，《郭沫若全集·考古编》，人民出版社，1982年，第7册，页53—54。方诗铭、王修龄《古本竹书纪年辑证》页43—44有详细讨论。

④ 裘锡圭《甲骨文中的几种乐器名称——释庸豐鞀》，页25—32。

⑤ 见王先谦《荀子集解》，卷四，页28。

⑥ 许倬云《西周史》，页176。

⑦ 杨伯峻《春秋左传注》隐公五年，页45。

⑧ 杨伯峻《春秋左传注》定公四年，页1547。

⑨ 《国语》，页507。

南的申国及吕国属于姜姓,应、蔡、随、唐诸国则属姬姓,而荆、蛮则属楚国及其他非中原的南方部落或小国。这段话说明了周王朝的国土在长期的军事对抗中缩小了。史伯的话证实了这些封国皆位于成周之南,而成周即周公最初所建立的位于中原的陪都以,并且成为其继承者所处的对江淮用兵的总部。

同样地,召公一族在处理楚国及南方人民的事务上也扮演着重要角色。杜正胜认为岐山出土的玉匕首记载了召公本人曾经到过南方的封地一次。其铭文刻道:"王在丰,令大保省南国,帅汉,徆(造)寝南,令厉侯辟用黿走百人。"这证明了召公曾经到南方视察或征伐诸国。根据杜论,厉位于现今湖北省绥县北。召公的后代其他召公也曾经略江汉。①

宣王时期的召穆公(名虎)在伐楚的战事中获得过辉煌的成就。②

在《江汉》一诗中,第二及第三节曰:

> 江汉汤汤,武夫洸洸。经营四方,告成于王。四方既平,
> 王国庶定。时靡有争,王心载宁。

> 江汉之浒,王命召虎:"式辟四方,彻我疆土。匪疚匪棘,
> 王国来极。于疆于理,至于南海。"

《崧高》(《毛诗》259)诗第二节同样相关:

> 亹亹申伯,王缵之事。于邑于谢,南国是式。王命召伯,
> 定申伯之宅。登是南邦,世执其功。

---

① 见杜正胜《周初封建的建立》,见"中央研究院"历史语言研究所中国上古史编辑委员会编《中国上古史》,第3卷,1985年,页61—62。

② 关于虎,见杨伯峻《春秋左传注》僖公二十四年,页423。杨证明了虎是召穆公的名字。召穆公是周厉王及周宣王时期的朝臣。又可参考杨树达《六年瑚生簋跋》(召伯虎簋),见《积微居金文说》,北京:科学出版社,1959年,页268—272。

《崧高》诗中的"召伯"不一定就是《江汉》诗中的"召虎",但必是历代召公中的一位。召公的承继者显然曾经到过南方镇抚那些不尊周室的人民。其中一位召公更帮助申国(今汉水及汝水之间的南阳地区,大约在淮河以西五十公里)巩固其国。这些地区的管治权也似乎为召公一族所世袭。

综合上述所论,我们可以暂作如下结论:

(1) 在处理南蛮的问题上,周公建立了数个封国,由淮汝流域到汉江地区(即今河南以南、安徽及湖北以北);而召公则集中处理汉江流域(即今湖北地区)。

(2) 周室灭商后,这两个地区分别是周公及召公的管辖范围。

(三) 关于南国之疆域

关于南国之疆域,有如下诸说:

1. 在雍州岐山之阳,有周、召两小国,文王所封。南者,谓周召二公之教,自岐而行于南国。此说本于郑玄《诗谱》,从其说者甚夥。采诗于周之南得之则为《周南》,采诗于召之南得之则为《召南》。郑玄《诗谱》谓周、召为雍州岐山之阳地名,属东汉右扶风美阳县。谯周说周公袭太王之周地,所以称周公。《索隐》谓其地在扶风雍东北,曰周城。[①]《括地志》云:"周公故城在岐山县北九里,

---

① 《史记》,卷三十三,页1515,注1:"《集解》:谯周曰:'以太王所居周地为其采邑,故谓周公。'《索隐》:'周,地名,在岐山之阳,本太王所居,后以为周公之采邑,故曰周公。即今之扶风雍东北故周城是也。谥曰周文公,见《国语》。'"余案:《竹书纪年》中古公亶父与季历皆称"周公",殷王武乙三年,"命周公亶父赐以岐邑"。故谯周之言亦非臆说。见《竹书纪年》,台北:中华书局,1980年,景印《四部备要》本,卷上,页17—18。

召公故城在岐山县西南十里。"其地有召亭之名。①如南宋章如愚
《群书考索》云:"文王之诗所以属之风(笔者按:疑为"周"之误)召
者,何也? 愚知之矣。太师系之也。文王受命以六州之地(笔者
按:所谓"三分天下有其二也",禹甸九州,故文王六州),命周召治
之。二公所施,则文王之教也。太师采诗之时,得于周南之地,属
之周公,得于召南之地,属之召公。"②而"周南"、"召南"盖指周召
二公所推行的文王仁政无远弗届,被于江汉之地。③对于此二南,
既不称"风",亦不称"雅",章如愚说:"化沾一国,谓之为风,道被四
方,乃名为雅。文王才得六州,未能天下统一。虽则大于诸侯,止
是诸侯之大者耳。此二南之人,犹以诸侯待之,为作风诗,不作雅
体。体实是风,不得谓之为雅。文王末年,身实称王,又不可以国
风之诗系之王身。名无所系,诗不可弃,因二公为王行化,是故系
之二公也。"④章氏之说虽无所据,然以意推之,亦尽委曲之能,极
思虑之致。

2. 在洛阳。王先谦(1842—1918)《诗三家义集疏》云:"古之
周南,即今之洛阳。又曰:洛阳而谓周南者,自陕以东,皆周南之地
也。"按其所本一是《史记·太史公自序》所谓"太史公留滞周南"云
云,确以周南代洛阳;二是周召分陕,所分之陕,据《汉书·地理志》
为弘农郡陕县(今河南颍州),自此以东,周公主之,以西则召公
主之。

---

① 召亭之名,见《左传》僖公二十九年杜预注"扶风雍县东南有召亭";《水经注》
"雍水又东径召亭南,故召公之采邑也"。并见《晋书·地道记》。见尹继美《诗地理考
略》,卷一,《续修四库全书》,第74册,页113—114。

② 章如愚《群书考索》,京都:中文出版社株式会社,1982年,第二册,卷七,页
1019上。

③ 《毛诗正义》卷一之一,《十三经注疏》本,页2。

④ 章如愚《群书考索》,第二册,卷七,页1019下。

3. 周南为文王治内,召南为文王治外;《周南》乃王者之风,《召南》为诸侯之风;清儒胡承珙(1776—1832)引苏辙(1039—1112)《诗集传》以为周南召南皆为文王之治国,周公治其国,召公治其外。①朱熹则认为"得之国中者,杂以南国之诗,而谓之《周南》,言自天子之国而被于诸侯,不但国中而已。其得之南国者,则直谓之《召南》,言自方伯之国被于南方,而不敢系于天子也。"②后世学者从此说者亦不少。

4. "南"为国名。郦道元《水经注》云:"《周书》曰:南,国名。南氏有二臣,力钧势敌,竞进争权,君弗能制。南氏用分为二南国也。"《水经注》又云:"按韩婴叙诗云:其地在南郡南阳之间,《吕氏春秋》所谓禹自涂山巡省南土者也。是郡取名焉。"③按《逸周书·史记解》云:"昔有南氏有二臣贵宠,力钧势敌,竞进争权,下争朋党,君弗禁,南氏以分。"按古代有国名"南氏",国名纪于《世本》。④郦道元以南氏之国所分之二南国为诗"二南"之名所系。⑤胡承珙即指其为附会。⑥

南氏之国大约如斟灌、斟寻等古国一样,立国在上古之世,其地域事纪,则荒远无征。到商周之际,其国是否尚存,亦未可知。

---

①　胡承珙《毛诗后笺》,合肥:黄山书社,1999 年,页 1。

②　朱熹《诗集传》,页 1。

③　郦道元《水经注》,卷 34,见陈桥驿、叶光庭、叶扬译注:《水经注全译》,贵阳:贵州人民出版社,1996 年,页 1182。

④　王谟辑本《世本》云:"妘姓:有南氏、郐氏、弗氏。"(见王谟《汉魏丛书钞》中《世本》卷下《氏姓篇》,页二,《续修四库全书》,第 1200 册,页 207)。雷学淇辑本云:"妘姓:有南氏、斟郐氏、弗氏、斟灌氏。"(见《世本》,北京:中华书局,1986 年,《丛书集成初编》,第 3698 册,《氏姓》下,页 49)。茆泮林辑本"斟灌氏、斟郐氏,夏同姓诸侯"条下云"有南氏"(见《世本》,《丛书集成初编》,第 3700 册,页 59)。

⑤　毛奇龄《诗札》,卷一,景印《文渊阁本四库全书》本,第 86 册,页 214—215。

⑥　胡承珙《毛诗后笺》,页 4。

故很难断定其国名与《诗》之二南有何关联。

  《诗·小雅·四月》云:滔滔江汉,南国之纪。

  《诗·大雅·崧高》云:亹亹申伯! 王缵之事。于邑于谢,
南国是式。王命召伯:定申伯之宅。

我以为这里所用的"南国",皆广义上之南国,非专名。如《列子·
汤问》:"南国之人,祝发而裸,北国之人,鞨巾而裘,中国之人,冠冕
而裳。"①《楚辞·橘颂》云:"受命不迁,生南国兮。"南国是与北国
和中国相对而言之南国,必非专名,而是泛称。以当时文字资料来
看,甲骨文中有"南土"、"南方"一词,应该也是王畿以南的泛称,或
南部某个区域的代称,未必当时即有一国名曰南。其情形殆如"北
土"、"北方"一样。②今试举甲骨文辞例如下:

(1)《合集》9737:

  …… 南 土 受 年 三 五 六

(2)《合集》9738:

  甲 午 卜 亘 贞 南 土 受 年〔一 二〕三 四 五

  甲 午〔卜〕〔亘〕〔贞 南 土 不 其 受 年〕

(3)《合集》9739:

---

  ① 张湛注《列子注》,《诸子集成》,第 3 册,上海:上海书店,1986 年,页 57。
  ② 关于甲骨文中"北土"、"北方"非专指某名北之国,可参见拙作《从王国维北伯
鼎跋看周初邶入于燕的史事》,《台大历史学报》,第 31 期(2003 年 6 月),页 16—18。

贞 今 岁 南 土 受 年 二

(4)《合集》19946 正：

庚 午 卜 贞 王 冒 亡 囚 才 南 土

(5)《合集》20576 正：

戊 午 卜 贞 弱 不 丧 才 南 土 囚 告 史

(6)《合集》20576 正：

己 未 卜 贞 多 冒 亡 囚 才 南 土

己 未 卜 贞 多 冒 亡 囚 才 南 土

己 未 卜 □ □ 冒 亡 囚 才 南 土

庚 申 卜 贞 雀 亡 囚 南 土 囚 告 史

庚 申 卜 贞 雀 亡 囚 南 土 囚 告 史

辛 酉 卜 贞 雀 亡 囚 南 土 囚 告 史

辛 酉 卜 贞 雀 亡 囚 南 土 囚 告 史

壬 戌 卜 贞 多 亡 囚 才 南 土 囚 告 史

(7)《合集》20627：

□ □ 卜 □ □ □ …
□ □ 卜 㱿 南 土 …

(8)《合集》24429：

□ □ 卜 □ □ □ □〔□〕□ 一
癸 卯 卜 大 贞 南 土〔受〕年 一

(9)《合集》36975：

□ □ □ □ □
南 土 受 年 吉

以上所举之"南土"皆非特有一国以"南"名,当是指殷王畿以南的部分地区,或王畿南部有一地区当时统称为"南土"。甲骨文中"南方"一词,或为神名(四方神之一,《合集》13532、14294、14295),或指方向(《合集》30173、30175;《屯南》1126、2377),或如"南土",泛指殷王畿以南的部分地区(《合集》13532)。金文中"南国"一词多见,如昭王时期的宗周钟铭文:"南或及子敢臽虐我土王敦伐其至扑伐氒都及子乃遣闲来逆邵王南夷东夷具见。"(《集成》260)南国在这里似是一国名。但是,审其他西周金文辞,如静方鼎:"隹十月甲子,王才宗周,命师中众静省南或相□居。"①中方鼎:"省南或贯行。"(《集成》2751、2752)中甗:"王令中先省南或贯行……ム王令曰:余令女史(使)小大邦……"(《集成》949)禹鼎:"亦唯噩(鄂)侯驭方率南淮夷东夷,广伐南或东或。"(《集成》2833、2834)。"广伐南国东国"云云,显然此南国非专指某国曰"南国"。反过来再看"南国及子",则及子未必是"南国"之及子,或为众多南国中某国之及

---

① 《文物》,1998年第5期,页86,图4。

子。"南国"之谊殆如金文"东国"、"内国",皆非国名专称。

　　需要指出的是"南方"、"南土"、"南国"也有可能是非专有名词,指代南方某一国,则三者也并非以国名出现。

(四) 从二南诗来看二南地域

　　而关于二南的地域,二南本身也给我们提供了佐证。朱佑曾云:"今以诗考之,江汉合流在荆州之域,汝坟在豫州之南竟(境),江氾江沱俱在梁荆,则不言'南',固不得以该之也。"[1]《汉广》诗云:

　　　　南有乔木,不可休思。汉有游女,不可求思。汉之广矣,不可泳思。江之永矣,不可方思。

　　　　翘翘错薪,言刈其楚。之子于归,言秣其马。汉之广矣,不可泳思。江之永矣,不可方思。

《毛诗序》谓此诗为文王所作。根据此诗的小序所言,《汉广》显示出文王之教化直达南陲。"汉有游女,不可求思"暗示在礼教的规范下,面对不恰当的追求,女子将不会为之心动。但现代学者多有不同的理解。最普遍的说法是诗中的少年爱上了少女,却不敢表达他的感受。因此,今人或以为这是江汉地区的民间情诗。[2]

　　"汉"、"江"二字无疑是指汉水及长江。而根据《毛传》,"楚"字其实是一植物名称。朱熹将此植物归为常见于南方的"荆"类。[3]楚国又叫荆,这明显与该常见植物"荆"有关。[4]此外,另一诗歌《周南·汝坟》(《毛诗》10),其名与汝地有关,说明了这是汝地人民所

　　① 朱佑曾《诗地理征》,卷一,页二,《续修四库全书》,第 72 册,页 435。
　　② 张树波《国风集说》,石家庄:河北人民出版社,1993 年,页 85—88。
　　③ 张树波《国风集说》,页 84。
　　④ 蔡靖泉《诗经二南中的楚歌》,《上海大学学报》,1994 年第 6 期,页 102。

创的作品。

　　与我们的理论相反,有些学者引《周南·关雎》(《毛诗》1)"在河之洲"来说有些《周南》诗歌出自北方河水地区。但是根据林河有关《楚辞·九歌》的研究,"河"并非一定指"黄河",同时亦可用作其他河流的代名词。①

　　在《召南》诗中,《江有汜》(《毛诗》22)出现了"江"字。三句相同的诗句并列在该诗三节的开首:

　　　　江有汜
　　　　江有渚
　　　　江有沱

一般认为"沱"是江水中的一个小支流。《尔雅》则提供了一个详细的定义:

　　　　水自河出为灉,济为濋,汶为灛,洛为波,汉为潜,淮为浒,江为沱,濄为洵,颍为沙,汝为濆。②

邢昺疏以为古有两"沱",一在江的上游,今四川省境,一在荆州,今湖北省境内。《尔雅》又云:"水决复入为汜。"郭璞认为水歧出而复入者叫作汜,而歧出入于他水者为沱。其地在四川境内,朱佑曾对此有详细的考订。③

　　除这些地理名词外,二南诗中的词句,也表现了一些江汉淮汝一带的方言特点。闻一多在《诗经通义》中考察了《周南·兔罝》和《召南·驺虞》两诗,指出此"兔罝"与"驺虞"两词皆出于楚方言

① 林河《九歌与沅湘风俗》,上海:三联书店,1990 年。蔡靖泉《诗经二南中的楚歌》,页 103,注 12。

② 《尔雅注疏》,卷七,页五十三,见《十三经注疏》本,页 2619。

③ 朱佑曾《诗地理征》,卷一,页八,《续修四库全书》,第 72 册,页 438。

"菟"字。①语音史家熟知"於菟"即楚方言中对虎的称谓。②扬雄《方言》谓於菟在江淮南楚地区亦写作虎兔。而"驺虞"、"驺吴"、"驺吾"、"梳敔"皆"虎"与"兔"二音所变。

《诗·周南·汝坟》有"惄如调饥"一句,扬雄《方言》:"悼、惄、悴、憖,伤也。自关而东汝颍陈楚之间通语也。汝谓之惄。"③《周南·关雎》中"窈窕"一词,共用四次以况淑女姿容之曼妙,《方言》又云:"娃、嫣、窕、艳,美也。吴楚衡淮之间曰娃,南楚之外曰嫣,宋卫晋郑之间曰艳,陈楚周南之间曰窕。"此词不见于文献他处,惟又见于《楚辞·九歌·山鬼》一篇。固知扬雄所言不虚。

这种江汉方言特点又见于《诗·召南·采蘋》,其第二段最后一行云"维釜及錡",许慎与扬雄皆以为釜与錡是同一器物的不同地方称谓。④许慎与扬雄认为錡出于江淮一带,与此文所说的召南之地正合。⑤

扬雄《方言》或许未能准确地反映当时二南诗歌的方言,但这仍无损其价值。有些方言可以从早期典籍、文件以及出土文献核实,有些方言则保留至今。在扬雄的方言分类中,周南及召南是两个重要的地区。虽然扬雄没有指出两地的准确位置,我们仍可从《方言》的含意中推断两地处于关中和楚国之间。⑥

如果二南之诗果出于江、汉、淮、汝一带,那么一些其他的悬而未决的问题便易于理解了。首先,《诗经》学者曾经感到困惑的是为

---

① 闻一多《古典新义》,北京:古籍出版社,1956 年,页 116—119。

② 《左传》宣公十四年,记楚令尹子文幼食虎乳,故名斗谷於菟。"於菟"一词为"虎"字的合音词。《广雅·释兽》中於菟作於䖘。见钱绎《方言笺疏》,北京:中华书局,1991 年,页 275—276。

③ 钱绎《方言笺疏》,页 15。

④ 许慎《说文解字》,页 295。

⑤ 钱绎《方言笺疏》,页 171。

⑥ 钱绎《方言笺疏》,页 40。扬雄显然将之置于卫国附近。

什么《国风》中只有河、济流域的诸侯国的诗,何以没有江汉淮汝一带的诸如蔡、随、曾、唐、应、邓这些姬姓国家或申、吕这些姜姓国家的歌诗。从载籍中来看,这些国家在春秋史事中也具有一定的重要性。笔者认为这些国家的歌诗实际上并未被《诗经》的编者所遗忘,而是被收入了二南之中。清代王先谦本三家诗为说,以为"周南篇有《汝坟》,周南大夫之妻作。有《茉苢》,蔡人之妻作。"又据《汉书·地理志》:"汝南郡,莽曰汝坟,故胡国。"[①]又指《召南·行露》为申国之女所作。[②]皆非无据。其次,在先秦的典籍中,《邶》、《鄘》、《卫》等十三国风本无风之名,《左传》襄公二十九年记载吴公子季札至鲁观乐,都只是称十三国风为《邶》、《鄘》、《卫》,并未称之为"邶风"、"鄘风"、"卫风"等等。而季札评语中又统名之曰"风"。上海博物馆所出竹简,有《北风》之名,又统名之曰"邦风"。按其时代,则在季札观乐之后。十三国风中,邶、鄘、豳、王应是地名,因春秋时期其国早已不存,余皆国名。同理,周召二南也是地名。故《国风》各部分有国名有地名,非如前人所说皆国名。所谓"风"当是后来传《诗》者所冠。至于《左传》隐公三年称《召南·采蘋》、《召南·采蘩》为风,盖以风字指称宗周畿甸以外各诸侯国所收集来的歌诗。

(五) 从二南诗来看二南时代

宋代的复古思潮带动了诸学者对古物的深入研究,同时也对古代的传统理解产生了疑问。于是毛诗学派将二南诗的成书时间

---

① 王先谦《诗三家义集疏》,卷一,页1。王引《鲁诗》云:"蔡人之妻者,宋人之女也。既嫁而夫有恶疾,其母将改嫁之。……终不听其母,乃作《茉苢》之诗。"《韩诗》说同,魏源以为"蔡宋无诗,赖是以存之"(见卷一,页47)。于《汝坟》,《齐诗》与《鲁诗》同,见同书,页56。

② 王先谦《诗三家义集疏》,卷二,页89—91。《韩诗》、《鲁诗》说同。

定于周文王时代的说法,受到了宋儒的质疑。回顾上世纪,许多现代学者受到疑古派的启发,纷纷重新审视《诗经》开首两部分二南。陈槃是其中的佼佼者。陈《周召二南与文王之化》一文完全舍弃了毛诗学派的"文王说",转而视这些诗歌如《关雎》、《汝坟》、《甘棠》及《何彼秾矣》为东周晚期的民间歌谣。[①]

从诗歌本身及历史资料(如《左传》及《国语》)来看,二南诗撰于西周初期至春秋初期。从《左传》可见,二南诗经常被引用作外交辞令。有些诸侯国的代表在处理敏感棘手的问题时,更会即兴引诗来卖弄其聪明才智。有些诗歌适合用于表达言外之意,有些则用作谐谑或协调和谐的气氛。参考张素卿的研究,[②]笔者绘制了一个有关《左传》引诗的表列。笔者删除了诗题"君子曰",因为这明显是作者外加之辞,对诗歌的排序并没有影响。

表 20：春秋时代卿士大夫所引用的二南诗

时　间	引用者或外交使节	地点及处境	所引或所诵之诗	《诗经》中所属部分
成公十二年（前 579）	晋国大夫郤至	在楚国朝廷上。楚共工召见晋国使节郤至。郤至闻金奏于地室,乃引诗四句以作解说。	兔罝（《毛诗》7）	周南
襄公七年（前 566）	晋国公族穆子（韩无忌）	韩献子告老,晋欲立公族穆子为卿。他婉拒,并引诗以作解释,说他的疾病会妨碍他为国家效力。	行露（《毛诗》17）	召南

① 陈槃《周召二南与文王之化》,《古史辨》,第 3 卷第 11 期(1931 年),页 424—439。
② 张素卿:《左传赋诗一览表》及《左传引诗一览表》,见《左传称诗研究》,页 261—288。

（续表）

时　间	引用者或外交使节	地点及处境	所引或所诵之诗	《诗经》中所属部分
襄公七年（前 566）	鲁国叔孙豹（穆叔）	在鲁国朝廷上。卫国孙文子来聘,但行为举止不恰当。穆叔因而引诗言其必亡。	羔羊（《毛诗》18）	召南
襄公八年（前 565）	晋国大夫范宣子	在鲁国朝廷上襄公享之。范宣子赋诗。	摽有梅（《毛诗》20）	召南
襄公十四年（前 559）	秦国士鞅	秦献公及士鞅的对话。士鞅解释该诗诗旨及认为该诗出自于召公时的周民。	甘棠（《毛诗》16）	召南
襄公二十八年（前 545）	鲁国大夫穆叔（叔孙穆子）	在鲁国朝廷上。卫国孙文子为封赠而来,但行为举止不恰当。穆叔（叔孙穆子）因而引诗批评。	采蘋（《毛诗》15）	召南
昭公元年（前 541）	鲁国大夫穆叔（叔孙穆子）	在郑国朝廷上。在宴会上,晋大夫赵武、曹大夫及鲁大夫叔孙穆子赋诗互赠。	鹊巢（《毛诗》12）采蘩（《毛诗》13）	召南
昭公元年（前 541）	郑国大夫子皮	在郑国朝廷上。在宴会上,晋大夫赵武、曹大夫、鲁大夫叔孙穆子及郑大夫子皮赋诗互赠。	野有死麕（《毛诗》23）	召南
昭公二年（前 540）	鲁国大夫季武子	在鲁国朝廷上。在宴会上,季武子赋此诗赠晋国韩宣子。	甘棠（《毛诗》16）	召南

由上表可见,在公元前 6 世纪中前期,《召南》诗多用于庙堂之上且为国家的精英分子所援引,具有一种谚语的表达作用。因此,这些诗歌的实际创作期可定于春秋前期。笔者相信,在没有更多的证据证明下,这是最合理的推断。裴溥言经过一连串不同的推测后,提出二南诗成于周成王至春秋初期。就二南诗的内容、诗题及其他资料而论,裴认为《关雎》及《鹊巢》作于周成王时代,《葛覃》、《卷耳》、《采蘩》及《采蘋》则成于康王至昭王时期。裴说虽可以继续讨论,但总体而言,其可能性是有的。①

(六) 南方的雅音

或许是受宋代学者朱熹和王质的影响,现代许多中外学者都认为《国风》是民间歌谣。但是,从二南之诗的内容来看,民间歌谣一说显然是站不住的。关于其他十三国风,笔者已经另撰文讨论。现就二南本身而论,这些歌诗大部分是出自江汉淮汝地区的贵族文人和宫廷乐师之手。关于这一点,现代学者如朱东润和屈万里都有精辟的论述。笔者受朱、屈二先生的启发,参照了朱东润先生的表,试别列一表,在朱先生的基础上,有所补充。

表 21:二南诗中所见作者身份表

	贵族称谓与被称的贵族	居处	公事与其他贵族事务	仆从	服饰车马兵器	贵重礼器	金文所见惯用语
关雎	君子淑女					钟鼓琴瑟	

---

① 见裴溥言《诗经二南时地说之研讨》,见《台静农先生八十寿庆论文集》,台北:联经出版事业公司,1981 年,页 743—782。

（续表）

	贵族称谓与被称的贵族	居处	公事与其他贵族事务	仆从	服饰车马兵器	贵重礼器	金文所见惯用语
葛覃	师氏						
卷耳				我仆痡矣	我马虺隤 我马玄黄 我马瘏矣	金罍 兕觥	
樛木	君子						福履绥之①
螽斯羽							
桃夭							
兔罝	公 侯 武夫						
芣苢							
汉广					其马 其驹		
汝坟	君子	王室 如毁					
麟之趾	公子 公姓 公族						公子 公族
鹊巢					百两		百两②

① 金文中多"惟用妥(绥)福"、"用妥(绥)多福"、"妥(绥)厚多福"等祝颂语。此词语始见于西周中期的癫钟铭文。

② 周金文中多赐"车马两"之铭文,周初小盂鼎铭文有"孚(俘)车卅两,孚牛三百五十五牛"及"孚马百四匹,孚车百□两"(《集成》2839)之铭文。故《鹊巢》以"百两"为亲迎之礼,其声容之盛,非公族而莫属。

（续表）

	贵族称谓与被称的贵族	居处	公事与其他贵族事务	仆从	服饰车马兵器	贵重礼器	金文所见惯用语
采蘩	公侯	公侯之宫	公侯之事夙夜在公				夙夜在公
草虫	君子						
采蘋	有齐季女	宗室牖下					
甘棠	召伯						
行露							岂不夙夜
羔羊			退食自公		羔羊之皮素丝		素丝
殷其雷	君子						
摽有梅	庶士						
小星	宵征（小正）		夙夜在公				夙夜在公寔命不犹
江有汜							
野有死麇	吉士						
何彼秾矣	平王之孙齐侯之子				王姬之车		
驺虞	驺虞						

从表中可见，二南诗，除去一些无法判别作者身份的以外，其他大多数可肯定为出自贵族文人或宫廷乐师之手。如《关雎》中所提到的钟鼓琴瑟等器物，君子淑女之称谓皆明白地显示了这一点。按照周代的礼制，钟鼓琴瑟是士以上的贵族方能获许使用。钟鼓

在堂,琴瑟在御,显然非民间百姓所能享受。

《葛覃》中的师氏是官名,《礼记》云大夫以上的家中才有师氏一职。《卷耳》中,诗的作者,有仆,有马,有金罍,有兕觥,皆非平民所有。《麟之趾》、《采蘩》、《行露》、《羔羊》、《小星》或曰"夙夜在公",或曰"公侯之事",或曰"退食自公",或曰"公族公姓",显然作者还不是一般的贵族,应当是属于较上层的文人。彝器中伯晨鼎、启卣、大克鼎、师史簋及其他一些礼器都有"夙夜用事"、"用夙夜事"、"夙夕在尹氏"这样的表达方式来形容卿士大夫克勤克俭,敬奉公事。

按上述标准来读诗,其中廿首诗歌很大程度是出自上层社会的文人或贵族妇女之手。与中原的"雅"、"颂"诗风不同,"南"表现了南方的雅乐,描绘了南方的生活及展现了新的诗歌艺术技巧。二南的诗歌特色影响了《楚辞》的主题及诗歌语言。

另一方面,楚国的势力及文化发展,无形中将南方的物质文化及典章制度也带到了北方地区;楚国人民也吸收了中原地区的雅文化。江汉地区的文学在介绍中原的诗歌风格方面扮演着重要的角色,如《诗经》文化进入到楚文化便是一个显例。如果说二南诗代表着流行于江、汉、淮、汝流域的雅文学,那么散落于其他历史文献的诗歌,如《论语》、《庄子》、《史记》中的楚狂接舆歌,①《孟子》和《楚辞》中的孺子歌,②以及《说苑》的越人歌,③似乎也代表了同一地方的流行文化。这些流行诗歌与《橘颂》及《怀沙》的相似性是较为明显的,而二南诸诗与《天问》及《离骚》在主题及风格上也颇相似。《楚辞》如二南诗般对流传于南方的雅文学有一定的影响。但这种南方雅文化自商代起便渐渐与音乐体式合而为一。《楚辞》

---

①　杜文澜《古谣谚》,长沙:岳麓书社,1992年,页19—20。

②　杜文澜《古谣谚》,页22。

③　见向宗鲁《说苑校证》,北京:中华书局,1978年,页278—279。

的最大成就在于其奔放的想像、广泛的知识及精炼的语言。这是楚国文人学者适当地对待适应中原文化的重要成果。就这个意义而言,二南的诗歌风格成为了周文及《楚辞》之间的重要桥梁。由此推出了继《诗经》后诗歌发展的第二个最高成就。[①]

五、二南诗乐之分离

《春秋》经传中已多关于南方音乐的记载。《左传》成公九年,钟仪絷于晋而操南音,晋大夫范文子曰:"乐操土风,不忘旧也。"襄公十八年,晋人闻有楚师,师旷歌南风,曰:"南风不竞,多死声。"是江汉之域,所流行的乐风乐调与宗周及诸夏固有所不同。二南之诗,采择自江汉诸国,其风调、律则乃至乐器皆有自身的地方特点是毋庸置疑的。《吕氏春秋·季夏纪·音初》追记南音之始:

> 禹行功,见涂山氏之女。禹未之遇,而巡省南土。涂山氏之女乃令其妾候禹于涂山之阳。女乃作歌,歌曰:"候人兮猗。"实始作为南音。周公及召公取风焉,以为周南召南。[②]

涂山位于今日淮河下游,在江汉平原的东北。有没有可能禹南巡到这里的时候,碰到涂山氏之女,歌南音,于是后来就产生了"南"这种乐歌调式?而《诗经》中的二南,乃以此调式为本?考古资料与经传参互视之,不惟乐式不同,江汉之间所用的乐器与宗周及中原诸夏亦不尽同。这种音乐的地方性差异一直延续

---

① 很少学者注意到二南诗歌传统与《楚辞》的关系。笔者所见,有一篇论文以此为题,不过偏离了方向。见闵侠卿《二南为楚民族文学说》,《金女大学报》,第1卷第5期(1943年),页16—24。

② 《吕氏春秋》,上海书店《诸子集成》本,页58。

到汉代及后世。《汉书·礼乐志》载，汉高祖刘邦尤爱楚声，故汉初制定礼乐，犹袭楚风而定《房中乐》，①即惠帝时之《安世房中乐》：

> 汉兴，乐家有制氏，以雅乐声律世世在大乐官，但能纪其铿枪鼓舞，而不能言其义。高祖时，叔孙通因秦乐人制宗庙乐，大祝迎神于庙门，奏《嘉至》，犹古降神之乐也。皇帝入庙门，奏《永至》，以为行步之节，犹古《采荠》、《肆夏》也。干豆上，奏《登歌》，独上歌，不以筦弦乱人声，欲在位者遍闻之，犹古《清庙》之歌也。《登歌》再终，下奏《休成》之乐，美神明既飨也。皇帝就酒东厢，坐定，奏《永安》之乐，美礼已成也。又有《房中祠乐》，高祖唐山夫人所作也。周有《房中乐》，至秦名曰《寿人》。凡乐，乐其所生，礼不忘本。高祖乐楚声，故房中乐楚声也。孝惠二年，使乐府令夏侯宽备其箫管，更名曰《安世乐》。②

考《汉书·礼乐志》所记《安世房中歌》十七章，其词与二南之诗不类，从内容和风格上来看，倒是与《诗》大小《雅》更相近。周代礼制中有房中之乐，所用皆二南之诗。《仪礼·燕礼》："遂歌乡乐，《周南》：《关雎》、《葛覃》、《卷耳》；《召南》：《鹊巢》、《采蘩》、《采蘋》。"郑玄注云："《周南》、《召南》，国风篇也。王后、国君夫人房中之乐歌也。《关雎》言后妃之德，《葛覃》言后妃之职，《卷耳》言后妃之志，《鹊巢》言国君夫人之德，《采蘩》言国君夫人不失职也，《采蘋》言卿大夫之妻能修其法度也。"③郑玄又注"房中之乐"云："弦歌《周南》、《召南》之诗，而不用钟磬之节也。谓之

---

①　此即《乐府诗集》卷 26《相和歌辞》序中所说的清商三调之外的"楚调"。

②　《汉书》，北京：中华书局，1995 年，页 1043。

③　《仪礼注疏》卷十五，页七十七，《十三经注疏》本，页 1021。

房中者,后夫人之所讽诵以事其君子。"①汉初《房中》之乐,皆以"楚声"视之,亦可见二南之所由来,是江汉之楚声。所谓"雅乐声律世世在大乐官,但能纪其铿枪鼓舞,而不能言其义"者,铿枪指金石之声,汉代《房中》之乐显然仍袭周代《房中乐》、二南之声律。然汉之《安世房中歌》十七章,②所歌皆宗庙礼赞之事,颂先祖功德,其歌诗内容与周《房中乐》已大不同。王粲作《登歌安世诗》,说神灵鉴飨之意,益非旧规。按周代二南之诗,礼书可考者,用于诸侯燕礼、大夫士乡射礼及乡饮酒礼,而天子之祭祀、大飨、大射、视学养老、鲁之禘及两君相见,皆未能用。此周之仪注。③我以为《礼乐志》所谓"不能言其义",是说一则《房中乐》在周代礼乐中的位置和功用,到了汉代,已尟知者;再则二南之旧词与乐调到汉代已分离,殊非周之旧制。自汉以降,魏文帝黄初二年,又改汉宗庙《安世乐》为《正世乐》。④

（魏明帝太和初）⑤侍中缪袭又奏:"《安世哥（歌）》本汉时哥名。今诗哥非往诗之文,则宜变改。案《周礼》注云:安世乐,犹周《房中之乐》也。是以往昔议者,以《房中》哥后妃之德,所以风天下,正夫妇,宜改安世之名曰《正始之乐》。自魏国初建,故侍中王粲所作《登哥安世诗》,专以思咏神灵及说神灵鉴享之意。袭后又依哥省读汉《安世哥》咏,亦说'高张四县,神来燕享,嘉荐令仪,永受厥福'。无有二南后妃风化天下

---

① 《仪礼注疏》卷十五,页八十一,《十三经注疏》本,页1025。

② 《史记·乐书》司马贞《索隐》谓有十九章。

③ 王国维《释乐次》,《观堂集林》,北京:中华书局,1961年,卷二,页84—104。

④ 《宋书》,北京:中华书局,1974年,卷十九,页534。

⑤ 苏晋仁、萧炼子据《三国志·魏志·明帝纪》黄初七年明帝追谥其母甄夫人事,以为缪袭是奏在黄初七年。见苏晋仁、萧炼子《宋书乐志校注》,济南:齐鲁书社,1982年,页22。

之言。今思惟往者谓《房中》为后妃之哥者，恐失其意。方祭祀娱神，登堂哥先祖功德，下堂哥咏燕享，无事哥后妃之化也。自宜依其事以名其乐哥，改《安世哥》曰《享神哥》。"奏可。案文帝已改《安世》为《正始》，而袭至是又改《安世》为《享神》，未详其义。王粲所造《安世诗》，今亡。①

缪袭(186—245)看到汉《安世歌》在内容上已非周《房中乐》之旧，复更其名曰《享神》，至此，二南之风调或存，而其义尤乖。

汉世除《安世房中歌》以外，袭用二南之声调者，还有所谓"清商三调"，或曰"相和三调"。是则非入于郊庙者也。《旧唐书·音乐志二》"清乐"云："平调、清调、瑟调，皆周房中曲之遗声也，汉世谓之三调。"②《宋书·乐志》著录清商三调歌诗，为晋武帝时荀勖采用魏武帝、文帝、明帝所作歌诗为词，间用乐府古词。③清商三调，按照《魏书·乐志》，"其瑟调以宫为主，清调以商为主，平调以角为主。"④其乐调到底包涵了多少周代二南诗乐的成分，亦难断言，然其在当时亲闻之者，皆认定为周汉《房中乐》之遗音。殆至武后之世，清商三调之乐尚存，⑤惟其时已有声无辞。⑥

---

① 《宋书》，卷十九，页536—537。

② 《旧唐书》，北京：中华书局，1975年，卷二十九，页1063。

③ 见苏晋仁、萧炼子《宋书乐志校注》，页212—246。

④ 《魏书》，北京：中华书局，1974年，卷一百九，页2835—2836。朱载堉谓琴家一弦为宫，二弦为商，三弦为角。"以角为主者，先上第三弦，吹黄钟律管，令与散声协，是为平调也。"以此类推。如此则所谓清商三调除乐调本身以外，主要是指演奏方式和律吕。见朱载堉《乐律全书》卷十八。关于清商三调在魏晋的状况及其演变，见王昆吾《隋唐五代燕乐杂言歌辞研究》，北京：中华书局，1996年，页132—135。

⑤ 《新唐书·礼乐志》云："周、隋管弦杂曲数百，皆西凉乐也。鼓舞曲，皆龟兹乐也。唯琴工犹传楚、汉旧声及清调，蔡邕五弄，楚调四弄，谓之九弄。隋亡，清乐散缺，存者才六十三曲。其后传者：平调、清调，周房中乐遗声也；白雪，楚曲也；公莫舞，汉舞也。"(《新唐书》，卷二十二，页474)

⑥ 《旧唐书·音乐志》云："清乐者，南朝旧乐也。永嘉之乱，五都沦覆，遗声旧制，散落江左。宋、梁之间，南朝文物，号为最盛；人谣国俗，亦世有新声。后(转下页注)

　　我相信在永嘉变乱,晋马南渡,其乐调已发生变化,至武后之世,益非其旧。王应麟(1223—1296)《困学纪闻》云:

　　　　周有《房中之乐》,《燕礼注》谓弦歌《周南》、《召南》之诗。汉《安世房中乐》,唐山夫人所作。魏缪袭谓《安世歌》"神来燕享"、"永受厥福",无有二南后妃风化天下之言,谓《房中》为后妃之歌,恐失其义。《通典》:"平调、清调、瑟调,皆用《房中》之遗声。"①

王应麟所说的三调,仍是指魏晋之世。武后时有声无辞的三调,究竟保留了多少周汉《房中乐》的余韵,实无从判断。其时即使二南之嗣响未绝,亦只略具其遗意而已。劳孝舆《春秋诗话》论季札观乐事,说道"乐与诗存,则乐为有声诗,乐亡诗存,则诗为无声乐"。②二南之诗由毛郑诸公得以传,而周秦、秦汉之际,诗乐分离,二南之乐则由后世之损益而迭变。我们今日所能听到的,只能是二南遗留下来的 27 支"无声之乐"了。

(接上页注)魏孝文、宣武,用师淮、汉,收其所获南音,谓之清商乐。隋平陈,因置清商署,总谓之清乐,遭梁、陈亡乱,所存盖鲜。隋室已来,日益沦缺,武太后之时,犹有六十三曲,今其辞存者,惟有白雪、公莫舞、巴渝、明君、凤将雏、明之君、铎舞、白鸠、白纻、子夜、吴声四时歌、前溪、阿子及欢闻、团扇、懊侬、长史、督护、读曲、乌夜啼、石城、莫愁、襄阳、栖乌夜飞、估客、杨伴、雅歌、骁壶、常林欢、三洲、采桑、春江花月夜、玉树后庭花、堂堂、泛龙舟等三十二曲。明之君、雅歌各二首,四时歌四首,合三十七首。又七曲有声无辞,上林、凤雏、平调、清调、瑟调、平折、命啸,通前为四十四曲存焉。(见《旧唐书》,卷二十九,页 1062—1063)可见时势迁移,清商之乐不断补充进新的内容,其中"平调"、"清调"、"瑟调"者,当是汉魏《房中乐》遗音。王质《诗总闻》云:"清乐至唐,犹有六十三曲,未几,止存三十七曲,又有上柱、凤雏、平调、清调、瑟调、平折、命啸七篇,有声无辞,当是相传有腔而已,此六诗之比也。"(《诗总闻》,卷十,页 4—5)按王质所云"六诗"指《诗经》六篇有声无辞的笙诗。

　　①　王应麟《困学纪闻》,北京:商务印书馆,1959 年,页 231。
　　②　劳孝舆《春秋诗话》,北京:中华书局,1985 年,《丛书集成初编》,第 1743 册,页 52。

第五章

"雅"的地方化:商代雅乐的复兴

一、宗周的陨灭,诸夏观念的出现, 及雅乐在地方上的扩散

(一) 夷夏观念于两周之际的嬗变

周朝对其国家及关中以外分封之地的实际控制,并未必如现代学者估计般稳固和有效。春秋时期的文献资料,明确反映了西周时期"华夏"的概念有着不同的含意。在《西周文明》(Western Chou Civilization)一书中,许倬云和林嘉琳说:

> 东面的重要战略地点成周和东部平原上忠诚的姬姓、姜姓诸侯国,为周朝的统治权力提供了稳固的基础。周朝的统一及稳定文化体系、政治体系的基础,便在于接纳东部地区的原居民,并使之与周人混合。这些地区的主要住民,是"中华"民族的主要部分,而他们更自称为"华夏"。这种自我识别的行为,在商代并没有出现。这是因为商人所注视的,是大邦商的观念,故重视的亦为政治身份而不是文化身份。不

过,"华夏"一名之起,实与文化传统的聚合有关,聚合的,包括过去和当时中华民族的文化传统。周的民族集结是通过征服累积而来的。在周人建立王朝之时,寻找合适的政治、思想及社会组织,以统治这些不同的民族,已是他们的目标。①

许和林就关于"华夏"之名在当时社会文化上的同一性立论,在这里成功地证明了商周之间的文化差异。"华夏"之名提供了以文化意义为目的的民族身份。此与商人思想中的大邦商概念不同。所谓大邦商,即指商朝统治权力的核心。然而我认为在西周时期,若说周王国内的各封国自号华夏,仔细梳理起来,尚缺少足够的证据。西周时代,特别是西周统治的上半叶,宗周主要的分封国及那些尊奉周室的国家,特别是那些位处中原的,它们与宗周的政治关系,与商代的中央与其他国家之关系,并无显著的差别。以下笔者打算指出西周文献中"夏"的概念,与春秋时期的"夏"有别,尤其是当时的"夏",在社会上仅指周朝的上层人物,而在地理上,仅指周人统治权力核心的关中地区。周初文献中所见的"夏"、"时夏"、"区夏"、"方夏"与"有夏"所指无一例外地是文王所开辟的区宇。在地理上指宗周所在的关中地区,即周人的中心区域,与故殷之宇甸相对举;文化上标示着宗周的文明与制度,亦与故殷相颉抗。

而要讨论此问题,则须注意只出现在东周及其后文献上的夷夏之别:

(1)帝曰:"皋陶,蛮夷猾夏,寇贼奸宄。"(《尚书·舜典》)

(2)裔不谋夏,夷不乱华。(《左传》定公十年)

---

① Hsu and Linduff,*Western Chou Civilization*,页123。

　　(3)子曰:"夷狄之有君,不如诸夏之亡也。"(《论语·八佾》)

　　(4)吾闻用夏变夷者,未闻变于夷者也。(《孟子·滕文公》)

"夏"与后来的"中国"相似,在春秋时期,乃指中夏诸国。但随着中华民族对自己民族身份的自觉日渐成熟,"夏"在其后便呈现了"华夏"的含义。顾立雅(Creel)指出:"所谓'华夏'概念的基准自古以来都是文化上的。中国人有其独特的生活,独特的实践文化体系,或冠之以'礼'。合乎这种生活方式的族群,则称为'中华民族'……这是一个文化涵化(acculturation)的过程,变夷为夏,从而形成了中华民族的伟大主干。"[1]顾立雅将"夏"和"中国"这两个概念,定义为一文化涵化与转换的过程,而此过程使夷夏的界线得以转变,这是十分准确的。周代的经典文本,经常都会强调"夏"(或"中国")与蛮夷戎狄的差别。这里的"夏"应理解为隶属周统治的中原诸国,而夷狄戎蛮则一般指那些非中华民族的族群。在这些外族的名称之中,"夷"似乎较为普遍地用来指称不同族群的复合体。"夷"在中国的文献中,有时只简单地指四方的落后民族,如三夷、四夷、九夷、东夷、西夷、南夷、北夷;但有时则会较特别地,指附近的一些族群,如淮夷及楚、秦、邾、莒、吴、莱、徐等国家,以及一些部落。不过,要指出的是,在相同的文献中,有时又会将这些夷狄视为中华民族的一部分。当时中夏的文献整理者,如《左传》、《国语》、《公羊传》的作者,虽然都不断地强调"不与夷狄之获中国"、"不与夷狄之执中国"、"不与夷狄之主中国",但当吴王夫差在中夏的黄池,召集并主持了盟会,《穀梁传》的作者便写:"吴进矣。"

---

　　[1]　Herriee Glessner Creel(顾立雅),*The Origins of Statecraft in China*,页197。

更说：

> 吴，夷狄之国也。祝发文身，欲因鲁之礼，因晋之权，而请
> 冠端而袭。其藉于成周，以尊天王。

在这件事上，甚至连孔子亦称许吴王，认为他"大矣哉"！由于中原诸国未能如吴王夫差般对周天子作出臣下应有的尊敬，《公羊传》的作者更认为中国变成了新夷狄。[①]

顾立雅指出整个西周时代，几乎没有一个名词，是普遍地用作指称"中夏"或"华夏"的。即使是"夏"，亦应定义为"中国"，才算准确。[②]"夏"字在周代的早期文献中，如《尚书》的一些早期篇章和《诗经》的一些早期诗歌（《毛诗》241、271、275，参看本书第三章），总是指西周在关中直接管辖的领土。这些领土不单是周王族的发源地，且是周室权力的核心。另一方面，这两部典籍中的"中国"一词，如果将之次序倒转而翻译为"国中"（在城邑中或都邑内）（《尚书·梓材》、《毛诗》253、255、257），[③]似乎更为合理。高本汉（Karlgren）将"中国"翻译为"central kingdom"，理雅各（Legge）和韦利（Waley）译为"middle kingdom"，而顾立雅则译为"the central states"，虽然他们都按照文章的上下文来翻译，但这些译法都偏离了"中国"一词在这些文献上的真正意义。在西周的铜器铭文及一些东周的文献中，"国"一般都指两京其中之一及它的近郊，而从不会指"王国"或"侯国"。[④]今先看《大雅·民劳》每一章的首数行：

---

① 《春秋公羊传注疏》，卷二四，页一三三，《十三经注疏》本，页2327。

② Creel, *The Origins of Statecraft in China*，页196，注1。

③ 参 Creel, *The Origins of Statecraft in China*，页196，注1。

④ 与解作京师的"国"相比，"邑"一般都指其他的都城或都城附近的地方，"野"则指郊野之地。见钱宗范《国人试说》，《西周史论文集》，页584—596；Hsu and Linduff, *Western Chou Civilization*，页268。

民亦劳止，汔可小康。惠此中国，以绥四方。无纵诡随，以谨无良。式遏寇虐，憯不畏明。柔远能迩，以定我王。

民亦劳止，汔可小休。惠此中国，以为民逑。无纵诡随，以谨惛怓。式遏寇虐，无俾民忧。无弃尔劳，以为王休。

民亦劳止，汔可小息。惠此京师，以绥四国。无纵诡随，以谨罔极。式遏寇虐，无俾作慝。敬慎威仪，以近有德。

民亦劳止，汔可小愒。惠此中国，俾民忧泄。无纵诡随，以谨丑厉。式遏寇虐，无俾正败。戎虽小子，而式弘大。

民亦劳止，汔可小安。惠此中国，国无有残。无纵诡随，以谨缱绻。式遏寇虐，无俾正反。王欲玉女，是用大谏。

如果我们将以上各章的第三和第四句并列对照，便会清楚地看到，"中国"即"京师"，乃指周畿内的地区，而不是指其他的诸侯国或姬周王国。上文所提到的《民劳》(《毛诗》253)和《尚书》的篇章，都明确地提到周的京师，而《荡》(《毛诗》255)一诗中，"中国"一词则又明显是指商畿内的直辖领地。故西周时期的"中国"，无论出现在哪一种西周文献之中，都是指周王朝的京师地区。且在当时，尚未有春秋时期文献上使用的"中国"这一专有名词的涵义。

西周铜器铭文亦将周的人民分为相对的两类，此与上述的观察是一致的。李零曾指出，西周铜器铭文中"王人"与"夷"之间的对比，将周民从其他的民族中区分了出来。[1]西周的铜器铭文保留

---

① 李零《西周金文中的职官系统》，页 210—211。

了这些夷族的部分名称(除著名的淮夷、①南夷、②东夷③外)，如杞夷、舟夷、④西门夷、⑤纍夷、⑥秦夷、⑦京夷、⑧卑身夷，⑨及各夷族的集体名称诸夷。⑩这些"夷"，并不必然地等同于东周文献上出现的众多"夷"。事实上，除了淮夷、东夷和南夷外，这些"夷"似乎都在东周的历史和铭文记录上消失了。从询簋和师西簋的铭文来看，这些夷族都直接为周朝廷服务，其职位为"虎臣"，而在户籍或人口分类中，则属于"邑人"一类。这两篇铭文云：

　　王乎史牆册命師酉："司乃祖啻官邑人虎臣：西門夷、纍夷、秦夷、京夷、卑身夷……"(图26)⑪

　　今余命女啻官司邑人，先虎臣後庸：西門夷、秦夷、京夷、纍夷；師笭側新：□華夷、卑身夷、斷人；成周走亞：戍秦人、降人、服夷……(图27)⑫

所谓"邑人"是指一些居住在周两京之外的城市人口。⑬这些在铭

---

① 见敔簋、曾伯旅匜、叠生盨、驹父旅盨、彔戎尊、兮甲盘、禹鼎等铜器的铭文。

② 见无㝵簋、史密簋、宗周钟(㝬钟)、竞卣等铜器的铭文。

③ 见宗周钟、小臣谜簋、禹鼎等铜器的铭文。

④ 史密簋。

⑤ 师酉簋(《集成》4288)及询簋(《集成》4321)。

⑥ 师酉簋及询簋。

⑦ 同上。

⑧ 同上。

⑨ 师酉簋。

⑩ 能原钟和镈。

⑪ 罗振玉《三代吉金文存》，卷九，页21.2；卷九，页24.1。所著录两器铭文虽书法不一，而内容相同。

⑫ 尚志儒《略论西周金文中的夷问题》，页231—232。

⑬ 白川静以为邑人即国人，均指周的城市居民。然而，"国"与"邑"在周代文献中的意义，并不相同。"国"乃指周两京及附属于两京的城市，"邑"则泛指其他城市而言。从《论语·公冶长篇》来看，邑大可至千室，小可至十室。"邑人"和"国人"与"国"和"邑"的概念相关。并见许倬云和林嘉琳(Western Chou Civilization，页268—270)之有关讨论。

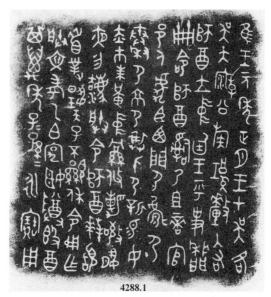

4288.1

图 26：师酉簋铭文
（《集成》4288）

文中提到的"夷"，不一定指那些生理上与周人不同，并居住在周王朝疆界以外的族群。询簋、师酉簋和史密簋的铭文中一些称为"夷"的族群，有部分便显然居住在周所控制的地区内，如当中提到的杞、京、秦、舟，便是。①唐兰考释令彝，以为铭文中的"京"或指镐京内之王宫——京室（或京太室），或指周公征服殷民后才兴建的成周内之王宫——京宫。②至于《诗经》中的"京"，则或指镐京内

---

① 考古学家一般认为，舟与州同，是姜姓的诸侯国，其领地在今山东安丘（参李学勤《走出疑古时代》，页173）。不过，王子今认为，在商、周的铭文中，舟应与周义同。见王子今《说周舟通义兼论周人经营的早期航运》，《西周史论文集》，页545—556。但此尚未定论。

② "京"这一地名，亦屡见于《诗经》。唐兰（《西周铜器断代中的康宫问题》，《考古学报》，1962年第1期，页24—45）认为"京宫"乃周祭祀先祖的宗庙。并参唐兰《𠴹尊铭文解释》，《文物》，1976年第1期，页63。

4321-6

图 27：訇簋（询簋）铭文
（《集成》4321）

之王宫，或指成周或王城内的某座宫殿。①故此，所谓京夷乃指居住在其中一个京城中的某个族群或某些族群，而这个或这些族群，则被周人视为外来者。师酉簋和询簋的铭文反映了那些不同的"夷"，具有与"降人"相似的社会身份。所谓"降人"是指周从其他国家或族群得来的俘虏或那些俘虏的后裔。静簋铭文中的"服夷"，②更显示了这些夷民曾作为王宫的卫士或奴仆。

---

① 陈梦家（《西周铜器断代》，页 121—122）认为京宫在王城。这两个城市的西端，都在洛之内，洛即今河南洛阳（见谭其骧《中国历史地图集》，第 1 册，页 17—18）。

② 静簋铭文云："丁卯，王令静司射学宫。小子眔服眔小臣眔夷仆，学射。"白川静释"服"为一官名，并释询簋中的"服"为某种卫士。通过比较这些铭文，可以知道，"服"乃指某种卫士，而他们的职务是守卫王宫。"夷"则反映了这些卫士最初的社会身份。

因此,西周观念中的夷夏之别,与东周的实有不同。西周观念的夷夏之别,主要是种族上和社会地位上的分别;东周的,则较着眼于地理和文化上的分野。周克商导致社会的等级结构重新调整。故西周之时便有不少人民和地区的分类标准,此可以在一些年代久远的铜器铭文和文献资料中找到证据。就目前所见,至少有以下几类:

    (1) 地理上:城邑　　　——　　乡野

            国、邑、邦　——　　野、甸

            邑人、邦人——　甸(甸)人

    (2) 种族上:周族　　　——　　其他

            王人、周人——　夷臣

    (3) 政治上:周之都邑　——　其他诸侯城邦之都邑

            国人　　　——　　邑人

所以,西周观念中的"夷",应包含两个词义。其一,作为专有名词,具体指在东南偏僻之地的某种族群,如周代铜器上的"东夷"、"南夷"、"淮夷"、"南淮夷",它们有时又称为"夷方"(《合集》33038、33039)或简称"夷"(《合集》6457、6458、6459、6460、6461、6462)。此种族群自武丁时期,已与商廷对抗。另一,则作为一总称,指那些在西周早期及商周权力转移时期,被周征服的族群。

周初的上层人物,在与其他民族,特别是与商比较当中,为了寻求自我民族的完整性、历史正统性,以及文化自尊,故创造了"夏"这一概念,此已在第三章详论。至于西周时期的夷夏之分,实只分别了征服者与被征服者、周民与非周民、"夏"地区(宗周及其近郊)内的人民与边远地区的人民而已。

自幽王未能在关中防卫北方的戎族(犬戎),宗周便开始衰落。幽王更于公元前771年,为戎族所弑。幽王之后继者平王,为了避免重蹈覆辙,便从关中迁都洛邑(今洛阳)。洛邑是当时中原地区的中心地带。由此，"夏"在地理方面的观念，有了实质的转变。广义的"夏"，在东周时已不单只指周室畿内的领土，且更指那些广泛地分散在中原的封建诸侯国。

另一方面，狭义的"夏"则指西周朝廷直接控制的王畿领地，即今关中一带。而这个意义的"夏"，绝大部分都出现在先周时期及西周早期的文献中。但是，在几个世纪以后，"夏"的这个意义，仍间被采用。东周中期，季札在鲁国观赏《诗经》诗歌的礼乐演示（参第一章），他当时便称秦风为"夏声"（夏的语调或夏的音乐）。周王室东迁后，秦国便接管关中，而秦亦自然得以从宗周那里，继承了地理意义上的"夏"名，且此名直至秦始皇统治时期，还在使用。[①]

（二）春秋时期的雅乐观念

朱东润与孙作云均曾提出证据，证明"雅"与"夏"同义，乃指中国的中原地区，此在第三章已作探讨。但是，孙、朱二人似乎并未有注意到，"雅"在先秦文献上，有着细微的意义转变及不同层次的意义。第三章亦提到，"雅"通常都与受控于或归属于周室的地域有关。

第一个说法认为雅乐仅指六大舞或六大乐，此已在第三章详论。[②]而此六大乐，从汉代至清代虽历经转变，然其在皇宫、宗庙的礼仪和宗教仪式中，始终扮演着无可替代的角色。[③]六大乐中，最

---

① 秦始皇（前221—前209）三十年（前217）的睡虎地秦简，当中云："臣邦人不安秦主长而欲去夏者，勿许。可（何）谓夏，欲去秦属是谓夏。"十分明显，这些秦国法律文书的作者，在地理上证明秦人以"夏"指称秦的领土，"夏"即以往西周中心区域所在地。见睡虎地秦简整理小组《睡虎地秦墓竹简》，页226。

② 见郭茂倩《乐府诗集》，卷五十二，页391。

③ 见房玄龄《晋书》，卷二十二，页675；魏收《魏书》，卷一百九，页2825—6；魏徵《隋书》，卷十三，页286。

晚出的是《大武》。据现存于《诗经·周颂》的《大武》歌词判断,其出现应不晚于周康王时期(前 1005/1003—前 978)。[①]有些学者因此假定,在春秋文献上的所谓雅乐,便是指这些在西周初期创造或重新兴起的六代之乐。[②]

　　第二个说法则指出了,第一个说法未能解释《诗经》中"雅"分为二的问题。此说认为选编于春秋时期的《诗经》,已反映了编选者的雅乐观,雅乐应指那些在西周京城及其附近地区采集得来的典雅乐歌。如果此说属实,则雅乐形成于周代早期与春秋早期之间,便十分明显,且雅乐亦即《诗经》大小《雅》中的诗歌。[③]这意味着《诗经》中其他部分的诗歌,在当时并不被视为雅乐。此说为众多近代和现代学者的看法。例如朱熹便曾指出,"雅"只指《诗经》中的《大雅》和《小雅》部分,而孔子及其后学所指责的郑卫之音,则指《诗经》中的《郑风》、《邶风》、《鄘风》和《卫风》。[④]这样一来,雅乐当是周代的歌诗,而非古乐。且《左传》与《国语》中引诗,常常用"周诗曰"、"周诗有之曰"起首来征引大、小《雅》中的诗句,并以之与其他各国之风并举,雅乐自然该是西周至春秋时期王畿内周人创制的大小雅诗。这一说法暗含的另一个命题就是,《诗》三百中,《周》、《鲁》、《商》三颂,《周》、《召》二南,与其他十三国风均非雅乐。

---

　　①　杨向奎《宗周社会与礼乐文明》,页 336—341;孙作云《大武乐章考实》,《诗经与周代社会研究》,页 258。

　　②　王克芬、苏祖谦《中国舞蹈史》,页 77。

　　③　《大雅》中的《文王》(《毛诗》235)、《大明》(《毛诗》236)、《緜》(《毛诗》237)已被证实为周代早期的创作。二雅中时代最晚的作品,是《小雅》中的一些诗歌,如《正月》(《毛诗》192)和《十月之交》(《毛诗》193)。《十月之交》记录了一次日蚀及一次时间接近的月蚀。学者们据此天文现象,将此诗的创作时间,定为春秋时代的早期——公元前 735 年。当时周代的大部分领土都可以观察得到日全蚀。参张培瑜《西周天象和年代问题》,《西周史论文集》,页 42—45;沈长云《诗经二皇父考》,页 139—151。

　　④　朱熹《读吕氏诗记桑中高》,见《朱子大全集》,《四部备要》本,第 70 册,页 1245。

现代学者中持此说者,亦不乏其人。有学者认为,乐分雅郑,雅即大小《雅》,而所谓"郑"或"郑卫之风"系《诗经》中的《郑风》和《卫风》。然而,国风中,《周》、《召》二南为历代儒者奉为圭臬,若不在雅乐之内,很难令人信服,且以三礼及《春秋》三传所见,三颂及二南之诗于周代礼乐皆所常用。

与第二个说法有别,一些学者认为雅乐是指《诗经》中二雅和三颂部分,而包括二南在内的风的部分,则应非雅乐。早期的文献为此说提供了一些证据。在《论语·子罕》、《荀子·乐论》、《礼记·乐记》中,"雅"、"颂"曾多次并举。班固(32—92)《汉书·礼乐志》更记录了汉初河间献王(约前178—前165)整理周代礼乐的成果。班固在当中只提到《雅》、《颂》为正统的礼乐,且他亦以为只有此两部分的诗歌,是正统礼乐的范例。①

第四个说法,则又有别于第二和第三说,曰《诗》三百皆属雅乐。宋代的一些学者即持此主张,如马端临便以为《诗》三百篇皆为雅乐。②他的根据是:季札来聘于鲁,鲁乐官把《诗经》的所有部分作为周朝的典范礼乐向他演示。③不仅如此,三礼中,《南》、《风》、《雅》中的诸多篇章屡屡见于宴飨祭祀中,如《仪礼》记载的《乡饮酒礼》、《燕礼》中,二南之诗均见;《周礼》中,太师教国子,"风、赋、比、兴、雅、颂"六诗并在其内。《大戴礼记·投壶》中曾举雅二十六篇,其中可歌者八篇。在这八篇之中,属于变风的《魏

---

① 《汉书》,卷二十二,页 1070—1071。

② 马端临《文献通考》,卷 178,页 1541。

③ Laurence D. Picken("The Shapes of the *Shi Jing* Song Texts and Their Musical Implications,"页 90)怀疑在一个场合中,完整地演奏《诗》三百零五篇的可信性。据他所言:"若以适中的速度♩=90 -计算,一分钟可唱九十字,而完整的演示整部《诗经》,约需时十至十五个小时。"不过,提到《诗经》的各部分并不一定表示将各部分的所有诗歌完整地演示一遍。论者或可推测,鲁乐官只选了各部分具有代表性的诗歌,向吴公子季札演示。

风·伐檀》也在其中。①又有所谓《商齐》七篇,或在《齐风》,或在《商颂》。足证《诗》三百都曾入雅乐。此为之前春秋时期的儒者所主张。他们将《周南》、《召南》中的诗歌,视为道德升华的模范。且二南中的很多诗歌,又是周廷典礼中,不可或缺的。②因此,将二南的诗篇排除在雅乐之外,显然是不能成立的。而其他国风呢? 特别是《郑风》、《邶风》、《鄘风》和《卫风》呢? 如果说三百篇皆为雅乐,《论语》中孔子对三百篇的态度又不好解释,孔子多次诋斥"郑声",如"放郑声,远佞人。郑声淫,佞人殆"(《卫灵公》),又如"恶紫之夺朱也,恶郑声之乱雅乐也,恶利口之覆邦家者"(《阳货》)。然同样在《论语》中,孔子又对自己的儿子孔鲤说:"小子何莫学夫诗。"(《阳货》)"《诗》三百,一言以蔽之,曰:思无邪。"(《为政》)这里孔子将三百多篇诗,都视为合礼和典雅的,且将它们视为雅乐。若云"郑声"即《郑风》、《卫风》,孔子未免自相矛盾。

此外,由于上述各说都有文献资料上的合理依据,故一些现代学者便同时赞同上述四说的部分内容,提出一调和之说。他们相信周文献上的雅乐应包括上文所提到的所有乐歌。如沈知白便以为雅乐包括六大乐、房中乐、《诗经》的三百多首诗和四夷(四方的族群)之乐。③

第五个说法,似乎是为了解决历史文献上的记述矛盾,而将一复杂的现象简单化。从以上的讨论我们可以看出,雅乐究竟何指这个问题并未完全厘清。很多学者都采取"一言以蔽之"的方法,笼统地认为雅乐就是周代"统治阶级的音乐",而没有真正面对这个问题。这么一来,或失之武断,或失之盲从。其弊在于置雅乐的名实制度流变于不论。

如果我们用发展变化的眼光来看雅乐在观念上和制度上的具体变化，将会发现以上我们谈到的对雅乐几种理解都有一定的根据。如果我们考虑到周观念中"夏"这个概念的历史演进，则春秋观念中的"雅"这个概念，与"夏"的地理观念相终始。实际上，这些理解代表了"雅"这个概念和雅乐制度在不同时期和不同地域所包涵的不同内容及其代表的不同体制。

"雅"这个概念和"夏"一样，均指某种继承自宗周的文化传统，且二者均曾经过巨大的转化。西周至东周在地理和文化上的转变，导致了新雅和新正统观念的出现。雅概念由此与中夏地区重新组成的王朝统治群及贵族统治的支持者，建立了一种新的关系。这时期，"雅"的概念成功将先王之德与后王之德、宗周的雅文化与成周的雅文化，变成合二为一的事物。换言之，周代上层人物不断为保存和实现周的传统而作出的努力，正好导致了这种文化同一的变迁。正如荀子曾说："道过三代谓之荡，法二后王谓之不雅。"《荀子·儒效》荀子作为晚周的儒者，见证了王道衰、传统道德沦丧的时代，故他最崇高的追求，便是效法远古先王的伟大政治成就与道德谱系；其次一等的追求，则为"法后王、一制度"。荀子推许能法先王者为"大儒"，而能"法后王、一制度"者为"雅儒"。

总之，在春秋时期，当传统思想逐渐衰微，而一些尚古的思想家又亟欲从此悲观之乱世中解脱，极端的尚古者便将"雅"视为与以往周室相关的事物，且将不同来源的诗乐遗产集结在同一个经典文本之上。因而，《诗经》的编集，便包括了正诗和变诗。《毛诗大序》云："至于王道衰，礼义废，政教失，国异政，家殊俗，而变风变雅作矣。"[①]不过，儒者们都不知道雅乐之失去和谐和典正，其实比

---

① 《毛诗正义》，卷一之一，页四，《十三经注疏》本，页271。

他们所想的时间要早得多。通过礼乐的重整,即王朝音乐的地方化,夸张的情感、形式主义的审美追求和新风气均凭藉一些本为"不雅"之诗,而纳入到雅乐的领域之内。为了使雅乐符合中夏贵族的喜好,"风"因而被纳入雅乐的领域,且"雅"的构成,亦由简单而变为复杂。

二、"风"字古义及其在《诗经·国风》中的涵义

(一) 风:春秋时期歌诗之名

"风"字的字源,可以追溯至甲骨文和铜器铭文,这些就我们所知最早的字体。许慎以为"风"字由虫得义,从虫凡声。①但甲骨文中并没有由虫(蛇)、凡结合而成的"风"字,许说似乎渐渐受到怀疑。不过,其说仍受部分现代学者的支持。②

"风"字在甲骨文中与"凤"和"鹏"同形,且"风"十分明显为"凤"字之假借。③周策纵对于"风"之演变为《诗经》之一部分,提供了一有趣的假设:

> 众所周知,《诗经·国风》当中有许多以恋爱和婚姻为主

---

① Hsü Chin-hsiung(许进雄), ed. *Oracle Bones from the White and Other Collections*(《怀特氏等收藏甲骨集》), Toronto: Royal Ontario Museum, 1979 年,页284。

② 见 Donald A. Gibbs(季博思), "Notes on the Wind: The Term 'Feng' in Chinese Literary Criticism"(《风的诠释:中国文学批评中的风一词》), in *Transition and Permanence: Chinese History and Culture*(《嬗变与永恒:中国历史与文化》), ed. by David C. Buxbaum(包恒) and Frederick W. Mote(牟复礼), Hong Kong: Cathay Press, 页 285—293。

③ 关于此问题,见 Chen Zhi(陈致), "A New Reading of 'Yen-yen'," *TP* 85.1 (1999): 1—28。

题的当地民歌。《诗大序》将"风"解释为"风化"（为风所影响或转变；后来公众的道德，特别是关于性的道德问题）、"风刺"（讽刺）。事实上，在《尚书》（《费誓》）和《左传》（僖公四年〔前656〕）中，"风"指"牝牡相诱"或"（动物之）放佚"，笔者以为"风"有此意义，或许是由于古人相信生命乃是由风吹起来的。如《黄帝内经》言："东方生风，风生木，木生酸，酸生肝，肝生筋，筋生心。"《周易·象传》亦云："天下有风，姤。"（卦44）《太平御览》（卷九）引佚名《易通卦验》（约前1世纪）云："八风以时，则阴阳变化道成，万物得以育生。"①

周说建基于他对《风》"有许多以恋爱和婚姻为主题的当地民歌"的推测。故其说只当十五国风中的诗歌，大多为爱情、求偶和婚姻之诗时，方能成立。然而，虽然爱情诗是《风》中重要的组成部分，但《风》诗计有160首，除了爱情以外，尚有很多不同的主题，如讽刺政治、赞美伟人、对衰世生活之控诉、歌颂义勇的将士，以至表达各种有别于情爱的感情。此已在前面的章节作出讨论，而后面的章节亦将就此问题作进一步探讨，兹不复赘。在周代的文献中，无论是流传下来的，还是铭文上的，"风"字均有多种不同的意义，现说明如下：

在商代的铭文中，大部分的"风"字均指自然之风。商人崇拜四方之风，并曾为它们取名，而这些名称大都可在周代的文献上找到相对应的词。②不过，商代四方之风的观念，除了建基于商人对

① Chou Tse-tsung（周策纵），"The Childbirth Myth and Ancient Chinese Medicine：A Study of Aspects of the *Wu* Tradition"（《诞生神话与古代中国的医药：关于巫的传统的某些方面的研究》），in *Ancient China：Studies in Early Civilization*（《古代中国：早期文明研究》），ed. by David T. Roy（芮乃伟）and Tsuen-hsun Tsien（钱存训），Hong Kong：Chinese University of Hong Kong Press，页77—78。

② 胡厚宣《释殷代求年于四方和四方风的祭祀》，《复旦大学学报》，1956年第1期，页49—86；冯时《殷卜辞四方风研究》，《考古学报》，1994年第2期，页131—154。

天象的观察,亦建基于他们将这些知识应用在相关的人类社会和行为之上。那即是说,商人对二分二至的认识应源于动物,特别是鸟类世界的季节性活动,或与之有所关联。商人的季节分期观念,以及他们创制的历法,便至少有部分源于动物世界。至周代,这种对自然的认识,进一步发展为八风观念,而此观念与八方对应,亦与所谓八音,即八种自然之声相对应。

《国语》中有一段关于师旷的记载。师旷乃服务晋公室的知名音乐专家。其时晋平公沉迷于当时的流行音乐,师旷便劝诫他,言:

> 夫乐以开山川之风也,以耀德于广远也,风德以广之,风山川以远之,风物以听之,修诗以咏之,修礼以节之。①

在本书第一章曾提到,八方之风在古代中国被称为八风。八风在各种历史文献中,虽有着不同的命名,但在先秦人们的眼中,均以为此八风与八种音乐风格密切相关。②此八种音乐风格,据《吕氏春秋》所言,乃源于伶伦所制定的十二种不同的律。相传伶伦是服务于黄帝的音乐家。有趣的是,在《吕氏春秋》的记载中,可发现所谓八风与十二律一样,亦源于由竹所制成的十二律管:

> 昔黄帝令伶伦作为律,伶伦自大夏之西,乃之阮隃之阴取竹于嶰溪之谷。以生空窍厚钧者,断两节间,其长三寸九分,而吹之,以为黄钟之宫。吹曰舍少,次制十二筒(或箫,管)……帝颛顼好其音,乃令飞龙作效八风之音。③

有现代考古学家提出了别于《吕氏春秋》记述的说法,以为律

---

① 《国语》,页 460—461。
② 参见本书第一章。
③ 许维遹《吕氏春秋集释》,页 235—239。

的制定最初很可能是用钟,而非竹管。然而,在伶伦故事中的"风"字,似乎是指那些由管乐器所发出的音声。《淮南子·主述训》曾云:

> 乐生于音,音生于律,律生于风,此声之宗也。①

在这段音乐起源的说明中,律乃源于"风"。与《吕氏春秋》的伶伦故事相较,《淮南子》的记述似乎亦以为"风"乃管乐器所发出的声音。饶宗颐指出,骨甲契文上四方之风的名称,亦同时出现在铜钟的铭文之上,此实与上面的观察相一致。"风"可以代表由管乐器所发出的乐律,这些钟上的铭文便足证此说。②

与这些只限贵族使用的钟相比,管乐器则更普遍和广泛地为平民所使用。"土风"、"风土"、"风俗"这些词,在先秦与汉文献中屡见不鲜,且它们应起源于用以指流行音乐的"风"。

《诗经》中的"风",与"南"、"雅"、"颂"相似,大抵皆指乐器或具有地方色彩的乐作。《诗经》之中,有一对句曾暗示了"风"从总体来说应为颂歌伴奏音乐的同义词:

申伯之德	The virtue of the Earl of Sheng
柔惠且直	Is mild, and benevolent, and upright
揉此万邦	He will keep these myriad states in order,
闻于四国	And be of fame throughout the four quarters of this kingdom.
吉甫作诵	Chi-fu has made this song
其诗孔硕	The verse of great excellence,
其风肆好	Of melody beautiful,

---

① 《淮南子》,《四部备要》本,卷九,页14上。
② 饶宗颐、曾宪通《随县曾侯乙墓钟磬铭辞研究》,香港:香港中文大学,1985年,页58—60。

以赠申伯　So as to present to the Earl of Shen.①

理雅各(Legge)对于尾二和尾三两行的翻译,是偏离原义的,且事实上是想像太过。我们可在原文中,看到"其诗孔硕,其风肆好"这一对偶句,若将之按原文直译,则应译为:"他的诗非常优秀,他的风真的十分优美。"高本汉(Karlgren)指出,"风"有风(自然)与风化两重意义,且此双重意义之风是中国古文中常见的比喻用法。②他亦据此而将这对句译为"Chi-fu has made the song,／Its verse is very great,／ Its air is extensive and fine"。虽然他注意到朱熹风即音乐的说法,但他似乎并没有采用朱熹的解释。

在《左传》中,周廷乐官伶州鸠曾就周景王之钟,发表了一段非常引人注目的讨论。他说:

> 夫乐,天子之职也。夫音,乐之舆也。而钟,乐之器也。天子省风以作乐,器以钟之,舆以行之。③

> Music comes within the duties of the Son of Heaven. The notes are the vehicle of music. The bell is the vessel that contains the notes. The Son of Heaven examines the manner[of the people],to guide him in making his[instruments of] music. In his instruments he collects the notes,and by those notes the music goes forth. ④

理雅各(Legge)在这段文字中,将"风"译为"manner[of people]"([人民的]风俗)。但就笔者所知,"manner[of people]"([人民的]

---

① 参见 Legge,*The Chinese Classics*,4:540。

② Bernhard Karlgren(高本汉),"Glosses on Ta Ya and Sung Odes",1946 年初刊于 *BMFEA*,1964 年重印(见 Karlgren,*Glosses on the Book of Odes*),页 4。

③ 杨伯峻《春秋左传注》昭公二十一年,页 1424。

④ 此译文,改译自理雅各(Legge),*The Chinese Classics*,5:687。

风俗）为引申用法，而它即引申自这段文字中"风"字之本义。"风"在这段文字中的本义应为"具地方色彩的音乐"。换言之，文中乃谓，天子省察各地方的主要音乐作品，以便作乐。词义为音乐的"风"或与音乐有关的"风"，频繁出现于先秦文献。《左传》中的"土风"，乃指一些具地方文体特色的音乐；①而"南风"则指南方风格的音乐。②

换言之，"风"字的本义，乃由多层意义所组成，而这些意义又与中国早期各种不同层次的想法有关：

（1）风即所谓"自然之风"；

（2）风指那些由管乐器发出的声音；

（3）风指人们唱乐诗时所发出的吟诵之声；

（4）风指源于四方的各种不同的音乐风格；

（5）风指各社群的风俗与道德情况，创造了各种具有地方风格的音乐；

（6）风指通过音乐引起的道德转化。

周代观念中的"风"，在自然与社会、声音与音乐、地区性与正统性、个人表达与道德转化之间，扮演着一个对应共鸣的角色。来自四方的自然之音产牛了各种不同的声音，而音乐便因此而被创造出来。周的统治者欲实现的所谓"风教"和"风化"，便是要通过音乐的标准化，来使音乐完全迎合道德教化的需求。

（二）瞽：周廷的乐师

周廷的乐师和诗人身负重任。作为周廷主要的乐官，瞽（盲乐

---

① 杨伯峻《春秋左传注》成公九年，页845。
② 杨伯峻《春秋左传注》襄公十八年，页1043。

师)的职责便在于使风符合各种不同的自然作用和道德作用。瞽是:

(1) 自然声音之观察者;①

(2) 不同乐器,即所谓八音的保管者和演奏者;

(3) 诗人、歌者、作乐歌之人及乐师;

(4) 民俗研究者,负责采集不同国家和地区的音乐;

(5) 王之使者,不同地区的风俗习惯与道德状况之调查人,以及各地区音乐风格的编订者;

(6) 王室礼乐教育中的音乐老师。

据《周礼》所言,瞽乃为春官内受太师(大乐师)管辖的一个职官。太师之下,有上瞽(高级的盲乐师)40人,中瞽(普通的盲乐师)100人,以及下瞽(下级的盲乐师)160人。②

《周礼》又指出,中央的音乐机关由"大司乐"(或"大乐正")管理,而其职务则由两个中大夫所分担。在他们的监督下,数以百计的人在这里担任乐师和乐官,如:

> 大司乐,中大夫二人;乐师(小乐正),下大夫四人,上士八人,下士十有六人;府四人,史八人,胥八人,徒八十人。
>
> 大胥,中士四人。小胥,下士八人。府二人,史四人,徒四十人。
>
> 大师,下大夫二人。小师,上士四人。瞽矇,上瞽四十人,中瞽百人,下瞽百有六十人,眡瞭,三百人。府四人,史八人,胥十有二人,徒百有二十人。③

除此以外,大司乐辖下尚有掌同器的典同,及磬师、钟师、笙师、镈

---

① 《国语》,页18。

② 《周礼注疏》,卷一七,页一一六,《十三经注疏》本,页754。

③ 《周礼注疏》,卷一七,页一一六,《十三经注疏》本,页754。

师、掌东夷之乐的𫖮师、掌教持旄舞的旄人、掌教三孔笛的籥师和籥章、掌庸器的典庸器、掌四方音乐歌谣的鞮鞻氏，以及掌舞器的司干。①

就春秋文献所见，诸侯国的政府机构中，其有关音乐的组织往往在比例上比周王朝组织为小，不过这些音乐组织均与其他制度性结构相似。各公室、封国和尊奉周室之国家的音乐部门，大抵均由师(乐师)(《左传》僖公二十二年、昭公十九年)或大师掌管主要职务。在师或太师以下，又有少师(下级乐师)、上工(高级乐工)和众工或群工(乐工)。②工③则为上工、众工和群工的统称。此外，师或太师辖下尚有掌教舞蹈之舞师，④以及盲乐师瞽。⑤在楚国，师又被称为乐尹。⑥各国乐师之名，屡见于春秋文献，且他们大部分都承担着重要的国家职务。这些乐师包括卫国的师涓、⑦师襄；⑧鲁

① 《周礼注疏》，卷一七，页一一六至一一七，《十三经注疏》本，页754—755、797—802。

② 有关这些乐工之名衔，见《仪礼注疏》，卷一七，页九十，《十三经注疏》本，页1034。

③ 宫廷乐工之出现，可参见杨伯峻《春秋左传注》襄公四年，页932；又叔孙穆子曾在其宫之内，命工为之诵《茅鸱》，以讽庆封(杨伯峻《春秋左传注》襄公二十八年，页1149)；并参见《管子·四称》(戴望《管子校正》，卷十一，页183)，及其他先秦文献资料。

④ 杨伯峻《春秋左传注》襄公十年，页977。杨在文中将"乐"与"师"二字之间断句。不过，将此二字连读而释为一官职亦无不可。

⑤ 参戴望《管子校正》，卷十一，页183。

⑥ 杨伯峻《春秋左传注》定公五年，页1554。

⑦ 见王先慎《韩非子集解》，卷3，页42—43；刘熙《释名》，卷七，页2下—3上；王嘉《拾遗记》，页82；郦道元《水经注》，卷八，陈桥驿译《水经注全译》，卷八，页275；司马迁则将商代晚期的宫廷乐师师延，与此处的师涓，混为一人(《史记·殷本纪》，卷三，页105)。

⑧ 见《史记·孔子世家》，卷十七，页1925；赖炎元《韩诗外传今注今译》，页202。

国的师乙、①师冕;②郑国的师慧、师莜;③及晋国的师旷。④他们之中,师慧曾自称为矇,而师旷据记载则为瞽。

在以上提到的乐工、乐师中,瞽扮演着一个重要的角色,在不同的场合有不同的职务,他们身兼歌者、乐器演奏者、作乐者、诗人、观察天象者、信使多种不同的身份:

> 大祭祀:帅瞽登歌,令奏击拊;下管,播乐器,令奏鼓𫐄。大飨,亦如之。大射,帅瞽而歌射节。大师,执同律以听军声而诏吉凶。大丧,帅瞽而庼;作柩谥。凡国之瞽矇,正焉。⑤

上述所提到的所有活动及场合,瞽的职责最主要的是在音乐和诗歌之上。《周礼》曰:

> 瞽矇:掌播鼗、柷、敔、埙、箫、管、弦、歌。讽诵诗,世奠系,鼓琴瑟。掌九德、六诗之歌,以役大师。⑥

在周廷典礼的音乐活动中,瞽扮演着无可比拟的重要角色。大师作为音乐部门的主管,其地位差不多等同于卿、诸侯、大夫,而全部300名的瞽,均受他所管辖。大师之职,主要是调合六阴六阳这十二声,又以宫、商、角、徵、羽五声调整律,以及掌教风、赋、比、兴、雅、颂六诗,且在教六诗之同时,结合六德为教。据《周礼》所记,在大师率领下,瞽在不同场合均有不同的职责。大祭祀时,瞽便随大

---

① 即《礼记·乐记》中的师己。(《礼记正义》,卷三九,页三一七,《十三经注疏》本,页 2519)

② 《论语·卫灵公》。(《论语注疏》,卷一五,页二三,《十三经注疏》本,页 2519)

③ 杨伯峻《春秋左传注》襄公十五年,页 1023。

④ 《逸周书·太子晋解》(黄怀信、张懋镕、田旭东撰《逸周书汇校集注》,卷九,页1084—1103);杨伯峻《春秋左传注》襄公十四年,页 1016;《国语·晋语八》(页 460、463);《吕氏春秋·长见》(卷十一,页 112—113)。

⑤ 《周礼注疏》,卷二三,页一五八,《十三经注疏》本,页 796。

⑥ 《周礼注疏》,卷二三,页一五九,《十三经注疏》本,页 797。

师登堂而歌，且要以敲击乐器奏出辅助歌唱和舞蹈的节拍，当吹管者吹奏时，瞽亦要以钟鼓来奏出辅助的节拍；大飨时，瞽亦像大祭祀时一样，以钟鼓击出伴奏的节拍；大射时，瞽则歌唱以伴射礼之进行；大师（军队出动）时，大师与瞽则负责"同"、①"律"②二器，又主听军事行动的声响，并需提供意见给军队的主管；至于大丧时，瞽则负责处理各种乐器，并协助大师为死者作谥号。③此外，瞽有责任在各音乐活动完结后或未始前，保管乐器；且有教育年轻贵族子弟演奏乐器和歌唱，以及为大师准备所需之责。④王在朝主事时，会有很多不同的职官列席，当中包括巫、卜、史和宗祝，而瞽亦为其中一员。⑤这些时候，瞽的职责便是向王讽诵一些新作成或易于记诵的诗。其诵诗除了娱乐以外，尚有政治意义上的实际目的。《左传》襄十四年（前559）记晋廷乐师师旷劝诫晋悼公，曰：

> 自王以下各有父兄子弟以补察其政。史为书，瞽为诗，工诵箴谏，大夫规诲，士传言，庶人谤，商旅于市，百工献艺。故《夏书》曰："遒人以木铎徇于路，官师相规，工执艺沈谏。"⑥

《国语》和《史记》亦记载了召穆公劝诫周厉王的相似言论，《国

---

① 《周礼》中有一称为"典同"之职官，此职一般为二名中士所出任："典同，掌六律六同之和，以辨四方阴阳之声，以为乐器。"（《周礼注疏》，卷二三，页一五八，《十三经注疏》本，页796）郑玄注以"同"即阴声。孙诒让又引《汉书·律历志》，以为所谓同即吕，乃十二律中的六阴律，云"阳六为律，阴六为吕，同即吕也"。笔者个人以为"同"亦可以为乐器之名，此与"律"的情况相似。"同"类的乐器大抵是指用以奏阴声的铜制管乐器，而"律"则指用以奏阳声之竹乐器。见孙诒让《周礼正义》，卷四十五，页483。

② 虽然"律"一般皆指标准乐律而言，但据"律"以竹制的传说，则"律"有时又可指用以奏出标准乐律之管乐器，或简单地指管乐器。见 Kaufmann, *Musical References in the Chinese Classics*，页 140。

③ 《周礼注疏》，卷二三，页一五八，《十三经注疏》本，页 796。

④ 《周礼注疏》，卷二三，页一五九，《十三经注疏》本，页 797。

⑤ 《礼记正义》，卷二二，页一九七，《十三经注疏》本，页 1425。

⑥ 杨伯峻《春秋左传注》襄公十四年，页 1017—1018。

语》云:

> 故天子听政,使公卿至于列士献诗,瞽献曲,史献书,师
> 箴,瞍赋,曚诵,百工谏,庶人传语,近臣尽规,亲戚补察,瞽史
> 教诲,耆艾修之,而后王斟酌焉,是以事行而不悖。①

《国语》此段文字亦见于《史记》。②在《国语》中,瞽的主要职责在于
曲,而《左传》中,他们的职责则在于诗。十分明显,瞽所诵之诗,其
意义便在于反映各地区社会的状况,及当地人民在统治者之统治
下是满足还是怨愤、是享受还是痛苦、是逃避还是渴望。他们诵诗
是务实的、突显政治的,此与史之所录、歌者之讽歌和进谏、重臣之
劝诫、下级官员之报告,以及平民之投诉,性质均相似。瞽所诵之
诗的功能,毛公在《诗大序》中有明确的解释:

> 关雎,后妃之德也。风之始也。所以风天下而正夫妇也。
> 故用之乡人焉,用之邦国焉。风,风也,教也。风以动之,教以
> 化之。诗者,志之所之也,在心为志,发言为诗。
>
> ......
>
> 故诗有六义焉,一曰风,二曰赋,三曰比,四曰兴,五曰
> 雅,六曰颂。上以风化下,下以风刺上。主文而谲谏。言之
> 者无罪,闻之者足戒,故曰风。至于王道衰,礼义废,政教失,
> 国异政,家殊俗,而变风变雅作矣。国史明乎得失之迹,伤人
> 伦之废,哀刑政之苛,吟咏情性,以风其上。达于事变,而怀
> 其旧俗者也。故变风发乎情,止乎礼义。发乎情,民之性也;
> 止乎礼义,先王之泽也。是以一国之事,系一人之本,谓
> 之风。③

---

① 《国语》,页9—10。
② 《史记》,卷四,页142。
③ 《毛诗正义》,卷一之一,页五,《十三经注疏》本,页269—272。

所以，在周廷之中，若瞽一样的盲乐师，他们所承担的主要职务，与中世纪的欧洲吟游诗人相似。不过，他们无论是在文艺层面上，还是政治层面上，在古代中国的中央及封国，均有远比吟游诗人更为重要的地位。

（三）瞽为《诗》的编辑

据《国语》与《左传》记载，天子会省察各地之乐，以便创作宫廷乐歌。①瞽与其他类别的瞍乐师矇和瞍一样，其职务便为收集各地方的音乐作品和歌谣，并从中选取一些适合周廷使用之乐歌，将之以通用的语言（雅言）和合适的风格作出修改，最后再将之呈献于王。而据《礼记》所载，天子每五年便会检阅大师所收集和修订的乐歌。《尚书》当中的一段文字，更揭示了周王使者的确每年外出，认真调查各地平民百姓对朝廷的情绪：

> 每岁孟春，遒人以木铎徇于路，官师相规，工执艺事以谏。

"遒人"即"行人"，"行人"即"辀轩使"（坐轻车之使者），其每年均被周朝中央委派外出，认真调查周统治下各地之风俗与文化，并收集各地的方言及文献资料，以便于周廷统一各地不同的制度与风俗。西汉朝廷因欲重建周代遗留下来的制度，故亦设立了"辀轩使"这一职官。汉代的文献学家和历史学家，如刘歆（前43—23）、扬雄（前53—18）和班固，均毫不怀疑地相信周代的"行人"在检阅各地的行程中，同时收集了各地方的诗。②刘歆在其写给扬雄的信中云：周秦之行人使者，轩车使者外出，以求各地之俚语、僮谣、民歌和有关民歌之戏。扬雄在他的答信中，更进一步指出，行人使者、

---

①　杨伯峻《春秋左传注》昭公二十一年，页1424；《国语》，页9—10。

②　参刘歆寄给扬雄的书信及扬的回信，钱绎《方言笺疏》，页518、520。

轩车使者所奏之文书曾保存在周秦之室，直至周秦破灭，这些文书才遗失不见。班固则于《汉书》记载：周之行人使者于孟春之月，出外到各地采诗，并将诗配上音律，于天子之前演奏。此或许便为《诗经》结集的途径之一。

从《周礼》的记载我们可以知道，"大行人"（大使者）之主管及其属下之人员，正承担着"辖轩使"的职务：

> 王之所以抚邦国诸侯者，岁遍存，三岁遍规，五岁遍省；七岁，属象胥、谕言语、协辞命；九岁，属瞽史、谕书名、听声音；十有一岁，达瑞节、同度量、成牢礼、同数器、修法则；十有二岁，王巡守殷国。

所谓"殷国"，旧注释"殷"为"众"，"殷国"就是礼书中所谓"殷同"之礼。此说或未能遵从。笔者以为，"殷国"在西周时或指宋国，或指故殷的旧地，即殷商遗民贵族聚集的国家，如宋、卫、郑、鲁等。西周铜器铭文保留了一些王朝军队的名称，成周本为前商之核心领地，铭文即将征募自成周或宿卫成周的军队称为"殷八师"，而将宗周的军队称为"西六师"。[①]中夏地区被称为"殷国"，此名很可能是传自周初，[②]而一直使用至东周时期。换言之，周王每十二年，便会出游省视殷遗民所居住的中夏地区；而王五年之"遍省"，则只限在西周的畿内领地而已。故就从各封国采诗的情况假设，可有两个可能性。其一，是周王派"辖轩使者"到各封国或尊奉周室之国，而他们便在各地之官府中收集诗歌。另一，则是这些诗本已为当地有司所采，而后经过一层一层的呈

---

①　李学勤《论西周金文的六师八师》，《李学勤集》，页 206—216。

②　保卣和保鼎应为周武王时器，其铭文以"殷东国"来称呼那些在殷东面的主要封国。参白川静《金文通释》，卷四，页 173—196。《尚书·酒诰》中，亦有周早期将殷之故地称为"殷国"的记载。

递，最终送至周中央。①无论是以上哪个情况，周中央音乐部门中的 300 名瞽，也会在献诗于王之前，将从周治下各地收集得来的诗歌，进行选择和修改。

周廷的瞽与矇之所以担任这些专业职务，除了因为他们是目盲之外——失去视觉似乎使他们拥有更敏锐的听觉和歌唱的能力——还因为此乃远古之遗制。在古代中国的传说中，瞽与矇乃鼓手和音乐演出之领导者。商代，殷之大学被称为瞽宗。②瞽宗一直提供王室的礼乐教育，且亦是祭祀一些历史上伟大乐师的庄严之地：

> 大司乐：掌成均之法，以治建国之学政，而合国之子弟焉。
> 凡有道者、有德者，使教焉；死则以为乐祖，祭于瞽宗。③

瞽宗令王室与贵族子弟一同学习，而礼是他们学习的核心，其所学即古代教学之音乐、舞蹈、诗歌和其他有关的学问。《礼记·文王世子》曾描绘周大学的教育过程如下：

> 凡学，世子及学士必时。春夏学干戈，秋冬学羽籥，皆于东序。小乐正学干，大胥赞之。籥师学戈，籥师丞赞之。胥鼓南。春诵夏弦，大师诏之。瞽宗秋学礼，执礼者诏之；冬读书，典书者诏之。礼在瞽宗，书在上庠。④

《礼记》并记载了瞽宗中的学生，其身份乃王之世子、王子、各封国之世子、卿大夫元士之嫡子及由王国所选定的各地俊彦，而这些入学者，又应依年龄来排次。典礼和音乐的教育会在春秋进行，而诗书之教则在夏冬。音乐部门的主管太师承担了引领

① 何休《春秋公羊传注疏》，卷一六，页九三，《十三经注疏》本，页 2287。
② 《礼记正义》，卷三一，页二六三，《十三经注疏》本，页 1491。
③ 《周礼注疏》，卷二二，页一四九，《十三经注疏》本，页 787。
④ 《礼记正义》，卷二十，页一七六，一七七，《十三经注疏》本，页 1404—1405。

教育的责任,他指导学生四术与四教,亦即先王留下的诗书礼乐。

　　早在这些王室贵族十三岁时,他们便开始接受标准雅乐、诗歌和舞蹈的教育。[①]《诗经》的三百多首诗,大抵是作为音乐部门的乐师和诗人的瞽所编辑成集的,而其目的则是为了提供学习文本予大学之学子。周朝的瞽,除了对那些在东周初期版图内采集得来的大量诗作进行选择取舍,又将之编辑修改,并为这些诗歌配上周的传统音律。故孔子以弦乐为伴奏歌唱这些诗,便十分合理。[②]墨子亦曾描述这些诗,言:"诵《诗》三百,弦《诗》三百,歌《诗》三百,舞《诗》三百。"[③]就春秋时期的外交、军事和历史文献上大量引《诗》看来,周代大学所提供的教育,明显是有效用的。

三、《国风》出自民间说

　　宋代时出现了疑经的风气,郑樵(1104—1162)因而提出了有别于古的"风"与《风》诗来源的学说:

> 风者,出于风土。大概小夫贱吏妇人女子之言。[④]

朱熹的《风》诗为民歌民谣说应源自郑樵之说。[⑤]20 世纪上半叶,疑古风气复兴,郑、朱之说变为大部分中国学者所接受的学说。[⑥]魏

---

① 《礼记·内则》,《礼记正义》,卷二八,页二四三,《十三经注疏》本,页 1471。
② 《史记·孔子世家》,卷四十七,页 1936。
③ 《墨子·公孟》,见孙诒让《墨子閒诂》,卷十二,页 275。
④ 郑樵《六经奥论》,见《通志堂经解》,页 23062。
⑤ 朱熹《诗集传》,页 2。
⑥ 朱东润《国风出于民间论质疑》,《诗三百篇探故》,上海:上海古籍出版社,1981 年,页 1—46。

建功和闻一多在三四十年代是支持这一流行学说的代表人物。从20世纪早期开始，《诗经·国风》之诗起源于民歌的说法，便得到广泛认同。

另一方面，当时仍有两位学者孤立地反对此流行学说，但在学术界却没有引起很大的注意。其中一位学者是屈万里，另一位则是朱东润。屈万里通过分析《风》诗的语言特征，如韵脚、诗行的长度、词句的重复、所谓雅言之使用等等，以及在不同部分的代词和虚词之使用，指出《国风》诗歌典雅的本质。①而朱东润则着重分析《风》诗之主题和内容，不过亦得出《国风》非民歌的相同结论。

当时的西方汉学界中，顾赛芬（Seraphin Couvreur，1835—1919）及较早的拉丁文《诗经》译者爱德华·比奥（Edouard Biot），亦有将《诗经》视为中国最早的民歌选集的倾向。比奥（Biot）于1843年11月在《亚洲杂志》（*Journal Asiatique*）发表的一系列文章中宣称，《诗经》中的诗反映了远古中国的民间风俗。葛兰言（Marcel Granet）一方面受西方《诗经》学中流行观念的影响，另一方面，又受其师社会学大师涂尔干（Emile Durkheim）研究方法的影响，从一开始即试图从初民的宗教、节日、习俗中为《诗经》定位。葛氏本着对探究古代中国的宗教习俗和信仰的热诚，写了一部重要的著作，试图细考《诗经》中《国风》的民间节庆及其他风俗观念。②他仔细研究《诗经》中的《风》诗，且翻译了当中的六十八首，从而得出结论：《风》诗的语言特征，如诗句的对

---

① 屈万里《论国风非民间歌谣的本来面目》，《"中研院"历史语言研究所集刊》第34期（1963年12月），页477—491。

② Marcel Granet（葛兰言），*Fetes et Chansons Anciene de la China*（《古代中国的节日与歌谣》）（Paris，1911）；英文翻译，*Festivals and Songs of Ancient China*（London：G. Routledge，1932）。

称、词汇的重复、诗行的并列,凡此等一如农业节日期间,农民即兴演唱歌曲和表演舞蹈时的节奏与步伐,《诗经》中的诗篇很多都保留了当时初民于节庆时唱和的语言形式特点。陈世骧大抵是沿着葛兰言提出的线索,因而视六义之一的兴,为农民开始歌舞时的节拍章节。[①]王靖献更进一步以比较的方法来探讨这些诗的形成和审美观。[②]他借用 Adam Parry 和 Albert B. Lord 研究荷马史诗及南斯拉夫传说时的理论和方法,企图由此探究固定的语言模式所代表的诗歌的口头和自发本质。据王氏所论,《诗经》各部分之诗,均出现套用的语句,毫无疑问,此正带出了它们即兴而作及源于民间之本质。

如果我们以上述的西方学者作为代表,则西方学界对此问题的研究成果,与中国是一致的。两者均认为《诗经》中大部分的诗,特别是《风》诗,其最初均为低下阶层——如乡村的农夫、猎人、牧人、下级官吏和年轻的恋人——的歌曲。但是,如果我们对《诗经》中的十三风作一仔细的观察,便会见到与上述不同的状况。然要对此十三国风之诗作广泛而充分的讨论,会使本章的篇幅过于冗长。这里,笔者将选取首五风,即《邶风》、《鄘风》、《卫风》、《王风》和《郑风》为例,略作分析,因为此五风向来都被认为包含了大量的民歌。

[①] Shih-hsiang Chen(陈世骧),"The *Shih-ching*: Its Generic Significance in Chinese Literary History and Poetics"(《〈诗经〉:在中国文学史和诗学中之文体意义》),in *Studies in Chinese Literary Genres*(《中国文学文体研究》),ed. By Cyril Birch(白之),Berkeley-Los Angeles-London:University of California Press,1974 年,页 8—41。

[②] C. H. Wang(王靖献),*The Bell and the Drum: Shih-ching as Formulaic Poetry in an Oral Tradition*(《钟与鼓:〈诗经〉的套语及其创作方式》),Berkeley-Los Angeles-London:University of California Press,1974 年。

表 22:《诗经》首五风之诗歌的内容和性质

	贵族称谓与被称的贵族	宫处	公事与其他贵族事物	仆从及其他	服饰车马武器	贵重礼器	商周铭文与文献之惯用语	诗的主题和作者身份
柏舟(《毛诗》26)			威仪(仪)隶隶	愠于群小			日居月诸	
绿衣(《毛诗》27)			我思古人,俾无讥兮		绿衣 黄里 黄裳 绿丝 绨绨			
燕燕(《毛诗》28)	仲氏任 先君 寡人		先君之思,以勖寡人					
日月(《毛诗》29)							日居月诸 德音无良	
终风(《毛诗》30)								
击鼓(《毛诗》31)	孙子仲		土国城漕 从孙子仲 平陈与宋			鼓		

（续表）

	贵族称谓与被称的贵族	居处	公事与其他贵族事物	仆从及其他	服饰车马武器	贵重礼器	商周铭文与文献之惯用语	诗的主题和作者身份
凯风《毛诗》32）								
雄雉《毛诗》33）	君子						百尔君子	
匏有苦叶（《毛诗》34）	士							
谷风《毛诗》35）							德音莫违	
式微《毛诗》36）								
旄丘《毛诗》37）					狐裘蒙戎 匪车不东			
简兮《毛诗》38）	硕人① 公	公庭				公言锡爵		

① "硕人"不能翻译为英语。高本汉（Karglren）译为"tall man"，理雅各（Legge）则译为"large figure"，二者的翻译均难以令人满意。"硕人"是一男子或女子之雅称或敬称。与"硕人"《邶风·简兮》38]、《卫风·考槃》[《毛诗》56]和《硕人》[《毛诗》57]《小雅·白华》[《毛诗》229]相似的称号，如"硕女"（《小雅·车舝》[《毛诗》218]和"硕肤"《豳风·狼跋》[《毛诗》160]），总是指拥有高尚地位和举止的男子或女子。"硕父"在周贵族之中，似乎更是一常见的名称，如邵史硕父鼎（西周晚期），叔硕父鼎，叔硕父旅甗和善夫山鼎之铭文，均有"硕父"之名。有关这些铭文，参见白川静《金文通释》，卷二十六，页357—364；卷三十八，页523。

（续表）

	贵族称谓与被称的贵族	居处	公事与其他贵族事物	仆从及其他	服饰车马武器	贵重礼器	商周铭文与文献之惯用语	诗的主题和作者身份
泉水《毛诗》39）	诸姬				载脂载辖			
北门《毛诗》40）			王事 政事					
北风《毛诗》41）					携手同车			
静女《毛诗》42）	静女							
新台《毛诗》43）								
二子乘舟 （《毛诗》44）								
柏舟《毛诗》45）								
墙有茨《毛诗》46）		中冓						
君子偕老 （《毛诗》47）	君子 邦之媛				副笄六珈 象服 象揥 绉绤		不淑	

（续表）

	贵族称谓与被称的贵族	居处	公事与其他贵族事物	仆从及其他	服饰车马武器	贵重礼器	商周铭文与文献之惯用语	诗的主题和作者的身份
桑中（《毛诗》48）	孟姜 孟弋 孟庸	沬（前商朝之首都朝歌）	上宫					
鹑之奔奔（《毛诗》49）	兄与君并列使用							
定之方中（《毛诗》50）		作于楚宫 作于楚室		命彼倌人 卜云其吉	騋牝三千	琴 瑟		
蝃蝀（《毛诗》51）								
相鼠（《毛诗》52）			仪 止 礼					

（续表）

	贵族称谓与被称的贵族	居处	公事与其他贵族事物	仆从及其他	服饰车马武器	贵重礼器	商周铭文与文献之惯用语	诗的主题和作者身份
干旄（《毛诗》53）	彼姝者子				干旄 良马四之 良马五之 良马六之			
载驰（《毛诗》54）	归唁卫侯 大夫跋涉 大夫君子				载驰载驱 驱马悠悠			
淇奥（《毛诗》55）	有匪君子				充耳琇莹 会弁如星 如金如锡 如圭如璧			
考槃（《毛诗》56）	硕人							
硕人（《毛诗》57）	硕人 齐侯之子 卫侯之妻 东宫之妹 邢侯之姨		翟茀 以朝		四牡有骄 朱幩镳镳 衣锦褧衣			

（续表）

	贵族称谓与被称的贵族	居处	公事与其他贵族事物	仆从及其他	服饰车马武器	贵重礼器	商周铭文与文献之惯用语	诗的主题和作者身份
硕人（《毛诗》57）	谭公维私 大夫 君 庶姜 庶士							
氓（毛诗58）	士				以尔车来 以我贿迁 渐车帷裳			
竹竿（《毛诗》59）					佩玉之傩			
芄兰（《毛诗》60）					童子佩觿 童子佩韘			
河广（《毛诗》61）								
伯兮（《毛诗》62）	伯 邦之桀		为王前驱					
有狐（《毛诗》63）					之子无裳 之子无带 之子无服			

（续表）

	贵族称谓与彼称的贵族	居处	公事与其他贵族事物	仆从及其他	服饰车马武器	贵重礼器	商周铭文与文献之惯用语	诗的主题和作者身份
木瓜《毛诗》64					琼琚 琼瑶 琼玖			
黍离《毛诗》65								
君子于役《毛诗》66	君子							
君子阳阳《毛诗》67	君子				簧（某种乐器）翿（用羽毛和牛尾制造的旗）			
扬之水《毛诗》68	彼其之子①							

① 林庆彰以为《诗经》"彼其之子"之"其"，即周王族姓氏之"姬"（林庆彰《释诗彼其之子》，林庆彰《诗经研究论集（二）》，页389—393）。余培林则释此"其"字为"己"，并认为此为商周时期的氏族名称（余培林《诗经成语试释》，页28）。季旭昇则进一步指出此"其"字乃金文"巳"，而此字本为"己"，"纪"之假借，"其"，"巳"，"纪"均指商周时期由商人遗族所管辖的一个封国（季旭昇《诗经古义新证》，页53—90）。林庆彰的说法，从语音和文献两方面分析，似乎较其他说法更为合理。见龙宇纯《〈诗〉"彼其之子"及"于嗟嗟客"释义》《中研院"中国文哲研究集刊》第3期（1993年3月），页153—172。

（续表）

	贵族称谓与被称的贵族	居处	公事与其他贵族事物	仆从及其他	服饰车马武器	贵重礼器	商周铭文与文献之惯用语	诗的主题和作者身份
中谷有蓷（《毛诗》69)							遇人之淑矣	
兔爰《毛诗》70)								
葛藟《毛诗》71)								
采葛《毛诗》72)								
大车《毛诗》73)	大车				毳衣（大臣之衣）、璊			
丘中有麻（《毛诗》74)	留子嗟、留子国				佩玖			
缁衣《毛诗》75)		馆			缁衣①			

---

① 据孔颖达在《礼记·缁衣》开首的疏文,"缁衣"是一种正式场合才穿着的深黑色服装《礼记正义》,卷五,页四一九,《十三经注疏》本,页1647。理雅各（Legge)以孔疏为基础,指出"缁衣"曾经七次染色,而"周廷大臣除了在朝会时穿着此服,朝会之后,若他家中有拜见者,亦会穿上此服,并从事各项工作"(参见Legge, The Chinese Classics, 4:124)。

（续表）

贵族称谓与被称的贵族	居处	公事与其他贵族事物	仆从及其他	服饰车马武器	贵重礼器	商周铭文与文献之惯用语	诗的主题和作者身份
将仲子（《毛诗》76） 仲子							
叔于田（《毛诗》77） 叔		田、狩 饮酒		服马			
大叔于田（《毛诗》78） 叔		射 御		两服 两骖 弓			
清人（《毛诗》79）				驷介			
羔裘（《毛诗》80） 彼其之子 邦之司直				羔裘 豹饰① 三英			

① 根据《礼记》羔裘和豹饰均为贵族男子之服饰。见《礼记正义》，卷三十，页三一、页二五一，《十三经注疏》本，页 1479。

（续表）

	贵族称谓与被称的贵族	居处	公事与其他贵族事物	仆从及其他	服饰车马武器	贵重礼器	商周铭文与文献之惯用语	诗的主题和作者的身份
遵大路（《毛诗》81）								
女曰鸡鸣（《毛诗》82）	士		饮酒			琴（一种弦乐器）瑟（一种弦乐器）		
有女同车（《毛诗》83）	孟姜				杂佩		德音不忘	
山有扶苏（《毛诗》84）					车 佩玉琼琚			
萚兮（《毛诗》85）								
狡童（《毛诗》86）								
褰裳（《毛诗》87）								

（续表）

	贵族称谓与被称的贵族	居处	公事与其他贵族事物	仆从及其他	服饰车马武器	贵重礼器	商周铭文与文献之惯用语	诗的主题和作者身份
丰（《毛诗》88）					衣锦褧衣 裳锦褧裳			
东门之墠（《毛诗》89）								
风雨（《毛诗》90）	君子							
子衿（《毛诗》91）								
扬之水（《毛诗》92）								
出其东门（《毛诗》93）								
野有蔓草（《毛诗》94）								
溱洧（《毛诗》95）								

这七十首诗包含各种不同的主题,且明显由源自各阶层人民的众多诗作所组成。

以疑古著名的古史与古文献学者顾颉刚(1893—1981)曾指出,《国风》的诗未必源自民歌。他认为原始的民歌大部分都是一些被吟诵的简朴歌谣,且不具有音乐的特点。然此说实与我们现今诗乐舞三位一体的认识相矛盾。他在具体研究中,曾对来自《诗经》不同部分的诗,作过一些深刻的比较,并以此来证明他的论点。例如,他指出《鄘风·定之方中》(《毛诗》50)的主题和内容,与《小雅·斯干》(《毛诗》189)和《鲁颂·閟宫》(称颂鲁国于盛世僖公时公宫之建成)相似。可惜的是,顾氏并没有进一步通过语言和历史的比较,来探讨这些诗歌的内容和主题。

朱东润和屈万里提供了一些经得起考验的方法,用以探讨这些诗的主题和作者的身份。现代民俗学者认为,应以作者是否文盲或最初是否流传于文盲社区,来决定一首歌谣是否民歌。其实,一首民歌或民谣未必一定由不识字的歌者所作,不过它应在文盲社区内广泛流传了一段长时间,且为社区内的人所熟知。为了可以被民间所接纳并可由民间歌者再创造,民歌必定表现民间所共有的感情,且必使用平凡的形式和表达。民歌之中必有俗套之语,但俗套之语就其本质而言,却不是将一首作品定性为民歌之关键。上述的七十首诗之中,在《郑风》之内的诗,最有可能是与上述民歌定义相一致的歌谣。而另外四部分的诗,则没有展现出与民歌相同的性质,此亦将在下文论及。

四、商音的化石化与风诗的流播

(一) 邶鄘卫之诗

邶、鄘、卫三国之成立,与周之克商密切相关。随着商王朝的瓦解,周武王为了安抚及监察那些新征服的人民,特别是商代的贵族和忠于殷商者,于是便分封了几个国家,以绥靖殷商之故地。而三国的地理位置与封邑所在,由于文献上所说各异,故时至今日仍是现代学者所困惑的问题。文献记载之歧异,主要见于如下几种:

1.《逸周书·作雒》:

武王克殷,乃立王子禄父,俾守商祀。建管叔于东,建蔡叔、霍叔于殷,俾监殷臣。武王既归,成岁十二月崩镐,殡予岐周。周公立,相天子,三叔及殷东徐奄及熊盈以略。周公召公内弭父兄,外抚诸侯。九年夏六月,葬武王于毕。二年,又作师旅,临卫政殷,殷大震溃。降辟三叔,王子禄父北奔,管叔经而卒,乃囚蔡叔于郭凌。凡所征熊盈族十有七国,俘维九邑。俘殷献民,迁于九毕。俾康叔宇于殷,俾中旄父宇于东。

2.《汉书·地理志》:

河内本殷之旧都,周既灭殷,分其畿内为三国,《诗·风》邶、庸、卫国是也。邶,以封纣子武庚;庸,管叔尹之;卫,蔡叔尹之:以监殷民,谓之三监。故《书序》曰"武王崩,三监畔",周公诛之,尽以其地封弟康叔,号曰孟侯,以夹辅周室;迁邶、庸之民于雒邑,故邶、庸、卫三国之诗相与同风。《邶》诗曰"在浚之下",《庸》曰"在浚之郊";《邶》又曰"亦流于淇","河水洋洋",《庸》曰"送我淇上","在彼中河",《卫》曰"瞻彼淇奥","河水洋洋"。故吴公子札聘鲁观周乐,闻《邶》、《庸》、《卫》之歌,曰:"美哉渊乎! 吾闻康叔之德如是,是其《卫风》乎?"至十六世,懿公亡道,为狄所灭。齐桓公帅诸侯伐狄,而更封卫于河南曹、楚丘,是为文公。而河内殷虚,更属于晋。康叔之风既歇,而纣之化犹存,故俗刚强,多豪桀侵夺,薄恩礼,好生分。

3. 晋皇甫谧《帝王世纪》：

自殷都以东为卫，管叔监之，殷都以西为鄘，蔡叔监之，殷都以北为邶，霍叔监之，是为三监。

皇甫谧所言，与《史记·周本纪正义》略同，张守节所本或为《帝王世纪》。《帝王世纪》又云："周公营成周，居邶鄘之众。"

4. 汉郑玄《诗邶鄘卫谱》：

武王伐纣，以其京师封纣子武庚为殷后，庶殷顽民被纣化日久，未可以建诸侯，乃三分其地置三监，使管叔、蔡叔、霍叔尹而教之。

以上歧说，可以表列之如下。

表 23：不同文献上的"三监"异说

	《逸周书·作雒》	《汉书·地理志》	《帝王世纪》	郑玄《诗谱》
邶	禄父（武庚）蔡叔霍叔	武庚	霍叔	管叔
位置	殷之内	殷畿之内	殷京师之北	周京师之北
鄘	禄父（武庚）蔡叔霍叔	管叔	蔡叔	蔡叔
位置	殷之内	殷畿之内	殷京师之西	周京师之南
卫	管叔	蔡叔	管叔	霍叔
位置	殷之东	殷畿之内	殷京师之东	周京师之东

（续表）

	《逸周书·作雒》	《汉书·地理志》	《帝王世纪》	郑玄《诗谱》
殷京师	禄父 （武庚） 蔡叔 霍叔			武庚
地区	邶及鄘	河内		
殷畿	禄父 （武庚） 蔡叔 霍叔	武庚 管叔 蔡叔		武庚 管叔 蔡叔 霍叔
地区	邶及鄘	邶、鄘及卫		邶、鄘及卫

在武王和成王统治时期的铜器铭文中，商国一般都被称为"殷"或"衣"，而商京师则被称为"商"或"商邑"。所以，古文字学家均相信在商周交替时期，"殷"与"衣"是可以互换的。而根据陈梦家研究，"邦"、"韦"孳生的"卫"字应与"殷"或"衣"义同。①因此，"卫"字亦指商之京师。若比较《逸周书·作雒》和康侯簋的铭文，则可更进一步确定此说：

　　《逸周书·作雒》云："俾康叔宇于殷。"
　　康侯簋："王束伐商邑，征令康侯鄙于卫。"②

陈氏即据此而推断，武庚、"三监"乱平后，康叔即被封为卫公，而殷京师之被称为卫，亦应始于其统治时期。

　　"卫"即以前商纣王之京师朝歌（或沫）或至少是朝歌附近的地

---

① 陈梦家《西周铜器断代》，页 7。
② 白川静《金文通释》，卷四之十四，页 141—152。

方,此说已为现代学者所普遍赞同。

在周克商纣后,纣之子武庚方始封而立邶国。丁山曾研究商代的族群及他们的国土问题,他指出"庸"(金)在商代亦是一强大氏族之名。[①]而按周公簋的铭文看来,至周康王时,此族的人民仍然存在,且更待周廷的征服者。[②]因此,笔者以为鄘国或鄘族的出现,应早于"三监"之封。

武庚与"三监"乱平之后,康叔便成为了"卫"的实际统治者,而此"卫"实包括了之前武庚与管、蔡、霍三叔在邶、鄘、卫三国的封地,且众多的商氏族,亦被分派至此,受康叔的监管。[③]鄘族便似乎是其中之一。而据井侯簋的铭文,鄘此一商遗民族群,至少在周康王时期,仍然能维持他们的族群的同一性。[④]

自康叔受封于卫,邶、鄘二国即不再存在。邶、鄘、卫(殷)更成了新成立的卫国之地名。"殷"与"卫"这两个专有名词的关系,与"商邑"与"商"的关系相似。"卫"作为专有名词,既指卫国的一个城市,又指整个卫国。卫国由之前的邶、鄘、卫三国及它们周围的地区所组成。康侯簋的铭文云:"王朿伐商邑,延令康侯鄙于卫。"此"卫"即指新近成立之国。又小臣谜簋的铭文云:"白懋父以殷八师征东夷。"[⑤]《逸周书·作雒》云:"俾康叔宇于殷。"[⑥]此"殷"乃指商以前的京师,为卫的一个城市。

《邶》、《鄘》、《卫》三风的诗,有一显著的特点,就是共用了一些相同的地名,最常见的是"淇水"、"沫"、"漕"和"浚"。据谭其骧的

---

① 参丁山《殷商氏族方国志》,《甲骨文所见氏族及其制度》,页 139—144。
② 杜正胜《周代封建制度的社会结构》,《中国上古史》第 3 卷,页 141。
③ 杨伯峻《春秋左传注》定公四年,页 1537—1538。
④ 陈梦家《西周铜器断代》,页 155—156。
⑤ 陈梦家《西周铜器断代》,页 34。
⑥ 黄怀信、张懋镕、田旭东撰,《逸周书汇校集注》,页 555。

研究，这些地方均应在今河南之东北。①

表 24：《邶风》、《鄘风》、《卫风》所出现的地名

	邶风	鄘风	卫风
淇水 （淇河，今河南之北）	北门（《毛诗》40） 泉水（《毛诗》39）	桑中（《毛诗》48）	淇奥（《毛诗》55） 氓（《毛诗》58） 竹竿（《毛诗》59） 有狐（《毛诗》63）
沫 （今河南淇县）		桑中（《毛诗》48）	
漕 （今河南滑县之东）	击鼓（《毛诗》31） 泉水（《毛诗》39）	载驰（《毛诗》54）	
浚 （今河南濮阳市之南）	凯风（《毛诗》32）	干旄（《毛诗》53）	
旄丘 （今河南濮阳市）	旄丘（《毛诗》37）		
顿丘 （今河南清织市）			氓（《毛诗》58）

由上表可见，这些地方全都在今河南之东北部，而此处即是之前的
邶、鄘、卫三国的所在地。由此卫国由之前的邶、鄘、卫三国之地所
组成，且《邶》、《鄘》、《卫》之诗即从此地区内收集的说法，得以进一
步确立。

　　随着商的灭亡，邶、鄘、卫三地之诗，遂被列入三风之内。然在
这些地区内的殷商上层人民，对商亡之日，仍普遍怀有沮丧和怀念
的情感。②故康叔谨奉周公的告诫，在此地推行安抚平和的政策，

---

① 谭其骧《中国历史地图集》，第 1 册，页 17—18。
② 《史记》，卷三十七，页 1589。

至西周末年卫武公,仍坚守康叔之政。①因此季札在欣赏邶、鄘、卫之乐时,便由衷地赞美:"美哉! 渊乎! 忧而不困者也。吾闻康叔武公之德如是,是其《卫风》乎?"

商王朝的遗址为卫国建立之地,而自王朝衰落及武庚、"三监"之乱失败后,这里仍聚集了大批殷商遗民。故《邶》、《鄘》、《卫》之诗每每渗透着一种凄苦和冤抑的基调。鄘是武庚受封及其发起反抗周征服者之地,而由此地之诗所构成的《鄘风》,则明显具备上述特点。此特点为我们提供了一个可能的解读方向,就是将商遗民与作品一并讨论。如《燕燕》(《毛诗》28)便表现了发起叛乱的王子武庚,因商朝灭亡,且素与殷商联姻的氏族将一女子嫁给周公之事,而深感悲痛与哀伤之情。②除了《燕燕》之外,三卫风中的很多作品,若以忠于商者的创作角度来看,实亦有重新释读的价值。如《泉水》(《毛诗》39)首章三四句:"有怀于卫,靡日不思。"若将"卫"释为"殷",则此诗原是表现了怀念记忆中之前朝的悲痛。怀念故国与挫败之感是三风诗所共有的情感之一,如:

> 《柏舟》(《毛诗》26):"日居月诸,胡迭而微。心之忧矣,如匪澣衣。静言思之,不能奋飞。"
>
> 《绿衣》(《毛诗》27):"绤兮绤兮,凄其以风。我思古人,实获我心。"
>
> 《旄丘》(《毛诗》37):"琐兮尾兮,流离之子。叔兮伯兮,褎如充耳。"

相似的悲痛原因亦出现在《邶风·式微》(《毛诗》36)、《雄雉》(《毛诗》33)、《日月》(《毛诗》29)及《北门》(《毛诗》40)这些诗中。如果

---

① 《史记》,卷三十七,页 1589—1591。
② 见 Chen Zhi (陈致),"A New Reading of'Yen-yen'"。

我们不理会自汉至今的《诗经》经学解释，而将这些诗直接解读为情感的表达，那么我们会感到这些诗有很深的悲剧意识。而作这些诗的人，命中注定，要说出他们民族的苦痛。

但将商遗民与三风联系讨论，则又会产生另一个问题：如果我们将《周南》、《召南》诗的起源，确定在中国南方，而将《邶》、《鄘》、《卫》诗的起源，确定在河南，那么为何它们都有相同的语言特点？又若我们将这些地方的语言差异一并作为考虑的因素，则又会产生怎么样的结论？其实，上述《诗经》的各部分，之所以没有出现我们预期的语言差异，原因有二：首先，这些诗在春秋前期被收集和编辑，而它们所源自的地区，在其时均受周王朝所操控。其次，周中央的盲乐师和诗人在将这些诗作为教本纳入《国风》之前，便曾以当时的标准语言——即所谓雅言——修订甚至重写过这些诗。[①] 所以，这些诗虽以国细分，但我们在阅读时仍难以发现它们的方言特征。

史学与考古学的资料使《诗经》的研究者相信，在《诗经》编辑时，被列入不同《国风》之诗，其最初乃是源自地名的不同，而非国名的分别。十五国风之中，"周南"、"召南"、"邶"、"鄘"、"豳"与"王"，明显不是国名，即使是"桧"，其是否国名亦疑而未定。从季札对"豳"、"秦"、"魏"及"唐"的评论来看，他亦明显将这些名称视为地名，而非国家。

(二) 殷商音乐的化石化

商朝的音乐文化，有部分转化为周朝的礼乐。西周之世，大

---

① 屈万里《论国风非民间歌谣的本来面目》，《"中研院"历史语言研究所集刊》第34期(1963年12月)，页477—491。并参 W. A. C. H. Dobson, *The Language of the Book of Songs*, xxi。

部分的前商朝的上层人民均聚集在中夏，而大部分的商朝音乐文化亦潜藏于此地区的不同社会阶层内。如《商颂·那》（《毛诗》301）与《邶风·简兮》（《毛诗》38）二诗正反映了，周朝时期宋、卫朝廷完整地保留了商朝的万舞，而只作了一些细微的改动。《简兮》在描述万舞演出时，提到其舞者右手秉翟（羽毛），左手执簧；而《那》诗则描述万舞在庸鼓伴奏下演出。这些特征大概是因为遵从在商朝宗庙演出的万舞所致。在鲁国，隐公（前 723—前 712 在位）五年，曾在新建之庙举行万舞，用以纪念隐公已故的母亲；①宣公（前 608—前 591 在位）八年，亦曾于太庙举行万舞；②作于僖公（约前 659—前 627 在位）时的《閟宫》（《毛诗》300）更记载了僖公一直以万舞祭祀先祖之事。在楚国，令尹子文欲引诱已故兄长楚文王（约前 689—前 677 在位）的漂亮妻子息妫，而命令舞者演示万舞。③而至战国早期，万舞仍未绝迹，《墨子·非乐》便曾记载齐康公（前 405—前 379 在位）以华贵的方式安排万舞演出。④

除万舞外，当时尚有一些从衰亡的商朝遗留来的祭祀乐舞。公元前 563 年，宋公在楚邱⑤宴请晋公时，曾以前商的王室音乐《桑林》来招待晋公。当时晋国的臣子之中，有反对此事者，如荀罃便曾劝阻晋公观赏《桑林》，不过荀偃、士匄反驳荀罃，指出晋公可

---

① 《春秋左传正义》，《十三经注疏》本，页 1726—1727；杨伯峻《春秋左传注》隐公五年，页 40，46—47。

② 《春秋左传正义》，《十三经注疏》本，页 1873；杨伯峻《春秋左传注》宣公八年，页 674。

③ 参《春秋左传正义》，《十三经注疏》本，页 1781；杨伯峻《春秋左传注》庄公二十八年，页 241。按《左传》所记，息妫本为息公之夫人，而在楚文王灭息以后，她便嫁与楚文王。但刘向《列女传》则言息妫于楚文王破其国之时，便与息公一同自杀。参梁玉绳《人表考》，见《史记汉书诸表订补十种》，页 701。

④ 孙诒让《墨子闲诂》，卷八，页 158。

⑤ 楚邱大概在今河南商丘与山东曹县之间。

观《桑林》,原因是:"诸侯宋鲁,于是观礼,鲁有禘乐,宾祭用之,宋以《桑林》享君,不亦可乎?"[1]

商朝的《桑林》与周室的禘祭相似,亦是一种重大的音乐演出,是在商王族宗庙之前,用作伴随典礼进行的乐舞。[2]自商朝失去政权后,周朝统治者即赋予宋公完全保留商朝礼乐与制度的权力,此举是为了安抚商遗民和那些忠于殷商者。除了那些在宋完整保留的商朝礼乐外,商朝礼乐在其他诸侯国里,虽间有变得陈腐的情况,但它却因各封国违反周朝礼法的趋势加剧,而得以重新从困境中走出来。

(三) 郑卫之音:殷商旧乐的再现

商朝的音乐传统在公室、贵族的上层人物之中,已渐渐失去至高无上的位置,地位慢慢下落,不过它的一些元素,却因而开始在社会的下层中显现。商朝音乐之遗留,得以找到合适的表达方式,而重新进入前商上层人物聚居的国家之庙堂之内,主要是因为春秋时期文化的融合使其得到生气和活力。

《韩非子·十过》记载了有关重新发现纣王音乐的故事,此故事指出了所谓"新声",即郑卫之音,即便不是完全改作自各封国堂庙以外被持续使用的商朝音乐,但也是以某种方式流传了下来:

> 卫灵公(前534—前492在位)将之晋,至濮水之上,税车而放马,设舍以宿。夜分而闻新声者而说之。使人问左右,尽

---

① 杨伯峻《春秋左传注》襄公十年,页977。
② "桑山之林"最初是一地名,商汤曾在这里向帝祈雨,故桑林在商代是一祭祀之地,而用以祭祀之隆重乐舞亦以相同的名称命名(参《吕氏春秋》,卷九,页86—87;《帝王世纪》,《四部备要》本)。

报弗闻,乃召师涓而告之,曰:"有鼓新声者,使人问左右,尽报弗闻,其状似鬼神,子为我听而写之。"师涓曰:"诺。"因静坐抚琴而写之。师涓明日报曰:"臣得之矣,而未习也,请复一宿习之。"灵公曰:"诺。"因复留宿,明日而习之,遂去之晋。晋平公(前557—前526在位)觞之于施夷之台。酒酣,灵公起。公曰:"有新声,愿请以示。"平公曰:"善。"乃召师涓,令坐师旷之旁,援琴鼓之。未终,师旷抚止之,曰:"此亡国之声,不可遂也。"平公曰:"此道奚出?"师旷曰:"此师延之所作,与纣为靡靡之乐也。及武王伐纣,师延东走,至于濮水而自杀。故闻此声者必于濮水之上。先闻此声者其国必削。不可遂。"平公曰:"寡人所好者音也,子其使遂之。"师涓鼓究之。平公问师旷曰:"此所谓何声也?"师旷曰:"此所谓清商也。"①

剔除传说和夸张的成分,在此记载中可以看出,商朝的音乐残留在前商的王畿地区,而至春秋时代,则转化为所谓"新声"(新的音乐)。晋公和宋公无疑均十分喜欢欣赏"新声",这种大大有别于他们惯常在堂庙上听到的雅乐的音乐。"新声"虽然是一种当时堂庙之人所不知的音乐,但并不代表它是其时新近的创作。《释名·释乐器》便曾记载:"箜篌,此师延所作靡靡之乐也。后出于桑间濮上之地。盖空国之侯所存也。师涓为晋平公鼓焉。郑、卫分其地而有之。遂号'郑卫之音',谓之淫乐也。"②

郑卫之音应该包括了大量不合正统的诗歌,这些诗歌脱离周廷正统与雅乐,而和颂、雅的风格相比,则更被视为异端。《郑风》、《卫风》最显著的特点是以求爱和恋人约会为中心思想。《郑风》和《卫风》诗的这个特征,以下的宋代文献对之曾有深刻的分析:

---

① 王先慎《韩非子集解》,卷三,页42—43。
② 刘熙《释名》,卷七,页28。

问:《读诗记》中所言雅、郑、邪、正之言,何也?

曰:郑卫之音便是今邶、鄘、郑、卫之诗,多道淫乱之事。故曰:"郑声淫,圣人存之,欲以知其风俗,且以示戒,所谓诗可以观者也。"岂以其诗为善哉![1]

与《邶风》和《鄘风》相比,《郑风》与《卫风》表现了不同的生命、感情和思想叙述。由《邶风》、《鄘风》而至《郑风》、《卫风》的主题转变,可以归因于时间的跨度,使商朝破败的历史从人们的记忆中隐退。而《郑》、《卫》中的大部分作品都是恋歌,且有浓厚的民谣色彩。求爱、恋人会面、私奔、婚姻等主题大都出自乡民和下层人民之口,不过也有可能出自文人创作。一些现代学者相信,这些诗之中,以《邶风》内的时创作时间为最早;《鄘风》次之,约比《邶风》晚数十年;《卫风》则最迟,可能比《邶风》晚了几个世纪。而现代学者倾向称这些诗为民歌,如孙作云便曾在他的文章中总结,以为"新声"全都是民歌,而其之所以被纳入典礼歌典之中,是由于统治阶层的权力上升,对这些歌谣的控制加强所致。[2]此研究正带出了所谓"新声"或郑卫之音,是一种结合商朝音乐元素和民歌的作品。若要以句法和语法的特点来区分"新声"和前商上层人物的作品,虽然并非不可能,但却是非常困难的。此乃由于包括"南"在内的十五国风,相互之间在用韵、句法和章节结构都是十分近似的。若考虑到周廷乐师曾改组和编辑这些诗,则以个人之力去将民谣和这些作品区分开来,且要从语言的角度分析它们的时间先后,必定是一项非常困难的工作。

《郑风》与《卫风》的诗歌之所以能吸引春秋时期的人,最主要的原因并不是它们的语言的运用有何特别之处,而是与这些诗歌

---

① 朱鉴《诗传遗说》,见《通志堂经解》,第17册,页9984。

② 孙作云《九歌与民歌的关系》,《开封师院学报》,1963年第2期。

同精巧而奢侈的音乐和舞蹈结合有关。在魏文侯与子夏的对话中,对"新声"与郑卫之音的浮靡和过分的本质,有生动的阐述:

> 魏文侯问于子夏曰:"吾端冕而听古乐,则唯恐卧;听郑卫之音,则不知倦。敢问:古乐之如彼何也? 新乐之如此何也?"子夏对曰:"今夫古乐,进旅退旅,和正以广。弦匏笙簧,会守拊鼓,始奏以文,复乱以武,治乱以相,讯疾以雅。君子于是语,于是道古,修身及家,平均天下。此古乐之发也。今夫新乐,进俯退俯,奸声以滥,溺而不止;及优侏儒,獶杂子女,不知父子。乐终不可以语,不可以道古。此新乐之发也。今君之所问者乐也,所好者音也! 夫乐者,与音相近而不同。"(《礼记·乐记》)

古希腊的 mousike 一词原本解作热爱所有艺术和文学的音乐。中国古文的"音"则指所有声音,不论是令人愉快的或使人不快的、自然的或人造的、由人发出的或由乐器发出的声音,都包括在内;而"乐"最初则指一种用以娱乐消遣和使听者感到欢乐的弦乐器。作为孔子的忠心追随者,子夏在上文提到的"乐",是一种与其儒家道德观念和尚古观念相一致的音乐。郑卫之音源自商朝的旧有国土,此片土地比起西方未经开发之地,更为肥沃;至公元前 6 世纪,郑卫之音更进一步发展为魏文侯所惊叹而子夏所轻视的形式。

这种音乐的吸引力使郑卫之音在夷夏的各封国朝廷之中,均赢得了迅速而广泛的认同。甚至远至南方的南蛮楚国,这种音乐亦十分兴盛。《楚辞·招魂》曾描述"新声"云:

> 肴羞未通,女乐罗些。陈钟按鼓,造新歌些。涉江采菱,发扬荷些。美人既醉,朱颜酡些。娭光眇视,目曾波些。……二八齐容,起郑舞些。衽若交竿,抚案下些。竽瑟狂会,搷鸣鼓

些。宫庭震惊,发激楚些。吴歈蔡讴,奏大吕些。士女杂坐,
乱而不分些。放陈组缨,班其相纷些。郑卫妖玩,来杂
陈些。[①]

周代的尚古者对"新声"的态度是矛盾的。他们知道六代(黄
帝、尧、舜、夏、商、周)虽为神圣的时代,但已在废退之中,且六代更
没有留下多少音乐遗风。孔子和他的后学明白到时间是不能回到
古代的,亦知道以音乐多样性为代价,以使天下达至完美道德境界
的奇迹,是不可能出现的。故一些周代的尚古者,从务实的角度出
发,将包括郑国、卫国的中夏地区所收集得来的音乐和诗歌,均视
为"雅",从而在适应各地不同的音乐遗风和品味的同时,散布周廷
音乐的标准和正统的说法。

春秋观念中,雅概念与俗、夷、邪形成对比,此反映了当时有恢
复混乱的社会秩序、平定入侵的四夷和阻止天下继续堕落等渴望。
诗歌与音乐一样,在春秋时期至汉代,正是一种很好的载体,用以
承担一项重要的社会义务,此义务应以风化为主而缘饰为副。而
通过复古、正统和道德伦理的宣扬,混乱和腐败的世界亦得以
改变。

不过,在春秋时期,正与邪、华夏与蛮夷、尚古与溺俗的界线已
变得模糊而不确定。作为正统的最后守护者,孔子在现实世界之
前,亦感到自己的困惑。虽然孔子没有屈服于尊夷、尚俗和信邪的
观念,但却接受了实际上和他道德标准相距甚远的郑卫之音,并将
之纳入"雅"的范围内。雅乐的解放,与风诗一并编入《诗经》,这些
事情都是发生在孔子出生以前的。故要令当时的音乐回复到西周
遗风的单调音乐作品和简朴的音乐习俗那样,是远超出孔子的能
力的。虽然儒者在迫不得已的情况下,接受了这些音乐,但即便他

---

① 　王逸《楚辞补注》,《四部备要》本,卷九十二,页 10 下—12 上。

们不反对用一些刑罚来维持道德标准,他们却不愿意以武力来尝试带起道德的恢复。故儒者所重的是道德教化,而不是道德革命,道德教化既为他们的终极目标,又为他们达致此目标的方法。

第六章

未能作结的结论

　　"雅"与"夏"的概念源于商周两朝的政治斗争。从周文王到周公，周朝的知识分子便称呼他们的文化为"夏"，这是为了建立其历史的正统性及族群的优越性。被商朝推翻的夏朝，为文化水平较差的周朝提供了不少宝贵的文化遗产，使周朝拥有文化上、族群上及政治上的自主权，并由此试图建立自身的正统和优越感。承袭自夏朝以及经周朝重新编制的"夏乐"便拥有了这种超越一般美感享受的象征性价值。当周朝成功推翻商朝后，并没有完全接受殷商优越的音乐文化，反而是摒弃了某些元素，并且不允许继续保存下去。因此，当周公着手设立周朝的礼乐时，便创制了《大武》，并修改了《大夏》，以符合周朝举行盛大的典礼。周公用了六代的音乐传统创制周朝的礼乐，不难反映出他有意利用古代传统的威望来加强周朝的正统性。

　　因此，这也使周人刻意地认为周朝建立前的关中文化比商朝的中原文化更为优越。而春秋时期的雅乐则是基于宗周的礼乐以及部分源于商朝礼乐而创制的。虽然如此，周朝的雅乐并没有在三礼经典中得到充分的论述和解释。西周的前半期代表着雅乐的萌芽期。有关西周时期的考古发现则使我们可以作出以下的推断：

（1）在关中发现的少量周朝乐器显示了该国与晚商的音乐有高度的相似性,虽然周原的音乐考古遗存证明其文明程度远逊于商。

（2）中原地区尤其是诸侯贵族的墓地里没有发现任何乐器,可知西周早期的典章制度对地方朝廷在使用礼乐上有严格的规限。

（3）西周对鼎簋的使用限制,使我们可以相信贵重的典礼乐器如青铜乐钟及鼓同样受到限制。进一步说,整个中原地区的音乐发展也受到了规限。

就音乐而言,商周的文化冲突使两国的文化互相融合。①关中的周人吸纳了商人的音乐文化,而聚居于中原地区的殷商精英则将之与周人的音乐文化区分清楚,即他们保留了自身的音乐文化（无论在朝廷上或民间社会）,同时也接受了周朝在典章制度上的规制。因此,西周的雅乐只有周王室才能使用,才能在宗周的朝廷上及宗庙内演奏。"雅",如"夏"一样,只是与周朝首都及其直辖的关中地区相关连。在《诗经》里,三颂诗继承及仿效了殷商雅乐,而二雅则采集自西周初期至春秋初期的宗周地区。

公元前8世纪,周平王东迁,并重新整顿了阶级组织及诸侯封地。在此以前,周朝将其精英分子集中在宗周,及邻近地区和属地。现在则须调整他们的策略,将地方诸侯的封地纳入势力范围。因此,"夏"与"夷"的概念,以前用以区分周的子民及非周人群,如今则用以识别地理观念上的中原国家及周边蛮夷部落,以及政治观念上的周封国和非周封国。"雅"最终也被融入于中原地区的地方文化

---

① 关于文化涵化(acculturation)的定义超出了笔者的专门知识。笔者用此词语指出:文化涵化指的是两个或多个不同国家的文化相互接触后,继而在原来的文化中（全部或其中之部分）产生一连串的变化。见 R. Redfield, R. Linton, M. J. Herskovits, "Memorandum for the Study of Acculturation,"*AA* 38:149。

之中，并包括了殷商的贵族文化。而被西周严格限定的雅乐亦有一次重大的改变。雅乐及诗歌必须使自己适应于"非雅"及"反雅"的通俗文化之中，目的在于使之在封建各国朝廷上广泛地扩展或延续下去。吸取了商朝文化的"风"因此也融入到"雅"之中。

春秋时代，保守主义及激进主义的冲突，令科学、哲学、艺术、文学及政治思想均有长足的发展。矛盾及混乱创造了变化及生气。音乐家和诗人敢于作个人冒险，有时则发挥他们充沛的精力及创造力于非主流的思想及表达上。郑卫两国不仅保留了晚商时期的音乐，而且提供了丰富而奢华的音乐，其风格具有高度的自由及乐趣。

严格来说，所谓"新声"并不是完全簇新的。郑卫两国的新声重新发现了存活于中原地区的殷商高雅及通俗音乐。混合了其他地区的外来及通俗音乐，新声成为了（臣服于或不臣服于周朝的）诸侯国的流行音乐。随着周王朝的势力渐渐衰落，雅乐及雅文化不断扩大其涵盖范围，遂逐渐容纳了传统观念中的"夷"、"俗"、"邪"的音乐与文化，正统和严格意义上的"雅"不得不让步于比较宽松的定义；到了晚周，"雅"更成为好古者及文化保守者追寻的对象。

如果回顾上述的观点，我们会惊讶地发现商周的音乐历史划分成了几个阶段，就如画个圆圈回到了起点。雅乐的兴起及其支配性的运用中断了中原地区原有的音乐发展。商周两族的音乐文化融合了几个世纪，直至周王朝逐渐衰落还未完成。在整个西周时代，虽然两种文化在早期互相融合，但还是保持了相对的独立性。商周不同的转变只能在地区的比较上才能看得清楚一些。区分商周文化的基础在于地域性，而非时间性。这个标准并非特别新颖，早已为一些前辈学者所采用。例如，在 1930 年代早期，傅斯年发表了一篇著名的文章：《夷夏东西说》。[①]他尝试通过中国东西

---

① 　见傅斯年《夷夏东西说》，《傅斯年全集》第 3 册，页 1093—1134。

方不同族群之间的共同竞争,研究夏、商及周三朝的文化传承。与
此同时,四川学者蒙文通提出三朝的政权更迭是三个主要族
群——位于江汉、河济及海岱三个不同地区——互相竞争的结
果。①通过地域性的标准来观察商周的音乐进化,可知当中不同的
文化转变,因此使我们对《诗经》一书的编纂有一个新的理解。

　　许多学者曾尝试提出《诗经》各部分的成书期,然而至今仍是
莫衷一是。历史语言学家运用相关的文献资料,对各部分的语言
差异进行了精细的研究,并试图考定出各部分的成书时代。其中,
道逊(Dobson)在其书《诗经的语言》(*The Language of the Book
of Songs*)一书中的结论,可说是代表了当今学术界的主流意见。
兹引其文如下:

　　　　就上述所论,语言分析使我们可以准确地枚举《诗经》四
　　部分各自的语言特色。与此相联系的是,我们从《诗经》中获得
　　了有关古代汉语的知识;这是前者所提供的独有贡献。其中
　　尤以《大雅》及《小雅》的特色能够代表《诗经》的语言特色。而
　　且,二雅的独特性明显地是由于欠缺其他与其同时的语言数
　　据所致。相反地,这个观察使我们迄今仍未能确定《诗经》的成
　　书时期。而《颂》则被公认为接近早期的上古汉语。有证据显
　　示,《颂》较早期的周王朝训诰及铭文稍迟。而《颂》中的《鲁颂》
　　及《商颂》经常显示出与《大雅》关系密切,这使我们可以确定其
　　年代稍迟于《周颂》。二雅属于革新时期。《大雅》与《颂》有密
　　切的关系,而《小雅》则较接近《国风》。《国风》大概接近中期及
　　晚期上古汉语。我们清晰地知道《诗经》语言有四个时间层面,
　　其诗则来自不同的时期。但这并不等于说在某一部分中有些
　　诗歌不会早于其他诗歌或者各部分中没有时间上重叠的部

---

① 　见蒙文通《古史甄微》,上海:商务印书馆,1933 年。

分。在《周颂》里,有些诗歌没有押韵,有些随兴押韵,有些则是高本汉(Karlaren)所说的"自由韵律诗",以及其他的种类。《雅》诗中是可以分出组别的,而分组的方式可以从相似的引文看出来。进一步研究那些被借用的诗行,那些剽窃的词句,以及义符性语词,与韵律革新的发展,或许能使我们对研究《诗经》各篇的成书期有更精密的计划,相信较各部分粗略的分期说为佳。无论如何,《雅》诗代表了《诗经》特有形式的形成。而这些都是转变中的形式,它们充分证明了《诗经》独一无二地为我们提供上古汉语发展知识,并且填补了空白。[①]

作为一个历史语言学家,道森以及他的同行皆对历史文本中的语言学特点重视过甚。《雅》及《周颂》诗或许遵从宗周的传统,而《商颂》、《鲁颂》及大部分的《风》诗则有不同的起源,其后更因周朝的乐师所修订而难以找到文本中不同的语言特征。考虑到这种情况,有关诗歌在语言学方面的考察便变得有相当的风险,因为这可能忽略了后来修订者的重要编辑工作和重新建构文本的努力。

作为一个比较文学的专家,王靖献主要以语言学角度研究《诗经》。他自述其目的说:"通过编集及分析,令诗歌本身能反映在文化及语言的语境里,而不是诉诸当代的人类学,强迫诗歌符合我们的推测。"[②]但是时代久远的诗歌能否展现它们自身? 这是一个疑问。欧洲套语式的诗歌表达传统或许能够反映出自发性的创作本质。但就中国诗歌传统而言,如笔者第二章所指出的,我们发现了宗族领袖在举行祭祀时颂扬其祖先的根源。就这个意义而言,我们可以说《诗经》中的套语式的表达传统更可能源于宗教及祭祀活

---

①　见 Dobson,"Language of the Book of Songs,"页 242。

②　Wang, *The Bell and the Drum*,页 136—137。

动。《诗经》中套语式的表达、惯用语及措辞上的结构,尤其是《雅》、《颂》部分,都是以类似的或相同的形式出现于描摹仪式、器物、颂祷之词,这些套语成词也同样出现在青铜器的铭文上或历史文献如《逸周书》及《尚书》的训诰之中。

《诗经》各部分的不同历史及系谱反映出,整个周朝文化有关的语词在语义层面的形成过程和发展变化有其相当复杂的一面,其中尤以"标准"和"典雅"概念的演化能够充分证明。

从第二章至第五章,笔者主要通过综合的方法阐述《诗经》各部分之多元的来源及历史变化。

第二章　庸、颂及诵:商王室的献祭音乐作品

早期的中国诗歌,即从颂到雅,明显地经历了一个具体的变化。这一转化简要地说是诗歌从商代的神学的殿堂被引领到西周初期的现实的领域及仪式化的方向。当处理商周不同的制度时,学者特别着重殷民的"尚鬼重神"习俗及周人的仪式传统,并尝试找出背后的原因。总的来说,上述有共时及历时的不同,但后者一直被强调,而前者则总是被忽略。

《周颂》可能包含了前朝的诗歌。而颂扬的对象并不是以前的祖先或帝王,而是现世的帝王。在皇权天授的观念下,德行及功业较之血缘及承继关系更为重要(《毛诗》266、267、268、269、273、285)。因此,周民更为关心现实世界。为了巩固新政权,周王朝建立了一套严密的礼制,是为一套主要的统治机制。因此,从《颂》到《雅》,诗歌的主题及风格均有所改变。正如范佐仁(Steven Van Zoeren)所观察到的:

> 《诗经》的素材在本质上是由不同的成分所形成的。《颂》(四始之一)大部分是王朝的赞颂诗及仪式作品,与周、鲁及宋的王室祭祀有莫大关连。《大雅》及《小雅》包含了许多周王朝的作品、畋猎和宴会诗歌,以及一些政治控诉及讽喻诗。这些

诗歌颇有可能是周朝所作。①

如上所述,《大雅》证明了诗歌之间共用的一个主题,即颂扬先祖的德行和功业,以及较晚的帝王和有名望的贵族。就主题而言,一些较早期的作品被阐述及修订为《颂》诗的形式。《大雅》前十首诗歌称为《文王之什》,八首颂扬文王之德,其余两首则赞美武王。在整个《大雅》部分中,周的先祖如后稷(《毛诗》245)、公刘(《毛诗》250)、古公亶父(《毛诗》237)及王季(《毛诗》241)皆成为颂扬及纪念的对象。另一方面,较后而有名望的将军及贵族同样也是颂赞的对象(《毛诗》259、260、261、262、263)。就这点而言,《颂》诗的主题从神学层面落到了现实层面,这经历了一个实质性的转变。此一改变或许是由于《颂》诗的功能转到《雅》诗而造成的。正如我们所见《大雅》其他诗歌描绘了宫廷的日常生活,诸如音乐欣赏(《毛诗》242)、宴会(《毛诗》246)、饮酒(《毛诗》246、247、248、251)、射箭(《毛诗》246)及营建宫室(《毛诗》242),均为诗人热烈歌颂。《小雅》诗则包含了更为丰富多样的主题。因此,周朝领导者实施了仪式化及实用主义的策略,将商人仅用于祖先祭祀的诗歌,扩而至宫廷及世俗领域。

《诗大序》将《风》、《雅》分成"正"与"变"。②郑玄清晰地指出了"正"、"变"的分期。郑指出周懿王(前899—前873在位)以前的作品称为"正",而介乎周懿王及陈灵公(前613—前599在位)的作品则称为"变"。③根据毛、郑的分期说,二南可称为"正",而其余十三国风则称为"变"。同样地,《小雅》的《六月》(《毛诗》177)到《何草不黄》(《毛诗》234),《大雅》的《民劳》(《毛诗》253)到《召旻》

---

① Van Zoeren, *Poetry and Personality*, 页 7—8。
② 《毛诗正义》,卷一之一,页三,《十三经注疏》本,页 271。
③ 《毛诗正义》序二,《十三经注疏》本,页 263。

（《毛诗》265）均被视为"变"。"风雅正变"说实源于后世的儒家学者，但不会早于战国时期。[①]毛、郑强调的是国君之德及乌托邦世界之体现的履行与否。而我们所研究的则是西周统治者尽力将音乐和诗歌标准化、仪式化及世俗化。周朝领导者将诗歌世俗化的同时，也影响了"雅"本身的性质。"雅"在刚刚实现其"雅正化"的同时，最后成为"变雅"。

　　在接着的章节中，笔者处理了《诗经》的分类问题。笔者提出了一些不为前辈学者所察觉的意见。要注意的是，在考古及历史资料非常有限的情况下，笔者有些观点还需要继续思索；但是我们对各种资料的处理，将指出它们是唯一合理的解释。

　　第三章　雅乐的标准化

　　商周换代之际，当周人与商文化的接触、交易及战役愈来愈广，源于夏乐、混合了商文化的雅乐就在周朝征服殷商期间被创制出来。但尚处于未精炼过的阶段。雅乐的建立，其实经历了一个融合（syncretism）[②]的过程。它本身融合了商周文化，并使双方有所转变。在商人统治的中原地区及周边地区，其音乐在取代过程中令人失望地逐渐消失及萎缩。周朝的雅乐及音乐制度令殷商乐器的使用、音乐作品的演奏和其他音乐活动分了层次并受到了约束限制，导致后者的音乐活力（music energy）[③]受到了阻碍。另一

---

　　①　胡念贻：《关于风雅颂的问题》，见江矶编：《诗经学论丛》，台北：崧高书舍，1985 年，页 215—242。

　　②　音乐人类学家用"融合"（syncretism）一词解释在文化互渗中的音乐变迁。如亚伦·梅里亚姆（Alan P. Merriam）指出："融合特指两种或更多的文化元素混合在一起的过程，这包括了价值及形式的转变。"见梅里亚姆：《音乐人类学》（Anthropology of Music），页 314。

　　③　"音乐活力"一词是布鲁诺·内特尔（Bruno Nettl）所创，指的是某一社会所花的音乐时间及活力。见 Nettl, "Some Aspects of the History of World Music in the Twentieth Century: Questions, Problems and Concepts," *Ethno-musicology* 22.1:123—136。

方面,商朝某部分的音乐风格及文化也渐渐消失。这是音乐隔离化的一个显例——即是说商人演奏部分属于他们自己的音乐,并表面上接受,但实质上却抵制雅乐。[1]这是罕见的,因而遭历史音乐学家所忽略。历史文献及古文字资料均能证明周朝的领导者在其控制的宗周中心地带及周围设立了两种典型的音乐风格:颂与雅。颂即是赞美诗,是商人,尤其是王室及贵族献祭时所用的乐曲。这些诗歌均保存在《周颂》里,代表着周人早期对商风格及具有重大影响力的音乐模范——雅乐的仿效。《鲁颂》及《商颂》则是后期对"颂"的模仿。[2]

雅乐虽然受到商音乐的影响,尤其是献祭及典礼方面的宫廷音乐,但最初还是起源于周人的传统音乐。后者大概与夏乐的传统有关。雅的观念源于周人对夏民及夏文化的身份认同,因而扩展至有关伦理道德标准及荣誉,如睿智、辉煌及雅正等不同层面的文化特质。在艺术及文化的领域中,"雅"体现了两个层面。从广义而言,"雅"承袭自西周初期所建立的文化遗产。这份遗产包含了多方面,诸如音乐、文学、语言及其他新建立的制度。"雅"很有可能只有周

---

① 玛嘉烈·卡图米(Margaret J. Kartomi)接受梅里亚姆有关"分隔"(compartment)的定义,是一种多元音乐文化的分立并存。(见 Meriam,*Anthropology of Music*,页 315;Kartomi,"The Processes and Results of Musical Culture Contact:A Discussion of Terminology and Concepts,"*Ethno-musicology* 25.2:237)。就商音乐的转化而言,我认为西周时期商周音乐文化在某种程度上也是有系统地共存。雅作为周朝的祭祀音乐,必定延伸至其他封国领土,而商朝的音乐元素则得以部分保留于宫廷及民间。

② 学者普遍同意《鲁颂》编写于鲁僖公时期(前 659—前 625)。而《商颂》的作者及创作时期则从汉代起便有不同的意见。《毛诗》及《鲁诗》两派更是长期有所争论。简而言之,《毛序》认为作者是戴公时期(前 799—前 766)宋国的正考父。他重新修订了商代颂诗并献给周廷的音乐部门。而《鲁诗》学派则认为是宋襄公时期(前 650—前 637)的正考父编写这些诗歌,用以颂扬襄公之德(《诗经》,卷 38,页 1633)。现代学者倾向接受王国维及俞平伯的意见,相信这些诗歌是春秋晚期的作品。见王国维:《说商颂》,收于《观堂集林》,页 113—118;俞平伯:《论商颂的年代》,收于林庆彰:《诗经研究论集》,页 57—62。

王室及宗周的贵族才有使用的资格或拥有的特权。这也显示了商周换代之际有关制度上和文化上的连续性及变化。从狭义而言，"雅"作为一种音乐体式，与"夏"有很大关连；周人认为这是承继自先祖，一般则理解为夏民的创造。我们可以理解为：周人采用了夏朝的音乐及其他文化制度，并借此声称这是推翻商朝的合法依据。

由于"雅"的观念从周朝以前至战国晚期的长久发展，"雅乐"或"雅诗"在不同地区便有了不同的意义。在整个周朝，《诗经》中的《大雅》是宫廷用作祭祀及典礼之用，而《小雅》则是知识分子所作，且收集自其他近畿封国。

第四章　"南"的字源分析及其在《诗经》中的重要性

在西周时期，属于雅乐文化旁支的是南方音乐文化。我们称之为"南"。这是指江、淮、汝及汉水流域的诸侯国领地。从考古发现可知，淮汉等地区出土的青铜器无论在纹饰设计或技术上均与其他地区大为不同。考古学家因而早在1930年代便确定了淮汉地区的独特性。[①]

自晚商时期起，与商朝并存的族群如淮夷、荆楚[②]等便被记载下来。甲骨文更记载了早在武丁时期便有称为"舌方"的族群。[③]虽然地区性的差异确是有迹可寻，但此地区受商代风格影响的青铜艺术在许多方面均与安阳出土的大致相同。这不仅出现在商周换代之前，而且在周朝获得权力后，商代文化的影响力依然长时期在江汉及中原地区占主要地位。但音乐考古学的资料显

---

①　见 Bernhard Karlgren(高本汉)，"Huai and Han，"*BMFEA*13：1—9。

②　《诗经·殷武》《毛诗》305)一诗作自殷商后人。该诗颂武丁(谥号殷武)之功业，记载了他成功领导殷民征伐荆楚。

③　位于商南土偏远之地的舌方，是一个处于领导地位的部落。李学勤指出该部落位于汉水流域城(即今湖北省)。见 K. C. Chang，*Shang Civilization*，New Haven and London：Yale University Press，1980年，页251。

示,就乐器而言,江汉及淮河地区仍然保持本身的独特性,与安阳及商朝领地分庭抗礼。

自商朝覆亡后,周朝的统治者便建立了一些主要的诸侯国,以便加强控制江汉地区的人民。根据青铜铭文及档案资料,直至西周后期,这些地区仍然摆出一副异化于、甚至是对抗周朝的姿态。[①]

从西周初期开始,周朝的统治者便组织了几次南征,并征服了江汉等地。《左传》及其他历史资料便记载了许多江汉地区的公国及侯国。有些诸侯来自周王室;而他们的封国则建立在汉水两岸。还有一些该地区的国家属于不同的族姓。这些便是长期与周朝、楚国及南蛮有军事对抗及冲突的国家。

就音乐而言,江汉地区呈现的独特性与关中地区(即宗周所处以及雅文化支配之地)大有分别。从商代晚期至西周中期,一直流行于江、汉及淮水等地区的乐器具有很强烈的商代范式,明显是承袭自商朝;而甬钟及钮钟盛行于关中地区(宗周所处),句鑃及镈钟则流行于江、汉及淮河流域。

《韩诗外传》[②]认为“二南”的位置介乎南阳及南郡之间(即今河南省西南部及湖北省西北部)。[③]通过对“二南”内外的重新考察,笔者认为《南》诗从西周初期至春秋时期,均收集自周朝“汉阳

---

① 见 Hsu and Linduff, *Western Chou Civilization*,页 262—264。

② 《韩诗外传》是一本有关《诗经》轶事的合集,用以说明它们的实际用途。一般认为是韩诗学派代表人物韩婴所作。现存版本有:许维遹《韩诗外传集释》(北京:中华书局,1980 年)及赖炎元《韩诗外传今注今译》(台北:商务印书馆,1972 年)。完整的英文注释版本可参考 James R. Hightower's *Han Shih Wai Chuan: Han Ying's Illustration of the Didactic Application of the Classic of Songs* (Cambridge: Harvard University Press, 1952)。

③ 谭其骧《中国历史地图集》,卷 1,页 45—6。

诸姬"所控制的南方地区以及其他诸侯国。二南诗的内容及语言特点亦反映出它们是源自南方的一种雅文化。

第五章 "雅"的地区化:商代雅乐的复兴

周朝对商遗民实行镇压措施的同时,其实亦压制了商的文化传统。中原地区的一些变迁使商周的音乐文化得以互相接触,其结果是:许多商代的音乐作品遭摒弃;一些乐器如庸不再使用;商乐被分成不同等级令其价值不断减弱;而最重要的是,宗周雅乐的建立并禁止或限制中原的地区使用,令原来商朝直接控制的地区传统贵族音乐文化的发展受到了阻碍。因此,从商到周,出现了不少明显的改变。不少学者认为这是自然的朝代兴替,因而忽略了这些明显的变化。另一方面,虽然音乐文化在中原地区的发展受到阻碍,但并没有影响到民间的音乐活动。声乐创作,既可以是一些简单的旋律,亦可以是一些有节奏的自然乐章,用以表达知识分子和平民百姓共同的喜怒哀乐。乐正、①瞽、矇及瞍等乐官首先到各诸侯国收集诗歌,然后重新编写,最后将之献给天子。这些诗歌最后收编于《诗经》十三国风之中。根据历史记载,公元前 770 年,周幽王(前781—前 770 在位)死于犬戎②之役中,宗周自是崩溃。当周平王(前 770—前 719 在位)成功在成周③继位,并建立东周,"雅"或"夏"的观念同时也经历了重大的转变。正统性及雅文化随着政权的改变而东移至成周。"夏"或"雅"得以继续在周人新的都邑及新的中心延续下去,文化特征也得以重现,因而产生了"诸夏"一词。

---

① "乐正"传说是由帝尧设立。《仪礼》及《礼记》记载了其功能及职责,因此亦可视之为周朝所设立的官职。根据《仪礼》及《礼记》,"乐正"不仅设在周室宫廷,同时亦是诸侯国内的官衔。周廷有"大乐正"及"小乐正"。大乐正负责音乐表演,官阶相等于"大司寇"及"大司徒"。小乐正则需参与典礼中的音乐表演。

② 犬戎是一游牧民族,大概在今陕西省北部一带活动。

③ 成周位于今河南省洛阳市。

《诗经》的十三国风保存了春秋时期（及以前）的中原地区和众诸侯国的诗歌。有些或者早于西周时期便已成诗。虽然如此，直至东周初期，乐官才注意到这些诗歌。自平王东迁，一向被疏于管理的洛阳便成为新的京畿之地，直接受周天子管辖。同时，周天子命令乐官到诸侯国采集诗歌。自此开始，标准的雅乐不但影响地方音乐，而且也被地区化了，接受了地方的影响。《国风》中的诗歌代表了周朝雅乐地方化的过程。

公元前 8 世纪，平王东迁的同时，也见证了周朝知识分子的文化及种族身份从征服者和被征服者、西方人和东方人、周朝的精英分子和非精英分子之间的分别，转变为周朝的精英分子和非周朝的精英分子的区别。西周及东周初期，雅乐——包括《大雅》和《小雅》，显示了收集自关中地区的音乐不但在风格体式上有别，甚至诗歌的方言特色亦有所不同。到了公元前 7 世纪，音乐文化的互渗及综合使雅乐普及化了。这就是说，"雅"必须使自己适应于中原地区的要求，如诗乐传统及美学等方面。讽刺的是，周王朝为了永延其祚，被迫放宽政策来容纳外来的事物。到最后，周王朝也不可避免地分崩离析了。

参考文献

中文文献

阮元编:《重刊宋本十三经注疏》,北京:中华书局,1957年,1980年再版。

《春秋公羊传注疏》,见《十三经注疏》,北京:中华书局,1957年,1980年再版。

《春秋穀梁传注疏》,见《十三经注疏》,北京:中华书局,1957年,1980年再版。

《春秋左传注疏》,见《十三经注疏》,北京:中华书局,1957年,1980年再版。

《尔雅注疏》,见《十三经注疏》,北京:中华书局,1957年,1980年再版。

《礼记正义》,见《十三经注疏》,北京:中华书局,1957年,1980年再版。

《论语注疏》,见《十三经注疏》,北京:中华书局,1957年,1980年再版。

《毛诗正义》,见《十三经注疏》,北京:中华书局,1957年,1980年再版。

《孟子注疏》,见《十三经注疏》,北京:中华书局,1957年,1980年再版。

《尚书正义》,见《十三经注疏》,北京:中华书局,1957年,1980年再版。

《仪礼注疏》,见《十三经注疏》,北京:中华书局,1957年,1980年再版。

《周礼注疏》,见《十三经注疏》,北京:中华书局,1957年,1980年再版。

《周易注疏》,见《十三经注疏》,北京:中华书局,1957年,1980年再版。

班固:《汉书》,北京:中华书局,1995年。

范晔:《后汉书》,北京:中华书局,1965年。

房玄龄:《晋书》,北京:中华书局,1974年。

司马迁:《史记》,北京:中华书局,1983年。

脱脱等:《宋史》,北京:中华书局,1977年。

魏收:《魏书》,北京:中华书局,1974年。

魏徵:《隋书》,北京:中华书局,1973 年。

陈桥驿等译:《水经注全译》,贵阳:贵州人民出版社,1996 年。

戴望:《管子校正》,《诸子集成》本,上海:上海书店,1986 年。

杜文澜:《古谣谚》,长沙:岳麓书社,1992 年。

杜佑:《通典》,景印《文渊阁四库全书》本,第 603—605 册,台北:商务印书馆,1986 年。

杜预:《春秋左传集解》,上海:上海人民出版社,1977 年。

段玉裁:《说文解字注》,上海:上海古籍出版社,1981 年。

方诗铭、王修龄:《古本竹书纪年辑证》,上海:上海古籍出版社,1981 年。

《管子》,景印《文渊阁四库全书》本。

郝懿行:《尔雅义疏》,《四部备要》本,1935 年。

郝懿行:《山海经笺疏》,《四部备要》本,1935 年。

何建章:《战国策注译》,北京:中华书局,1992 年。

洪兴祖:《楚辞补注》,《四部备要》本,1935 年。

胡承珙:《小尔雅义证》,《四部备要》本,1935 年。

《淮南子》,《四部备要》本,1935 年。

黄怀信、张懋镕、田旭东撰:《逸周书汇校集注》,上海:上海古籍出版社,1995 年。

黄晖注,刘盼遂集解:《论衡校释》,长沙:商务印书馆,1938 年,北京:中华书局,1990 年再版。

姜亮夫:《楚辞书目五种》,上海:上海古籍出版社,1993 年。

郦道元:《水经注》,上海:商务印书馆,1935 年。

李善注:《文选》,香港:商务印书馆,1973 年。

刘向:《列女传》,《四部备要》本,1935 年。

刘熙:《释名》,见《小学汇函》,广州:远东书局,1873 年。

罗泌:《路史》,《四部备要》本,1935 年。

吕不韦等著,高诱注:《吕氏春秋》,《诸子集成》本,上海:上海书店,1986 年。

马端临:《文献通考》,上海:商务印书馆,1936 年。

钱绎撰集:《方言笺疏》,北京:中华书局,1991 年。

秦嘉谟等辑:《世本八种》,上海:商务印书馆,1957 年。

宋翔凤:《小尔雅训纂》,见《皇清经解续编》,台北:艺文印书馆,1965 年。

孙希旦:《礼记集解》,《十三经清人注疏》本,北京:中华书局,1989 年。

孙星衍:《尚书今古文注疏》,北京:中华书局,1986 年。

孙诒让:《周礼正义》,《四部备要》本,上海:中华书局,1935 年。

孙诒让:《墨子閒诂》,《诸子集成》本,上海:上海书店,1986 年。

韦昭注:《国语》,上海:上海古籍出版社,1978 年。

汪荣宝撰:《法言义疏》,北京:中华书局,1987 年。

王符:《潜夫论》,《四部备要》本,1935 年。

王嘉:《拾遗记》,北京:中华书局,1981 年。

王先谦:《荀子集解》,《诸子集成》本,上海:上海书店,1986 年。

王先慎:《韩非子集解》,《诸子集成》本,上海:上海书店,1986 年。

王逸:《楚辞补注》,《四部备要》本,1935 年。

向宗鲁:《说苑校证》,北京:中华书局,1978 年。

徐宗元纂:《帝王世纪辑存》,北京:中华书局,1964 年。

许慎:《说文解字》,北京:中华书局,1963 年。

许维遹:《吕氏春秋集释》,北京:文学古籍刊行社,1955 年。

许维遹:《韩诗外传集释》,北京:中华书局,1980 年。

杨伯峻:《列子集释》,北京:中华书局,1979 年。

杨伯峻:《春秋左传注》,北京:中华书局,1981 年,1993 年再版。

严可均:《全上古三代秦汉三国六朝文》,北京:中华书局,1982 年。

袁珂校注:《山海经校注》,上海:上海古籍出版社,1980 年。

张揖:《广雅》,《小学汇函》本,台北:中华书局,1967 年;另版见广州:远东书
　　局,1873 年。

赵晔:《吴越春秋》,《四部备要》本,1935 年。

朱彬:《礼记训纂》,北京:中华书局,1995 年。

《竹书纪年》,《丛书集成》本,台北:中华书局,1935 年,1980 年再版。

白川静:《金文通释》,见《白鹤美术馆志》,神户:白鹤美术馆,1962 年—
　　1984 年。

董作宾:《小屯:殷虚文字甲编》,南京:商务印书馆,1948 年,台北,1977 年
　　再版。

郭若愚、曾毅公、李学勤:《殷虚文字缀合》,北京:科学出版社,1955 年。

黄濬:《尊古斋所见吉金图》,北京:尊古斋,1936 年。

李孝定:《甲骨文字集释》,台北:"中央研究院"历史语言研究所,1965 年。

李学勤、齐文心、艾兰合编:《英国所藏甲骨集》(英藏),北京:中华书局,

1992 年。

刘雨、卢岩编:《近出殷周金文集录》,北京:中华书局,2002 年。

罗振玉:《殷虚书契前编》8 卷,1911 年—1912 年,上海:1932 年重印;台北:艺文印书馆,1970 年重印。

罗振玉编:《三代吉金文存》(20 卷),上海:罗氏百爵斋,1936 年;北京:中华书局,1983 年再版。

马承源主编:《上海博物馆藏战国楚竹书(一)》,上海古籍出版社,2001 年。

容庚:《金文编》,北京:中华书局,1985 年。

商承祚:《十二家吉金图录》,南京:金陵大学中国文化研究所,1935 年。

吴镇烽:《陕西金文汇编》,西安:三秦出版社,1989 年。

徐中舒:《殷周金文集录》,成都:四川辞书出版社,1986 年。

徐中舒:《甲骨文字典》,成都:四川辞书出版社,1988 年。

薛尚功:《历代钟鼎彝器款识》,沈阳:辽沈书社,1985 年。

姚孝遂、萧丁:《殷墟甲骨刻辞摹释总集》,北京:中华书局,1988 年。

姚孝遂、萧丁:《殷墟甲骨刻辞类纂》,北京:中华书局,1989 年。

于省吾:《商周金文录遗》,北京,1957 年。

于省吾主编:《甲骨文字诂林》,北京:中华书局,1996 年。

曾毅公:《甲骨缀合编》,北京:修文堂,1950 年。

钟柏生、陈昭容、黄铭崇、袁国华编:《新收殷周青铜器铭文暨器影汇编》,台北:艺文印书馆,2006 年。

周何、季旭昇、汪中文等合编:《青铜器铭文检索》,台北:文史哲出版社,1995 年。

宝鸡市博物馆:《宝鸡強国墓地》,北京:文物出版社,1988 年。

阜阳汉简整理组:《阜阳汉简简介》,《文物》,第 321 期(1983 年 2 月),页 21—23。

阜阳汉简整理组:《阜阳汉简〈诗经〉》,《文物》,第 339 期(1984 年 8 月),页 1—12。

甘肃省博物馆、中国科学院考古研究所:《武威汉简》,北京:文物出版社,1965 年。

河南省文物研究所:《河南舞阳贾湖新石器时代遗址第二至第六次发掘简报》,《文物》,第 392 期(1989 年 1 月),页 1—14。

侯古堆考古工作队、河南省博物馆:《河南固始侯古堆一号墓发掘简报》,《文物》,第 172 期(1981 年 1 月),页 1—8。

江西省文物考古研究所、江西省新淦博物馆：《江西新淦大洋洲商墓发掘简报》，《文物》，第 425 期（1991 年 10 月），页 1—23。

荆门市博物馆：《郭店楚墓竹简》，北京：文物出版社，1997 年。

岐山县文化馆：《陕西省岐山县董家村西周铜器窖穴发掘简报》，《文物》，第 240 期（1976 年 5 月）：页，26—44。

山东省文物管理处：《大汶口》，北京：文物出版社，1974 年。

睡虎地秦简整理小组编：《睡虎地秦墓竹简》，北京：文物出版社，1978 年。

中国社会科学院历史研究所编：《甲骨文合集》，北京：中华书局，1978 年—1983 年。

中国社会科学院考古学研究所：《甲骨文编》，香港：中华书局，1978 年。

中国社会科学院考古学研究所：《殷墟妇好墓》，北京：文物出版社，1980 年。

中国社会科学院考古学研究所：《小屯南地甲骨》，北京：中华书局，1980 年，1983 年再版。

中国社会科学院考古学研究所：《殷周金文集成》，北京：中华书局，1984 年。

中国社会科学院考古学研究所、中国历史博物馆、山西省考古研究所编：《夏县东下冯》，北京：文物出版社，1988 年。

中国社会科学院考古学研究所：《殷墟的发现与研究》，北京：科学出版社，1994 年。

中国社会科学院考古研究所安阳工作队：《安阳殷墟五号墓的发掘》，《考古学报》，第 47 期（1977 年 10 月），页 57—98。

中国社会科学院考古研究所山西工作队、临汾地区文化局：《1978—1980 年山西襄汾陶寺墓地发掘简报》，《考古》，第 184 期（1983 年 1 月），页 30—42。

中国社会科学院考古研究所山西工作队、临汾地区文化局：《山西襄汾陶寺遗址首次发现铜器》，《考古》，第 207 期（1984 年 12 月），页 1069—1071。

Hsü, Chin-hsiung（许进雄），ed. *The Menzies Collection of Shang Dynasty Oracle Bones*（《加拿大皇家安大略博物馆藏明义士旧藏甲骨文字》），Toronto: Royal Ontario Museum, 1972—1977。

Hsü, Chin-hsiung（许进雄），ed. *Oracle Bones from the White and Other Collections*（《怀特氏等收藏甲骨集》），Toronto, Ont. : Royal Ontario Museum, 1979。

中文研究论著及论文

白惇仁：《〈诗经〉音乐文学之研究》，台北：唯勤出版社，1980 年。

白惇仁：《春秋时代歌诗考》，见《〈诗经〉研究论集》，台北：黎明文化事业股份有限公司，页 211—226，1981 年。

白惇仁：《〈诗经〉金石乐器考》，《孔孟学报》，第 46 期（1983 年 9 月），页 89—100。

蔡靖泉：《〈诗经〉二南中的楚歌》，《上海大学学报》，第 50 期（1994 年 6 月），页 102。

蔡仲德：《〈乐记〉作者辨证》，《中央音乐学院学报》，第 1 期（1980 年 12 月），页 3—11。

蔡运章：《甲骨金文与古史研究》，郑州：中州古籍出版社，1993 年。

常任侠：《中国古典艺术》，上海：上海出版公司，1954 年。

常任侠：《古磬》，《文物》，第 266 期（1978 年 7 月），页 77—78。

常宗豪：《先秦文学论集》，香港：广角镜，1988 年。

常玉芝：《商代周祭制度》，北京：中国社会科学出版社，1987 年。

曹淑琴：《先秦铜铎及其相关问题》，《文物》，第 418 期（1991 年 3 月），页 56—60。

曹锦炎：《邌邡编钟铭文释议》，《文物》，第 395 期（1989 年 4 月），页 57—59。

陈公柔：《曾伯霥簠銘中的金道锡行及相关问题》，见《中国考古学论丛》，北京：科学出版社，1993 年，页 331—338。

陈鼓应：《庄子今注今译》，台北：商务印书馆，1985 年。

陈奂：《诗毛氏传疏》，上海：商务印书馆，1920 年。

陈立：《白虎通疏证》，北京：中华书局，1994 年。

陈梦家：《中国古代跳舞史》，《清华学报》，第 1 卷第 1 期（1925 年），页 407—448。

陈梦家：《古文字中的商周祭祀》，《燕京学报》，第 19 期（1936 年 6 月），页 91—155。

陈梦家：《商代的神话与巫术》，《燕京学报》，第 20 期（1936 年 12 月），页 485—576。

陈梦家：《风谣释名》，《歌谣周刊》，第 3 卷第 12 期（1937 年 6 月），页 1—6。

陈梦家：《高禖郊社祖庙考》，《清华学报》，第 12 卷第 3 期（1937 年），页

445—463。

陈梦家：《五行之起源》，《燕京学报》，第 24 期(1938 年)，页 35—54。

陈梦家：《射与郊》，《清华学报》，第 13 卷第 1 期(1941 年)，页 115—162。

陈梦家：《海外中国铜器图录》，北平：国立北平图书馆，1946 年。

陈梦家：《殷代铜器》，《考古学报》，第 7 期(1954 年 12 月)，页 15—60。

陈梦家：《寿县蔡侯墓铜器》，《考古学报》，第 12 期(1956 年 6 月)，页 95—123。

陈梦家：《殷虚卜辞综述》，北京：科学出版社，1956 年。

陈梦家：《六国纪年》，上海：上海人民出版社，1957 年。

陈梦家：《蔡器三记》，《考古》，第 83 期(1963 年 7 月)，页 381—384，361。

陈梦家：《宋大晟编钟考述》，《文物》，第 160 期(1964 年 2 月)，页 51—53。

陈梦家：《西周铜器断代》，见王梦旦编《金文论文选》，香港：诸大书店，1968 年。

陈梦家：《尚书通论》，北京：中华书局，1985 年。

陈槃：《周召二南与文王之化》，《古史辨》，第 3 卷第 11 期(1931 年)，页 424—439。

陈槃：《不见于春秋大事表之春秋方国考》，台北："中央研究院"历史语言研究所，1970 年。

陈槃：《春秋大事表列国爵姓及存灭表谭异》，台北："中央研究院"历史语言研究所，1988 年。

陈平：《克罍克盉铭文及其有关问题》，《考古》，第 288 期(1991 年 9 月)，页 843—854。

陈乔枞：《三家诗遗说考》，见《皇清经解续编》，台北：艺文印书馆，1965 年。

陈全方：《周原与周文化》，上海：上海人民出版社，1988 年。

陈通、郑大瑞：《古编钟的声学特性》，《声学学报》，第 3 期(1980 年 8 月)，页 161—171。

陈伟：《淅川下寺楚墓墓主及相关问题》，《江汉考古》，第 6 期(1983 年 1 月)，页 32—33、37。

陈旸：《乐书》第 15 卷《礼记训义·乐记》，景印《文渊阁四库全书》本，台北：商务印书馆，1986 年。

陈昭容：《秦公篹的时代问题：兼论石鼓文的相对年代》，《"中研院"中国历史语言研究所集刊》，第 64 本第 4 分，1993 年，页 1077—1120。

陈振裕、梁柱：《试论曾国与曾楚关系》，《考古与文物》，第 32 期(1985 年 11

月），页 85—96。

陈致：《说南——再论〈诗经〉的分类》，《"中研院"中国文哲研究集刊》第 12 期
　　（1998 年 3 月），页 355—402。

陈致：《说夏与雅：宗周礼乐形成与变迁的民族音乐学考察》，《"中研院"中国
　　文哲研究集刊》，第 19 期（2001 年 9 月），页 1—53。

陈致：《原孝》，《人文中国学报》，第 9 期（2002 年 12 月），页 229—252。

陈致：《从王国维北伯鼎跋来看商周之际的一些史事》，《台大历史学报》，第
　　31 期（2003 年 6 月），页 1—43。

陈子展：《〈诗经〉直解》，台北：书林出版有限公司，1992 年重印。

程大昌：《诗论》，见《学海类编》，台北：文海出版社，1964 年。

程发轫：《〈春秋左氏传〉地名图考》，台北：广文书局，1967 年。

程发轫：《周南召南解》，见熙公哲等撰：《〈诗经〉研究论集》，台北：黎明文化事
　　业公司，1981 年，页 297—322。

程丽臻：《论楚地出土的琴瑟筝筑》，《乐器》，第 115 期（1996 年 4 月），页
　　21—23。

崔述：《读风偶识》，见《崔东壁遗书》，上海：上海古籍出版社，1983 年。

崔志坚：《鹿邑太清宫考古发掘有重大发现》，《光明日报》1998 年 5 月 19 日。

丁山：《商周史料考证》，北京：中华书局，1988 年。

丁山：《殷商氏族方国志》，见《甲骨文所见氏族及其制度》，北京：中华书局，页
　　59—159，1988 年。

丁一：《〈诗经〉二南地理考》，《中国语文学》，第 3 期（1981 年 10 月），页
　　89—108。

董楚平：《吴越徐舒金文集释》，杭州：浙江古籍出版社，1992 年。

董作宾：《殷历谱》，重庆：中央研究院历史语言研究所，1945 年；台北：艺文印
　　书馆，1978 年重印。

杜乃松：《谈江苏地区商周青铜器的风格与特征》，《考古》，第 233 期（1987 年
　　2 月），页 169—174。

杜正胜：《略论殷遗民的遭遇与地位》，《"中研院"历史语言研究所集刊》，第
　　53 本第 4 分，页 661—709，1982 年。

杜正胜：《周初封建的建立》，见台北："中央研究院"历史语言研究所中国上古
　　史编辑委员会编：《中国上古史》，第 3 卷，1985 年。

杜正胜：《周代封建制度的社会结构》，见台北："中央研究院"历史语言研究所
　　中国上古史编辑委员会编：《中国上古史》，第 3 卷，1985 年。

杜正胜:《夏代考古及其国家发展的探索》,《考古》,第 280 期(1991 年 1 月),
　　页 43—56。

段玉裁:《春秋左氏古经》,见《段玉裁遗书》,台北:大化书局,1977 年重印。

方建军:《河南出土殷商编铙初论》,《中国音乐》,第 20 期(1990 年 7 月),页
　　67—76。

方建军:《陕西出土之音乐文物》,西安:陕西师范大学出版社,1991 年。

方建军:《西周早期甬钟及甬钟起源探讨》,《考古与文物》,第 69 期(1992 年 1
　　月),页 33—39。

方述鑫:《姬周族出于土方考》,见陕西历史博物馆编:《西周史论文集》,西安:
　　陕西人民教育出版社,页 345—359,1993 年。

冯光生:《近来我国音乐考古的主要收获》,《江汉考古》,1982 年第 1 期,页
　　75—79。

冯洁轩:《论郑卫之音》,《语言研究》,第 32 期(1984 年 1 月),页 64—84。

冯时:《殷卜辞四方风研究》,《考古学报》,第 113 期(1994 年 4 月),页
　　131—154。

傅斯年:《傅斯年全集》,台北:联经出版事业公司,1980 年。

傅斯年:《夷夏东西说》,见《傅斯年全集》,第三册,页 86—157,台北:联经出
　　版事业公司,1980 年。1935 年初版见《庆祝蔡元培先生六十五岁论文
　　集》,"中央研究院"历史语言研究所,页 1093—1134。

傅斯年:《〈诗经〉讲义稿》,见《傅斯年全集》,台北:联经出版事业公司,第一
　　册,页 185—331,1980 年。

傅斯年:《大东小东说》,见《傅斯年全集》,台北:联经出版事业公司,第三册,
　　页 9—22,1980 年。

傅斯年:《论所谓五等爵》,见《傅斯年全集》,台北:联经出版事业公司,第三
　　册,页 34—70,1980 年。

傅斯年:《周东封与殷遗民》,见《傅斯年全集》,台北:联经出版事业公司,第三
　　册,页 158—167,1980 年。

高葆国:《〈诗〉风南雅颂正诂》,《东海学报》,第 3 卷第 1 期(1961 年 6 月),页
　　89—106。

高亨:《上古乐曲的探索》,《文史述林》,北京:中华书局,1980 年,页 41—79。

高亨:《诗经今注》,上海:上海古籍出版社,1982 年。

高明:《古文字类编》,北京:中华书局,1982 年。

高明:《中国古文字学通论》,北京:北京大学出版社,1996 年。

高木森：《西周青铜彝器汇考》，台北：中国文化大学，1986 年。

高至喜：《中国南方出土商周青铜铙概论》，《湖南考古辑刊》第 2 期，长沙：岳麓书社，页 128—135，1984 年；英文版见"An Introduction to Shang and Chou Bronze *Nao* Excavated in South China"，In: Chang Kwang-chih, ed. 1986b，页 275—300，1986 年。

高至喜：《论湖南出土的西周铜器》，《江汉考古》，1984 年第 3 期，页 59—68。

高至喜：《湖南省博物馆藏西周青铜乐器》，《湖南考古辑刊》第 2 期，页 29—34，1984 年。

高至喜：《论商周铜镈》，《湖南考古辑刊》第 3 期，长沙：岳麓书社，页 209—214，1986 年。

顾颉刚：《读周书官职篇》，《禹贡》，第 2 期，页 1—42，1963 年。

顾颉刚：《逸周书世俘篇校注写定与评论》，《文史》，第 2 期，页 1—42，1963 年。

顾颉刚：《周公制礼的传说和周官一书的出现》，《文史》，第 6 期，页 1—4，1979 年。

顾铁符：《信阳一号楚墓的地望与人望》，《故宫博物院院刊》，第 2 期，页 76—80，1972 年。

顾铁符：《关于河南淅川楚墓的若干参考意见》，《故宫博物院院刊》，第 3 期，页 79—90，1985 年。

顾炎武著，黄汝成集释：《日知录集释》，台北：商务印书馆，1956 年。

管东贵：《中国古代十日神话之研究》，《"中研院"历史语言研究所集刊》第 33 本，页 287—330，1962 年。

郭宝钧：《1950 年春季殷虚发掘报告》，《中国考古学报》第 5 册，1951 年。

郭宝钧：《商周铜器群综合研究》，北京：文物出版社，1981 年。

郭德维：《楚墓分类问题探讨》，《考古》，第 186 期（1983 年 3 月），页 249—259。

郭茂倩：《乐府诗集》，《四部备要》本，1935 年。

郭沫若：《甲骨文字研究》，上海：大东书局，1931 年；北京：科学出版社，1964 年重印。

郭沫若：《卜辞通纂》，东京：文求堂书店，1933 年；北京：科学出版社，1958 年再版。

郭沫若：《两周金文辞大系图录考释》，东京：文求堂书店，1935 年；北京：科学出版社,1958 年再版。

郭沫若:《殷契粹编》,东京:文求堂书店,1937 年;北京:科学出版社,1959 年再版。

郭沫若:《青铜时代》,上海:文治出版社,1945 年。

郭沫若:《周官质疑》,见《金文丛考》,北京:人民出版社,1954 年。

郭沫若:《商周青铜器铭文研究》,北京:人民出版社,1954 年。

郭沫若:《中国古代社会研究》,北京:人民出版社,1982 年;收入《郭沫若全集·历史编》,北京:科学出版社,1956 年。

郭沫若:《由寿县蔡器论到蔡器的年代》,《考古学报》,第 11 期(1956 年 3 月),页 1—6。

郭沫若:《曾子斿鼎无者俞钲及其他》,《文物》,第 167 期(1964 年 9 月),页 6—7。

郭沫若:《关于鄂君启节的研究》,见《文史论丛》,北京:中华书局,1974 年。

郭沫若:《善斋藏契粹编》,台北:艺文印书馆,1970 年;东京,1976 年再版。

郭沫若:《郭沫若全集·考古编》,北京:科学出版社,1982 年。

国际中国古文字学研讨会编:《古文字学论集》,《香港中文大学学报》,1983 年。

何清毅:《西周籀文与秦文字》,见陕西历史博物馆编《西周史论文集》,西安:陕西人民教育出版社,页 1173—1186,1993 年。

何定生:《〈诗经〉与乐歌的原始关系》,见林庆彰编:《诗经研究论集》,台北:学生书局,页 1—18,1983 年。

胡厚宣:《甲骨文四方风名考》,《责善半月刊》第二卷第十九期,1941 年;香港:龙门书店,1965—1968 年重印。

胡厚宣:《甲骨文四方风名考证》,见《甲骨学商史论丛》,第一卷,济南:齐鲁大学,页 265—276,1944 年;石家庄:河北教育出版社,2002 年重印。

胡厚宣:《战后京津新获甲骨集》,上海:群联出版社,1954 年。

胡厚宣:《释殷代求年于四方和四方风的祭祀》,《复旦大学学报》,1956 年第 1 期,页 49—86。

胡厚宣:《殷卜辞中的上帝和王帝》,《历史研究》,1959 年第 9 期,页 23—50;1959 年第 10 期,页 89—110。

胡厚宣:《甲骨文商族鸟图腾的遗迹》,《历史论丛》,第 1 期,页 136—137,北京:中华书局,1964 年。

胡厚宣:《甲骨文所见商族鸟图腾的新证据》,《文物》,第 249 期(1977 年 2

月），页 84—87。

胡念贻：《关于风雅颂的问题》，见《先秦文学论集》，北京：中国社会科学出版社，1981 年。

胡平生、韩自强：《阜阳汉简诗经简论》，《文物》，第 339 期（1984 年 8 月），页 13—21。

黄翔鹏：《新石器和青铜器时代的已知音响资料与我国音阶发展史问题》，见《音乐论丛》，第 1 期，1978 年，页 184—206；第 3 期，1980 年，页 127—161。

黄翔鹏：《释楚商——从曾侯钟的调式研究管窥楚文化问题》，《文艺研究》，第 2 期，页 72—81；英文版见 Shen Sin-yan, transl. "'Ch'u shang' Elucidated"CM 3.1:20—27;3.3，页 56—60，1979 年，1980 年。

黄翔鹏：《溯流探源：中国传统音乐研究》，北京：人民音乐出版社，1993 年。

黄文进、黄凤春：《包山二号楚墓礼俗二题》，《江汉考古》，1991 年第 2 期，页 50—56。

黄展岳：《论两广出土的先秦青铜器》，《考古学报》，1986 年第 4 期，页 409—434。

黄忠慎：《南宋三家诗经学》，台北：商务印书馆，1988 年。

吉联抗辑译：《秦汉音乐史料》，上海：上海文艺出版社，1981 年。

季旭昇：《〈诗经〉古义新证》，台北：文史哲出版社，1994 年。

家浚：《〈诗经〉音乐初探》，《乐器》，第 20 期（1981 年 1 月），页 95—103。

江矶编：《〈诗经〉学论丛》，台北：崧高书社，1985 年。

蒋定穗：《试论陕西出土的西周钟》，《考古与文物》第 25 期（1984 年 9 月），页 86—100。

蒋祖棣：《论丰镐周文化遗址陶器分期》，见《考古学论集》，北京：文物出版社，页 255—286，1992 年。

金景芳：《商文化起源于我国北方说》，《中华文史论丛》第 7 期，页 65—70，1978 年。

金景芳：《释二南》，见江矶编《诗经学论丛》，台北：崧高书社，页 87—99，1985 年。

金祥恒：《释庸》，见《金祥恒先生全集》，台北：艺文印书馆，页 1183—1190，1990 年。

金颖若：《诗经韵系的时代分野》，《古汉语研究》，1993 年第 4 期，页 53—55。

孔令贻：《圣门礼志》，见《孔子文化大全》，济南：山东友谊出版社，1989 年。

孔尚任:《圣门乐志》,见《孔子文化大全》,济南:山东友谊出版社,1989 年。

赖炎元:《韩诗外传今注今译》,台北:商务印书馆,1972 年。

李伯谦:《二里头类型的文化性质与族属问题》,《文物》,第 361 期(1986 年 6 月),页 41—47。

李纯一:《关于殷钟的研究》,《考古学报》,第 17 期(1957 年 9 月),页 41—50。

李纯一:《略论春秋时代的音乐思想》,《音乐研究》,1958 年第 2 期,页 20—28。

李纯一:《中国古代音乐史稿》,北京:音乐出版社,1958 年。

李纯一:《我国原始时期音乐初探》,北京:音乐出版社,1958 年。

李纯一:《略谈周代琴的艺术》,《音乐研究》,1962 年第 3 期。

李纯一:《原始时代和商代的陶埙》,《考古学报》,第 33 期(1964 年 8 月),页 51—54。

李纯一:《试释用、庸、甬并试论钟名之演变》,《考古》,第 94 期(1965 年 4 月),页 310—311。

李纯一:《关于歌钟、行钟及蔡侯编钟》,《文物》,第 206 期(1973 年 7 月),页 15—19。

李纯一:《汉瑟和楚瑟调弦的探索》,《考古》,第 130 期(1974 年 2 月),页 56—60。

李纯一:《曾侯乙编钟铭文考察》,《音乐研究》,1981 年第 1 期,页 54—67。

李纯一:《曾侯乙编磬铭文初探》,《音乐艺术》,第 12 期(1983 年 1 月),页 8—24。

李纯一:《曾侯乙墓编钟的编次与乐悬》,《音乐研究》,1985 年第 2 期,页 62—70。

李纯一:《关于陕西地区的音乐考古》,《中国音乐学》,第 3 期(1986 年 2 月),页 46—54。

李纯一:《无者俞器为钲说》,《考古》,第 223 期(1986 年 4 月),页 353—354。

李纯一:《庸名探讨》,《音乐研究》,1988 年第 1 期,页 15—16。

李纯一:《中原地区西周编钟的组合》,《文物天地》,第 5 期(1990 年 9 月),页 22—25。

李纯一:《先秦音乐史》,北京:人民音乐出版社,1995 年。

李纯一:《中国上古出土乐器综论》,北京:文物出版社,1996 年。

李家树:《〈诗经〉的历史公案》,台北:大安出版社,1990 年。

李零:《楚国铜器铭文编年汇释》,《古文字研究》,第 13 期,页 353—397,

1986 年。

李零:《楚帛书与式图》,《江汉考古》,第 38 期(1991 年 1 月),页 59—62。

李零:《西周金文中的职官系统》,见吴荣曾《尽心集:张政烺先生八十寿庆论文集》,北京:中国社会科学出版社,页 210—211,1996 年。

李民:《释尚书周人尊夏说》,《中国史研究》,第 14 期(1982 年 6 月),页 128—134。

李学勤:《殷代地理简论》,北京:科学出版社,1959 年。

李学勤:《论史墙盘及其意义》,《考古学报》,1978 年第 2 期,收入尹盛平编:《西周微氏家族青铜器群研究》,页 233—247。

李学勤、李零:《平山三器与中山国史的若干问题》,《考古学报》,第 53 期(1979 年 4 月),页 147—170。

李学勤:《论汉淮间的春秋青铜器》,《文物》,第 284 期(1980 年 1 月),页 54—58。

李学勤:《东周与秦代文明》,北京:文物出版社,1984 年。

李学勤:《论仲再父簋与申国》,《中原文物》,第 30 期(1984 年 12 月),页 31—32、39。

李学勤:《李学勤集》,哈尔滨:黑龙江教育出版社,1989 年。

李学勤:《新出青铜器研究》,北京:文物出版社,1990 年。

李学勤:《新淦大洋洲商墓的若干问题》,《文物》,第 425 期(1991 年 10 月),页 33—38。

李学勤:《世俘篇研究》,见《古文献丛论》,上海:上海远东书局,页 69—80,1996 年。

李学勤.《走山疑占时代》,沈阳:辽宁大学出版社,1997 年。

李学勤:《青铜器与古代史》,台北:联经出版事业股份有限公司,2005 年。

李圃:《甲骨文文字学》,上海:学林出版社,1995 年。

李垣衍:《镈于述略》,《文物》,第 339 期(1984 年 8 月),页 69—72。

李之藻:《頖宫礼乐疏》,台北:"中央图书馆",1970 年。

李宗侗:《中国古代社会史》,台北:中华文化出版事业社,1954 年。

梁玉绳:《人表考》,见《史记汉书诸表订补十种》,北京:中华书局,1982 年。

梁启超:《释四诗名义》,见《中国文学研究》,上海:商务印书馆,1927 年。

廖辅叔:《中国古代音乐史》,北京:人民音乐出版社,1964 年。

林河:《〈九歌〉与沅湘风俗》,上海:三联书店,1990 年。

林庆彰:《〈诗经〉研究论集(一)》,台北:学生书局,1983 年。

林庆彰:《〈诗经〉研究论集(二)》,台北:学生书局,1987年。

林庆彰:《释诗彼其之子》,见《诗经研究论集(二)》,台北:学生书局,页389—393,1987年。

林小安:《从甲骨刻辞看先周起源》,《考古与文物》,第64期(1991年2月),页66—69。

林叶连:《中国历代诗经学》,台北:学生书局,1993年。

刘怀君:《眉县出土一批西周窖藏青铜乐器》,《文博》,1987年第2期,页17。

刘节:《周南召南考》,《古史考存》,香港:学生书局,页95—107,1963年。

刘起釪:《尚书学史》,北京:中华书局,1989年。

刘起釪:《古史续辨》,北京:中国社会科学出版社,1991年。

刘士莪、尹盛平:《微氏家族青铜器群研究》,收入尹盛平编:《西周微氏家族青铜器群研究》,北京:文物出版社,页1—110。

刘雨:《西周金文中的大封小封和赐田里》,《中国考古学论丛》,北京:科学出版社,页315—322,1993年。

刘雨:《近出殷周金文综述》,《古文字研究》,第24期,页152—160,2002年。

刘玉建:《中国古代龟卜文化》,贵林:广西师范大学出版社,1992年。

龙宇纯:《甲骨文金文𢀙字及其相关问题》,《"中研院"历史语言研究所集刊》,第34本下册,页405—433,1963年。

龙宇纯:《〈诗〉"彼其之子"及"于焉嘉客"释义》,《"中研院"中国文哲研究集刊》,第3期,页153—172,1993年。

吕思勉:《先秦学术概论》,上海:世界书店,1933年。

吕思勉:《先秦史》,上海:开明书店,1941年。

卢连成、杨满仓:《陕西宝鸡县太公庙村发现秦公钟、秦公镈》,《文物》,第270期(1978年11月)。

卢连成、胡智生:《宝鸡茹家庄、竹园沟墓地有关问题的探讨》,《文物》,第321期(1983年2月)。

鲁琪、葛英会:《北京市出土文物展览巡礼》,《文物》,第263期(1978年4月),页23—34。

陆侃如:《寄胡适之书》,《国学月报汇刊》,第1期,页58—60,1928年。

陆玑撰,丁晏注:《〈毛诗〉草木鸟兽虫鱼疏》,见《颐志斋丛书》,《丛书集成》本,上海:商务印书馆,1855年,1936年再版。

罗福颐注:《三代吉金文存释文》,香港:问学社,1983年。

罗泰:《论江西新淦大洋洲出土青铜乐器》,《江西文物》,第10期(1991年7

月），页 15—20。

罗西章：《周原出土的西周石磬》，《音乐与文物》，1987 年第 6 期，页 84—86。

罗倬汉：《诗乐论》，上海：正中书局，1948 年。

骆光华：《先秦姓氏制度初探》，见《中国古代史论丛》，第 8 期，北京：中华书局，1985 年，页 203—219。

马承源：《中国青铜器》，上海：上海古籍出版社，1988 年。

马衡：《汉石经集存》，北京：科学出版社，1957 年。

马衡：《石鼓为秦刻石考》，台北：艺文印书馆，1974 年。

马叙伦：《石鼓文疏记》，上海：商务印书馆，1935 年。

蒙文通：《古史甄微》，上海：商务印书馆，1933 年。

闵侠卿：《二南为楚民族文学说》，《金女大学报》，第 1 卷第 5 期，页 16—24，1943 年。

潘重规：《敦煌诗经卷子研究论文集》，香港：新雅研究所，1970 年。

裴溥言：《〈诗经〉二南时地说之研讨》，见《台静农先生八十寿庆论文集》，台北：联经出版事业公司，页 743—782，1981 年。

彭林：《〈周礼〉主体思想与成书年代研究》，北京：中国社会科学出版社，1991 年。

彭适凡、刘林、詹开逊：《关于新淦大洋洲商墓年代问题的探讨》，《文物》，第 425 期（1991 年 10 月），页 27—32。

彭松、于平：《中国古代舞蹈史稿》，杭州：浙江美术学院出版社，1991 年。

齐思和：《西周地理考》，《燕京学报》，第 30 期（1946 年），页 63—106。

钱穆：《周初地理考》，《燕京学报》，第 10 期（1931 年），页 1955—2008。

钱穆：《古史地理论丛》，台北：东大图书公司，1982 年。

钱穆：《史记地名考》，台北：东大图书公司，1982 年。

钱穆：《先秦诸子系年》，台北：东大图书公司，1990 年。

钱穆：《两汉经学今古文平议》，见《钱宾四先生全集》，台北：联经出版事业公司，第 8 卷，1994 年。

钱宗范：《国人试说》，见陕西历史博物馆编：《西周史论文集》，西安：陕西人民教育出版社，页 584—596，1993 年。

邱德修：《楚王子午鼎与王孙诰钟铭新探》，台北：五南图书出版公司，1992 年。

邱衍文：《中国上古礼制考辨》，台北：文津出版社，1990 年。

裘锡圭：《史墙盘铭解释》，《文物》，第 262 期（1978 年 3 月），页 25—32。收入尹盛平编:《西周微氏家族青铜器群研究》,北京:文物出版社,页264—283。

裘锡圭:《谈谈随县曾侯乙墓的文字资料》,《文物》,第278期(1979年7月),页25—33。

裘锡圭:《甲骨文中的几种乐器名称——释庸豐鞀》,《中华文史论丛》,第14期(1980年2月),页67—79。

裘锡圭、李家浩:《曾侯乙墓钟磬铭文释文说明》,《语言研究》,第20期(1981年1月),页17—21。

屈万里:《论〈国风〉非民间歌谣的本来面目》,《"中研院"历史语言研究所集刊》,第34本下册,页477—491,1963年。

屈万里:《诗国风曾经润色说》,《幼狮月刊》,第5卷第6期,页10—12,1957年。

屈万里:《〈诗经〉释义》,台北:华岗出版社,1971年。

饶宗颐、曾宪通:《随县曾侯乙墓钟磬铭辞研究》,香港:香港中文大学,1985年。

饶宗颐、曾宪通:《楚帛书》,香港:中华书局,1985年。

阮籍:《阮籍集》,上海:古籍出版社,1978年。

阮元:《揅经室集》,台北:世界书局,1961年。

陕西历史博物馆:《西周史论文集》,西安:山西人民教育出版社,1993年。

商志醰、唐钰明:《江苏丹徒背山顶春秋墓出土钟鼎铭文释证》,《文物》,第395期(1989年4月),页51—56。

尚志儒:《略论西周金文中的夷问题》,见陕西历史博物馆编:《西周史论文集》,西安:陕西人民教育出版社,页231—242,1993年。

沈长云:《〈诗经〉二皇父考》,见《王玉哲先生八十寿辰纪念文集》,天津:南开大学出版社,页139—151,1994年。

沈知白:《中国音乐史纲要》,上海:上海文艺出版社,1982年。

宋新潮:《殷商文化区域研究》,西安:陕西人民出版社,1991年。

宋镇豪:《夏商社会生活史》,北京:中国社会科学出版社,1994年。

苏祖谦、王克芬:《中国舞蹈史》,台北:文津出版社,1996年。

孙华:《匽侯克器铭浅见》,《文物春秋》,第17期(1992年7月),页29—37。

孙继南、周柱铨:《中国古代音乐通史简编》,济南:山东教育出版社,1991年。

孙景琛:《中国舞蹈史》,北京:文化艺术出版社,1983年。

孙诒让:《契文举例》,济南:齐鲁书社,1993年。

孙稚雏:《保卣铭文汇释》,见《古文字研究》,第 5 期,北京:中华书局,页 191—210,1981 年。

孙作云:《蚩尤考:中国古代蛇氏族之研究》,《中和月刊》,第 2 卷第 4 期,页 27—50,1941 年。

孙作云:《后羿传说丛考》,《中国学报》,第 1 卷第 4 期,页 67—80;第 1 卷第 5 期,页 49—66,1944 年。

孙作云:《中国古代鸟氏族诸酋长考》,《中国学报》,第 3 卷第 3 期,页 18—36,1945 年。

孙作云:《〈诗经〉与周代社会研究》,北京:人民文学出版社,1959 年。

孙作云:《〈九歌〉与民歌的关系》,《开封师院学报》,1963 年第 2 期。

台静农:《楚辞天问新笺》,台北:艺文印书馆,1972 年。

谭其骧:《中国历史地图集》,上海:地图出版社,1982 年。

唐兰:《古乐器小记》,《燕京学报》,第 14 期(1933 年),页 59—101。

唐兰:《作册令尊及作册令彝铭考释》,《国学季刊》,第 4 卷第 1 期,页 24—25,1934 年。

唐兰:《西周铜器断代中的康宫问题》,《考古学报》,1962 年第 1 期,页 24—45。

唐兰:《何尊铭文解释》,《文物》,第 236 期(1976 年 1 月),页 60—63。

唐兰:《唐兰先生金文论集》,北京:紫禁城出版社,1995 年。

唐兰:《略论西周微史家族窖藏铜器的重要意义》,收入《唐兰先生金文论集》,北京:紫禁城出版社,页 209—223,1995 年。

田倩君:《释南》,见《中国文字》,台北:台湾大学文学院古文字学研究室,第 8 卷,第 7 篇,1962 年。

王光祈:《中国音乐史》,香港:中华书局,1989 年。

王贵民:《商周制度考信》,台北:明文书局,1989 年。

王国维:《观堂集林》,北京:中华书局,1959 年。

王鸿绪:《诗经传说汇纂》,台北:钟鼎文化,1967 年。

王克芬:《中国舞蹈发展史》,上海:上海人民出版社,1989 年。

王克芬、苏祖谦:《中国舞蹈史》,台北:文津出版社,1996 年。

王克林:《略论夏文化的源流及其有关问题》,见《夏史论丛》,济南:齐鲁书社,1985 年。

王力:《汉语史稿》,北京:中华书局,1958 年。

王力:《诗经韵读》,上海:上海古籍出版社,1980 年。

王力：《汉语语音史》，北京：中国社会科学出版社，1985 年。

王念孙：《读书杂志》，台北：广文书局，1963 年。

王叔岷：《史记斠证》，台北："中央研究院"历史语言研究所，1982 年。

王先谦：《诗三家义集疏》，台北：明文书局，1988 年。

王献唐：《邾伯鼏考》，《考古学报》，第 32 期（1963 年 12 月），页 59—64。

王欣夫：《文献学讲义》，上海：上海古籍出版社，1989 年。

王宇信：《建国以来甲骨文研究》，北京：中国社会科学出版社，1986 年。

王占奎：《公容颂考辨》，《考古与文物》，第 77 期（1993 年 5 月），页 86—92。

王质：《诗总闻》，《文渊阁本四库全书》本，第 72 卷，台北：商务印书馆，1983 年。

王子今：《说周舟通义兼论周人经营的早期航运》，见陕西历史博物馆编：《西周史论文集》，西安：陕西人民教育出版社，页 545—556，1993 年。

魏源：《诗古微》，见《皇清经解续编》，台北：艺文印书馆，1965 年。

闻一多：《二南》，《清华学报》，第 12 期（1937 年 1 月），页 69—98。

闻一多：《古典新义》，北京：古籍出版社，1956 年。

闻一多：《诗选与校笺》，北京：古籍出版社，1956 年。

吴其昌：《金文历朔疏证》，上海：商务印书馆，1936 年。

吴其昌：《殷虚书契解诂》，武汉：文哲季刊，1934—1937 年；台北：艺文印书馆，1960 年。

吴荣曾：《周代邻近于燕的子姓邦国考述》，见《燕文化研究论文集》，北京：中国社会科学出版社，页 82—88，1995 年。

吴玉贤：《谈河姆渡木筒的用途》，见《浙江省文物考古所学刊》，北京：文物出版社，1978 年。

吴钊：《贾湖龟铃骨笛与中国音乐文明之源》，《文物》，第 418 期（1991 年 3 月），页 50—55。

吴钊：《和、穆辨》，见《音乐学文集》，济南：山东友谊出版社，1994 年。

吴钊：《追寻逝去的音乐遗迹：图说中国音乐史》，北京：东方出版社，1999 年。

伍仕谦：《微氏家族铜器群年代初探》，《古文字研究》，第 5 期，北京：中华书局，页 97—138，1981 年；另收入尹盛平编：《西周微氏家族青铜器群研究》，页 254—255。

夏含夷：《周公居东新说——兼论召诰君奭著作背景和意旨》，见陕西历史博物馆编：《西周史论文集》，西安：陕西人民教育出版社，页 872—887，1993 年。

夏萍:《江西新淦发现大型商墓》,《江西文物》,第 7 期(1990 年 10 月),页1—2。

向熹:《〈诗经〉语言研究》,成都:四川人民出版社,1987 年。

萧良琼:《周原卜辞和殷墟卜辞之异同初探》,见胡厚宣编:《甲骨文与殷商史》,上海:上海古籍出版社,页 261—284,1983 年。

萧兴华:《中国音乐史》,台北:文津出版社,1995 年。

熊公哲:《〈诗经〉研究集》,台北:黎明文化事业公司,1981 年。

熊朋来:《瑟谱》,《丛书集成》本,上海:商务印书馆,1936 年。

徐锡台:《早周文化的特点及其渊源探索》,《文物》,第 281 期(1979 年 10月),页 50—59。

徐锡台:《周原甲骨文综述》,西安:三秦出版社,1987 年。

徐中舒:《殷人服象及象之南迁》,《中研院历史语言研究所集刊》,第二本第一分,页 60—75,1930 年。

徐中舒:《西周墙盘铭文笺释》,收入尹盛平编:《西周微氏家族青铜器群研究》,页 248—263。

许进雄:《殷卜辞中五种祭祀的研究》,台北:台湾大学文学院,1968 年。

许绍早:《〈诗经〉时代的声调》,《语言研究》,第 26 期(1994 年 1 月),页94—107。

许倬云:《中国上古史论文选辑》,台北:国风出版社,1966 年。

许倬云:《西周史》,台北:联经出版事业公司,1984 年。

殷亚昭:《中国楚辞学史》,长沙:湖南出版社,1991 年。

严粲:《诗缉》,台北:广文书局,1960 年。

严可均:《唐石经校文》,见《续修四库全书》,第 184 卷,上海:上海古籍出版社,1995 年。

杨宝成:《二里头文化试析》,《中原文物》,第 37 期(1986 年 9 月),页 60—63、93。

杨华:《先秦礼乐文化》,武汉:湖北教育出版社,1997 年。

杨宽:《战国史》,台北:谷风出版社,1986 年。

杨宽:《西周史》,上海:上海人民出版社,1999 年。

杨匡民:《楚编钟与民歌音乐的比较》,《交响》,第 2 期,页 1—12,1987 年。

杨树达:《释簠》,见《积微居小学述林》,北京:中国科学院出版社,页 11,1954 年。

杨树达:《六年琱生簠跋》(召伯虎簠),见《积微居金文说》,北京:科学出版社,页 268—272,1959 年。

杨树达:《词诠》,北京:中华书局,1965 年。

杨希枚:《姓字古义析证》,《"中研院"历史语言研究所集刊》,第 23 本,页 409—422,1951 年。

杨希枚:《先秦赐姓制度理论的商榷》,《"中研院"历史语言研究所集刊》,第 26 本,页 189—226,1955 年。

杨希枚:《再论先秦姓族与氏族》,见《中国史研究》,第 57 期(1993 年 1 月),页 35—41。

杨向奎:《宗周社会与礼乐文明》,北京:人民出版社,1992 年。

杨荫浏:《中国音乐史纲》,上海:万叶书店,1952 年。

杨荫浏:《中国古代音乐史稿》,北京:人民音乐出版社,1964 年,1966 年,1981 年;台北:丹青图书公司,1986 年重印。

姚际恒:《〈诗经〉通论》,上海:中华书局,1958 年。

姚孝遂:《甲骨刻辞狩猎考》,《古文字研究》,第 6 期,页 53—54,1981 年。

叶伯和:《中国音乐史》,上海:商务印书馆,1922 年。

易重廉:《中国楚辞学史》,长沙:湖南出版社,1991 年。

阴法鲁:《〈诗经〉乐章中的乱》,《北京大学学报》,1964 年第 3 期,页 65—70。

尹盛平主编:《西周微氏家族青铜器群研究》,北京:文物出版社,1992 年。

于豪亮:《于豪亮学术文存》,北京:中华书局,1985 年。

于豪亮:《墙盘铭文考释》,收入尹盛平编:《西周微氏家族青铜器群研究》,页 302—317。

于平:《中国古典舞与雅士文化》,长春:吉林教育出版社,1992 年。

于省吾:《略说图腾与宗教起源和夏商图腾》,《历史研究》第 11 期,页 60—69,1959 年。

于省吾:《泽螺居诗经新证》,北京:中华书局,1982 年。

余培林:《诗经成语试释》,见《庆祝莆田黄天成先生七秩诞辰论文集》,台北:文史哲出版社,1991 年。

俞平伯:《论商颂的年代》,见林庆彰编:《诗经研究论集》,第 2 卷,台北:学生书局,页 57—62,1987 年。

游国恩:《离骚纂义》,北京:中华书局,1980 年。

章炳麟:《大疋(雅)小疋(雅)说》,见《太炎文录初编》,页一上至四上,《章氏丛书》,杭州:浙江图书馆校刊,1917—1919 年,第三函第二十一册。

张崇琛:《楚辞文化探微》,北京:新华出版社,1993 年。

张鹤泉:《周代祭祀研究》,台北:文津出版社,1993年。

张蕙慧:《中国古代乐教思想论集》,台北:文津出版社,1991年。

张光裕:《记述几篇伪作的邾公华钟铭文》,《古文字研究》,第12期,北京:中华书局,页309—320,1986年。

张光远:《先秦石鼓存诗考》,台北:华冈出版社,1966年。

张光直:《中国青铜时代》,台北:联经出版事业公司,1983年初版,1994再版。

张光直:《中国青铜时代》第二辑,台北:联经出版事业公司,1990年。

张密丽、王丽芬:《古代吹孔乐器埙与五声音阶的形成》,《中原文物》,第77期(1996年9月),页119。

张培瑜:《西周天象和年代问题》,见陕西历史博物馆编《西周史论文集》,西安:陕西人民教育出版社,页42—55,1993年。

张寿林:《释四诗》,《论诗六稿》,北平:文化学社,页45—59,1929年。

张树波:《国风集说》,石家庄:河北人民出版社,1993年。

张素卿:《左传称诗研究》,台北:台湾大学出版中心,1997年。

张舜徽:《中国文献学》,台北:木铎出版社,1983年。

张天恩:《先周文化早期相关问题浅议》,见陕西历史博物馆编:《西周史论文集》,西安:陕西人民教育出版社,页360—375,1993年。

张西堂:《诗经六论》,上海:商务印书馆,1957年。

张亚初:《北京琉璃河出土西周有铭铜器座谈纪要》,《考古》第265期(1989年10月),页953—960。

张亚初:《太保罍盉铭文的再探讨》,《考古》第304期(1993年1月),页60—67。

张以仁:《论国语与左传的关系》,《"中研院"中国历史语言研究所集刊》,第33本,页233—286,1962年。

张以仁:《国语斠证》,台北:商务印书馆,1969年。

张正明:《楚文化史》,上海:上海人民出版社,1991年。

张之恒、周裕兴:《夏商周考古》,南京:南京大学出版社,1995年。

赵沛霖:《兴的起源:历史积淀与诗歌艺术》,北京:中国社会科学出版社,1987年。

赵守正:《管子通解》,北京:北京经济学院出版社,1989年。

郑觐文:《中国音乐史》,上海:大同乐会,1928年。

郑樵:《六经奥论》,见《通志堂经解》,台北:大通书局,1969年。

邹衡:《关于探讨夏文化的几个问题》,《文物》,第274期(1979年3月),页

64—69。

邹衡:《夏商周考古学论文集》,北京:文物出版社,1980 年。

周策纵:《古巫医与六诗考》,台北:联经出版事业公司,1986 年。

周法高:《金文诂林补》,台北:"中央研究院"历史语言研究所,1982 年。

周法高、张日昇、徐芷仪、林洁明合编:《金文诂林》,香港中文大学,1974 年。

周法高:《周秦名字解诂汇释》,台北:中华书局,1958 年。

周国正:《卜辞两种祭祀动词的语法特征及有关句子的语法分析》,见国际中
　　国古文字学研讨会《古文字学论集》,香港中文大学,1983 年。

周敏:《中国古代音乐历史分期问题评述》,《中国音乐》,第 41 期(1991 年 3
　　月),页 15—18。

朱东润:《读诗四论》,长沙:商务印书馆,1940 年。

朱东润:《诗三百篇探故》,上海:上海古籍出版社,1981 年。

朱凤瀚:《古代中国青铜器》,天津:南开大学出版社,1995 年。

朱凤瀚、张荣明合编:《西周诸王年代研究》,贵阳:贵州人民出版社,1998 年。

朱凤瀚、徐勇合编:《先秦史研究概要》,天津:天津教育出版社,1996 年。

朱鉴:《诗传遗说》,见《通志堂经解》,台北:艺文印书馆,第 17 册,1969 年。

朱文玮、吕琪昌:《先秦乐钟之研究》,台北:南天书局,1994 年。

朱熹:《读吕氏诗记桑中高》,见《朱子大全集》,第 70 册,《四部备要》本,
　　1935 年。

朱熹:《诗集传》,上海:中华书局,1958 年。

朱熹:《仪礼经传通解》,见《文渊阁本四库全书》本,第 131 册,台北:商务印书
　　馆,1986 年。

朱佑曾:《诗地理征》,《续修四库全书》本。

朱自清:《古诗歌笺释三种》,上海:上海古籍出版社,1981 年。

日文研究论著及论文

白川静:《説文新義》,见《白鶴美術館志》,神户:白鹤美术馆,1969 年—
　　1976 年。

白川静:《詩經研究》,京都:朋友书店,1981 年。

白川静著,温天河、蔡哲茂翻译:《金文的世界》,台北:联经出版事业公司,
　　1989 年。

赤塚忠:《中國古代宗教と文化》,东京:角川书店,1977 年。

岛邦男:《殷墟卜辭研究》,弘前:中国学研究会,1958 年。

饭岛武次著,徐天进、苏哲翻译:《先周文化陶器的研究:試論周原出土陶器的
性質》,载北京大学考古系编:《考古學論集》,北京:文物出版社,页
229—255,1992 年。

饭岛武次:《洛陽附近出土西周土器の編年研究》,《東京大學文學部考古學研
究室紀要》11,页 81—108,1992 年。

饭岛武次:《西周土器の編年研究》,《駒沢詩學》44,页 1—29,1992 年。

饭岛武次:《西周時代の關中と中原の土器》,《日本中國考古學會會報》3,页
47—59,1993 年。

梅原末治:《銅鐸の研究》,东京:大冈山,1927 年。

浅原达郎:《先秦時代の聲律と三分損益法》,《東方學報》,第 59 期,页 63—
123,1987 年。

英文研究论著及论文

Allan, Sarah. 1981. *The Heir and the Sage: Dynastic Legend in Early
China*. San Francisco: Chinese Materials Center.

Allan, Sarah and Alvin P. Cohen. 1979. *Legend, Lore, and Religion in Chi-
na*. San Francisco: Chinese Materials Center.

Allan, Sarah. 1991. *The Shape of the Turtle: Myth, Art, and Cosmos in
Early China*. Albany: State University of New York Press.

Allen, Joseph Roe, Ⅲ. 1982. "Early Chinese Narrative Poetry: The Defini-
tion of a Tradition. "Ph. D. diss. , Seattle: University of Washington.

Bagley, Robert. W. 1977. "P'an-lung-ch'eng: A Shang City in Hupei. "
Artibus Asiae, 39(3/4): 165—219.

Balazs, Etienne. 1964. *Chinese Civilization and Bureaucracy: Variations on
a Theme*. Transl. by Hope M. Wright and ed. by Arthur F. Wright.
New Haven-London: Yale University Press.

Barfield, Thomas J. 1971. "Rhyme and Meter in the Ch'u Silk Manuscript
Text. "*PFEH*: 73—113.

Barnard, Noel. 1986. "A New Approach to the Study of Clan-sign Inscrip-
tions of Shang. "In: Chang Kwang-chih, ed. 1986b. pp. 141—206.

Baxter, William H. 1991. "Zhou and Han Phonology in the *Shijing*. "In:

Studies in the Historical Phonology of Asian Languages. Ed. by William G. Boltz and Michael C. Shapiro. Amsterdam/Philadelphia: John Benjamins. pp. 1—34.

Baxter, William H. 1992. *A Handbook of Old Chinese Phonology*. Berlin-New York: Mouton de Gruyter.

Becker, Babette W. 1957. "Music in the Life of Ancient China: From 1400 B. C. to 300 B. C. "Ph. D. diss. , University of Chicago.

Becker, Babette W and Sato Tamotsu. 1975. *Metallurgical Remains of Ancient China*. Tōkyō: Nichiōsha.

Blanc, Charles Le. 1993. "Huai-nan Tzu. "In: Michael Loewe, ed. 1993. pp. 189—195.

Boltz, William G. 1993. "Chou Li. "In: Michael Loewe, ed. 1993. pp. 24—32.

Broman, Sven. 1961. "Studies on the *Chou Li*. " *BMFEA* 33:1—89.

Chang Kwang-chih. 1977. *Food in Chinese Culture*. New Haven: Yale University Press.

Chang Kwang-chih. 1980. *Shang Civilization*. New Haven: Yale University Press.

Chang Kwang-chih. 1983. *Art, Myth and Ritual: The Path to Political Authority in Ancient China*. Cambridge: Harvard University Press.

Chang Kwang-chih. 1986a. *The Archaeology of Ancient China*. New Haven: Yale University Press.

Chang Kwang-chih, ed. 1986b. *Studies of Shang Archaeology*. New Haven-London: Yale University Press.

Chen Cheng-yih (Ch'eng Chen-i)程贞一. 1987. "The Generation of Chromatic Scales in the Chinese Bronze Set-bells of the -5th Century. "In: Ch'eng Chen-yih, ed. *Science and Technology in Chinese Civilization*. Singapore: World Scientific.

Chen Cheng-yih, Xi Ze-zong(Hsi Tse-tsung) 席泽宗, and Jao Tsung-i 饶宗颐. 1994. "Comparison of Acoustics and Astronomy in Babylonia and China. "In: Chen Cheng-yih, Tan Wei-si(T'an Wei-ssu) 谭维四, and Shu Zhi-mei(Shu Chih-mei) 舒之梅, eds. *Two-tone Set-bells of Marquis Yi*. Singapore: World Scientific. pp. 297-357.

Chen Shih-hsiang. 1974. "The *Shih-ching*: Its Generic Significance in Chinese Literary History and Poetics."In: *Studies in Chinese Literary Genres*. Ed. By Cyril Birch. Berkeley-Los Angeles-London: University of California Press. pp. 8-41.

Chen Zhi. 1999a. "A New Reading of'Yen-yen'."*TP* 85. 1:1—28.

Chen Zhi. 1999b. "A Study of the Bird Cult of the Shang People."*MS*47: 127—147.

Cheng Hsiao-chieh 郑小杰, Cheng, Pai Hui-chen 郑白慧贞 and Thern, Kenneth Lawrence, transl. 1985. *Shan Hai Ching: Legendary Geography and Wonders of Ancient China*. Taipei: The Committee for Compilation and Examination of the Series of Chinese Classics, National Institute for Compilation and Translation.

Chou Wen-chung 周文中. 1976. "Chinese Historiography and Music: Some Observations."*MQ* 62. 2:218—240.

Chou Tse-tsung 周策纵. 1968. "The Early History of the Chinese Word *shih*."In: *Wen-lin: Studies in the Chinese Humanities*. Ed. by Chou Tse-tsung. Madison: University of Wisconsin Press.

Chou Tse-tsung 周策纵. 1978. "The Childbirth Myth and Ancient Chinese Medicine: A Study of Aspects of the *Wu* Tradition."In: *Ancient China: Studies in Early Civilization*. Ed. by David T. Roy and Tsuen-hsuin Tsien. Chinese University of Hong Kong Press. pp. 43—90.

Cook, Scott. 1995. "Records of Music."*AM* 26. 2:1—96.

Creel, Herrlee Glessner. 1970a. *The Birth of China*. New York: Frederick Ungar.

Creel, Herrlee Glessner. 1970b. *The Origins of Statecraft in China*. University of Chicago Press.

Crump, J. I. , Jr. 1970. *Chan-kuo ts'e*. Oxford: Clarendon Press.

de Bary, William Theodore, ed. 1960. *Sources of Chinese Tradition*. New York: Columbia University Press.

de Bary, William Theodore and Embree, Ainslie T. , eds. 1961. *Approches to Asian Civilizations*. New York-London: Columbia University Press.

DeWoskin, Kenneth J. 1982. *A Song for One or Two: Music and the Concept of Art in Early China*. Ann Arbor: University of Michigan, Center for Chinese Studies.

DeWoskin, Kenneth J. 1983. "Early Chinese Music and the Origins of Aesthetic Terminology. " In: *Theories of Arts in China*. Ed. by Susan Bush and Christian Murck. Princeton University Press. pp. 187—214.

Dobson, W. A. C. H. 1959. *Late Archaic Chinese: A Grammatical Study*. University of Toronto Press.

Dobson, W. A. C. H. 1962. *Early Archaic Chinese: A Descriptive Grammar*. University of Toronto Press.

Dobson, W. A. C. H. 1964. "Linguistic Evidence and the Dating of the *Book of Songs*. "*TP* 51:322—334.

Dobson, W. A. C. H. 1968. *The Language of the Book of Songs*. University of Toronto Press.

Eber, Irene, ed. 1986. *Confucianism: The Dynamics of Tradition*. New York: MacMillan.

Eberhard, Wolfram. 1965. "Kultur und Siedlung der Randvölker Chinas. " Suppl. *TP* 36:24—30.

Eno, Robert. 1990. "Was there a High God Ti in Shang Religion?"*EC* 15: 1—26.

Falkenhausen, Lothar von. 1988. "Ritual Music in Bronze Age China: An Archaeological Perspective. "Ph. D. diss. , Harvard University.

Falkenhausen, Lothar von. 1993. "Issues in Western Zhou Studies. "*EC* 18: 139—226.

Falkenhausen, Lothar von. 1993. *Suspended Music: Chime-Bells in the Culture of Bronze Age China*. Berkeley-Los Angeles-Oxford: University of California Press.

Fehl, Noah. 1971. *Li: Rites and Propriety in Literature and Life*. Chinese University of Hong Kong Press.

Fong Wen, ed. 1980. *The Great Bronze Age of China*. New York: Metropolitan Museum of Art.

Forke, Alfred. 1962. *Lun Heng*. Repr. New York: Paragon.

Garson, Michael and Michael Loewe. 1993. "Lü-shih ch'-un-ch'iu. "In: Michael Loewe, ed. 1993. pp. 324—330.

Gibbs, Donald A. 1972. "Notes on the Wind: The Term 'Feng' in Chinese Literary Criticism. " In: *Transition and Permanence: Chinese History and Culture*. Ed. by David C. Buxbaum and Frederick W. Mote. Hong Kong:Cathay Press. pp. 285—293.

Graham, A. C. 1981. *Chuang-tzu , The Seven Inner Chapters and Other Writings from the Book Chuang-tzu*. London:George Allen and Unwin.

Graham, A. C. 1993. "Mo tzu. "In:Michael Loewe,ed. 1993. pp. 336—341.

Granet, Marcel. 1919. *Fetes et Chansons Anciennes de la Chine*. Paris. Transl. by E. D. Edwards. *Festivals and Songs of Ancient China*. London:G. Routledge,1932.

Granet, Marcel. 1959. *Danses et Legendes de la Chine Ancienne*. Paris: Presses Universitaires de France.

Hansford, S. Howard . 1954. *A Glossary of Chinese Art and Archaeology*. London:The China Society.

Harbsmeier,Christoph. 1981. *Aspects of Classical Chinese Syntax*. London-Malmö:Curzon.

Hawkes,David. 1959. *Ch'u tz'u:The Songs of the South. An Ancient Chinese Anthology*. Oxford : Clarendon Press;Oxford University Press.

Hightower,James R. 1948. "The *Han-shih wai-chuan* and the *san chia shih*. "*HJAS* 11:241—310.

Hightower,James R. 1952. *Han Shih Wai Chuan:Han Ying's Illustrations of the Didactic Application of the 'Book of Songs'*. Cambridge:Harvard University Press.

Hu,Ping-ti. 1975. *The Cradle of the East:An Inquiry into the Indigenous Origins of Techniques and Ideas of Neolithic and Early Historic China ,5000-1000 B. C.* Chinese University of Hong Kong Press, University of Chicago Press.

Hsia Nai 夏鼐. 1986. "The Classification, Nomenclature, and Usage of Shang Dynasty Jades. " In: Chang Kwang-chih, ed. 1986b. pp. 207—236.

Hsu,Cho-yun. 1965. *Ancient China in Transition*. Palo Alto:Stanford University Press.

Hsu, Cho-yun. 1982. *Bibliographic Notes on Studies of Early China*. Hong Kong:Chinese Materials Center.

Hsu, Cho-yun and Katheryn M. Linduff. 1988. *Western Chou Civilization*. New Haven-London: Yale University Press.

Hua Chüeh-ming 华觉明 and Wang Yü-chu 王玉柱. 1994. "The Foundry and Acoustics of the Marquis Yi Set-Bells. " In: Chen Cheng-yih *et al*. , eds. 1994. pp. 527—534.

Huang Hsiang-p'eng 黄翔鹏. 1994. "A Study of the Jun-Zhong 均钟, a Five-string Instrument. " In: Chen Cheng-yih *et al*. , eds. , 1994. pp. 245—292.

Kao Chih-hsi 高至喜. 1986. "An Introduction to Shang and Chou Bronze *Nao* Excavated in South China. "In: Chang Kwang-chih, ed. 1986b. pp. 275—300.

Karlgren, Bernhard . 1931. "The Early History of the *Chou Li* and *Tso Chuan* Texts. "*BMFEA* 3:1—59.

Karlgren, Bernhard. 1935. "Yin and Chou in Chinese Bronzes. "*BMFEA* 8: 9—154.

Karlgren, Bernhard. 1941. "Huai and Han. "*BMFEA* 13:1—125.

Karlgren, Bernhard. 1948—1949. *Glosses on the Book of Documents*. Stockholm: Museum of Far Eastern Antiquities.

Karlgren, Bernhard. 1950a. *The Book of Odes*. Stockholm: Museum of Far Eastern Antiquities.

Karlgren, Bernhard. 1950b. "The Book of Documents. "*BMFEA* 22:1—81.

Karlgren, Bernhard. 1954. "Compendium of Phonetics in Ancient and Archaic Chinese. "*BMFEA* 26:211—367.

Karlgren, Bernhard. 1961. "Miscellaneous Notes on Some Bronzes. "*BMFEA* 33:91—102.

Karlgren, Bernhard. 1964a. *Glosses on the Book of Odes*. Stockholm: Museum of Far Eastern Antiquities.

Karlgren, Bernhard. 1964b. *Grammata Serica Recensa*. Stockholm: Museum of Far Eastern Antiquities.

Kartomi, Margaret J. 1981. "The Processes and Results of Musical Culture Contact: A Discussion of Terminology and Concepts. "*ETH* 25. 2: 227—249.

Kaufmann, Walter . 1976. *Musical References in the Chinese Classics*. Detroit：Information Coordinators.

Keightley，David N. 1978a. "The *Bamboo Annals* and Shang-Chou Chronology." *HJAS* 38：423—438.

Keightley，David N. 1978b. "The Religious Commitment：Shang Theology and the Genesis of Chinese Political Culture." *HR* 17. 3—4（Feb. -May)：211—225.

Keightley，David N. 1978c. *Sources of Shang History：The Oracle-bone Inscriptions of Bronze Age China*. Berkeley：University of California Press.

Keightley，David N. 1983. *The Origins of Chinese Civilization*. Berkeley：University of California Press.

Knoblock，John . 1988，1990，1994. *Xunzi：A Translation and Study of the Complete Works*. Vols. 1，2，3. Stanford University Press.

Kong，Sin Sing. 1986. "A Synthesis of Traditional Linguistic Methodology in the *Shuowen Tongxun Dingsheng*." Ph. D. diss. University of Wisconsin.

Kuttner，Fritz A. 1990. *The Archaeology of Music in Ancient China*. New York：Paragon House.

Legge，James. 1960. *The Chinese Classics*. Hong Kong University.

Li Hsüeh-ch'in 李学勤. 1985. *Eastern Chou and Ch'in Civilization*. Transl. by K. C. Chang. New Haven：Yale University Press.

Lin Yün 林沄. "A Reexamination of the Relationship between Bronzes of the Shang Culture and of the Northern Zone." In：Chang Kwang-chih, ed. 1986b. pp. 237—274.

Loewe，Michael，ed. 1993. *Early Chinese Texts：A Bibliographical Guide*. Berkeley：Institute of East Asian Studies，University of California；Society for the Study of Early China.

Mackenzie，Colin. 1987. "The Evolution of Southern Bronze Styles in China during the Eastern Chou Period." *Bulletin of the Oriental Ceramic Society of Hong Kong* 7：31—78.

Major，John S. 1978. "Research Priorities in the Study of Ch'u Religion." *HR* 17：226—243.

Maspero，Henri . 1978. *China in Antiquity*. Transl. by Frank A. Kierman,

Jr. Amherst:The University of Massachusetts Press.

Mattos,Gilbert L. 1988. *The Stone Drums of Ch'in*. Sankt Augustin-Nettetal:Monumenta Serica Institute.

Merriam,Alan P. 1964. *The Anthropology of Music*. Evanston:Northwestern University Press.

Mittag,Achim. 1993. "Change in *Shijing* Exegesis:Some Notes on the Rediscovery of the Musical Aspect of the'Odes' in the Sung Period. " *TP* 79:197—224.

Needham,Joseph. 1961. *Science and Civilisation in China*. Cambridge University Press.

Nettl,Bruno. 1964. *Theory and Method in Ethnomusicology*. New York: The Free Press.

Nettl,Bruno. 1978. "Some Aspects of the History of World Music in the Twentieth Century:Questions,Problems and Concepts. "*ETH* 22. 1: 123—36.

Nienhauser,William H. ,Jr. ,ed. 1994. *The Grand Scribe's Records*. Vols. 1 and 7. Bloomington:Indiana University Press.

Nivison, David S. 1983. "The Dates of Western Chou. " *HJAS* 43: 481—580.

Nivison,David S. 1995. "An Interpretation of the Shao Gao. " *EC* 20: 177—193.

Nylan, Michael. 1994. "The *Chin Wen/Ku Wen* Controversy in Han Times. "*TP* 80:83—145.

Paper,Jordan. 1995. *The Spirits Are Drunk*. Albany:State University of New York Press.

Pian,Rulan Chao. 1967. *Sung Dynasty Musical Sources and Their Interpretation*. Cambridge:Harvard University Press.

Picken, Laurence D. 1966. "Twelve Ritual Melodies of the T'ang Dynasty. " *Studia Musicologica Academiae Scientiarum Hungaricae* 8: 125—172.

Picken,Laurence D. 1969. "The Musical Implications of Line-sharing in the *Book of Songs*. "*JAOS* 89:408—410.

Picken,Laurence D. 1977. "The Shapes of the *Shi Jing* Song Texts and

Their Musical Implications. "*MA* 1:85—109.

Pratt,Keith. 1986. "The Evidence for Music in the Shang Dynasty: A Reappraisal. "*BBACS* 9:22—50.

Rawson, Jessica. 1987. *Chinese Bronzes, Art and Ritual*. London: British Museum.

Rawson,Jessica. 1990. "Western Zhou Ritual Bronzes from the Arthur M. Sackler Collections. "In:*Ancient Chinese Bronzes from the Arthur M. Sackler Collections*,Vol. 2. Cambridge:Harvard University Press.

Redfield,R. ,Linton,R. and Herskovits,M. J. 1946. "Memorandum for the Study of Acculturation. "*AA* 38:149.

Riegel, Jeffrey K. 1993. "Li Chi. " In: Michael Loewe, ed. 1993. pp. 293—297.

Robinson,Kenneth G. 1954. "New Thoughts on Ancient Chinese Music. " *Annual of the Chinese Society of Singapore*,pp. 30—33.

Robinson,Kenneth G. 1980. *A Critical Study of Chu Tsai-yü's Contribution to the Theory of Equal Temperament in Chinese Music*. Wiesbaden: Franz Steiner.

Rossing,Thomas D. 1984. *The Acoustics of Bells*. New York: Van Nostrand Reinhold.

Roth,Harold D. 1992. *The Textual History of the Huai-nan Tzu*. Ann Arbor:The Association for Asian Studies.

Saussy,Haun. 1993. *The Problem of a Chinese Aesthetic*. Stanford University Press.

Schuessler,Axel. 1987. *A Dictionary of Early Zhou Chinese*. Honolulu: University of Hawaii Press.

Schwartz,Benjamin I . 1985. *The World of Thought in Ancient China*. Cambridge-London:Harvard University Press.

Service,Elman. 1962. *Primitive Social Organization:An Evolutionary Perspective*. New York:Random House.

Shaughnessy,Edward L. 1985—1987. "The Current *Bamboo Annals* and the Date of the Chou Conquest of Shang. "*EC* 11—12:33—36.

Shaughnessy,Edward L. 1991. *Sources of Western Zhou History*. Berkeley-Los Angeles:University of California Press.

Shaughnessy,Edward L. 1993. "The Duke of Zhou's Retirement in the East and the Beginnings of the Minister-Monarch Debate in Chinese Political Philosophy."*EC* 18:41—72.

Shaughnessy,Edward L. 1997. *Before Confucius: Studies in the Creation of the Chinese Classics*. Albany:State University of New York Press.

Shen Sin-yan. 1986, 1986, 1987. "The Acoustics of the Pien-chung Bell Chimes of China."*CM* 3:53—57;4:73—78;1:10—19.

Soper, Alexander. 1964. "The Tomb of the Marquis Ts'-ai."*OA* 10:153—157.

Steele,John . 1917. *The I li, or Book of Etiquette and Ceremonial*. London:Probsthain.

Supicic,Ivo. 1987. *Music in Society:A Guide to the Sociology of Music*. Stuyvesant:Pendragon.

Tong Kin-woon. 1983,1984,1984. "The Shang Musical Instruments."*AM* 14. 2:17—181;15. 1:103—184;15. 2:68—143.

Tseng Hsien-t'ung 曾宪通. 1994. "A Pictographic Study of the Origin and Development of the Characters Ju(chü) 虡 and Ye(yeh) 業."In:Chen Cheng-yih 程贞一 *et al*. ,eds. 1994. pp. 527—534.

Umehara Sueji 梅原末治. 1956. "A Study of the Bronze *Ch'un*."*MS* 15:142—160.

Van Zoeren,Steven. 1991. *Poetry and Personality:Reading, Exegesis, and Hermeneutics in Traditional China*. Stanford University Press.

Wagner,Donald. 1987. "The Dating of the Ch'u Graves of Chang-sha:The Earliest Iron Artifacts in China?"*AO* 48:111—156.

Waley,Arthur . 1937. *The Book of Songs*. London:George Allen and Unwin.

Waley,Arthur. 1956. *Nine Songs:A Study of Shamanism in Ancient China*. London:George Allen and Unwin.

Wang C. H. 1974. *The Bell and the Drum:Shih-ching as Formulaic Poetry in an Oral Tradition*. Berkeley-Los Angeles-London:University of California Press.

Wang C. H. 1988. *From Ritual to Allegory*. Chinese University of Hong Kong Press.

Wang Siu-kit 黄兆杰 and Lee Kar-shui 李家树. 1989. "Poems of Depravity：A Twelfth Century Dispute on the Moral Character of the *Book of Songs*."*TP* 75：209—225.

Watson，Burton. 1962. *Early Chinese Literature*. New York-London：Columbia University Press.

Watson，Burton. 1968. *The Complete Works of Chuang Tzu*. New York-London：Columbia University Press.

West，M. L. 1992. *Ancient Greek Music*. New York：Oxford University Press.

Williamson，Leslie. 1990a. *Archaic Chinese Script and Jades*. Manuscript. London.

Williamson，Leslie. 1990b. *Archaic Chinese Script and Ritual Bronzes*. Manuscript. London.

Woon Wee Lee 云惟利. 1987. *Chinese Writing：Its Origin and Evolution*. Macau：University of East Asia.

Yang Hsien-i and Gladys Yang. 1957. *Li Sao and Other Poems of Ch'ü Yüan*. Peking：Foreign Languages Press.

Yu，Pauline. 1987. *The Reading of Imagery in the Chinese Poetic Tradition*. Princeton University Press.

Yu，Pauline and Theodore Huters. 1994a. "The Imaginative Universe of Chinese Literature. "In：*Masterworks of Asian Literature in Comparative Perspective：A Guide for Teaching*. Ed. by Barbara Stoler Miller. New York：Eastern Gate. pp. 21—36.

Yu，Pauline. 1994b. "The Book of Songs. "In：*Masterworks of Asian Literature in Comparative Perspective：A Guide for Teaching*. Ed. by Barbara Stoler Miller. New York：Eastern Gate. pp. 211—221.

早期中国研究丛书

（精装版）

◆ **从礼仪化到世俗化——《诗经》的形成**　　　　陈致 著

◆ 中国古代诉讼制度研究　　　　［日］籾山明 著

◆ 睡虎地秦简所见秦代国家与社会　　　　［日］工藤元男 著

◆ 中国古代宇宙观与政治文化　　　　王爱和 著

◆ 郭店楚简先秦儒书宏微观　　　　［美］顾史考 著

◆ 颜色与祭祀 —— 中国古代文化中颜色涵义探幽　　　　［英］汪涛 著

◆ 展望永恒帝国 —— 战国时代的中国政治思想　　　　［以］尤锐 著

◆ 秦始皇石刻：早期中国的文本与仪式　　　　［美］柯马丁 著

◆ 《竹书纪年》解迷　　　　［美］倪德卫 著

◆ 先秦秦汉思想史研究　　　　［日］谷中信一 著

图书在版编目(CIP)数据

从礼仪化到世俗化：《诗经》的形成 / 陈致著；
吴仰湘，黄梓勇，许景昭译.—上海：上海古籍出版社，
2022.10
（早期中国研究丛书）
ISBN 978-7-5732-0478-3

Ⅰ.①从… Ⅱ.①陈…②吴… ③黄… ④许… Ⅲ.
①《诗经》-诗歌研究 Ⅳ.①I207.222

中国版本图书馆CIP数据核字（2022）第188323号

早期中国研究丛书

从礼仪化到世俗化

《诗经》的形成

陈 致 著

吴仰湘 黄梓勇 许景昭 译

上海古籍出版社出版发行

（上海市闵行区号景路159弄1–5号A座5F 邮政编码201101）

（1）网址：www.guji.com.cn
（2）E-mail：guji1@guji.com.cn
（3）易文网网址：www.ewen.co

山东韵杰文化科技有限公司印刷

开本 890×1240 1/32 印张 12.5 插页5 字数302,000
2022年10月第1版 2022年10月第1次印刷
印数：1–2,100
ISBN 978-7-5732-0478-3

I·3662 定价：68.00元

如有质量问题,请与承印公司联系